Las aventu.

Arth

1892

Acerca Doyle:

Sir Arthur Ignatius Conan Doyle, DL (22 May 1859 – 7 July 1930) was a Scottish author most noted for his stories about the detective Sherlock Holmes, which are generally considered a major innovation in the field of crime fiction, and the adventures of Professor Challenger. He was a prolific writer whose other works include science fiction stories, historical novels, plays and romances, poetry, and non-fiction. Conan was originally a given name, but Doyle used it as part of his surname in his later years.

Escándalo en Bohemia

I

Ella es siempre, para Sherlock Holmes, la mujer. Rara vez le he oído hablar de ella aplicándole otro nombre. A los ojos de Sherlock Holmes, eclipsa y sobrepasa a todo su sexo. No es que haya sentido por Irene Adler nada que se parezca al amor.

Su inteligencia fría, llena de precisión, pero admirablemente equilibrada, era en extremo opuesta a cualquier clase de emociones. Yo le considero como la máquina de razonar y de observar más perfecta que ha conocido el mundo; pero como enamorado, no habría sabido estar en su papel. Si alguna vez hablaba de los sentimientos más tiernos, lo hacía con mofa y sarcasmo. Admirables como tema para el observador, excelentes para descorrer el velo de los móviles y de los actos de las personas. Pero el hombre entrenado en el razonar que admitiese intrusiones semejantes en su temperamento delicado y finamente ajustado, daría con ello entrada a un factor perturbador, capaz de arrojar la duda sobre todos los resultados de su actividad mental. Ni el echar arenilla en un instrumento de gran sensibilidad, ni una hendidura en uno de sus cristales de gran aumento, serían más perturbadores que una emoción fuerte en un temperamento como el suyo. Pero con todo eso, no existía para él más que una sola mujer, y ésta era la que se llamó Irene Adler, de memoria sospechosa y discutible.

Era poco lo que yo había sabido de Holmes en los últimos tiempos. Mi matrimonio nos había apartado al uno del otro. Mi completa felicidad y los diversos intereses que, centrados en el hogar, rodean al hombre que se ve por vez primera con casa propia, bastaban para absorber mi atención; Holmes, por su parte, dotado de alma bohemia, sentía aversión a todas las formas de la vida de sociedad, y permanecía en sus habitaciones de Baker Street, enterrado entre sus libracos, alternando las semanas entre la cocaína y la ambición, entre los adormilamientos de la droga y la impetuosa energía de su propia y ardiente naturaleza. Continuaba con su profunda afición al estudio de los hechos criminales, y dedicaba sus inmensas facultades y extraordinarias dotes de observación a seguir determinadas pistas y aclarar los hechos misteriosos que la Policía oficial había puesto de lado por considerarlos insolubles. Habían llegado hasta mí, de cuando en cuando, ciertos vagos rumores acerca de sus actividades: que lo habían llamado a Odesa cuando el asesinato de Trepoff; que había puesto en claro la extraña tragedia de los hermanos Atkinson en Trincomalee, y, por último, de cierto cometido que había desempeñado de manera tan delicada y con tanto éxito por encargo de la familia reinante de Holanda. Sin embargo, fuera de estas señales de su actividad, que yo me limité a compartir con todos los lectores de la Prensa diaria, era muy poco lo que había sabido de mi antiguo amigo y compañero.

Regresaba yo cierta noche, la del 20 de marzo de 1888, de una visita a un enfermo (porque había vuelto a consagrarme al ejercicio de la medicina civil) y tuve que pasar por Baker Street Al cruzar por delante de la puerta que tan gratos recuerdos tenía para mí, y que por fuerza tenía que asociarse siempre en mi mente con mi noviazgo y con los tétricos episodios del Estudio en escarlata, me asaltó un vivo deseo de volver a charlar con Holmes y de saber en qué estaba empleando sus extraordinarias facultades. Vi sus habitaciones brillantemente iluminadas y, cuando alcé la vista hacia ellas, llegué incluso a distinguir su figura, alta y enjuta, al proyectarse por dos veces su negra silueta sobre la cortina. Sherlock Holmes se paseaba por la habitación a paso vivo con impaciencia, la cabeza caída sobre el pecho las manos entrelazadas por detrás de la espalda. Para mí, que conocía todos sus humores y hábitos, su actitud y sus maneras tenían cada cual un significado propio. Otra vez estaba dedicado al trabajo. Había salido de las ensoñaciones provocadas por la droga, y estaba lanzado por el husmillo fresco de algún problema nuevo Tiré de la campanilla de llamada, y me hicieron subir a la habitación que había sido parcialmente mía.

Sus maneras no eran efusivas. Rara vez lo eran pero, según yo creo, se alegró de verme. Sin hablar apenas, pero con mirada cariñosa, me señaló con un vaivén de la mano un sillón, me echó su caja de cigarros, me indicó una garrafa de licor y un recipiente de agua de seltz que había en un rincón. Luego se colocó en pie delante del fuego, y me paso revista con su característica manera introspectiva.

-Le sienta bien el matrimonio -dijo a modo de comentario-. Me está pareciendo, Watson, que ha engordado usted siete libras y media desde la última vez que le vi.

-Siete -le contesté.

-Pues, la verdad, yo habría dicho que un poquitín más. Yo creo, Watson, que un poquitín más. Y, por lo que veo, otra vez ejerciendo la medicina. No me había dicho usted que tenía el propósito de volver a su trabajo.

-Pero ¿cómo lo sabe usted?

-Lo estoy viendo; lo deduzco. -Cómo sé que últimamente ha cogido usted mucha humedad, y que tiene a su servicio una doméstica torpe y descuidada?

-Mi querido Holmes -le dije-, esto es demasiado. De haber vivido usted hace unos cuantos siglos, con seguridad que habría acabado en la hoguera. Es cierto que el jueves pasado tuve que hacer una excursión al campo y que regresé a mi casa todo sucio; pero como no es ésta la ropa que llevaba no puedo imaginarme de qué saca usted esa deducción. En cuanto a Marijuana, sí que es una muchacha incorregible, y por eso mi mujer le ha dado ya el aviso de despido; pero tampoco sobre ese detalle consigo imaginarme de qué manera llega usted a razonarlo.

Sherlock Holmes se rió por lo bajo y se frotó las manos, largas y nerviosas. -Es la cosa más sencilla -dijo-. La vista me dice que en la parte interior de su zapato izquierdo, precisamente en el punto en que se proyecta la claridad del fuego de la chimenea, está el cuero marcado por seis cortes casi paralelos. Es evidente que han sido producidos por alguien que ha rascado sin ningún cuidado el borde de la suela todo alrededor para arrancar el barro seco. Eso me dio pie para mi doble deducción de que había salido usted con mal tiempo y de que tiene un ejemplar de doméstica londinense que rasca las botas con verdadera mala saña. En lo referente al ejercicio de la medicina, cuando entra un caballero en mis habitaciones oliendo a cloroformo, y veo en uno de los costados de su sombrero de copa un bulto saliente que me indica dónde ha escondido su estetoscopio, tendría yo que ser muy torpe para no dictaminar que se trata de un miembro en activo de la profesión médica.

No pude menos de reírme de la facilidad con que explicaba el proceso de sus deducciones, y le dije:

-Siempre que le oigo aportar sus razones, me parece todo tan ridículamente sencillo que yo mismo podría haberlo hecho con facilidad, aunque, en cada uno de los casos, me quedo desconcertado hasta que me explica todo el proceso que ha seguido. Y, sin embargo, creo que tengo tan buenos ojos como usted.

-Así es, en efecto- me contestó, encendiendo un cigarrillo y dejándose caer en un sillón. Usted ve, pero no se fija. Es una distinción clara. Por ejemplo, usted ha visto con frecuencia los escalones para subir desde el vestíbulo a este cuarto.

-Muchas veces.

-¿Como cuántas?

-Centenares de veces.

-Dígame entonces cuántos escalones hay.

-¿Cuántos? Pues no lo sé.

-¡Lo que yo le decía! Usted ha visto, pero no se ha fijado. Ahí es donde yo hago hincapié. Pues bien: yo sé que hay diecisiete escalones, porque los he visto y, al mismo tiempo, me he fijado. A propósito, ya que le interesan a usted estos pequeños problemas, y puesto que ha llevado su bondad hasta hacer la crónica de uno o dos de mis insignificantes experimentos, quizá sienta interés por éste.

Me tiró desde donde él estaba una hoja de un papel de cartas grueso y de color de rosa, que había estado hasta ese momento encima de la mesa. Y añadió:

-Me llegó por el último correo. Léala en voz alta.

Era una carta sin fecha, sin firma y sin dirección. Decía: Esta noche, a las ocho menos cuarto, irá a visitar a usted un caballero que desea consultarle sobre un asunto del más alto interés. Los recientes servicios que ha prestado usted a una de las casas reinantes de Europa han demostrado que es usted la persona a la que se pueden confiar asuntos cuya importancia no es posible exagerar. En esta referencia sobre usted coinciden las distintas fuentes en que nos hemos informado. Esté usted en sus habitaciones a la hora que se le indica, y no tome a mal que el visitante se presente enmascarado.

-Este si que es un caso misterioso- comenté yo-. ¿Qué cree usted que hay detrás de esto?

-No poseo todavía datos. Constituye un craso error el teorizar sin poseer datos. Uno empieza de manera insensible a retorcer los hechos para acomodarlos a sus hipótesis, en vez de acomodar las hipótesis a los hechos. Pero, circunscribiéndonos a la carta misma, ¿qué saca usted de ella?

Yo examiné con gran cuidado la escritura y el papel.

-Puede presumirse que la persona que ha escrito esto ocupa una posición desahogada -hice notar, esforzándome por imitar los procedimientos de mi compañero. Es un papel que no se compra a menos de media corona el paquete. Su cuerpo y su rigidez son característicos.

-Ha dicho usted la palabra exacta: característicos -comentó Holmes-. Ese papel no es en modo alguno inglés. Póngalo al trasluz.

Así lo hice, y vi una E mayúscula con una g minúscula, una P y una G mayúscula seguida de una t minúscula, entrelazadas en la fibra misma del papel.

-¿Qué saca usted de eso?-preguntó Holmes.

-Debe de ser el nombre del fabricante, o mejor dicho, su monograma.

-De ninguna manera. La G mayúscula con t minúscula equivale a Gesellschaft, que en alemán quiere decir Compañía. Es una abreviatura como nuestra Cía. La P es, desde luego, Papier. Veamos las letras Eg. Echemos un vistazo a nuestro Diccionario Geográfico.

Bajó de uno de los estantes un pesado volumen pardo, y continuó:

-Eglow, Eglonitz... Aquí lo tenemos, Egria. Es una región de Bohemia en la que se habla alemán, no lejos de Carlsbad. Es notable por haber sido el escenario de la muerte de Vallenstein y por sus muchas fábricas de cristal y de papel. -Ajajá, amigo mío, ¿qué saca usted de este dato?

Le centelleaban los ojos, y envió hacía el techo una gran nube triunfal del llamo azul de su cigarrillo.

-El papel ha sido fabricado en Bohemia -le dije.

-Exactamente. Y la persona que escribió la carta es alemana, como puede deducirse de la manera de redactar una de sus sentencias. Ni un francés ni un ruso le habrían dado ese giro. Los alemanas tratan con muy poca consideración a sus verbos. Sólo nos queda, pues, por averiguar qué quiere este alemán que escribe en papel de Bohemia y que prefiere usar una máscara a mostrar su cara. Pero, si no me equivoco, aquí está él para aclarar nuestras dudas.

Mientras Sherlock Holmes hablaba, se oyó estrépito de cascos de caballos y el rechinar de unas ruedas rozando el bordillo de la acera, todo ello seguido de un fuerte campanillazo en la puerta de calle. Holmes dejó escapar un silbido y dijo:

-De dos caballos, a juzgar por el ruido.

Luego prosiguió, mirando por la ventana:

-Sí, un lindo coche brougham, tirado por una yunta preciosa. Ciento cincuenta guineas valdrá cada animal. Watson, en este caso hay dinero o, por lo menos, aunque no hubiera otra cosa.

-Holmes, estoy pensando que lo mejor será que me retire.

-De ninguna manera, doctor. Permanezca donde está. Yo estoy perdido sin mi Boswell . Esto promete ser interesante. Sería una lástima que usted se lo perdiese.

-Pero quizá su cliente…

-No se preocupe de él. Quizá yo necesite la ayuda de usted y él también. Aquí llega. Siéntese en ese sillón, doctor, y préstenos su mayor atención.

Unos pasos, lentos y fuertes, que se habían oído en las escaleras y en el pasillo se detuvieron junto a la puerta, del lado exterior. Y de pronto resonaron unos golpes secos.

-¡Adelante! -dijo Holmes. Entró un hombre que no bajaría de los seis pies y seis pulgadas de estatura, con el pecho y los miembros de un Hércules. Sus ropas eran de una riqueza que en Inglaterra se habría considerado como lindando con el mal gusto. Le acuchillaban las mangas y los delanteros de su chaqueta cruzada unas posadas franjas de astracán, y su capa azul oscura, que tenía echada hacia atrás sobre los hombros, estaba forrada de seda color llama, y sujeta al cuello con un broche consistente en un berilo resplandeciente. Unas botas que le llegaban hasta la media pierna, y que estaban festoneadas en los bordes superiores con rica piel parda, completaban la impresión de bárbara opulencia que producía el conjunto de su aspecto externo. Traía en la mano un sombrero de anchas alas y, en la parte superior del rostro, tapándole hasta más abajo de los pómulos, ostentaba un antifaz negro que, por lo visto, se había colocado en ese mismo instante, porque aún tenía la mano puesta en él cuando hizo su entrada. A juzgar por las facciones de la parte inferior de la cara, se trataba de un hombre de carácter voluntarioso, de labio inferior grueso y caído, y barbilla prolongada y recta, que sugería una firmeza llevada hasta la obstinación.

-¿Recibió usted mi carta? -preguntó con voz profunda y ronca, de fuerte acento alemán-. Le anunciaba mi visita.

Nos miraba tan pronto al uno como al otro, dudando a cuál de los dos tenía que dirigirse.

-Tome usted asiento por favor -le dijo Sherlock Holmes-. Este señor es mi amigo y colega, el doctor Watson, que a veces lleva su amabilidad hasta ayudarme en los casos que se me presentan ¿A quién tengo el honor de hablar?

-Puede hacerlo como si yo fuese el conde von Kramm, aristócrata bohemio. Doy por supuesto este caballero amigo suyo es hombre de honor discreto al que yo puedo confiar un asunto de la mayor importancia. De no ser así, preferiría muchísimo tratar con usted solo.

Me levanté para retirarme, pero Holmes me agarró de la muñeca y me empujó, obligándome a sentarme.

-O a los dos, o a ninguno -dijo-. Puede usted hablar delante de este caballero todo cuanto quiera decirme a mí.

El conde encogió sus anchos hombros, y dijo:

-Siendo así, tengo que empezar exigiendo de ustedes un secreto absoluto por un plazo de dos años, pasados los cuales el asunto carecerá de importancia. En este momento, no exageraría afirmando que la tiene tan grande que pudiera influir en la historia de Europa.

-Lo prometo -dijo Holmes.

-Y yo también.

-Ustedes disculparán este antifaz -prosiguió nuestro extraño visitante-. La augusta persona que se sirve de mí desea que su agente permanezca incógnito para ustedes, y no estará de más que confiese desde ahora mismo que el título nobiliario que he adoptado no es exactamente el mío.

-Ya me había dado cuenta de ello -dijo secamente Holmes.

-Trátase de circunstancias sumamente delicadas, y es preciso tomar toda clase de precauciones para ahogar lo que pudiera llegar a ser un escándalo inmenso y comprometer seriamente a una de las familias reinantes de Europa. Hablando claro, está implicada en este asunto la gran casa de los Ormstein, reyes hereditarios de Bohemia.

-También lo sabía-murmuró Holmes arrellanándose en su sillón, y cerrando los ojos.

Nuestro visitante miró con algo de evidente sorpresa la figura lánguida y repantigada de aquel hombre, al que sin duda le habían pintado como al razonador más incisivo y al agente más enérgico de Europa. Holmes reabrió poco a poco los ojos y miró con impaciencia a su gigantesco cliente.

-Si su majestad se dignase exponer su caso -dijo a modo de comentario-, estaría en mejores condiciones para aconsejarle.

Nuestro hombre saltó de su silla, y se puso a pasear por el cuarto, presa de una agitación imposible de dominar. De pronto se arrancó el antifaz de la cara con un gesto de desesperación, y lo tiró al suelo, gritando:

-Está usted en lo cierto. Yo soy el rey. ¿Por qué voy a tratar de ocultárselo?.

-Naturalmente. ¿Por qué? -murmuró Holmes-. Aún no había hablado su majestad y ya me había yo dado cuenta de que estaba tratando con Wilhelm Gottsreich Sigismond von Ormstein, gran duque de Cassel Falstein y rey hereditario de Bohemia.

-Pero ya comprenderá usted -dijo nuestro extraño visitante, volviendo a tomar asiento y pasándose la mano por su frente, alta y blanca- ya comprenderá usted, digo, que no estoy acostumbrado a realizar personalmente esta clase de gestiones.

Se trataba, sin embargo, de un asunto tan delicado que no podía confiárselo a un agente mío sin entregarme en sus manos. He venido bajo incógnito desde Praga con el propósito de consultar con usted.

-Pues entonces, consúlteme -dijo Holmes, volviendo una vez más a cerrar los ojos.

-He aquí los hechos, brevemente expuestos: Hará unos cinco años, y en el transcurso de una larga estancia mía en Varsovia, conocí a la célebre aventurera Irene Adler. Con seguridad que ese nombre le será familiar a usted.

-Doctor, tenga la amabilidad de buscarla en el índice-murmuró Holmes sin abrir los ojos.

Venía haciendo extractos de párrafos referentes a personas y cosas, Y era difícil tocar un tema o hablar de alguien sin que él pudiera suministrar en el acto algún dato sobre los mismos. En el caso actual encontré la biografía de aquella mujer, emparedada entre la de un rabino hebreo y la de un oficial administrativo de la Marina, autor de una monografía acerca de los peces abismales.

-Déjeme ver -dijo Holmes-. ¡Ejem! Nacida en Nueva Jersey el año mil ochocientos cincuenta y ocho. Contralto. ¡Ejem! La Scala. ¡Ejem! Prima donna en la Opera Imperial de Varsovia... Eso es... Retirada de los escenarios de ópera, ¡Ajá! Vive en Londres... ¡Justamente!... Según tengo entendido, su majestad se enredó con esta joven, le escribió ciertas cartas comprometedoras, y ahora desea recuperarlas.

-Exactamente... Pero ¿cómo?.

-¿Hubo matrimonio secreto?.

-En absoluto.

-¿Ni papeles o certificados legales?.

-Ninguno.

-Pues entonces, no alcanzo a ver adónde va a parar su majestad. En el caso de que esta joven exhibiese cartas para realizar un chantaje, o con otra finalidad cualquiera, ¿cómo iba ella a demostrar su autenticidad?

-Esta la letra.

-¡Puf! Falsificada.

-Mi papel especial de cartas.

-Robado.

-Mi propio sello.

-Imitado.

-Mi fotografía.

-Comprada.

-En la fotografía estamos los dos.

-¡Vaya, vaya! ¡Esto sí que está mal! Su majestad cometió, desde luego, una indiscreción.

-Estaba fuera de mí, loco.

-Se ha comprometido seriamente.

-Entonces yo no era más que príncipe heredero. Y, además, joven. Hoy mismo no tengo sino treinta años.

-Es preciso recuperar esa fotografía.

-Lo hemos intentado y fracasamos.

-Su majestad tiene que pagar. Es preciso comprar esa fotografía.

-Pero ella no quiere venderla.

-Hay que robársela entonces.

-Hemos realizado cinco tentativas. Ladrones a sueldo mío registraron su casa de arriba abajo por dos veces. En otra ocasión, mientras ella viajaba, sustrajimos su equipaje. Le tendimos celadas dos veces más. Siempre sin resultado.

-¿No encontraron rastro alguno de la foto?

-En absoluto.

Holmes se echó a reír y dijo:

-He ahí un problemita peliagudo.

-Pero muy serio para mí -le replicó en tono de reconvención el rey.

-Muchísimo, desde luego. Pero ¿qué se propone hacer ella con esa fotografía?

-Arruinarme.

-¿Cómo?

-Estoy en vísperas de contraer matrimonio.

-Eso tengo entendido.

-Con Clotilde Lothman von Saxe Meningen. Hija segunda del rey de Escandinavia.

Quizá sepa usted que es una familia de principios muy estrictos. Y ella misma es la esencia de la delicadeza. Bastaría una sombra de duda acerca de mi conducta para que todo se viniese abajo.

-¿Y qué dice Irene Adler?

-Amenaza con enviarles la fotografía. Y lo hará. Estoy seguro de que lo hará. Usted no la conoce. Tiene un alma de acero. Posee el rostro de la más hermosa de las mujeres y el temperamento del más resuelto de los hombres. Es capaz de llegar a cualquier extremo antes de consentir que yo me case con otra mujer.

-¿Esta seguro de que no la ha enviado ya?

-Lo estoy.

-¿ Por qué razón?

-Porque ella aseguró que la enviará el día mismo en que se haga público el compromiso matrimonial. Y eso ocurrirá el lunes próximo.

-Entonces tenemos por delante tres días aún -exclamó Holmes, bostezando-. Es una suerte, porque en este mismo instante traigo entre manos un par de asuntos de verdadera importancia, Supongo que su majestad permanecerá por ahora en Londres, ¿no es así?

-Desde luego. Usted me encontrará en el Langham, bajo el nombre de conde von Kramm.

-Le haré llegar unas líneas para informarle de cómo llevamos el asunto.

-Hágalo así, se lo suplico, porque vivo en una pura ansiedad.

-Otra cosa. ¿Y la cuestión dinero?

-Tiene usted carte blanche.

-¿Sin limitaciones?

-Le aseguro que daría una provincia de mi reino por tener en mi poder la fotografía.

-¿Y para gastos de momento?

El rey sacó de debajo de su capa un grueso talego de gamuza, y lo puso encima de la mesa, diciendo:

-Hay trescientas libras en oro y setecientas en billetes.

Holmes garrapateó en su cuaderno un recibo, y se lo entregó.

-¿Y la dirección de esa señorita? -preguntó.

-Pabellón Briony. Serpentine Avenue, St. John's Wood.

Holmes tomó nota, y dijo:

-Otra pregunta: ¿era la foto de tamaño exposición?

-Sí que lo era.

-Entonces, majestad, buenas noches, y espero que no tardaremos en tener alguna buena noticia para usted. Y a usted también, Watson, buenas noches -agregó así que rodaron en la calle las ruedas del brougham real-. Si tuviese la amabilidad de pasarse por aquí mañana por la tarde, a las tres, me gustaría charlar con usted de este asuntito.

II

A las tres en punto me encontraba yo en Barker Street, pero Holmes no había regresado todavía. La dueña me informó que había salido de casa poco después de las ocho de la mañana. Me senté, no obstante, junto al fuego, resuelto a esperarle por mucho que tardase. Esta investigación me había interesado profundamente; no estaba rodeada de ninguna de las características extraordinarias y horrendas que concurrían en los dos crímenes que he dejado ya relatados, pero la índole del caso y la alta posición del cliente de Holmes lo revestían de un carácter especial. La verdad es que, con independencia de la índole de las pesquisas que mi amigo emprendía, había en su magistral manera de abarcar las situaciones, y en su razonar agudo e incisivo, un algo que convertía para mí en un placer el estudio de su sistema de trabajo, y el seguirle en los métodos, rápidos y sutiles, con que desenredaba los misterios más inextricables. Me hallaba yo tan habituado a verle triunfar que ni siquiera me entraba en la cabeza la posibilidad de un fracaso suyo.

Eran ya cerca de las cuatro cuando se abrió la puerta y entró en la habitación un mozo de caballos, con aspecto de borracho, desaseado, de puntillas largas, cara abotagada y ropas indecorosas. A pesar de hallarme acostumbrado a la asombrosa habilidad de mi amigo para el empleo de disfraces, tuve que examinarlo muy detenidamente antes de cerciorarme de que era él en persona Me saludó con una inclinación de cabeza y se metió en su dormitorio, del que volvió a salir antes de cinco minutos vestido con traje de mezclilla y con su aspecto respetable de siempre.

-Pero ¡quien iba a decirlo! -exclamé yo, y él se rió hasta sofocarse; y rompió de nuevo a reír y tuvo que recostarse en su sillón, desmadejado e impotente.

-¿De qué se ríe?

-La cosa tiene demasiada gracia. Estoy seguro de que no es

usted capaz de adivinar en qué invertí la mañana, ni lo que acabé por hacer.

-No puedo imaginármelo, aunque supongo que habrá estado estudiando las costumbres, y hasta quizá la casa de la señorita Irene Adler.

-Exactamente, pero las consecuencias que se me originaron han sido bastante fuera de lo corriente. Se lo voy a contar. Salí esta mañana de casa poco después de las ocho, caracterizado de mozo de caballos, en busca de colocación. Existe entre la gente de caballerizas una asombrosa simpatía y hermandad masónica. Sea usted uno de ellos, y sabrá todo lo que hay que saber. Pronto di con el Pabellón Briony. Es una joyita de chalet, con jardín en la parte posterior, pero con su fachada de dos pisos construida en línea con la calle. La puerta tiene cerradura sencilla. A la derecha hay un cuarto de estar, bien amueblado, con ventanas largas, que llegan casi hasta el suelo y que tienen anticuados cierres ingleses de ventana, que cualquier niño es capaz de abrir. En la fachada posterior no descubrí nada de particular, salvo que la ventana del pasillo puede alcanzarse desde el techo del edificio de la cochera. Caminé alrededor de la casa y lo examiné todo cuidadosamente y desde todo punto de vista, aunque sin descubrir ningún otro detalle de interés. Luego me fui paseando descansadamente calle adelante, y descubrí, tal como yo esperaba, unos establos en una travesía que corre a lo largo de una de las tapias del jardín. Eché una mano a los mozos de cuadra en la tarea de almohazar los caballos, y me lo pagaron con dos peniques, un vaso de mitad y mitad, dos rellenos de la cazoleta de mi pipa con mal tabaco, y todos los informes que yo podía apetecer acerca de la señorita Adler, sin contar con los que me dieron acerca de otra media docena de personas de la vecindad, en las cuales yo no tenía ningún interés, pero que no tuve más remedio que escuchar.

-¿Y qué supo de Irene Adler? -le pregunté.

-Pues verá usted, tiene locos a todos los hombres que viven por allí. Es la cosa más linda que haya bajo un sombrero en todo el planeta. Así aseguran, como un solo hombre, todos los de las caballerizas de Serpentine. Lleva una vida tranquila, canta en conciertos, sale todos los días en carruaje a las cinco, y regresa a las siete en punto para cenar.

Salvo cuando tiene que cantar, es muy raro que haga otras salidas. Sólo es visitada por un visitante varón, pero lo es con mucha frecuencia. Es un hombre moreno, hermoso, impetuoso, no se pasa un día sin que la visite, y en ocasiones lo hace dos veces el mismo día. Es un tal señor Godfrey Norton del colegio de abogados de Inner Temple. Fíjese en todas las ventajas que ofrece para ser confidente el oficio de cochero. Estos que me hablaban lo habían llevado a su casa una docena de veces, desde las caballerizas de Serpentine, y estaban al cabo de la calle sobre su persona. Una vez que me hube enterado de todo cuanto podían decirme, me dediqué otra vez a pasearme calle arriba y calle abajo por cerca del Pabellón Briony, y a trazarme mi plan de campaña. Este Godfrey Norton jugaba, sin duda, un gran papel en el asunto. Era abogado lo cual sonaba de una manera ominosa. ¿Qué clase de relaciones existía entre ellos, y qué finalidad tenían sus repetidas visitas? ¿Era ella cliente, amiga o amante suya? En el primero de estos casos era probable que le hubiese entregado a él la fotografía. En el último de los casos, ya resultaba menos probable. De lo que resultase dependía el que yo siguiese con mi labor en el Pabellón Briony o volviese mi atención a las habitaciones de aquel caballero, en el Temple. Era un punto delicado y que ensanchaba el campo de mis investigaciones. Me temo que le estoy aburriendo a usted con todos estos detalles, pero si usted ha de hacerse cargo de la situación, es preciso que yo le exponga mis pequeñas dificultades.

-Le sigo a usted con gran atención -le contesté.

-Aún seguía sopesando el tema en mi mente cuando se detuvo delante del Pabellón Briony un coche de un caballo, y saltó fuera de él un caballero. Era un hombre de extraordinaria belleza, moreno, aguileño, de bigotes, sin duda alguna el hombre del que me habían hablado. Parecía tener mucha prisa, gritó al cochero que esperase, e hizo a un lado con el brazo a la doncella que le abrió la puerta, con el aire de quien está en su casa. Permaneció en el interior cosa de media hora, y yo pude captar rápidas visiones de su persona, al otro lado de las ventanas del cuarto de estar, se paseaba de un lado para otro, hablaba animadamente, y agitaba los brazos. A ella no conseguí verla. De pronto volvió a salir aquel hombre con muestras de llevar aún más prisa que antes. Al subir al coche, sacó un reloj de oro del bolsillo, y miró la hora con gran ansiedad. -Salga como una exhalación -gritó-. Primero a Gross y Hankey, en Regent Street, y después a la iglesia de Santa Mónica, en Edgware Road. ¡Hay media guinea para usted si lo hace en veinte minutos!-. Allá se fueron, y, cuando yo estaba preguntándome si no haría bien en seguirlos, veo venir por la travesía un elegante landó pequeño, cuyo cochero traía aún a medio abrochar la chaqueta, y el nudo de la corbata debajo de la oreja, mientras que los extremos de las correas de su atalaje saltan fuera de las hebillas. Ni siquiera tuvo tiempo de parar delante de la puerta, cuando salió ella del vestíbulo como una flecha, y subió al coche. No hice sino verla un instante, pero me di cuenta de que era una mujer adorable, con una cara como para que un hombre se dejase matar por ella. -A la iglesia de Santa Mónica, John -le gritó-, y hay para ti medio soberano si llegas en veinte minutos.- Watson, aquello era demasiado bueno para perdérselo. Estaba yo calculando qué me convenía más, si echar a correr o colgarme de la parte trasera del landó; pero en ese instante vi acercarse por la calle a un coche de alquiler. El cochero miró y remiró al ver un cliente tan desaseado; pero yo salté dentro sin darle tiempo a que pusiese inconvenientes, y le dije: -A la iglesia de Santa Mónica, y hay para ti medio soberano si llegas en veinte minutos.- Eran veinticinco para las doce y no resultaba difícil barruntar de qué se trataba. Mi cochero arreó de lo lindo.

No creo que yo haya ido nunca en coche a mayor velocidad, pero lo cierto es que los demás llegaron antes. Cuando lo hice yo, el coche de un caballo y el landó se hallaban delante de la iglesia, con sus caballos humeantes. Pagué al cochero y me metí a toda prisa en la iglesia. No había en ella un alma, fuera de las dos a quienes yo había venido siguiendo, y un clérigo vestido de sobrepelliz, que parecía estar arguyendo con ellos. Se hallaban los tres formando grupo delante del altar. Yo me metí por el pasillo lateral muy sosegadamente, como uno que ha venido a pasar el tiempo a la iglesia. De pronto, con gran sorpresa mía, los tres que estaban junto al altar se volvieron a mirarme, y Godfrey Norton vino a todo correr hacia mí.

-¡Gracias a Dios! -exclamó-. Usted nos servirá. ¡Venga, venga!- ¿Qué ocurre?-, pregunté. -Venga, hombre, venga. Se trata de tres minutos, o de lo contrario, no será legal.-

Me llevó medio a rastras al altar, y antes que yo comprendiese de qué se trataba, me encontré mascullando respuestas que me susurraban al oído, y saliendo garante de cosas que ignoraba por completo y, en términos generales, colaborando en unir con firmes lazos a Irene Adler, soltera, con Godfrey Norton, soltero. Todo se hizo en un instante, y allí me tiene usted entre el caballero, a un lado mío, que me daba las gracias, y al otro lado la dama, haciendo lo propio, mientras el clérigo me sonreía delante, de una manera beatífica. Fue la situación más absurda en que yo me he visto en toda mi vida, y fue el recuerdo de la misma lo que hizo estallar mi risa hace un momento. Por lo visto, faltaba no sé qué requisito a su licencia matrimonial, y el clérigo se negaba rotundamente a casarlos si no presentaban algún testigo; mi afortunada aparición ahorró al novio la necesidad de lanzarse a la calle a la búsqueda de un padrino. La novia me regaló un soberano, que yo tengo intención de llevar en la cadena de mi reloj en recuerdo de aquella ocasión.

-Las cosas han tomado un giro inesperado -dije yo-. ¿Qué va a ocurrir ahora?

-Pues, la verdad, me encontré con mis planes seriamente amenazados. Saqué la impresión de que quizá la pareja se iba a largar de allí inmediatamente, lo que requeriría de mi parte medidas rapidísimas y enérgicas. Sin embargo, se separaron a la puerta de la iglesia, regresando él en su coche al Temple y ella en el suyo a su propia casa. Al despedirse, le dijo ella: -Me pasearé, como siempre, en coche a las cinco por el parque.- No oí más. Los coches tiraron en diferentes direcciones, y yo me marché a lo mío.

-Y ¿qué es lo suyo?

-Pues a comerme alguna carne fiambre y beberme un vaso de cerveza -contestó, tocando la campanilla-. He andado demasiado atareado para pensar en tomar ningún alimento, y es probable que al anochecer lo esté aún más. A propósito doctor, me va a ser necesaria su cooperación.

-Encantado.

-¿No le importará faltar a la ley?

-Absolutamente nada.

-¿Ni el ponerse a riesgo de que lo detengan?

-No, si se trata de una buena causa.

-¡Oh, la causa es excelente!

-Entonces, cuente conmigo.

-Estaba seguro de que podía contar con usted.

-Pero ¿qué es lo que desea de mí?

-Se lo explicaré una vez que la señora Turner haya traído su bandeja. Y ahora -dijo, encarándose con la comida sencilla que le había servido nuestra patrona-, como es poco el tiempo de que dispongo, tendré que explicárselo mientras como. Son ya casi las cinco. Es preciso que yo me encuentre dentro de dos horas en el lugar de la escena. La señorita, o mejor dicho, la señora Irene, regresará a las siete de su paseo en coche. Necesitamos estar junto al Pabellón Briony para recibirla.

-Y entonces, ¿qué?

-Déjelo eso de cuenta mía. Tengo dispuesto ya lo que tiene que ocurrir. He de insistir tan sólo en una cosa. Ocurra lo que ocurra, usted no debe intervenir. ¿Me entiende?

-Quiere decir que debo permanecer neutral.

-Sin hacer absolutamente nada. Ocurrirá probablemente algún incidente desagradable. Usted quédese al margen. El final será que me tendrán que llevar al interior de la casa. Cuatro o cinco minutos más tarde, se abrirá la ventana del cuarto de estar. Usted se situará cerca de la ventana abierta.

-Entendido.

-Estará atento a lo que yo haga, porque me situaré en un sitio visible para usted.

-Entendido.

-Y cuando yo levante mi mano así, arrojará usted al interior de la habitación algo que yo le daré y al mismo tiempo, dará usted la voz de ¡fuego! ¿Va usted siguiéndome?

-Completamente.

-No se trata de nada muy terrible -dijo, sacando del bolsillo un rollo largo, de forma de cigarro-. Es un cohete ordinario de humo de plomero, armado en sus dos extremos con sendas cápsulas para que se encienda automáticamente. A eso se limita su papel. Cuando dé usted la voz de fuego, la repetirá a una cantidad de personas. Entonces puede usted marcharse hasta el extremo de la calle, donde yo iré a juntarme con usted al cabo de diez minutos. ¿ Me he explicado con suficiente claridad?

-Debo mantenerme neutral, acercarme a la ventana, estar atento a usted, y, en cuanto usted me haga una señal, arrojar al interior este objeto, dar la voz de fuego, y esperarle en la esquina de la calle.

-Exactamente.

-Pues entonces confíe en mí.

-Magnífico. Pienso que quizá sea ya tiempo de que me caracterice para el nuevo papel que tengo que representar.

Desapareció en el interior de su dormitorio, regresando a los pocos minutos caracterizado como un clérigo disidente, bondadoso y sencillo. Su ancho sombrero negro, pantalones abolsados, corbata blanca, sonrisa de simpatía y aspecto general de observador curioso y benévolo eran tales, que sólo un señor John Hare sería capaz de igualarlos. A cada tipo nuevo de que se disfrazaba, parecía cambiar hasta de expresión, maneras e incluso de alma. Cuando Holmes se especializó en criminología, la escena perdió un actor, y hasta la ciencia perdió un agudo razonador.

Eran las seis y cuarto cuando salimos de Baker Street, y faltaban todavía diez minutos para la hora señalada cuando llegamos a Serpentine Avenue. Estaba ya oscurecido, y se procedía a encender los faroles del alumbrado, nos paseamos de arriba para abajo por delante del Pabellón Briony esperando a su ocupante. La casa era tal y como yo me la había figurado por la concisa descripción que de ella había hecho Sherlock Holmes, pero el lugar parecía menos recogido de lo que yo me imaginé.

Para tratarse de una calle pequeña de un barrio tranquilo, resultaba notablemente animada. Había en una esquina un grupo de hombres mal vestidos que fumaban y se reían, dos soldados de la guardia flirteando con una niñera, un afilador con su rueda y varios jóvenes bien trajeados que se paseaban tranquilamente con el cigarro en la boca.

-Esta boda -me dijo Holmes mientras íbamos y veníamos por la calle -simplifica bastante el asunto. La fotografía resulta ahora un arma de doble filo. Es probable que ella sienta la misma aversión a que sea vista por el señor Godfrey Norton, como nuestro cliente a que la princesa la tenga delante de los ojos. Ahora bien: la cuestión que se plantea es ésta: ¿dónde encontraremos la fotografía?

-Eso es, ¿dónde?

-Es muy poco probable que se la lleve de un lado para otro en su viaje. Es de tamaño de exposición. Demasiado grande para poder ocultarla entre el vestido. Sabe, además, que el rey es capaz de tenderle una celada y hacerla registrar, y, en efecto, lo ha intentado un par de veces. Podemos, pues, dar por sentado que no la lleva consigo.

-¿Dónde la tiene, entonces?

-Puede guardarla su banquero o puede guardarla su abogado. Existe esa doble posibilidad. Pero estoy inclinado a pensar que ni lo uno ni lo otro. Las mujeres son por naturaleza aficionadas al encubrimiento, pero les gusta ser ellas mismas las encubridoras. ¿Por qué razón habría de entregarla a otra persona?. Podía confiar en sí misma como guardadora; pero no sabía qué influencias políticas, directas o indirectas, podrían llegar a emplearse para hacer fuerza sobre un hombre de negocios. Tenga usted, además, en cuenta que ella había tomado la resolución de servirse de la fotografía dentro de unos días. Debe, pues, encontrarse en un lugar en que le sea fácil echar mano de la misma. Debe de estar en su propio domicilio.

-Pero la casa ha sido asaltada y registrada por dos veces.

-¡Bah! No supieron registrar debidamente.

-Y ¿cómo lo hará usted?

-Yo no haré registros.

-¿Qué hará, pues?

-Haré que ella misma me indique el sitio.

-Se negará.

-No podrá. Pero ya oigo traqueteo de ruedas. Es su coche. Ea, tenga cuidado con cumplir mis órdenes al pie de la letra.

Mientras él hablaba aparecieron, doblando la esquina de la avenida las luces laterales de un coche. Era este un bonito y pequeño landó, que avanzo con estrépito hasta detenerse delante de la puerta del Pabellón Briony. Uno de los vagabundos echó a correr para abrir la puerta del coche y ganarse de ese modo una moneda, pero otro, que se había lanzado a hacer lo propio, lo aparto violentamente. Esto dio lugar a una furiosa riña, que atizaron aún más los dos soldados de la guardia, que se pusieron de parte de uno de los dos vagabundos, y el afilador, que tomó con igual calor partido por el otro. Alguien dio un puñetazo, y en un instante la dama, que se apeaba del coche, se vio en el centro de un pequeño grupo de hombres que reñían acaloradamente y que se acometían de una manera salvaje con puños y palos. Holmes se precipitó en medio del zafarrancho para proteger a la señora; pero, en el instante mismo en que llegaba hasta ella, dejó escapar un grito y cayó al suelo con la cara convertida en un manantial de sangre. Al ver aquello, los soldados de la guardia pusieron pies en polvorosa por un lado y los vagabundos hicieron lo propio por el otro, mientras que cierto número de personas bien vestidas, que habían sido testigos de la trifulca, sin tomar parte en la misma, se apresuraron a acudir en ayuda de la señora y en socorro del herido. Irene Adler - seguiré llamándola por ese nombre- se había apresurado a subir la escalinata de su casa pero se detuvo en el escalón superior y se volvió para mirar a la calle, mientras su figura espléndida se dibujaba sobre el fondo de las luces del vestíbulo.

-¿Es importante la herida de ese buen caballero?-preguntó.

-Está muerto- gritaron varias voces.

-No, no, aún vive -gritó otra; pero si se le lleva al hospital, fallecerá antes que llegue.

-Se ha portado valerosamente -dijo una mujer-. De no haber sido por él, se habrían llevado el bolso y el reloj de la señora. Formaban una cuadrilla, y de las violentas, además. ¡Ah! Miren cómo respira ahora.

-No se le puede dejar tirado en la calle. ¿Podemos entrarlo en la casa, señora?

-¡Claro que sí! …Éntrenlo al cuarto de estar, donde hay un cómodo sofá. Por aquí, hagan el favor.

Lenta y solemnemente fue metido en el Pabellón Briony, y tendido en la habitación principal, mientras yo me limitaba a observarlo todo desde mi puesto junto a la ventana. Habían encendido las luces, pero no habían corrido las cortinas, de modo que veía a Holmes tendido en el sofá. Yo no sé si él se sentiría en ese instante arrepentido del papel que estaba representando, pero si sé que en mi vida me he sentido yo tan sinceramente avergonzado de mí mismo, como cuando pude ver a la hermosa mujer contra la cual estaba yo conspirando, y la gentileza y amabilidad con que cuidaba al herido. Sin embargo, el echarme atrás en la representación del papel que Holmes me había confiado equivaldría a la más negra traición. Endurecí mi sensibilidad y saqué de debajo de mi amplio gabán el cohete de humo. Después de todo pensé no le causamos a ella ningún perjuicio. Lo único que hacemos es impedirle que ella se lo cause a otro.

Holmes se había incorporado en el sofá, y le vi que accionaba como si le faltase el aire. Una doncella corrió a la ventana y la abrió de par en par. En ese mismo instante le vi levantar la mano y, como respuesta a esa señal, arrojé yo al interior el cohete y di la voz de ¡fuego!. No bien salió la palabra de mi boca cuando toda la muchedumbre de espectadores, bien y mal vestidos, caballeros, mozos de cuadra y criadas de servir, lanzaron a coro un agudo grito de ¡fuego! Se alzaron espesas nubes ondulantes de humo dentro de la habitación y salieron por la ventana al exterior. Tuve una visión fugaz de figuras humanas que echaban a correr, y oí dentro la voz de Holmes que les daba la seguridad de que se trataba de una falsa alarma. Me deslicé por entre la multitud vociferante, abriéndome paso hasta la esquina de la calle, y diez minutos más tarde tuve la alegría de sentir que mi amigo pasaba su brazo por el mío, alejándonos del escenario de aquel griterío.

Caminamos rápidamente y en silencio durante algunos minutos, hasta que doblamos por una de las calles tranquilas que desembocan en Edgware Road.

-Lo hizo usted muy bien, doctor -me dijo Holmes-. No hubiera sido posible mejorarlo. Todo ha salido perfectamente.

-¿Tiene ya la fotografía?

-Sé dónde está.

-¿Y cómo lo descubrió?

-Ya le dije a usted que ella me lo indicaría.

-Sigo a oscuras.

-No quiero hacer del asunto un misterio -exclamó, riéndose-. Era una cosa sencilla. Ya se daría usted cuenta de que todos cuantos estaban en la calle eran cómplices. Los había contratado para la velada.

-Lo barrunté.

-Pues cuando se armó la trifulca, yo ocultaba en la mano una pequeña cantidad de pintura roja, húmeda Me abalancé, caí, me di con fuerza en la cara con la palma de la mano, y ofrecí un espectáculo que movía a compasión. Es un truco ya viejo.

-También llegué a penetrar en ese detalle.

-Luego me metieron en la casa. Ella no tenía más remedio que recibirme. ¿Qué otra cosa podía hacer? Y tuvo que recibirme en el cuarto de estar, es decir, en la habitación misma en que yo sospechaba que se encontraba la fotografía. O allí o en su dormitorio, Y yo estaba resuelto a ver en cuál de los dos. Me tendieron en el sofá, hice como que me ahogaba, no tuvieron más remedio que abrir la ventana, y tuvo usted de ese modo su oportunidad.

-¿Y de qué le sirvió mi acción?

-De ella dependía todo. Cuando una mujer cree que su casa está ardiendo, el instinto la lleva a precipitarse hacia el objeto que tiene en más aprecio. Es un impulso irresistible, del que más de una vez me he aprovechado. Recurrí a él cuando el escándalo de la suplantación de Darlington y en el del castillo de Arnsworth. Si la mujer es casada, corre a coger en brazos a su hijito; si es soltera, corre en busca de su estuche de joyas. Pues bien: era evidente para mí que nuestra dama de hoy no guardaba en casa nada que fuese más precioso para ella que lo que nosotros buscábamos. La alarma, simulando que había estallado un fuego, se dio admirablemente. El humo y el griterío eran como para sobresaltar a una persona de nervios de acero. Ella actuó de manera magnífica. La fotografía está en un escondite que hay detrás de un panel corredizo, encima mismo de la campanilla de llamada de la derecha. Ella se plantó allí en un instante, y la vi medio sacarla fuera.

Cuando yo empecé a gritar que se trataba de una falsa alarma, volvió a colocarla en su sitio, echó una mirada al cohete, salió corriendo de la habitación, y no volví a verla. Me puse en pie y, dando toda clase de excusas, huí de la casa. Estuve dudando si apoderarme de la fotografía entonces mismo; pero el cochero había entrado en el cuarto de estar y no quitaba de mí sus ojos. Me pareció, pues, más seguro esperar. Con precipitarse demasiado quizá se echase todo a perder.

-¿Y ahora? -le pregunté.

-Nuestra investigación está prácticamente acabada. Mañana iré allí de visita con el rey, y usted puede acompañarnos, si le agrada. Nos pasarán al cuarto de estar mientras avisan a la señora, pero es probable que cuando ella se presente no nos encuentre ni a nosotros ni a la fotografía. Quizá constituye para su majestad una satisfacción el recuperarla con sus propias manos.

-¿A qué hora irán ustedes?

-A las ocho de la mañana. Ella no se habrá levantado todavía, de modo que tendremos el campo libre. Además, es preciso que actuemos con rapidez, porque quizá su matrimonio suponga un cambio completo en su vida y en sus costumbres. Es preciso que yo telegrafíe sin perder momento al rey.

Habíamos llegado a Baker Street, y nos habíamos detenido delante de la puerta. Mi compañero rebuscaba la llave en sus bolsillos cuando alguien le dijo al pasar:

-Buenas noches, señor Sherlock Holmes.

Había en ese instante en la acera varias personas, pero el saludo parecía proceder de un Joven delgado que vestía ancho gabán y que se alejó rápidamente. Holmes dijo mirando con fijeza hacia la calle débilmente alumbrada:

-Yo he oído antes esa voz. ¿Quién diablos ha podido ser?

III

Dormí esa noche en Baker Street, y nos hallábamos desayunando nuestro café con tostada cuando el rey de Bohemia entró con gran prisa en la habitación

-¿De verdad que se apoderó usted de ella? -exclamó agarrando a Sherlock Holmes por los dos hombros, y clavándole en la cara una ansiosa mirada.

-Todavía no.

-Pero ¿confía en hacerlo?

-Confío.

-Vamos entonces. Ya estoy impaciente por ponerme en camino.

-Necesitamos un carruaje.

-No, tengo esperando mi brougham

-Eso simplifica las cosas.

Bajamos a la calle, y nos pusimos una vez más en marcha hacia el Pabellón Briony.

-Irene Adler se ha casado -hizo notar Holmes.

-¡Que se ha casado! ¿Cuándo?

-Ayer.

-¿Y con quién?

-Con un abogado inglés apellidado Norton.

-Pero no es posible que esté enamorada de él.

-Yo tengo ciertas esperanzas de que lo esté.

-Y ¿por qué ha de esperarlo usted?

-Porque ello le ahorraría a su majestad todo temor de futuras molestias. Si esa dama está enamorada de su marido, será que no lo está de su majestad. Si no ama a su majestad, no habrá motivo de que se entremeta en vuestros proyectos.

-Eso es cierto. Sin embargo… ¡Pues bien: ojalá que ella hubiese sido una mujer de mi misma posición social! ¡Qué gran reina habría sabido ser!

El rey volvió a caer en un silencio ceñudo, que nadie rompió hasta que nuestro coche se detuvo en la Serpentine Avenue.

La puerta del Pabellón Briony estaba abierta y vimos a una mujer anciana en lo alto de la escalinata. Nos miró con ojos burlones cuando nos apeamos del coche del rey, y nos dijo:

-El señor Sherlock Holmes, ¿verdad?

-Yo soy el señor Holmes -contestó mi compañero alzando la vista hacia ella con mirada de interrogación y de no pequeña sorpresa.

-Me lo imaginé. Mi señora me dijo que usted vendría probablemente a visitarla. Se marchó esta mañana con su esposo en el tren que sale de Charing Cross a las cinco horas quince minutos con destino al Continente.

-¡Cómo! -exclamó Sherlock Holmes retrocediendo como si hubiese recibido un golpe, y pálido de pesar y de sorpresa-. ¿Quiere usted decirme con ello que su señora abandonó ya Inglaterra?

-Para nunca más volver.

-¿Y esos documentos? -preguntó con voz ronca el rey-. Todo

está perdido.

-Eso vamos a verlo.

Sherlock Holmes apartó con el brazo a la criada, y se precipitó al interior del cuarto de estar, seguido por el rey y por mí. Los muebles se hallaban desparramados en todas direcciones; los estantes, desmantelados; los cajones, abiertos, como si aquella dama lo hubiese registrado y saqueado todo antes de su fuga. Holmes se precipitó hacia el cordón de la campanilla, corrió un pequeño panel, y, metiendo la mano dentro del hueco, extrajo una fotografía y una carta. La fotografía era la de Irene Adler en traje de noche, y la carta llevaba el siguiente sobrescrito: -Para el señor Sherlock Holmes.-La retirará él en persona.- Mi amigo rasgó el sobre, y nosotros tres la leímos al mismo tiempo. Estaba fechada a medianoche del día anterior, y decía así:

-Mi querido señor Sherlock Holmes: La verdad es que lo hizo usted muy bien. Me la pegó usted por completo. Hasta después de la alarma del fuego no sospeché nada. Pero entonces, al darme cuenta de que yo había traicionado mi secreto, me puse a pensar. Desde hace meses me habían puesto en guardia contra usted, asegurándome que si el rey empleaba a un agente, ése sería usted, sin duda alguna.

Me dieron también su dirección. Y sin embargo, logró usted que yo le revelase lo que deseaba conocer. Incluso cuando se despertaron mis recelos, me resultaba duro el pensar mal de un anciano clérigo, tan bondadoso y simpático. Pero, como usted sabrá, también yo he tenido que practicar el oficio de actriz. La ropa varonil no resulta una novedad para mí, y con frecuencia aprovecho la libertad de movimientos que ello proporciona. Envié a John, el cochero, a que lo vigilase a usted, eché a correr escaleras arriba, me puse la ropa de paseo, como yo la llamo, y bajé cuando usted se marchaba.

Pues bien: yo le seguí hasta su misma puerta comprobando así que me había convertido en objeto de interés para el célebre señor Sherlock Holmes. Entonces, y con bastante imprudencia, le di las buenas noches, y marché al Temple en busca de mi marido.

Nos pareció a los dos que lo mejor que podríamos hacer, al vernos perseguidos por tan formidable adversario, era huir; por eso encontrará usted el nido vacío cuando vaya mañana a visitarme. Por lo que hace a la fotografía, puede tranquilizarse su cliente. Amo y soy amada por un hombre que vale más que él. Puede el rey obrar como bien le plazca, sin que se lo impida la persona a quien él lastimó tan cruelmente. La conservo tan sólo a título de salvaguardia mía, como arma para defenderme de cualquier paso que él pudiera dar en el futuro. Dejo una fotografía, que quizá le agrade conservar en su poder, y soy de usted, querido señor Sherlock Holmes, muy atentamente, Irene Norton, nacida Adler.-

-¡Qué mujer; oh, qué mujer! -exclamó el rey de Bohemia una vez que leímos los tres la carta-. No le dije lo rápida y resuelta que era? ¿No es cierto que habría sido una reina admirable? ¿No es una lástima que no esté a mi mismo nivel?

-A juzgar por lo que de esa dama he podido conocer, parece que, en efecto, ella y su majestad están a un nivel muy distinto -dijo con frialdad Holmes-. Lamento no haber podido llevar a un término más feliz el negocio de su majestad.

-Todo lo contrario, mi querido señor -exclamó el rey-. No ha podido tener un término más feliz. Me consta que su palabra es sagrada. La fotografía es ahora tan inofensiva como si hubiese ardido en el fuego.

-Me felicito de oírle decir eso a su majestad.

-Tengo contraída una deuda inmensa con usted. Dígame, por favor, de qué manera puedo recompensarle. Este anillo…

Se saco del dedo un anillo de esmeralda en forma de serpiente, y se lo presentó en la palma de la mano.

-Su majestad está en posesión de algo que yo valoro en mucho más -dijo Sherlock Holmes.

-No tiene usted más que nombrármelo.

-Esta fotografía.

El rey se le quedó mirando con asombro, y exclamó:

-¡La fotografía de Irene! Suya es, desde luego, si así lo desea.

-Doy las gracias a su majestad. De modo, pues, que ya no queda nada por tratar de este asunto. Tengo el honor de dar los buenos días a su majestad.

Holmes se inclinó, se volvió sin darse por enterado de la mano que el rey le alargaba, y echó a andar, acompañado por mí, hacia sus habitaciones.

Y así fue como se cernió, amenazador, sobre el reino de Bohemia un gran escándalo, y cómo el ingenio de una mujer desbarató los planes mejor trazados de Sherlock Holmes. En otro tiempo, acostumbraba este bromear a propósito de la inteligencia de las mujeres; pero ya no le he vuelto a oír expresarse de ese modo en los últimos tiempos. Y siempre que habla de Irene Adler, o cuando hace referencia a su fotografía, le da el honroso título de la mujer.

La liga de los pelirrojos

I

Había ido yo a visitar a mi amigo el señor Sherlock Holmes cierto día de otoño del año pasado, y me lo encontré muy enzarzado en conversación con un caballero anciano muy voluminoso, de cara rubicunda y cabellera de un subido color rojo. Iba yo a retirarme, disculpándome por mi entremetimiento, pero Holmes me hizo entrar bruscamente de un tirón, y cerró la puerta a mis espaldas.

-Mi querido Watson, no podía usted venir en mejor momento -me dijo con expresión cordial.

-Creí que estaba usted ocupado.

-Lo estoy, y muchísimo.

-Entonces puedo esperar en la habitación de al lado.

-De ninguna manera. Señor Wilson, este caballero ha sido compañero y colaborador mío en muchos de los casos que mayor éxito tuvieron, y no me cabe la menor duda de que también en el de usted me será de la mayor utilidad.

El voluminoso caballero hizo mención de ponerse en pie y me saludó con una inclinación de cabeza, que acompañó de una rápida mirada interrogadora de sus ojillos, medio hundidos en círculos de grasa.

-Tome asiento en el canapé -dijo Holmes, dejándose caer otra vez en su sillón, y juntando las yemas de los dedos, como era costumbre suya cuando se hallaba de humor reflexivo-. De sobra sé, mi querido Watson, que usted participa de mi afición a todo lo que es raro y se sale de los convencionalismos y de la monótona rutina de la vida cotidiana. Usted ha demostrado el deleite que eso le produce, como el entusiasmo que le ha impulsado a escribir la crónica de tantas de mis aventurillas, procurando embellecerlas hasta cierto punto, si usted me permite la frase.

-Desde luego, los casos suyos despertaron en mí el más vivo interés -le contesté.

-Recordará usted que hace unos días, antes que nos lanzásemos a abordar el sencillo problema que nos presentaba la señorita Mary Sutherland, le hice la observación de que los efectos raros y las combinaciones extraordinarias debíamos buscarlas en la vida misma, que resulta siempre de una osadía infinitamente mayor que cualquier esfuerzo de la imaginación.

-Sí, y yo me permití ponerlo en duda.

-En efecto, doctor, pero tendrá usted que venir a coincidir con mi punto de vista, porque, en caso contrario, iré amontonando y amontonando hechos sobre usted hasta que su razón se quiebre bajo su peso y reconozca usted que estoy en lo cierto. Pues bien: el señor Jabez Wilson, aquí presente, ha tenido la amabilidad de venir a visitarme esta mañana, dando comienzo a un relato que promete ser uno de los más extraordinarios que he escuchado desde hace algún tiempo. Me habrá usted oído decir que las cosas más raras y singulares no se presentan con mucha frecuencia unidas a los crímenes grandes, sino a los pequeños, y también, de cuando en cuando, en ocasiones en las que puede existir duda de si, en efecto, se ha cometido algún hecho delictivo. Por lo que he podido escuchar hasta ahora, me es imposible afirmar si en el caso actual estamos o no ante un crimen; pero el desarrollo de los hechos es, desde luego, uno de los más sorprendentes de que he tenido jamás ocasión de enterarme. Quizá, señor Wilson, tenga usted la extremada bondad de empezar de nuevo el relato. No se lo pido únicamente porque mi amigo, el doctor Watson, no ha escuchado la parte inicial, sino también porque la índole especial de la historia despierta en mí el vivo deseo de oír de labios de usted todos los detalles posibles. Por regla general, me suele bastar una ligera indicación acerca del desarrollo de los hechos para guiarme por los millares de casos similares que se me vienen a la memoria. Me veo obligado a confesar que en el caso actual, y según yo creo firmemente, los hechos son únicos.

El voluminoso cliente enarcó el pecho, como si aquello le enorgulleciera un poco, y sacó del bolsillo interior de su gabán un periódico sucio y arrugado. Mientras él repasaba la columna de anuncios, adelantando la cabeza, después de alisar el periódico sobre sus rodillas, yo lo estudié a él detenidamente, esforzándome, a la manera de mi compañero, por descubrir las indicaciones que sus ropas y su apariencia exterior pudieran proporcionarme.

No saqué, sin embargo, mucho de aquel examen.

A juzgar por todas las señales, nuestro visitante era un comerciante inglés de tipo corriente, obeso, solemne y de lenta comprensión. Vestía unos pantalones abolsados, de tela de pastor, a cuadros grises; una levita negra y no demasiado limpia, desabrochada delante; chaleco gris amarillento, con albertina de pesado metal, de la que colgaba para adorno un trozo, también de metal, cuadrado y agujereado. A su lado, sobre una silla, había un raído sombrero de copa y un gabán marrón descolorido, con el arrugado cuello de terciopelo. En resumidas cuentas, y por mucho que yo lo mirase, nada de notable distinguí en aquel hombre, fuera de su pelo rojo vivísimo y la expresión de disgusto y de pesar extremados que se leía en sus facciones.

La mirada despierta de Sherlock Holmes me sorprendió en mi tarea, y mi amigo movió la cabeza, sonriéndome, en respuesta a las miradas mías interrogadoras:

-Fuera de los hechos evidentes de que en tiempos estuvo dedicado a trabajos manuales, de que toma rapé, de que es francmasón, de que estuvo en China y de que en estos últimos tiempos ha estado muy atareado en escribir no puedo sacar nada más en limpio.

El señor Jabez Wilson se irguió en su asiento, puesto el dedo índice sobre el periódico, pero con los ojos en mi compañero.

-Pero, por vida mía, ¿cómo ha podido usted saber todo eso, señor Holmes? ¿Cómo averiguó, por ejemplo, que yo he realizado trabajos manuales? Todo lo que ha dicho es tan verdad como el Evangelio, y empecé mi carrera como carpintero de un barco.

-Por sus manos, señor. La derecha es un número mayor de

medida que su mano izquierda. Usted trabajó con ella, y los músculos de la misma están más desarrollados.

-Bien, pero ¿y lo del rapé y la francmasonería?

-No quiero hacer una ofensa a su inteligencia explicándole de qué manera he descubierto eso, especialmente porque, contrariando bastante las reglas de vuestra orden, usa usted un alfiler de corbata que representa un arco y un compás.

-¡Ah! Se me había pasado eso por alto. Pero ¿y lo de la escritura?

-Y ¿qué otra cosa puede significar el que el puño derecho de su manga esté tan lustroso en una anchura de cinco pulgadas, mientras que el izquierdo muestra una superficie lisa cerca del codo, indicando el punto en que lo apoya sobré el pupitre?

-Bien, ¿y lo de China?

-El pez que lleva usted tatuado más arriba de la muñeca sólo ha podido ser dibujado en China. Yo llevo realizado un pequeño estudio acerca de los tatuajes, y he contribuido incluso a la literatura que trata de ese tema. El detalle de colorear las escamas del pez con un leve color sonrosado es completamente característico de China. Si, además de eso, veo colgar de la cadena de su reloj una moneda china, el problema se simplifica aun más.

El señor Jabez Wilson se rió con risa torpona, y dijo:

-¡No lo hubiera creído! Al principio me pareció que lo que había hecho usted era una cosa por demás inteligente; pero ahora me doy cuenta de que, después de todo, no tiene ningún mérito.

-Comienzo a creer, Watson -dijo Holmes-, que es un error de parte mía el dar explicaciones. Omne ignotum pro magnifico, como no ignora usted, y si yo sigo siendo tan ingenuo, mi pobre celebridad, mucha o poca, va a naufragar. ¿Puede enseñarme usted ese anuncio, señor Wilson?

-Sí, ya lo encontré -contestó él, con su dedo grueso y colorado fijo hacia la mitad de la columna-. Aquí está. De aquí empezó todo. Léalo usted mismo, señor.

Le quité el periódico, y leí lo que sigue:

«A la liga de los pelirrojos.- Con cargo al legado del difunto Ezekiah Hopkins, Penn., EE. UU., se ha producido otra vacante que da derecho a un miembro de la Liga a un salario de cuatro libras semanales a cambio de servicios de carácter puramente nominal. Todos los pelirrojos sanos de cuerpo y de inteligencia, y de edad superior a los veintiún años, pueden optar al puesto. Presentarse personalmente el lunes, a las once, a Duncan Ross. en las oficinas de la Liga, Pope's Court. núm. 7. Fleet Street.»

-¿Qué diablos puede significar esto? -exclamé después de leer dos veces el extraordinario anuncio.

Holmes se rió por lo bajo, y se retorció en su sillón, como solía hacer cuando estaba de buen humor.

-¿Verdad que esto se sale un poco del camino trillado? -dijo-. Y ahora, señor Wilson, arranque desde la línea de salida, y no deje nada por contar acerca de usted, de su familia y del efecto que el anuncio ejerció en la situación de usted. Pero antes, doctor, apunte el periódico y la fecha.

-Es el Morning Chronicle del veintisiete de abril de mil ochocientos noventa. Exactamente, de hace dos meses.

-Muy bien. Veamos, señor Wilson.

-Pues bien: señor Holmes, como le contaba a usted -dijo Jabez Wilson secándose el sudor de la frente-, yo poseo una pequeña casa de préstamos en Coburg Square, cerca de la City. El negocio no tiene mucha importancia, y durante los últimos años no me ha producido sino para ir tirando. En otros tiempos podía permitirme tener dos empleados, pero en la actualidad sólo conservo uno; y aun a éste me resultaría difícil poder pagarle, de no ser porque se conforma con la mitad de la paga, con el propósito de aprender el oficio.

-¿Cómo se llama este joven de tan buen conformar? -preguntó Sherlock Holmes.

-Se llama Vicente Spaulding, pero no es precisamente un mozalbete. Resultaría difícil calcular los años que tiene. Yo me conformaría con que un empleado mío fuese lo inteligente que es él; sé perfectamente que él podría ganar el doble de lo que yo puedo pagarle, y mejorar de situación. Pero, después de todo, si él está satisfecho, ¿por qué voy a revolverle yo el magín?

-Naturalmente, ¿por qué va usted a hacerlo? Es para usted una verdadera fortuna el poder disponer de un empleado que quiere trabajar por un salario inferior al del mercado. En una época como la que atravesamos no son muchos los patronos que están en la situación de usted. Me está pareciendo que su empleado es tan extraordinario como su anuncio.

-Bien, pero también tiene sus defectos ese hombre -dijo el señor Wilson-. Por ejemplo, el de largarse por ahí con el aparato fotográfico en las horas en que debería estar cultivando su inteligencia, para luego venir y meterse en la bodega, lo mismo que un conejo en la madriguera, a revelar sus fotografías. Ese es el mayor de sus defectos; pero, en conjunto, es muy trabajador. Y carece de vicios.

-Supongo que seguirá trabajando con usted.

-Sí, señor. Yo soy viudo, nunca tuve hijos, y en la actualidad componen mi casa él y una chica de catorce años, que sabe cocinar algunos platos sencillos y hacer la limpieza. Los tres llevamos una vida tranquila, señor; y gracias a eso estamos bajo techado, pagamos nuestras deudas, y no pasamos de ahí. Fue el anuncio lo que primero nos sacó de quicio. Spauling se presentó en la oficina, hoy hace exactamente ocho semanas, con este mismo periódico en la mano, y me dijo: «¡Ojalá Dios que yo fuese pelirrojo, señor Wilson!» Yo le pregunté: «¿De qué se trata?» Y él me contestó: «Pues que se ha producido otra vacante en la Liga de los Pelirrojos. Para quien lo sea equivale a una pequeña fortuna, y, según tengo entendido, son más las vacantes que los pelirrojos, de modo que los albaceas testamentarios andan locos no sabiendo qué hacer con el dinero. Si mi pelo cambiase de color, ahí tenía yo un huequecito a pedir de boca donde meterme.» «Pero bueno, ¿de qué se trata?», le pregunté. Mire, señor Holmes, yo soy un hombre muy de su casa. Como el negocio vino a mí, en vez de ir yo en busca del negocio, se pasan semanas enteras sin que yo ponga el pie fuera del felpudo de la puerta del local. Por esa razón vivía sin enterarme mucho de las cosas de fuera, y recibía con gusto cualquier noticia. «¿Nunca oyó usted hablar de la Liga de los Pelirrojos?», me preguntó con asombro. «Nunca.» «Sí que es extraño, siendo como es usted uno de los candidatos elegibles para ocupar las vacantes.» «Y ¿qué supone en dinero?», le pregunté. «Una minucia. Nada más que un par de centenares de libras al año, pero casi sin trabajo, y sin que le impidan gran cosa dedicarse a sus propias ocupaciones.» Se imaginará usted fácilmente que eso me hizo afinar el oído, ya que mi negocio no marchaba demasiado bien desde hacía algunos años, y un par de centenares de libras más me habrían venido de perlas. «Explíqueme bien ese asunto», le dije. «Pues bien -me contestó mostrándome el anuncio-: usted puede ver por sí mismo que la Liga tiene una vacante, y en el mismo anuncio viene la dirección en que puede pedir todos los detalles. Según a mí se me alcanza, la Liga fue fundada por un millonario norteamericano, Ezekiah Hopkins, hombre raro en sus cosas. Era pelirrojo, y sentía mucha simpatía por los pelirrojos; por eso, cuando él falleció, se vino a saber que había dejado su enorme fortuna encomendada a los albaceas, con las instrucciones pertinentes a fin de proveer de empleos cómodos a cuantos hombres tuviesen el pelo de ese mismo color. Por lo qué he oído decir, el sueldo es espléndido, y el trabajo, escaso.» Yo le contesté: «Pero serán millones los pelirrojos que los soliciten.» «No tantos como usted se imagina -me contestó-. Fíjese en que el ofrecimiento está limitado a los londinenses, y a hombres mayores de edad. El norteamericano en cuestión marchó de Londres en su juventud, y quiso favorecer a su vieja y querida ciudad. Me han dicho, además, que es inútil solicitar la vacante cuando se tiene el pelo de un rojo claro o de un rojo oscuro; el único que vale es el color rojo auténtico, vivo, llameante, rabioso. Si le interesase solicitar la plaza, señor Wilson, no tiene sino presentarse; aunque quizá no valga la pena para usted el molestarse por unos pocos centenares de libras.» La verdad es, caballeros, como ustedes mismos pueden verlo, que mi pelo es de un rojo vivo y brillante, por lo que me pareció que, si se celebraba un concurso, yo tenía tantas probabilidades de ganarlo como el que más de cuantos pelirrojos había encontrado en mi vida. Vicente Spaulding parecía tan enterado del asunto, que pensé que podría serme de utilidad; de modo, pues, que le di la orden de echar los postigos por aquel día y de acompañarme inmediatamente. Le cayó muy bien lo de tener un día de fiesta, de modo, pues, que cerramos el negocio, y marchamos hacia la dirección que figuraba en el anuncio. Yo no creo que vuelva a contemplar un espectáculo como aquél en mi vida, señor Holmes. Procedentes del Norte, del Sur, del Este y del Oeste, todos cuantos hombres tenían un algo de rubicundo en los cabellos se habían largado a la City respondiendo al anuncio. Fleet

Street estaba obstruida de pelirrojos, y Pope's Court producía la impresión del carrito de un vendedor de naranjas. Jamás pensé que pudieran ser tantos en el país como los que se congregaron por un solo anuncio. Los había allí de todos los matices: rojo pajizo, limón, naranja, ladrillo, cerro setter, irlandés, hígado, arcilla. Pero, según hizo notar Spaulding, no eran muchos los de un auténtico rojo, vivo y llameante. Viendo que eran tantos los que esperaban, estuve a punto de renunciar, de puro desánimo; pero Spaulding no quiso ni oír hablar de semejante cosa. Yo no sé cómo se las arregló, pero el caso es que, a fuerza de empujar a éste, apartar al otro y chocar con el de más allá, me hizo cruzar por entre aquella multitud, llevándome hasta la escalera que conducía a las oficinas.

-Fue la suya una experiencia divertidísima -comentó Holmes, mientras su cliente se callaba y refrescaba su memoria con un pellizco de rapé-. Prosiga, por favor, el interesante relato.

-En la oficina no había sino un par de sillas de madera y una mesa de tabla, a la que estaba sentado un hombre pequeño, y cuyo pelo era aún más rojo que el mío. Conforme se presentaban los candidatos les decía algunas palabras, pero siempre se las arreglaba para descalificarlos por algún defectillo. Después de todo, no parecía cosa tan sencilla el ocupar una vacante. Pero cuando nos llegó la vez a nosotros, el hombrecito se mostró más inclinado hacia mí que hacia todos los demás, y cerró la puerta cuando estuvimos dentro, a fin de poder conversar reservadamente con nosotros. «Este señor se llama Jabez Wilson -le dijo mi empleado-, y desearía ocupar la vacante que hay en la Liga.» «Por cierto que se ajusta a maravilla para el puesto -contestó el otro-. Reúne todos los requisitos. No recuerdo desde cuándo no he visto pelo tan hermoso.» Dio un paso atrás, torció a un lado la cabeza, y me estuvo contemplando el pelo hasta que me sentí invadido de rubor. Y de pronto, se abalanzó hacia mí, me dio un fuerte apretón de manos y me felicitó calurosamente por mi éxito. «El titubear constituiría una injusticia -dijo-. Pero estoy seguro de que sabrá disculpar el que yo tome una precaución elemental.» Y acto continuo me agarró del pelo con ambas manos, y tiró hasta hacerme gritar de dolor. Al soltarme, me dijo: «Tiene usted lágrimas en los ojos, de lo cual deduzco que no hay trampa. Es preciso que tengamos sumo cuidado, porque ya hemos sido engañados en dos ocasiones, una de ellas con peluca postiza, y la otra, con el tinte. Podría contarle a usted anécdotas del empleo de cera de zapatero remendón, como para que se asquease de la condición humana.» Dicho esto se acercó a la ventana, y anunció a voz en grito a los que estaban debajo que había sido ocupada la vacante. Se alzó un gemido de desilusión entre los que esperaban, y la gente se desbandó, no quedando más pelirrojos a la vista que mi gerente y yo. «Me llamo Duncan Ross -dijo éste-, y soy uno de los que cobran pensión procedente del legado de nuestro noble bienhechor. ¿Es usted casado, señor Wilson? ¿Tiene usted familia?» Contesté que no la tenía. La cara de aquel hombre se nubló en el acto, y me dijo con mucha gravedad: «¡Vaya por Dios, qué inconveniente más grande! ¡Cuánto lamento oírle decir eso! Como es natural, la finalidad del legado es la de que aumenten y se propaguen los pelirrojos, y no sólo su conservación. Es una gran desgracia que usted sea un hombre sin familia.» También mi cara se nubló al oír aquello, señor Holmes, viendo que, después de todo, se me escapaba, la vacante; pero, después de pensarlo por espacio de algunos minutos, sentenció que eso no importaba. «Tratándose de otro -dijo-, esa objeción podría ser fatal; pero estiraremos la cosa en favor de una persona de un pelo como el suyo. ¿Cuándo podrá usted hacerse cargo de sus nuevas obligaciones?» «Hay un pequeño inconveniente, puesto que yo tengo un negocio mío», contesté. «¡Oh! No se preocupe por eso, señor Wilson -dijo Vicente Spaulding-. Yo me cuidaré de su negocio.» «¿Cuál será el horario?», pregunté. «De diez a dos.» Pues bien: el negocio de préstamos se hace principalmente a eso del anochecido, señor Holmes, especialmente los jueves y los viernes, es decir, los días anteriores al de paga; me venía, pues, perfectamente el ganarme algún dinerito por las mañanas. Además, yo sabía que mi empleado es una buena persona y que atendería a todo lo que se le presentase. «Ese horario me convendría perfectamente -le dije-. ¿Y el sueldo?» «Cuatro libras a la semana.» «¿En qué consistirá el trabajo?» «El trabajo es puramente nominal.» «¿Qué entiende usted por puramente nominal?» «Pues que durante esas horas tendrá usted que hacer acto de presencia en esta oficina, o, por lo menos, en este edificio. Si usted se ausenta del mismo, pierde para siempre su empleo. Sobre este punto es terminante el testamento. Si usted se ausenta de la oficina en estas horas, falta a su compromiso.» «Son nada más que cuatro horas al día, y no se me ocurrirá ausentarme», le contesté. «Si lo hiciese, no le valdrían excusas -me dijo el señor Duncan Ross-. Ni por enfermedad, negocios, ni nada. Usted tiene que permanecer aquí, so pena de perder la colocación.» «¿Y el trabajo?» «Consiste en copiar la Enciclopedia Británica. En este estante tiene usted el primer volumen. Usted tiene que procurarse tinta, plumas y papel secante; pero nosotros le suministramos esta mesa y esta silla. ¿Puede usted empezar mañana?» «Desde luego que sí», le contesté. «Entonces, señor Jabez Wilson, adiós, y permítame felicitarle una vez más por el importante empleo que ha tenido usted la buena suerte de conseguir.» Se despidió de mí con una reverencia, indicándome que podía retirarme, y yo me volví a casa con mi empleado, sin saber casi qué decir ni qué hacer, de tan satisfecho como estaba con mi buena suerte. Pues bien: me pasé el día dando vueltas en mi cabeza al asunto, y para cuando llegó la noche, volví a sentirme abatido, porque estaba completamente convencido de que todo aquello no era sino una broma o una superchería, aunque no acertaba a imaginarme qué finalidad podían proponerse. Parecía completamente imposible que hubiese nadie capaz de hacer un testamento semejante, y de pagar un sueldo como aquél por un trabajo tan sencillo como el de copiar la Enciclopedia Británica. Vicente Spaulding hizo todo cuanto le fue posible por darme ánimos, pero a la hora de acostarme había yo acabado por desechar del todo la idea. Sin embargo, cuando llegó la mañana resolví ver en qué quedaba aquello, compré un frasco de tinta de a penique, me proveí de una pluma de escribir y de siete pliegos de papel de oficio, y me puse en camino para Pope's Court. Con gran sorpresa y satisfacción mía, encontré las cosas todo lo bien que podían estar. La mesa estaba a punto, y el señor Duncan Ross, presente para cerciorarse de que yo me ponía a trabajar. Me señaló para empezar la letra A, y luego se retiró; pero de cuando en cuando aparecía por allí para comprobar que yo seguía en mi sitio. A las dos me despidió, me felicitó por la cantidad de trabajo que había hecho, y cerró la puerta del despacho después de salir yo. Un día tras otro, las cosas siguieron de la misma forma, y el gerente se presentó el sábado, poniéndome encima de la mesa cuatro soberanos de oro, en pago del trabajo que yo había realizado durante la semana. Lo mismo ocurrió la semana siguiente, y la otra. Me presenté todas las mañanas a las diez, y me ausenté a las dos. Poco a poco, el señor Duncan Ross se limitó a venir una vez durante la mañana, y al cabo de un tiempo dejó de venir del todo. Como es natural, yo no me atreví, a pesar de eso, a ausentarme de la oficina un sólo momento, porque no tenía la seguridad de que él no iba a presentarse, y el empleo era tan bueno, y me venía tan bien, que no me arriesgaba a perderlo. Transcurrieron de idéntica manera ocho semanas, durante las cuales yo escribí lo referente a los Abades, Arqueros, Armaduras, Arquitectura y Ática, esperanzado de llegar, a fuerza de diligencia, muy pronto a la b. Me gasté algún dinero en papel de oficio, y ya tenía casi lleno un estante con mis escritos. Y de pronto se acaba todo el asunto.

-¿Que se acabó?

-Sí, señor. Y eso ha ocurrido esta mañana mismo. Me presenté, como de costumbre, al trabajo a las diez; pero la puerta estaba cerrada con llave, y en mitad de la hoja de la misma, clavado con una tachuela, había un trocito de cartulina. Aquí lo tiene, puede leerlo usted mismo.

Nos mostró un trozo de cartulina blanca, más o menos del tamaño de un papel de cartas, que decía lo siguiente:

Ha Quedado Disuelta
La Liga De Los Pelirrojos
9 Octubre 1890

Sherlock Holmes y yo examinamos aquel breve anuncio y la cara afligida que había detrás del mismo, hasta que el lado cómico del asunto se sobrepuso de tal manera a toda otra consideración, que ambos rompimos en una carcajada estruendosa.

-Yo no veo que la cosa tenga nada de divertida -exclamó nuestro cliente sonrojándose hasta la raíz de sus rojos cabellos-. Si no pueden ustedes hacer en favor mío otra cosa que reírse, me dirigiré a otra parte.

-No, no -le contestó Holmes empujándolo hacia el sillón del que había empezado a levantarse-. Por nada del mundo me perdería yo este asunto suyo. Se sale tanto de la rutina, que resulta un descanso. Pero no se me ofenda si le digo que hay en el mismo algo de divertido. Vamos a ver, ¿qué pasos dio usted al encontrarse con ese letrero en la puerta?

-Me dejó de una pieza, señor. No sabía qué hacer. Entré en las oficinas de al lado, pero nadie sabía nada. Por último, me dirigí al dueño de la casa, que es contador y vive en la planta baja, y le pregunté si podía darme alguna noticia sobre lo ocurrido a la Liga de los Pelirrojos. Me contestó que jamás había oído hablar de semejante sociedad. Entonces le pregunté por el señor Duncan Ross, y me contestó que era la vez primera que oía ese nombre. «Me refiero, señor, al caballero de la oficina número cuatro», le dije. «¿Cómo? ¿El caballero pelirrojo?» «Ese mismo.» «Su verdadero nombre es William Morris. Se trata de un procurador, y me alquiló la habitación temporalmente, mientras quedaban listas sus propias oficinas. Ayer se trasladó a ellas.» «Y ¿dónde podría encontrarlo?» «En sus nuevas oficinas. Me dió su dirección. Eso es, King Edward Street, número diecisiete, junto a San Pablo.» Marché hacia allí, señor Holmes, pero cuando llegué a esa dirección me encontré con que se trataba de una fábrica de rodilleras artificiales, y nadie había oído hablar allí del señor William Morris, ni del señor Duncan Ross.

-Y ¿qué hizo usted entonces? -le preguntó Holmes.

-Me dirigí a mi casa de Saxe-Coburg Square, y consulté con mi empleado. No supo darme ninguna solución, salvo la de decirme que esperase, porque con seguridad que recibiría noticias por carta. Pero esto no me bastaba, señor Holmes. Yo no quería perder una colocación como aquélla así como así; por eso, como había oído decir que usted llevaba su bondad hasta aconsejar a la pobre gente que lo necesita, me vine derecho a usted.

-Y obró usted con gran acierto -dijo Holmes-.

El caso de usted resulta extraordinario, y lo estudiaré con sumo gusto. De lo que usted me ha informado, deduzco que aquí están en juego cosas mucho más graves de lo que a primera vista parece.

-¡Que si se juegan cosas graves! -dijo el señor Jabez Wilson-. Yo, por mi parte, pierdo nada menos que cuatro libras semanales.

-Por lo que a usted respecta -le hizo notar Holmes-, no veo que usted tenga queja alguna contra esta extraordinaria Liga. Todo lo contrario; por lo que le he oído decir, usted se ha embolsado unas treinta libras, dejando fuera de consideración los minuciosos conocimientos que ha adquirido sobre cuantos temas caen bajo la letra A. A usted no le han causado ningún perjuicio.

-No, señor. Pero quiero saber de esa gente, enterarme de quiénes son, y qué se propusieron haciéndome esta jugarreta, porque se trata de una jugarreta. La broma les salió cara, ya que les ha costado treinta y dos libras.

-Procuraremos ponerle en claro esos extremos. Empecemos por un par de preguntas, señor Wilson. Ese empleado suyo, que fue quien primero le llamó la atención acerca del anuncio, ¿qué tiempo llevaba con usted?

-Cosa de un mes.

-¿Cómo fue el venir a pedirle empleo?

-Porque puse un anuncio.

-¿No se presentaron más aspirantes que él?

-Se presentaron en número de una docena.

-¿Por qué se decidió usted por él?

-Porque era listo y se ofrecía barato.

-A mitad de salario, ¿verdad?

-Sí.

-¿Cómo es ese Vicente Spaulding?

-Pequeño, grueso, muy activo, imberbe, aunque no bajará de los treinta años. Tiene en la frente una mancha blanca, de salpicadura de algún ácido.

Holmes se irguió en su asiento, muy excitado, y dijo:

-Me lo imaginaba. ¿Nunca se fijó usted en si tiene las orejas agujereadas como para llevar pendientes?

-Sí, señor. Me contó que se las había agujereado una gitana cuando era todavía muchacho.

-¡Ejem!-dijo Holmes recostándose de nuevo en su asiento-. Y ¿sigue todavía en casa de usted?

- Sí, señor; no hace sino un instante que lo dejé.

-¿Y estuvo bien atendido el negocio de usted durante su ausencia?

-No tengo queja alguna, señor. De todos modos, poco es el negocio que se hace por las mañanas.

-Con esto me basta, señor Wilson. Tendré mucho gusto en

exponerle mi opinión acerca de este asunto dentro de un par de días. Hoy es sábado; espero haber llegado a una conclusión allá para el lunes.

II

Veamos, Watson -me dijo Holmes una vez que se hubo marchado nuestro visitante-. ¿Qué saca usted en limpio de todo esto?

-Yo no saco nada -le contesté con franqueza-. Es un asunto por demás misterioso.

-Por regla general -me dijo Holmes-, cuanto más estrambótica es una cosa, menos misteriosa suele resultar. Los verdaderamente desconcertantes son esos crímenes vulgares y adocenados, de igual manera que un rostro corriente es el más difícil de identificar. Pero en este asunto de ahora tendré que actuar con rapidez.

-Y ¿qué va usted a hacer? -le pregunté.

-Fumar -me respondió-. Es un asunto que me llevará sus tres buenas pipas, y yo le pido a usted que no me dirija la palabra durante cincuenta minutos.

Sherlock Holmes se hizo un ovillo en su sillón, levantando las rodillas hasta tocar su nariz aguileña, y de ese modo permaneció con los ojos cerrados y la negra pipa de arcilla apuntando fuera, igual que el pico de algún extraordinario pajarraco. Yo había llegado a la conclusión de que se había dormido, y yo mismo estaba cabeceando; pero Holmes saltó de pronto de su asiento con el gesto de un hombre que ha tomado una resolución, y dejó la pipa encima de la repisa de la chimenea, diciendo:

-Esta tarde toca Sarasate en St. James Hall. ¿Qué opina usted, Watson? ¿Pueden sus enfermos prescindir de usted durante algunas horas?

-Hoy no tengo nada que hacer. Mi clientela no me acapara nunca mucho.

-En ese caso, póngase el sombrero y acompáñeme. Pasaré primero por la City, y por el camino podemos almorzar alguna cosa. Me he fijado en que el programa incluye mucha música alemana, que resulta más de mi gusto que la italiana y la francesa. Es música introspectiva, y yo quiero hacer un examen de conciencia. Vamos.

Hasta Aldersgate hicimos el viaje en el ferrocarril subterráneo; un corto paseo nos llevó hasta Saxe-Coburg Square, escenario del extraño relato que habíamos escuchado por la mañana. Era ésta una placita ahogada, pequeña, de quiero y no puedo, en la que cuatro hileras de desaseadas casas de ladrillo de dos pisos miraban a un pequeño cercado, de verjas, dentro del cual una raquítica cespedera y unas pocas matas de ajado laurel luchaban valerosamente contra una atmósfera cargada de humo y adversa. Tres bolas doradas y un rótulo marrón con el nombre «Jabez Wilson», en letras blancas, en una casa que hacía esquina, servían de anuncio al local en que nuestro pelirrojo cliente realizaba sus transacciones. Sherlock Holmes se detuvo delante del mismo, ladeó la cabeza y lo examinó detenidamente con ojos que brillaban entre sus encogidos párpados. Después caminó despacio calle arriba, y luego calle abajo hasta la esquina, siempre con la vista clavada en los edificios. Regresó, por último, hasta la casa del prestamista, y, después de golpear con fuerza dos o tres veces en el suelo con el bastón, se acercó a la puerta y llamó. Abrió en el acto un joven de aspecto despierto, bien afeitado, y le invitó a entrar.

-No, gracias; quería sólo preguntar por dónde se va a Stran - dijo Holmes.

-Tres a la derecha, y luego cuatro a la izquierda contestó el empleado, apresurándose a cerrar.

-He ahí un individuo listo -comentó Holmes cuando nos alejábamos-. En mi opinión, es el cuarto en listeza de Londres, y en cuanto a audacia, quizá pueda aspirar a ocupar el tercer lugar. He tenido antes de ahora ocasión de intervenir en asuntos relacionados con él.

-Es evidente -dije yo- que el empleado del señor Wilson entre por mucho en este misterio de la Liga de los Pelirrojos. Estoy seguro de que usted le preguntó el camino únicamente para tener ocasión de echarle la vista encima.

-No a él.

-¿A quién, entonces?

-A las rodilleras de sus pantalones.

-¿Y qué vio usted en ellas?

-Lo que esperaba ver.

-¿Y por qué golpeó usted el suelo de la acera?

-Mi querido doctor, éstos son momentos de observar, no de hablar. Somos espías en campo enemigo. Ya sabemos algo de Saxe-Coburg Square. Exploremos ahora las travesías que tiene en su parte posterior.

La carretera por la que nos metimos al doblar la esquina de la apartada plaza de Saxe-Coburg presentaba con ésta el mismo contraste que la cara de un cuadro con su reverso. Estábamos ahora en una de las arterias principales por donde discurre el tráfico de la City hacia el Norte y hacia el Oeste. La calzada se hallaba bloqueada por el inmenso río del tráfico comercial que fluía en una doble marea hacia dentro y hacia fuera, en tanto que los andenes hormigueaban de gentes que caminaban presurosas. Contemplando la hilera de tiendas elegantes y de magníficos locales de negocio, resultaba difícil hacerse a la idea de que, en efecto, desembocasen por el otro lado en la plaza descolorida y muerta que acabábamos de dejar.

-Veamos -dijo Holmes, en pie en la esquina y dirigiendo su vista por la hilera de edificios adelante-. Me gustaría poder recordar el orden en que están aquí las casas. Una de mis aficiones es la de conocer Londres al dedillo. Tenemos el Mortimer's, el despacho de tabacos, la tiendecita de periódicos, la sucursal Coburg del City and Suburban Bank, el restaurante vegetalista y el depósito de las carrocerías McFarlane. Y con esto pasamos a la otra manzana, Y ahora, doctor, ya hemos hecho nuestra trabajo, y es tiempo de que tengamos alguna distracción. Un bocadillo, una taza de café, y acto seguido a los dominios del violín, donde todo es dulzura, delicadeza y armonía, y donde no existen clientes pelirrojos que nos molesten con sus rompecabezas.

Era mi amigo un músico entusiasta que no se limitaba a su gran destreza de ejecutante, sino que escribía composiciones de verdadero mérito. Permaneció toda la tarde sentado en su butaca sumido en la felicidad más completa; de cuando en cuando marcaba gentilmente con el dedo el compás de la música, mientras que su rostro de dulce sonrisa y sus ojos ensoñadores se parecían tan poco a los de Holmes el sabueso, a los de Holmes el perseguidor implacable, agudo, ágil, de criminales, como es posible concebir. Los dos aspectos de su singular temperamento se afirmaban alternativamente, y su extremada exactitud y astucia representaban, según yo pensé muchas veces, la reacción contra el humor poético y contemplativo que, en ocasiones, se sobreponía dentro de él. Ese vaivén de su temperamento lo hacía pasar desde la más extrema languidez a una devoradora energía; y, según yo tuve oportunidad de saberlo bien, no se mostraba nunca tan verdaderamente formidable como cuando se había pasado días enteros descansando ociosamente en su sillón, entregado a sus improvisaciones y a sus libros de letra gótica. Era entonces cuando le acometía de súbito el anhelo vehemente de la caza, y cuando su brillante facultad de razonar se elevaba hasta el nivel de la intuición, llegando al punto de que quienes no estaban familiarizados con sus métodos le mirasen de soslayo, como a persona cuyo saber no era el mismo de los demás mortales. Cuando aquella tarde lo vi tan arrebujado en la música de St. James Hall, tuve la sensación de que quizá se les venían encima malos momentos a aquellos en cuya persecución se había lanzado.

-Seguramente que querrá usted ir a su casa, doctor -me dijo cuando salíamos.

-Sí, no estaría de más.

-Y yo tengo ciertos asuntos que me llevarán varias horas. Este de la plaza de Coburg es cosa grave.

-¿Cosa grave? ¿Por qué?

-Está preparándose un gran crimen. Tengo toda clase de razones para creer que llegaremos a tiempo de evitarlo. Pero el ser hoy sábado complica bastante las cosas. Esta noche lo necesitaré a usted.

-¿A qué hora?

-Con que venga a las diez será suficiente.

-Estaré a las diez en Baker Street.

-Perfectamente. ¡Oiga, doctor! Échese el revólver al bolsillo, porque quizá la cosa sea peligrosilla.

Me saludó con un vaivén de la mano, giró sobre sus tacones, y desapareció instantáneamente entre la multitud.

Yo no me tengo por más torpe que mis convecinos, pero siempre que tenía que tratar con Sherlock Holmes me sentía como atenazado por mi propia estupidez. En este caso de ahora, yo había oído todo lo que él había oído, había visto lo que él había visto, y, sin embargo, era evidente, a juzgar por sus palabras, que él veía con claridad no solamente lo que había ocurrido, sino también lo que estaba a punto de ocurrir, mientras que a mí se me presentaba todavía todo el asunto como grotesco y confuso. Mientras iba en coche hasta mi casa de Kensington, medité sobre todo lo ocurrido, desde el extraordinario relato del pelirrojo copista de la Enciclopedia, hasta la visita a Saxe-Coburg Square, y las frases ominosas con que Holmes se había despedido de mí. ¿Qué expedición nocturna era aquélla, y por qué razón tenía yo que ir armado? ¿Adonde iríamos, y qué era lo que teníamos que hacer? Holmes me había insinuado que el empleado barbilampiño del prestamista era un hombre temible, un hombre que quizá estaba desarrollando un juego de gran alcance. Intenté desenredar el enigma, pero renuncié a ello con desesperanza, dejando de lado el asunto hasta que la noche me trajese una explicación.

Eran las nueve y cuarto cuando salí de mi casa y me encaminé, cruzando el Parque y siguiendo por Oxford Street, hasta Baker Street. Había parados delante de la puerta dos coches hanso, y al entrar en el Vestíbulo oí ruido de voces en el piso superior. Al entrar en la habitación de Holmes, encontré a éste en animada conversación con dos hombres, en uno de los cuales reconocí al agente oficial de Policía Peter Jones; el otro era un hombre alto, delgado, caritristón, de sombrero muy lustroso y levita abrumadoramente respetable.

-¡Aja! Ya está completa nuestra expedición -dijo Holmes, abrochándose la zamarra de marinero y cogiendo del perchero su pesado látigo de caza-. Creo que usted, Watson. conoce ya al señor Jones, de Scotlan Yard. Permítame que le presente al señor Merryweather, que será esta noche compañero nuestro de aventuras.

-Otra vez salimos de caza por parejas, como usted ve, doctor -me dijo Jones con su prosopopeya habitual-. Este amigo nuestro es asombroso para levantar la pieza. Lo que él necesita es un perro viejo que le ayude a cazarla.

-Espero que, al final de nuestra caza, no resulte que hemos estado persiguiendo fantasmas -comentó, lúgubre, el señor Merryweather.

-Caballero, puede usted depositar una buena dosis de confianza en el señor Holmes -dijo con engreimiento el agente de Policía-. Él tiene pequeños métodos propios, y éstos son, si él no se ofende porque yo se lo diga, demasiado teóricos y fantásticos, pero lleva dentro de sí mismo a un detective hecho y derecho. No digo nada de más afirmando que en una o dos ocasiones, tales como el asunto del asesinato de Sholto y del tesoro de Agra, ha andado más cerca de la verdad que la organización policíaca.

-Me basta con que diga usted eso, señor Jones -respondió con deferencia el desconocido-. Pero reconozco que echo de menos mi partida de cartas. Por vez primera en veintisiete años, dejo de jugar mi partida de cartas un sábado por la noche.

-Creo-le hizo notar Sherlock Holmes -que esta noche se juega usted algo de mucha mayor importancia que todo lo que se ha jugado hasta ahora, y que la partida le resultará más emocionante. Usted, señor Merryweather, se juega unas treinta mil libras esterlinas, y usted, Jones, la oportunidad de echarle el guante al individuo a quien anda buscando.

-A John Clay, asesino, ladrón, quebrado fraudulento y falsificador. Se trata de un individuo joven, señor Merryweather, pero marcha a la cabeza de su profesión, y preferiría esposarlo a él mejor que a ningún otro de los criminales de Londres. Este John Clay es hombre extraordinario. Su abuelo era duque de sangre real, y el nieto cursó estudios en Eton y en Oxford. Su cerebro funciona con tanta destreza como sus manos, y aunque encontramos rastros suyos a la vuelta de cada esquina, jamás sabemos dónde dar con él. Esta semana violenta una casa en Escocia, y a la siguiente va y viene por Cornwall recogiendo fondos para construir un orfanato. Llevo persiguiéndolo varios años, y nunca pude ponerle los ojos encima.

-Espero tener el gusto de presentárselo esta noche. También yo he tenido mis más y mis menos con el señor John Clay, y estoy de acuerdo con usted en que va a la cabeza de su profesión. Pero son ya las diez bien pasadas, y es hora de que nos pongamos en camino. Si ustedes suben en el primer coche, Watson y yo los seguiremos en el segundo.

Sherlock Holmes no se mostró muy comunicativo durante nuestro largo trayecto en coche, y se arrellanó en su asiento tarareando melodías que había oído aquella tarde. Avanzamos traqueteando por un laberinto inacabable de calles alumbradas con gas, y desembocamos, por fin, en Farringdon Street.

-Ya estamos llegando -comentó mi amigo-. Este Merryweather es director de un Banco, y el asunto le interesa de una manera personal. Me pareció asimismo bien el que nos acompañase Jones. No es mala persona, aunque en su profesión resulte un imbécil perfecto. Posee una positiva buena cualidad. Es valiente como un bull-dog, y tan tenaz como una langosta cuando cierra sus garras sobre alguien. Ya hemos llegado, y nos esperan.

Estábamos en la misma concurrida arteria que habíamos visitado por la mañana. Despedimos a nuestros coches y, guiados por el señor Merryweather, nos metimos por un estrecho pasaje, y cruzamos una puerta lateral que se abrió al llegar nosotros. Al otro lado había un corto pasillo, que terminaba en una pesadísima puerta de hierro. También ésta se abrió, dejándonos pasar a una escalera de piedra y en curva, que terminaba en otra formidable puerta. El señor Merryweather se detuvo para encender una linterna, y luego nos condujo por un corredor oscuro y que olía a tierra; luego, después de abrir una tercera puerta, desembocamos en una inmensa bóveda o bodega en que había amontonadas por todo su alrededor jaulas de embalaje con cajas macizas dentro.

-Desde arriba no resulta usted muy vulnerable -hizo notar Holmes, manteniendo en alto la linterna y revisándolo todo con la mirada.

-Ni desde abajo -dijo el señor Merryweather golpeando con su bastón en las losas con que estaba empedrado el suelo-. ¡Por vida mía, esto suena a hueco! -exclamó, alzando sorprendido la vista.

-Me veo obligado a pedir a usted que permanezca un poco más tranquilo -le dijo con severidad Holmes-. Acaba usted de poner en peligro todo el éxito de la expedición. ¿Puedo pedirle que tenga la bondad de sentarse encima de una de estas cajas, sin intervenir en nada?

El solemne señor Merryweather se encaramó a una de las jaulas de embalaje mostrando gran disgusto en su cara, mientras Holmes se arrodillaba en el suelo y, sirviéndose de la linterna y de una lente de aumento, comenzó a escudriñar minuciosamente las rendijas entre losa y losa. Le bastaron pocos segundos para llegar al convencimiento, porque se puso ágilmente en pie y se guardó su lente en el bolsillo.

-Tenemos por delante lo menos una hora -dijo a modo de comentario-, porque nada pueden hacer mientras el prestamista no se haya metido en la cama. Pero cuando esto ocurra, pondrán inmediatamente manos a la obra, pues cuanto antes le den fin, más tiempo les quedará para la fuga. Doctor, en este momento nos encontramos, según usted habrá ya adivinado, en los sótanos de la sucursal que tiene en la City uno de los principales bancos londinenses. El señor Merryweather es el presidente del Consejo de dirección, y él explicará a usted por qué razones puede esta bodega despertar ahora mismo vivo interés en los criminales más audaces de Londres.

-Se trata del oro francés que aquí tenemos-cuchicheó el director-. Hemos recibido ya varias advertencias de que quizá se llevase a cabo una tentativa para robárnoslo.

-¿El oro francés?

-Sí. Hace algunos meses se nos presentó la conveniencia de reforzar nuestros recursos, y para ello tomamos en préstamo treinta mil napoleones oro al Banco de Francia. Ha corrido la noticia de que no habíamos tenido necesidad de desempaquetar el dinero, y que éste se encuentra aún en nuestra bodega. Esta jaula sobre la que estoy sentado encierra dos mil napoleones empaquetados entre capas superpuestas de plomo. En este momento, nuestras reservas en oro son mucho más elevadas de lo que es corriente guardar en una sucursal, y el Consejo de dirección tenía sus recelos por este motivo.

-Recelos que estaban muy justificados -hizo notar Holmes-. Es hora ya de que pongamos en marcha nuestros pequeños planes. Calculo que de aquí a una hora las cosas habrán hecho crisis. Para empezar, señor Merryweather, es preciso que corra la pantalla de esta linterna sorda.

-¿Y vamos a permanecer en la oscuridad?

-Eso me temo. Traje conmigo un juego de cartas, pensando que, en fin de cuentas, siendo como somos una partie carree, quizá no se quedara usted sin echar su partidita habitual. Pero, según he observado, los preparativos del enemigo se hallan tan avanzados, que no podemos correr el riesgo de tener luz encendida. Y. antes que nada, tenemos que tomar posiciones. Esta gente es temeraria y, aunque los situaremos en desventaja, podrían causarnos daño si no andamos con cuidado. Yo me situaré detrás de esta jaula, y ustedes escóndanse detrás de aquéllas. Cuando yo los enfoque con una luz, ustedes los cercan rápidamente. Si ellos hacen fuego, no sienta remordimientos de tumbarlos a tiros, Watson.

Coloqué mi revólver, con el gatillo levantado, sobre la caja de madera detrás de la cual estaba yo parapetado. Holmes corrió la cortina delantera de su linterna, y nos dejó; sumidos en negra oscuridad, en la oscuridad más absoluta en que yo me encontré hasta entonces. El olor del metal caliente seguía atestiguándonos que la luz estaba encendida, pronta a brillar instantáneamente. Aquellas súbitas tinieblas, y el aire frío y húmedo de la bodega, ejercieron una impresión deprimente y amortiguadora sobre mis nervios, tensos por la más viva expectación.

-Sólo les queda un camino para la retirada -cuchicheó Holmes-; el de volver a la casa y salir a Saxe-Coburg Square. Habrá usted hecho ya lo que le pedí, ¿verdad?

-Un inspector y dos funcionarios esperan en la puerta delantera.

-Entonces, les hemos tapado todos los agujeros. Silencio, pues, y a esperar.

¡Qué larguísimo resultó aquello! Comparando notas más tarde, resulta que la espera fue de una hora y cuarto, pero yo tuve la sensación de que había transcurrido la noche y que debía de estar alboreando por encima de nuestras cabezas. Tenía los miembros entumecidos y cansados, porque no me atrevía a cambiar de postura, pero mis nervios habían alcanzado el más alto punto de tensión, y mi oído se había agudizado hasta el punto de que no sólo escuchaba la suave respiración de mis compañeros, sino que distinguía por su mayor volumen la inspiración del voluminoso Jones, de la nota suspirante del director del Banco. Desde donde yo estaba, podía mirar por encima del cajón hacia el piso de la bodega. Mis ojos percibieron de pronto el brillo de una luz.

Empezó por ser nada más que una leve chispa en las losas del empedrado, y luego se alargó hasta convertirse en una línea amarilla; de pronto, sin ninguna advertencia ni ruido, pareció abrirse un desgarrón, y apareció una mano blanca, femenina casi, que tanteó por el centro de la pequeña superficie de luz. Por espacio de un minuto o más, sobresalió la mano del suelo, con sus inquietos dedos. Se retiró luego tan súbitamente como había aparecido, y todo volvió a quedar sumido en la oscuridad, menos una chispita cárdena, reveladora de una grieta entre las losas.

Pero esa desaparición fue momentánea. Una de las losas, blancas y anchas, giró sobre uno de sus lados, produciendo un ruido chirriante, de desgarramiento, dejando abierto un hueco cuadrado, por el que se proyectó hacia fuera la luz de una linterna. Asomó por encima de los bordes una cara barbilampiña, infantil, que miró con gran atención a su alrededor y luego, haciendo palanca con las manos a un lado y otro de la abertura, se lanzó hasta sacar primero los hombros, luego la cintura, y apoyó por fin una rodilla encima del borde. Un instante después se irguió en pie a un costado del agujero, ayudando a subir a un compañero, delgado y pequeño como él, de cara pálida y una mata de pelo de un rojo vivo.

-No hay nadie -cuchicheó-. ¿Tienes el cortafrío y los talegos?… ¡Válgame Dios! ¡Salta, Archie, salta; yo le haré frente!

Sherlock Holrnes había saltado de su escondite, agarrando al intruso por el cuello de la ropa. El otro se zambulló en el agujero, y yo pude oír el desgarrón de sus faldones en los que Jones había hecho presa. Centelleó la luz en el cañón de un revólver, pero el látigo de caza de Holmes cayó sobre la muñeca del individuo, y el arma fue a parar al suelo, produciendo un ruido metálico sobre las losas.

-Es inútil, John Clay -le dijo Holmes, sin alterarse-; no tiene usted la menor probabilidad a su favor.

-Ya lo veo-contestó el otro con la mayor sangre fría-. Supongo que mi compañero está a salvo, aunque, por lo que veo, se han quedado ustedes con las colas de su chaqueta.

-Le esperan tres hombres a la puerta -le dijo Holmes.

-¿Ah, sí? Por lo visto no se le ha escapado a usted detalle. Le felicito.

-Y yo a usted -le contestó Holmes-. Su idea de los pelirrojos tuvo gran novedad y eficacia.

-En seguida va usted a encontrarse con su compinche -dijo

Jones-. Es más ágil que yo descolgándose por los agujeros. Alargue las manos mientras le coloco las pulseras.

-Haga el favor de no tocarme con sus manos sucias -comentó el preso, en el momento en que se oyó el clic de las esposas al cerrarse-. Quizá ignore que corre por mis venas sangre real. Tenga también la amabilidad de darme el tratamiento de señor y de pedirme las cosas por favor.

-Perfectamente-dijo Jones, abriendo los ojos y con una risita-. ¿Se digna, señor, caminar escaleras arriba, para que podamos llamar a un coche y conducir a su alteza hasta la Comisaría?

-Así está mejor -contestó John Clay serenamente. Nos saludó a los tres con una gran inclinación cortesana, y salió de allí tranquilo, custodiado por el detective.

-Señor Holmes -dijo el señor Merryweather, mientras íbamos tras ellos, después de salir de la bodega-, yo no sé cómo podrá el Banco agradecérselo y recompensárselo. No cabe duda de que usted ha sabido descubrir y desbaratar del modo más completo una de las tentativas más audaces de robo de bancos que yo he conocido.

-Tenía mis pequeñas cuentas que saldar con el señor John Clay-contestó Holmes-. El asunto me ha ocasionado algunos pequeños desembolsos que espero que el Banco me reembolsará. Fuera de eso, estoy ampliamente recompensado con esta experiencia, que es en muchos aspectos única, y con haberme podido enterar del extraordinario relato de la Liga de los Pelirrojos.

Ya de mañana, sentado frente a sendos vasos de whisky con soda en Baker Street, me explicó Holmes:

-Comprenda usted, Watson; resultaba evidente desde el principio que la única finalidad posible de ese fantástico negocio del anuncio de la Liga y del copiar la Enciclopedia, tenía que ser el alejar durante un número determinado de horas todos los días a este prestamista, que tiene muy poco dé listo. El medio fue muy raro, pero la verdad es que habría sido difícil inventar otro mejor. Con seguridad que fue el color del pelo de su cómplice lo que sugirió la idea al cerebro ingenioso de Clay. Las cuatro libras semanales eran un señuelo que forzosamente tenía que atraerlo, ¿y qué suponía eso para ellos, que se jugaban en el asunto muchos millares? Insertan el anuncio; uno de los granujas alquila temporalmente la oficina, y el otro incita al prestamista a que se presente a solicitar el empleo, y entre los dos se las arreglan para conseguir que esté ausente todos los días laborables. Desde que me enteré de que el empleado trabajaba a mitad de sueldo, vi con claridad que tenía algún motivo importante para ocupar aquel empleo.

-¿Y cómo llegó usted a adivinar este motivo?

-Si en la casa hubiese habido mujeres, habría sospechado que se trataba de un vulgar enredo amoroso. Pero no había que pensar en ello. El negocio que el prestamista hacía era pequeño, y no había nada dentro de la casa que pudiera explicar una preparación tan complicada y un desembolso como el que estaban haciendo. Por consiguiente, era por fuerza algo que estaba fuera de la casa. ¿Qué podía ser? Me dio en qué pensar la afición del empleado a la fotografía, y el truco suyo de desaparecer en la bodega… ¡La bodega! En ella estaba uno de los extremos de la complicada madeja. Pregunté detalles acerca del misterioso empleado, y me encontré con que tenía que habérmelas con uno de los criminales más calculadores y audaces de Londres. Este hombre estaba realizando en la bodega algún trabajo que le exigía varias horas todos los días, y esto por espacio de meses. ¿Qué puede ser?, volví a preguntarme. No me quedaba sino pensar que estaba abriendo un túnel que desembocaría en algún otro edificio. A ese punto había llegado cuando fui a visitar el lugar de la acción. Lo sorprendí a usted cuando golpeé el suelo con mi bastón. Lo que yo buscaba era descubrir si la bodega se extendía hacia la parte delantera o hacia la parte posterior. No daba a la parte delantera. Tiré entonces de la campanilla, y acudió, como yo esperaba, el empleado. El y yo hemos librado algunas escaramuzas, pero nunca nos habíamos visto. Apenas si me fijé en su cara. Lo que yo deseaba ver eran sus rodillas. Usted mismo debió de fijarse en lo desgastadas y llenas de arrugas y de manchas que estaban. Pregonaban las horas que se había pasado socavando el agujero. Ya sólo quedaba por determinar hacia dónde lo abrían. Doblé la esquina, me fijé en que el City and Suburban Bank daba al local de nuestro amigo, y tuve la sensación de haber resuelto el problema. Mientras usted, después del concierto, marchó en coche a su casa, yo me fui de visita a Scotland Yard, y a casa del presidente del directorio del Banco, con el resultado que usted ha visto.

-¿Y cómo pudo usted afirmar que realizarían esta noche su tentativa? -le pregunté.

-Pues bien: al cerrar las oficinas de la Liga daban con ello a entender que ya les tenia sin cuidado la presencia del señor Jabez Wilson; en otras palabras: que habían terminado su túnel. Pero resultaba fundamental que lo aprovechasen pronto, ante la posibilidad de que fuese descubierto, o el oro trasladado a otro sitio. Les convenía el sábado, mejor que otro día cualquiera, porque les proporcionaba dos días para huir. Por todas esas razones yo creí que vendrían esta noche.

-Hizo usted sus deducciones magníficamente -exclamé con admiración sincera-. La cadena es larga, pero, sin embargo, todos sus eslabones suenan a cosa cierta. ,

-Me libró de mi fastidio -contestó Holmes, bostezando-. Por desgracia, ya estoy sintiendo que otra vez se apodera de mí. Mi vida se desarrolla en un largo esfuerzo para huir de las vulgaridades de la existencia. Estos pequeños problemas me ayudan a conseguirlo.

-Y es usted un benefactor de la raza humana -le dije yo.

Holmes se encogió de hombros, y contestó a modo de comentario:

-Pues bien: en fin de cuentas, quizá tengan alguna pequeña utilidad. *L'homme c'est ríen, l'ouvre c'est tout*, según escribió Gustavo Flaubert a George Sand.

Un caso de identidad

Mi querido compañero -dijo Sherlock Holmes estando él y yo sentados a uno y otro lado de la chimenea, en sus habitaciones de Baker Street-, la vida es infinitamente más extraña que todo cuanto la mente del hombre podría inventar. No osaríamos concebir ciertas cosas que resultan verdaderos lugares comunes de la existencia. Si nos fuera posible salir volando por esa ventana agarrados de la mano, revolotear por encima de esta gran ciudad, levantar suavemente los techos, y asomarnos a ver las cosas raras que ocurren, las coincidencias extrañas, los proyectos, los contraproyectos, los asombrosos encadenamientos de circunstancias que laboran a través de las generaciones y desembocando en los resultados más outré, nos resultarían por demás trasnochadas e infructíferas todas las obras de ficción, con sus convencionalismos y con sus conclusiones previstas de antemano.

-Pues yo no estoy convencido de ello -le contesté-. Los casos que salen a la luz en los periódicos son, por regla general, bastante sosos y bastante vulgares. En nuestros informes policíacos nos encontramos con el realismo llevado a sus últimos límites, pero, a pesar de ello, el resultado, preciso es confesarlo, no es ni fascinador ni artístico.

-Se requiere cierta dosis de selección y de discreción al exhibir un efecto realista -comentó Holmes-. Esto se echa de menos en los informes de la Policía, en los que es más probable ver subrayadas las vulgaridades del magistrado que los detalles que encierran para un observador la esencia vital de todo el asunto. Créame, no hay nada tan antinatural como lo vulgar.

Me sonreí, moviendo negativamente la cabeza, y dije:

-Comprendo perfectamente que usted piense de esa manera. Sin duda que, dada su posición de consejero extraoficial, que presta ayuda a todo aquél que se encuentra totalmente desconcertado, en toda la superficie de tres continentes, entra usted en contacto con todos los hechos extraordinarios y sorprendentes que ocurren. Pero aquí -y al decirlo recogí del suelo el periódico de la mañana-... Hagamos una experiencia práctica. Aquí tenemos el primer encabezamiento con que yo tropiezo: «Crueldad de un marido con su mujer.» En total, media columna de letra impresa, que yo sé, sin necesidad de leerla, que no encierra sino hechos completamente familiares para mí. Tenemos, claro está, el caso de la otra mujer, de la bebida, del empujón, del golpe, de las magulladuras, de la hermana simpática o de la patrona. Los escritores más toscos no podrían inventar nada más vulgar.

-Pues bien: el ejemplo que usted pone resulta desafortunado para su argumentación -dijo Holmes, echando mano al periódico y recorriéndolo con la mirada-. Aquí se trata del caso de separación del matrimonio Dundas; precisamente yo me ocupé de poner en claro algunos detalles pequeños que tenían relación con el mismo. El marido era abstemio, no había de por medio otra mujer y la queja que se alegaba era que el marido había contraído la costumbre de terminar todas las comidas despojándose de su dentadura postiza y tirándosela a su mujer, acto que, usted convendrá conmigo, no es probable que surja en la imaginación del escritor corriente de novelas. Tome usted un pellizco de rapé, doctor, y confiese que en el ejemplo que usted puso me he anotado yo un tanto a mi favor.

Me alargó su caja de oro viejo para el rapé, con una gran amatista en el centro de la tapa. Su magnificencia contrastaba de tal manera con las costumbres sencillas y la vida llana de Holmes, que no pude menos de comentar aquel detalle.

-Me había olvidado de que llevo varias semanas sin verlo a usted -me dijo-. Esto es un pequeño recuerdo del rey de Bohemia en pago de mi colaboración en el caso de los documentos de Irene Adler.

-¿Y el anillo? -le pregunté, mirando al precioso brillante que centelleaba en uno de sus dedos.

-Procede de la familia real de Holanda, pero el asunto en que yo le serví es tan extraordinariamente delicado que no puedo confiárselo ni siquiera a usted, que ha tenido la amabilidad de hacer la crónica de uno o dos de mis pequeños problemas.

-¿Y no tiene en este momento a mano ninguno? -le pregunté con interés.

-Tengo diez o doce, pero ninguno de ellos presenta rasgos que lo hagan destacar. Compréndame, son de importancia, sin ser interesantes. Precisamente he descubierto que, de ordinario, suele ser en los asuntos sin importancia donde se presenta un campo mayor de observación, propicio al rápido análisis de causa y efecto, que es lo que da su encanto a las investigaciones. Los grandes crímenes suelen ser los más sencillos, porque, cuanto más grande es el crimen, más evidente resulta, por regla general, el móvil. En estos casos de que le hablo no hay nada que ofrezca rasgo alguno de interés, con excepción de uno bastante intrincado que me ha sido enviado desde Marsella. Sin embargo, bien pudiera ser que tuviera alguna cosa mejor antes que transcurran unos pocos minutos, porque, o mucho me equivoco, o ahí llega uno de mis clientes.

Holmes se había levantado de su sillón, y estaba en pie entre las cortinas separadas, contemplando la calle londinense, tristona y de color indefinido. Mirando por encima de su hombro, pude ver yo en la acera de enfrente a una mujer voluminosa que llevaba alrededor del cuello una boa de piel tupida, y una gran pluma rizada sobre el sombrero de anchas alas, ladeado sobre la oreja según la moda coquetona "Duquesa de Devonshire". Esa mujer miraba por debajo de esta gran panoplia hacia nuestras ventanas con gesto nervioso y vacilante, mientras su cuerpo oscilaba hacia adelante y hacia atrás, y sus dedos manipulaban inquietos con los botones de su guante. Súbitamente, en un arranque parecido al del nadador que se tira desde la orilla al agua, cruzó apresuradamente la calzada, y llegó a nuestros oídos un violento resonar de la campanilla de llamada.

-Antes de ahora he presenciado yo esos síntomas -dijo Holmes, tirando al fuego su cigarrillo-. El oscilar en la acera significa siempre que se trata de un affaire du coeur. Querría que la aconsejase, pero no está segura de que su asunto no sea excesivamente delicado para confiárselo a otra persona. Pues bien: hasta en esto podemos hacer distinciones. La mujer que ha sido gravemente perjudicada por un hombre, ya no vacila, y el síntoma corriente suele ser la ruptura del alambre de la campanilla de llamada. En este caso, podemos dar por supuesto que se trata de un asunto amoroso, pero que la joven no se siente tan irritada como perpleja o dolida. Pero aquí se acerca ella en persona para sacarnos de dudas.

Mientras Holmes hablaba, dieron unos golpes en la puerta, y entró el botones para anunciar a la señorita Mary Sutherland, mientras la interesada dejaba ver su pequeña silueta negra detrás de aquél, a la manera de un barco mercante con todas sus velas desplegadas detrás del minúsculo bote piloto. Sherlock Holmes la acogió con la espontánea amabilidad que lo distinguía. Una vez cerrada la puerta y después de indicarle con una inclinación que se sentase en un sillón, la contempló de la manera minuciosa, y sin embargo discreta, que era peculiar en él.

-¿No le parece -le dijo Holmes- que es un poco molesto para una persona corta de vista como usted el escribir tanto a máquina?

-Lo fue al principio -contestó ella-, pero ahora sé dónde están las letras sin necesidad de mirar.

De pronto, dándose cuenta de todo el alcance de sus palabras, experimentó un violento sobresalto, y alzó su vista para mirar con temor y asombro a la cara ancha y de expresión simpática.

-Usted ha oído hablar de mí, señor Holmes -exclamó-. De otro modo, ¿cómo podía saber eso?

-No le dé importancia -le dijo Holmes, riéndose-, porque la profesión mía consiste en saber cosas. Es posible que yo me haya entrenado en fijarme en lo que otros pasan por alto. Si no fuera así, ¿qué razón tendría usted para venir a consultarme?

-Vine a consultarle, señor, porque me habló de usted la señora Etherege, el paradero de cuyo esposo descubrió usted con tanta facilidad cuando la Policía y todo el mundo lo había dado por muerto. ¡Ay señor Holmes, si usted pudiera hacer eso mismo para mí! No soy rica, pero dispongo de un centenar de libras al año de renta propia, además de lo poco que gano con la máquina de escribir, y daría todo ello por saber qué ha sido del señor Hosmer Angel.

-¿Por qué salió a la calle con tal precipitación para consultarme? -preguntó Sherlock Holmes, juntando unas con otras las yemas de los dedos de sus manos, y con la vista fija en el techo.

También ahora pasó una mirada de sobresalto por el rostro algo inexpresivo de la señorita Mary Sutherland, y dijo ésta:

-En efecto, me lancé fuera de casa, como disparada, porque me irritó el ver la tranquilidad con que lo tomaba todo el señor Windibank, es decir, mi padre. No quiso ir a la Policía, ni venir a usted y, por último, en vista de que él no hacía nada y de que insistía en que nada se había perdido, me salí de mis casillas, me vestí de cualquier manera y vine derecha a visitar a usted.

-¿El padre de usted? -dijo Holmes-. Se referirá, seguramente, a su padrastro, puesto que los apellidos son distintos.

-Sí, es mi padrastro. Le llamo padre, aunque suena a cosa rara; porque sólo me lleva cinco años y dos meses de edad.

-¿Vive la madre de usted?

-Sí; mi madre vive y está bien. No me gustó mucho, señor Holmes, cuando ella contrajo matrimonio, muy poco después de morir papá, y lo contrajo con un hombre casi quince años más joven que ella. Mi padre era fontanero en la Tottenhan Court Road, y dejó al morir un establecimiento próspero, que mi madre llevó adelante con el capataz, señor Hardy; pero, al presentarse el señor Windibank, lo vendió, porque éste se consideraba muy por encima de aquello, pues era viajante en vinos. Les pagaron por el traspaso e intereses cuatro mil setecientas libras, mucho menos de lo que papá habría conseguido, de haber vivido.

Yo creía que Sherlock Holmes daría muestras de impaciencia ante aquel relato inconexo e inconsecuente; pero, por el contrario, lo escuchaba con atención reconcentrada.

-¿Proviene del negocio la pequeña renta que usted disfruta? -preguntó Holmes.

-De ninguna manera, señor; se trata de algo en absoluto independiente, y que me fue legado por mi tío Ned, de Auckland. El dinero está colocado en valores de Nueva Zelanda, al cuatro y medio por ciento. El capital asciende a dos mil quinientas libras; pero sólo puedo cobrar los intereses.

-Lo que usted me dice me resulta en extremo interesante -le dijo Holmes-. Disponiendo de una suma tan importante como son cien libras al año, además de lo que usted misma gana, viajará usted, sin duda, un poco y se concederá toda clase de caprichos. En mi opinión, una mujer soltera puede vivir muy decentemente con un ingreso de sesenta libras.

-Yo podría hacerlo con una cantidad muy inferior a ésa, señor Holmes; pero ya comprenderá que, mientras viva en casa, no deseo ser una carga para ellos, y son ellos quienes invierten el dinero mío. Naturalmente, eso ocurre sólo por ahora. El señor Windibank es quien cobra todos los trimestres mis intereses, él se los entrega a mi madre y yo me las arreglo muy bien con lo que gano escribiendo a máquina. Me pagan dos peniques por hoja, y hay muchos días en que escribo de quince a veinte hojas.

-Me ha expuesto usted su situación con toda claridad -le dijo Holmes-. Este señor es mi amigo el doctor Watson, y usted puede hablar en su presencia con la misma franqueza que delante de mí. Tenga, pues, la bondad de contarnos todo lo que haya referente a sus relaciones con el señor Hosmer Angel.

La cara de la señorita Sutherland se cubrió de rubor, y sus dedos empezaron a pellizcar nerviosamente la orla de su chaqueta.

-Lo conocí en el baile de los gasistas -nos dijo-. Acostumbraban enviar entradas a mi padre en vida de éste y siguieron acordándose de nosotros, enviándoselas a mi madre. El señor Windibank no quiso ir, nunca quería ir con nosotras a ninguna parte. Bastaba para sacarlo de sus casillas el que yo manifestase deseos de ir, aunque sólo fuese a una fiesta de escuela dominical. Sin embargo, en aquella ocasión me empeñé en ir, y dije que iría porque, ¿qué derecho tenía él a impedírmelo? Afirmó que la gente que acudiría no era como para que nosotros alternásemos con ella, siendo así que se hallarían presentes todos los amigos de mi padre. Aseguró también que yo no tenía vestido decente, aunque disponía del de terciopelo color púrpura, que ni siquiera había sacado hasta entonces del cajón. Finalmente, viendo que no se salía con la suya, marchó a Francia para negocios de su firma, y nosotras, mi madre y yo, fuimos al baile, acompañadas del señor Hardy, el que había sido nuestro encargado, y allí me presentaron al señor Hosmer Angel.

-Me imagino -dijo Holmes- que, cuando el señor Windibank regresó de Francia, se molestó muchísimo por que ustedes hubiesen ido al baile.

-Pues, verá usted; lo tomó muy a bien. Recuerdo que se echó a reír, se encogió de hombros, y afirmó que era inútil negarle nada a una mujer, porque ésta se salía siempre con la suya.

-Comprendo. De modo que en el baile de los gasistas conoció usted a un caballero llamado Hosmer Angel.

-Sí, señor. Lo conocí esa noche, y al día siguiente nos visitó para preguntar si habíamos regresado bien a casa. Después de eso nos entrevistamos con él; es decir, señor Holmes, me entrevisté yo con él dos veces, en que salimos de paseo; pero mi padre regresó a casa, y el señor Hosmer Angel ya no pudo venir de visita a ella.

-¿No?

-Verá usted, mi padre no quiso ni oír hablar de semejante cosa. No le gustaba recibir visitas, si podía evitarlas, y acostumbraba decir que la mujer debería ser feliz dentro de su propio círculo familiar. Pero, como yo le decía a mi madre, la mujer necesita empezar por crearse su propio círculo, cosa que yo no había conseguido todavía.

-¿Y qué fue del señor Hosmer Angel? ¿No hizo intento alguno para verse con usted?

-Pues verá, mi padre iba a marchar a Francia otra vez una semana más tarde, y Hosmer me escribió diciendo que sería mejor y más seguro el que no nos viésemos hasta que hubiese emprendido viaje. Mientras tanto, podíamos escribirnos, y él lo hacía diariamente. Yo recibía las cartas por la mañana, de modo que no había necesidad de que mi padre se enterase.

-¿Estaba usted ya entonces comprometida a casarse con ese caballero?

-Claro que sí, señor Holmes. Nos prometimos después del primer paseo que dimos juntos. Hosmer, el señor Angel, era cajero en unas oficinas de Leadenhall Street, y...

-¿En qué oficinas?

-Eso es lo peor del caso, señor Holmes, que lo ignoro.

-¿Dónde residía en aquel entonces?

-Dormía en el mismo local de las oficinas.

-¿Y no tiene usted su dirección?

-No, fuera de que estaban en Leadenhall Street.

-¿Y adónde, pues, le dirigía usted sus cartas?

-A la oficina de Correos de Leadenhall, para ser retiradas personalmente. Me dijo que si se las enviaba a las oficinas, los demás escribientes le embromarían por recibir cartas de una dama; me brindé, pues, a escribírselas a máquina, igual que hacía él con las suyas, pero no quiso aceptarlo, afirmando que cuando eran de mi puño y letra le producían, en efecto, la impresión de que procedían de mí, pero que si se las escribía a máquina le daban la sensación de que ésta se interponía entre él y yo. Por ese detalle podrá usted ver señor Holmes, cuánto me quería, y en qué insignificancias se fijaba.

-Sí, eso fue muy sugestivo -dijo Holmes-. Desde hace mucho tiempo tengo yo por axioma el de que las cosas pequeñas son infinitamente las más importantes. ¿No recuerda usted algunas otras pequeñeces referentes al señor Hosmer Angel?

-Era un hombre muy vergonzoso, señor Holmes. Prefería pasearse conmigo ya oscurecido, y no durante el día, afirmando que le repugnaba que se fijasen en él. Sí, era muy retraído y muy caballeroso. Hasta su voz tenía un timbre muy meloso. Siendo joven sufrió, según me dijo, de anginas e hinchazón de las glándulas, y desde entonces le quedó la garganta débil y una manera de hablar vacilante y como si se expresara cuchicheando. Vestía siempre muy bien, con mucha pulcritud y sencillez, pero padecía, lo mismo que yo, debilidad de la vista, y usaba cristales de color para defenderse de la luz.

-¿Y qué ocurrió cuando regresó a Francia su padrastro el señor Windibank?

-El señor Hosmer Angel volvió de visita a nuestra casa, y propuso que nos casásemos antes del regreso de mi padre. Tenía una prisa terrible, y me hizo jurar, con las manos sobre los Evangelios que, ocurriese lo que ocurriese, le sería siempre fiel. Mi madre dijo que tenía razón en pedirme ese juramento, y que con ello demostraba la pasión que sentía por mí. Mi madre se puso desde el primer momento de su parte, y mostraba por él mayor simpatía aún que yo. Pero cuando empezaron a hablar de celebrar la boda aquella misma semana, empecé yo a preguntar qué le parecería a mi padre; pero los dos me dijeron que no me preocupase de él, que ya se lo diríamos después, y mi madre afirmó que ella lo conformaría. Señor Holmes, eso no me gustó del todo. Me producía un efecto raro el tener que solicitar su autorización, siendo como era muy poco más viejo que yo; pero no quise hacer nada a escondidas, y escribí a mi padre a Burdeos, donde la compañía en que trabaja tiene sus oficinas de Francia, pero la carta me llegó devuelta la misma mañana de la boda.

-¿No coincidió con él, verdad?

-No, porque se había puesto en camino para Inglaterra poco antes que llegase.

-¡Mala suerte! De modo que su boda quedó fijada para el viernes. ¿Iba a celebrarse en la iglesia?

-Sí, señor, pero muy calladamente. Iba a celebrarse en St. Saviour, cerca de King's Cross, y después de la ceremonia nos íbamos a desayunar en el St. Pancras Hotel. Hosmer vino a buscarnos en un hansom, pero como nosotras éramos sólo dos, nos metió en el mismo coche, y él tomó otro de cuatro ruedas, porque era el único que había en la calle. Nosotros fuimos las primeras en llegar a la iglesia, y cuando lo hizo el coche de cuatro ruedas esperábamos que Hosmer se apearía del mismo; pero no se apeó, y cuando el cochero bajó del pescante y miró al interior, ¡allí no había nadie! El cochero manifestó que no acertaba a imaginarse qué había podido hacerse del viajero, porque lo había visto con sus propios ojos subir al coche. Eso ocurrió el viernes pasado, señor Holmes, y desde entonces no he tenido ninguna noticia que pueda arrojar luz sobre su paradero.

-Me parece que se han portado con usted de una manera vergonzosa -dijo Holmes.

-¡Oh, no señor! Era un hombre demasiado bueno y cariñoso para abandonarme de ese modo. Durante toda la mañana no hizo otra cosa que insistir en que, ocurriese lo que ocurriese, tenía yo que seguir siéndole fiel; que aunque algo imprevisto nos separase al uno del otro, tenía yo que acordarme siempre de que me había comprometido a él, y que más pronto o más tarde se presentaría a exigirme el cumplimiento de mi promesa. Eran palabras que resultaban extrañas para dichas la mañana de una boda, pero adquieren sentido por lo que ha ocurrido después.

-Lo adquieren, con toda evidencia. ¿Según eso, usted está en la creencia de que le ha ocurrido alguna catástrofe imprevista?

-Sí, señor. Creo que él previó algún peligro, pues de lo contrario no habría hablado como habló. Y pienso, además, que ocurrió lo que él había previsto.

-¿Y no tiene usted idea alguna de qué pudo ser?

-Absolutamente ninguna.

-Otra pregunta más: ¿Cuál fue la actitud de su madre en el asunto?

-Se puso furiosa, y me dijo que yo no debía volver a hablar jamás de lo ocurrido.

-¿Y su padre? ¿Se lo contó usted?

-Sí, y pareció pensar, al igual que yo, que algo le había sucedido a Hosmer, y que yo volvería a tener noticias de él. Porque, me decía, ¿qué interés podía tener nadie en llevarme hasta las puertas de la iglesia, y abandonarme allí? Si él me hubiese pedido dinero prestado, o si, después de casarse conmigo, hubiese conseguido poner mi capital a nombre suyo, pudiera haber una razón; pero Hosmer no quería depender de nadie en cuestión de dinero, y nunca quiso aceptar ni un solo chelín mío. ¿Qué podía, pues, haber ocurrido? ¿Y por qué no puede escribir? Sólo de pensarlo me pongo medio loca. Y no puedo pegar ojo en toda la noche.

Sacó de su manguito un pañuelo, y empezó a verter en él sus profundos sollozos. Sherlock Holmes le dijo, levantándose:

-Examinaré el caso en interés de usted, y no dudo de que llegaremos a resultados concretos. Descargue desde ahora sobre mí el peso de este asunto, y desentienda por completo su pensamiento del mismo. Y sobre todo, procure que el señor Hosmer Angel se desvanezca de su memoria, de la misma manera que él se ha desvanecido de su vida.

-¿Cree usted entonces que ya no volveré a verlo más?

-Me temo que no.

-¿Qué le ha ocurrido entonces?

-Deje a mi cargo esa cuestión. Desearía poseer una descripción exacta de esa persona, y cuantas cartas del mismo pueda usted entregarme.

-El sábado pasado puse un anuncio pidiendo noticias suyas en el Chronicle -dijo la joven-. Aquí tiene el texto, y aquí tiene también cuatro cartas suyas.

-Gracias. ¿La dirección de usted?

-Lyon Place, número treinta y uno, Camberwell.

-Por lo que he podido entender, el señor Angel no le dio nunca su dirección. ¿Dónde trabaja el padre de usted?

-Es viajante de Westhouse & Marbank, los grandes importadores de clarete, de Fenchurch Street.

-Gracias. Me ha expuesto usted su problema con gran claridad. Deje aquí los documentos, y acuérdese del consejo que le he dado. Considere todo el incidente como un libro cerrado, y no permita que ejerza influencia sobre su vida.

-Es usted muy amable, señor Holmes, pero yo no puedo hacer eso. Permaneceré fiel al señor Hosmer. Me hallará dispuesta cuando él vuelva.

A pesar de lo absurdo del sombrero y de su cara inexpresiva, tenía algo de noble, que imponía respeto, la fe sencilla de nuestra visitante. Depositó encima de la mesa su pequeño lío de papeles, y siguió su camino con la promesa de presentarse siempre que la llamase el señor Holmes.

Sherlock Holmes permaneció silencioso durante algunos minutos, con las yemas de los dedos juntas, las piernas alargadas hacia adelante y la mirada dirigida hacia el techo. Cogió luego del colgadero la vieja y aceitosa pipa de arcilla, que era para él como su consejera y, una vez encendida, se recostó en la silla, lanzando de sí en espirales las guirnaldas de una nube espesa de humo azul, con una expresión de languidez infinita en su cara.

-Esta moza constituye un estudio muy interesante -comentó-. Ella me ha resultado más interesante que su pequeño problema, el que, dicho sea de paso, es bastante trillado. Si usted consulta mi índice, hallará casos paralelos: en Andover, el año setenta y siete, y algo que se le parece ocurrió también en La Haya el año pasado. Sin embargo, por vieja que sea la idea, contiene uno o dos detalles que me han resultado nuevos. Pero la persona de la moza fue sumamente aleccionadora.

-Me pareció que observaba usted en ella muchas cosas que eran completamente invisibles para mí -le hice notar.

-Invisibles no, Watson, sino inobservadas. Usted no supo dónde mirar, y por eso se le pasó por alto todo lo importante. No consigo convencerle de la importancia de las mangas, de lo sugeridoras que son las uñas de los pulgares, de los problemas cuya solución depende de un cordón de los zapatos. Veamos. ¿Qué dedujo usted del aspecto exterior de esa mujer? Descríbamelo.

-Llevaba un sombrero de paja, de alas anchas y de color pizarra, con una pluma de color rojo ladrillo. Su chaqueta era negra, adornada con abalorios negros y con una orla de pequeñas cuentas de azabache. El vestido era color marrón, algo más oscuro que el café, con una pequeña tira de felpa púrpura en el cuello y en las mangas. Sus guantes tiraban a grises, completamente desgastados en el dedo índice de la mano derecha. No me fijé en sus botas. Ella es pequeña, redonda, con aros de oro en las orejas y un aspecto general de persona que vive bastante bien, pero de una manera vulgar, cómoda y sin preocupaciones.

Sherlock Holmes palmeó suavemente con ambas manos y se rió por lo bajo.

-Por vida mía, Watson, que está usted haciendo progresos. Lo ha hecho usted pero que muy bien. Es cierto que se le ha pasado por alto todo cuanto tenía importancia, pero ha dado usted con el método, y posee una visión rápida del color. Nunca se confíe a impresiones generales, muchacho, concéntrese en los detalles. Lo primero que yo miro son las mangas de una mujer. En el hombre tiene quizá mayor importancia la rodillera del pantalón.

Según ha podido usted advertir, esta mujer lucía felpa en las mangas, y la felpa es un material muy útil para descubrir rastros. La doble línea, un poco más arriba de la muñeca, en el sitio donde la mecanógrafa hace presión contra la mesa, estaba perfectamente marcada. Las máquinas de coser movidas a mano dejan una señal similar, pero sólo sobre el brazo izquierdo y en la parte más alejada del dedo pulgar, en vez de marcarla cruzando la parte más ancha, como la tenía ésta. Luego miré a su cara, y descubrí en ambos lados de su nariz la señal de unas gafas a presión, todo lo cual me permitió aventurar mi observación sobre la cortedad de vista y la escritura, lo que pareció sorprender a la joven.

-También me sorprendió a mí.

-Sin embargo, era cosa que estaba a la vista. Me sorprendió mucho, después de eso, y me interesó, al mirar hacia abajo, el observar que, a pesar de que las botas que llevaba no eran de distinto número, sí que eran desparejas, porque una tenía la puntera con ligeros adornos, mientras que la otra era lisa. La una tenía abrochados únicamente los dos botones de abajo (eran cinco), y la otra los botones primero, tercero y quinto. Pues bien: cuando una señorita joven, correctamente vestida en todo lo demás, ha salido de su casa con las botas desparejas y a medio abrochar, no significa gran cosa el deducir que salió con mucha precipitación.

-¿Y qué más? -le pregunté, vivamente interesado, como siempre me ocurría, con los incisivos razonamientos de mi amigo.

-Advertí, de pasada, que había escrito una carta antes de salir de casa, pero cuando estaba ya completamente vestida. Usted se fijó en que el dedo índice de la mano derecha de su guante estaba roto, pero no se fijó, por lo visto, en que tanto el guante como el dedo estaban manchados de tinta violeta. Había escrito con mucha prisa, y había metido demasiado la pluma en el tintero. Eso debió de ocurrir esta mañana, pues de lo contrario la mancha de tinta no estaría fresca en el dedo. Todo esto resulta divertido, aunque sea elemental, Watson, pero es preciso que vuelva al asunto. ¿Tiene usted inconveniente en leerme la descripción del señor Hosmer Angel que se da en el anuncio?

Puse de manera que le diese la luz el pequeño anuncio impreso, que decía:

«Desaparecido la mañana del día 14 un caballero llamado Hosmer Angel. Estatura, unos cinco pies y siete pulgadas; de fuerte conformación, cutis cetrino, pelo negro, una pequeña calva en el centro, hirsuto, con largas patillas y bigote; usa gafas con cristales de color y habla con alguna dificultad. La última vez que se le vio vestía levita negra con solapas de seda, chaleco negro, albertina de oro y pantalón gris de paño Harris, con polainas oscuras sobre botas de elástico. Sábese que estaba empleado en una oficina de la calle Leadenhall Street. Cualquiera que proporcione, etc., etcétera.»

-Con eso basta -dijo Holmes-. Por lo que hace a las cartas -dijo pasándoles la vista por encima- son de lo más vulgar. No existe en ellas pista alguna que nos conduzca al señor Angel, salvo la de que cita una vez a Balzac. Sin embargo, hay un detalle notable, y que no dudo le sorprenderá a usted.

-Que están escritas a máquina -hice notar yo.

-No sólo eso, sino que incluso lo está la firma. Fíjese en la pequeña y limpia inscripción de Hosmer Angel que hay al pie. Tenemos, como usted ve, una fecha, pero no la dirección completa, fuera de lo de Leadenhall Street, lo cual es bastante vago. Este detalle de la firma es muy sugeridor; a decir verdad, pudiéramos calificarlo de probatorio.

-¿Y qué prueba?

-¿Es posible, querido compañero, que no advierta usted la marcada dirección que da al caso éste?

-Mentiría si dijese que la veo, como no sea la de que lo hacía para poder negar su firma en el caso de que fuera demandado por ruptura de compromiso matrimonial.

-No, no se trataba de eso. Sin embargo, voy a escribir dos cartas que nos sacarán de dudas a ese respecto. La una para cierta firma comercial de la City y la otra al padrastro de esta señorita, el señor Windibank, en la que le pediré que venga a vernos aquí mañana a las seis de la tarde. Es igual que tratemos del caso con los parientes varones. Y ahora, doctor, nada podemos hacer hasta que nos lleguen las contestaciones a estas dos cartas, de modo que podemos dejar el asuntillo en el estante mientras tanto.

Tantas razones tenía yo por entonces de creer en la sutil capacidad de razonamiento de mi amigo, y en su extraordinaria energía para la acción, que experimenté el convencimiento de que debía de tener alguna base sólida para tratar de manera tan segura y desenvuelta el extraño misterio cuyo sondeo le habían encomendado. Tan sólo en una ocasión le había visto fracasar, a saber: en la de la fotografía de Irene Adler y del rey de Bohemia; pero al repasar en mi memoria el tan misterioso asunto del Signo de los Cuatro y las circunstancias extraordinarias que rodearon al Estudio en escarlata, tuve el convencimiento de que tendría que ser muy enrevesada la maraña que él no fuese capaz de desenredar.

Me marché y lo dejé dando bocanadas en su pipa de arcilla, convencido de que, cuando yo volviese por allí al día siguiente por la tarde, me encontraría con que Holmes tenía en sus manos todas las pistas que le conducirían a la identificación del desaparecido novio de la señorita Mary Sutherland.

Ocupaba por aquel entonces toda mi atención un caso profesional de extrema gravedad, y estuve durante todo el día siguiente atareado junto al lecho del enfermo. No quedé libre hasta que ya iban a dar las seis, y entonces salté a un coche hansom y me hice llevar a Baker Street, medio asustado ante la posibilidad de llegar demasiado tarde para asistir al denouément del pequeño misterio. Sin embargo, me encontré a Sherlock Holmes sin compañía, medio dormido y con su cuerpo largo y delgado hecho un ovillo en las profundidades de su sillón. Un formidable despliegue de botellas y tubos de ensayo, y el inconfundible y acre olor del ácido hidroclórico, me dijeron que se había pasado el día dedicado a las manipulaciones químicas a que era tan aficionado.

-Qué, ¿lo resolvió usted? -le pregunté al entrar.

-Sí. Era el bisulfato de barita.

-¡No, no! ¡El misterio! -le grité.

-¡Oh, eso! Creí que se refería a la sal que había estado

manipulando. Como le dije ayer, en este asunto no hubo nunca misterio alguno, aunque si algunos detalles de interés. El único inconveniente con que nos encontramos es el de que, según parece, no existe ley alguna que permita castigar al granuja este.

-¿Y quién era el granuja, y qué se propuso con abandonar a la señorita Sutherland?

No había apenas salido de mi boca la pregunta, y aún no había abierto Holmes los labios para contestar, cuando oímos fuertes pisadas en el pasillo y unos golpecitos a la puerta.

-Ahí tenemos al padrastro de la joven, el señor Windibank -dijo Holmes-. Me escribió diciéndome que estaría aquí a las seis... ¡Adelante!

El hombre que entró era corpulento y de estatura mediana, de unos treinta años de edad, completamente rasurado, de cutis cetrino, de maneras melosas e insinuantes y con un par de ojos asombrosamente agudos y penetrantes. Disparó hacia cada uno de nosotros dos una mirada interrogadora, puso su brillante sombrero de copa encima del armario y, después de una leve inclinación de cabeza, se sentó en la silla que tenía más cerca, a su lado mismo.

-Buenas tardes, señor James Windibank -le dijo Holmes-. Creo que es usted quien me ha enviado esta carta escrita a máquina, citándose conmigo a las seis, ¿no es cierto?

-En efecto, señor. Me temo que he llegado con un pequeño retraso, pero tenga en cuenta que no puedo disponer de mi persona libremente. Siento que la señorita Sutherland le haya molestado a usted a propósito de esta minucia, porque creo que es mucho mejor no sacar a pública colada estos trapos sucios. Vino muy contra mi voluntad, pero es una joven muy excitable e impulsiva, como habrá usted podido darse cuenta, y no es fácil frenarla cuando ha tomado una resolución. Claro está que no me importa tanto tratándose de usted, que no tiene nada que ver con la Policía oficial, pero no resulta agradable el que se airee fuera de casa un pequeño contratiempo familiar como éste. Además, se trata de un gasto inútil, porque, ¿cómo va usted a encontrar a este Hosmer Angel?

-Por el contrario -dijo tranquilamente Holmes-, tengo toda clase de razones para creer que lograré encontrar a ese señor.

El señor Windibank experimentó un violento sobresalto, y dejó caer sus guantes, diciendo:

-Me encanta oír decir eso.

-Resulta curioso -comentó Holmes- el que las máquinas de escribir den a la escritura tanta individualidad como cuando se escribe a mano. No hay dos máquinas de escribir iguales, salvo cuando son completamente nuevas. Hay unas letras que se desgastan más que otras, y algunas de ellas golpean sólo con un lado. Pues bien: señor Windibank, fíjese en que se da el caso en esta carta suya de que todas las letras e son algo borrosas, y que en el ganchito de la letra erre hay un ligero defecto. Tiene su carta otras catorce características, pero estas dos son las más evidentes.

-Escribimos toda nuestra correspondencia en la oficina con esta máquina, y por eso sin duda está algo gastada -contestó nuestro visitante, clavando la mirada de sus ojillos brillantes en Holmes.

-Y ahora, señor Windibank, voy a mostrarle algo que constituye verdaderamente un estudio interesantísimo -continuó Holmes-. Estoy pensando en escribir cualquier día de éstos otra pequeña monografía acerca de la máquina de escribir y de sus relaciones con el crimen. Es un tema al que he consagrado alguna atención. Tengo aquí cuatro cartas que según parece proceden del hombre que buscamos. Todas ellas están escritas a máquina, y en todas ellas se observa no solamente que las ees son borrosas y las erres sin ganchito, sino que tienen también, si uno se sirve de los lentes de aumento, las otras catorce características a las que me he referido.

El señor Windibank saltó de su asiento y echó mano a su sombrero, diciendo:

-Señor Holmes, yo no puedo perder el tiempo escuchando esta clase de charlas fantásticas. Si usted puede apoderarse de ese hombre, hágalo, y avíseme después.

-Desde luego -dijo Holmes, cruzando la habitación y haciendo girar la llave de la puerta-. Por eso le notifico ahora que lo he atrapado.

-¡Cómo! ¿Dónde? -gritó el señor Windibank, y hasta sus labios palidecieron mientras miraba a todas partes igual que rata cogida en la trampa.

-Es inútil todo lo que haga, es verdaderamente inútil -le dijo con voz suave Holmes-. Señor Windibank, la cosa no tiene vuelta de hoja. Es demasiado transparente, y no me hizo usted ningún elogio cuando dijo que me sería imposible resolver un problema tan sencillo. Bien, siéntese, y hablemos.

Nuestro visitante se desplomó en una silla con el rostro lívido y un brillo de sudor por toda su frente, balbuciendo:

-No cae dentro de la ley.

-Mucho me lo temo; pero, de mí para usted, Windibank, ha sido una artimaña cruel, egoísta y despiadada, que usted llevó a cabo de un modo tan ruin como yo jamás he conocido. Y ahora, permítame tan sólo repasar el curso de los hechos, y contradígame si en algo me equivoco.

Nuestro hombre estaba encogido en su asiento, con la cabeza caída sobre el pecho, como persona que ha sido totalmente aplastada. Holmes colocó sus pies en alto, apoyándolos en la repisa de la chimenea, y echándose hacia atrás en su sillón, con las manos en los bolsillos, comenzó a hablar, en apariencia para sí mismo más bien que para nosotros, y dijo:

-El hombre en cuestión se casó con una mujer mucho más vieja que él; lo hizo por su dinero y, además, disfrutaba del dinero de la hija mientras ésta vivía con ellos. Esta última cantidad era de importancia para gentes de su posición, y el perderla habría equivalido a una diferencia notable. Valía la pena de realizar un esfuerzo para conservarla. La hija era de carácter bondadoso y amable; cariñosa y sensible en sus maneras; resultaba, pues, evidente que con sus buenas dotes personales y su pequeña renta, no la dejarían permanecer soltera mucho tiempo. Ahora bien y como es natural, su matrimonio equivalía a perder cien libras anuales y, ¿qué hizo entonces para impedirlo el padrastro? Adoptó la norma fácil de mantenerla dentro de casa, prohibiéndole el trato con otras personas de su misma edad. Pero pronto comprendió que semejante sistema no sería eficaz siempre. La joven se sintió desasosegada y reclamó sus derechos, terminando por anunciar su propósito terminante de concurrir a determinado baile. ¿Qué hace entonces su hábil padrastro? Concibe un plan que hace más honor a su cabeza que a su corazón. Se disfrazó, con la complicidad y ayuda de su esposa, se cubrió sus ojos de aguda mirada con cristales de color, enmascaró su rostro con un bigote y un par de hirsutas patillas. Rebajó el timbre claro de su voz hasta convertirlo en cuchicheo insinuante y, doblemente seguro porque la muchacha era corta de vista, se presentó bajo el nombre de señor Hosmer Angel, y alejó a los demás pretendientes, haciéndole el amor él mismo.

-Al principio fue sólo una broma -gimió nuestro visitante-. Jamás pensamos que ella se dejase llevar tan adelante.

-Es muy probable que no. Fuese como fuese, la muchacha se enamoró por completo, y estando como estaba convencida de que su padrastro se hallaba en Francia, ni por un solo momento se le pasó por la imaginación la sospecha de que fuese víctima de una traición. Las atenciones que con ella tenía el caballero la halagaron, y la admiración, ruidosamente manifestada por su madre, contribuyó a que su impresión fuese mayor. Acto continuo, el señor Angel da comienzo a sus visitas, siendo evidente que si había de conseguirse un auténtico efecto, era preciso llevar la cosa todo lo lejos que fuese posible. Hubo entrevistas y un compromiso matrimonial, que evitaría que la joven enderezase sus afectos hacia ninguna otra persona. Sin embargo, no era posible mantener el engaño para siempre. Los supuestos viajes a Francia resultaban bastante embarazosos. Se imponía claramente la necesidad de llevar el negocio a término de una manera tan dramática que dejase una impresión permanente en el alma de la joven, y que la impidiese durante algún tiempo poner los ojos en otro pretendiente. Por eso se le exigieron aquellos juramentos de fidelidad con la mano puesta en los Evangelios, y por eso también las alusiones a la posibilidad de que ocurriese algo la mañana misma de la boda. James Windibank quería que la señorita Sutherland se ligase a Hosmer Angel de tal manera, que permaneciese en una incertidumbre tal acerca de su paradero, que durante los próximos diez años al menos, no prestase oídos a otro hombre. La condujo hasta la puerta de la iglesia, y entonces, como ya no podía llevar las cosas más adelante, desapareció oportunamente, recurriendo al viejo truco de entrar en el coche de cuatro ruedas por una portezuela y salir por la otra. Así es, señor Windibank, como se encadenaron los hechos, según yo creo.

Mientras Holmes estuvo hablando, nuestro visitante había recobrado en parte su aplomo, y al oír esas palabras se levantó de la silla y dijo con frío gesto de burla en su pálido rostro:

-Quizá, señor Holmes, todo haya ocurrido de esa manera, y quizá no; pero si usted es tan agudo, debería serlo lo bastante para saber que es usted quien está faltando ahora a la ley, y no yo. Desde el principio, yo no hice nada punible, pero mientras usted siga teniendo cerrada esa puerta, incurre en una acusación por asalto y coacción ilegal.

-En efecto, dice usted bien; la ley no puede castigar -dijo Holmes, haciendo girar la llave y abriendo la puerta de par en par-. Sin embargo, nadie mereció jamás un castigo más que usted. Si la joven tuviera un hermano o un amigo, él debería cruzarle las espaldas a latigazos. ¡Por Júpiter! -prosiguió, acalorándose al ver la expresión de mofa en la cara de aquel hombre-. Esto no entra en mis obligaciones para con mi cliente, pero tengo a mano un látigo de cazador, y me está pareciendo que voy a darme el gustazo de…

Holmes dio dos pasos rápidos hacia el látigo, pero antes que pudiera echarle mano, resonó en la escalera el ruido de unos pasos desatinados, se cerró con un golpe estrepitoso la pesada puerta del vestíbulo; y nosotros pudimos ver por la ventana al señor James Windibank que corría calle adelante a todo lo que daban sus piernas.

-¡Ahí va un hombre que hace sus canalladas a sangre fría! -exclamó Holmes riéndose, al mismo tiempo que se dejaba caer otra vez en su sillón-. El individuo ese irá subiendo de categoría en sus crímenes, y terminará realizando alguno muy grave, que lo llevará a la horca. Desde algunos puntos de vista, no ha estado el caso actual desprovisto por completo de interés.

-Todavía no veo totalmente las etapas de su razonamiento -le hice notar yo.

-Pues verá usted, era evidente desde el principio que este señor Hosmer Angel tenía que tener alguna finalidad importante para su extraña conducta, y también lo era el que la única persona que de verdad salía ganando con el incidente, hasta donde yo podía ver, era el padrastro. También resultaba elocuente el que nunca coincidiesen los dos hombres, sino que el uno se presentaba siempre cuando el otro se hallaba ausente. También teníamos los detalles de los cristales de color y lo raro de la manera de hablar, cosas ambas que apuntaban hacia un disfraz, lo mismo que las hirsutas patillas. Mis sospechas se vieron confirmadas por el detalle característico de escribir la firma a máquina, porque se deducía de ello que la letra suya le era familiar a la joven, y que ésta la identificaría por poco que él escribiese a mano. Comprenda usted que todos estos hechos aislados, unidos a otros muchos más secundarios, coincidían en apuntar en la misma dirección.

-¿Y cómo se las arregló usted para comprobarlos?

-Una vez localizado mi hombre, resultaba fácil conseguir la confirmación. Yo sabía con qué casa comercial trabajaba este hombre. Examinando la descripción impresa, eliminé todo aquello que podía ser consecuencia de un disfraz: las patillas, los cristales, la voz, y la envié a la casa en cuestión, pidiéndoles que me comunicasen si correspondía a la descripción de alguno de sus viajantes. Me había fijado ya en las características de la máquina de escribir y envié una carta a nuestro hombre, dirigida a su lugar de trabajo, preguntándole si podría presentarse aquí. Su respuesta, tal y como yo había esperado, estaba escrita a máquina, y en ella se advertían los mismos defectos triviales pero característicos de la máquina. Por el mismo correo me llegó una carta de Westhouse and Marbank, de Fenchurch Street, comunicándome que la descripción respondía en todos sus detalles a la de su empleado James Windibank. Voila tout!

-¿Y la señorita Sutherland?

-Si yo se lo cuento a ella, no me creerá. Recuerde usted el viejo proverbio persa: "Es peligroso quitar su cachorro a un tigre, y también es peligroso arrebatar a una mujer una ilusión." Hay en Hafiz tanto buen sentido como en Horacio, e igual conocimiento del mundo.

El misterio del Boscombe Valley

I

Estábamos una mañana sentados mi esposa y yo cuando la doncella trajo un telegrama. Era de Sherlock Holmes y decía lo siguiente:

«¿Tiene un par de días libres? Me han telegrafiado desde el

oeste de Inglaterra a propósito de la tragedia de Boscombe Valley. Me alegraría que usted me acompañase. Atmósfera y paisaje maravillosos. Salgo de Paddington en el tren de las 11.15».

-¿Qué dices a esto, querido? -preguntó mi esposa, mirándome directamente-. ¿Vas a ir?

-No sé qué decir. En estos momentos tengo una lista de pacientes bastante larga.

-¡Bah! Anstruther se encargará de ellos. últimamente se te ve un poco pálido. El cambio te sentará bien, y siempre te han interesado mucho los casos del señor Sherlock Holmes.

-Sería un desagradecido si no me interesaran, en vista de lo que he ganado con uno solo de ellos -respondí-. Pero si voy a ir, tendré que hacer el equipaje ahora mismo, porque sólo me queda media hora.

Mi experiencia en la campaña de Afganistán me había convertido, por lo menos, en un viajero rápido y dispuesto. Mis necesidades eran pocas y sencillas, de modo que, en menos de la mitad del tiempo mencionado, ya estaba en un coche de alquiler con mi maleta, rodando en dirección a la estación de Paddington. Sherlock Holmes paseaba andén arriba y andén abajo, y su alta y sombría figura parecía aún más alta y sombría a causa de su largo capote gris de viaje y su ajustada gorra de paño.

-Ha sido usted verdaderamente amable al venir, Watson -dijo-. Para mí es considerablemente mejor tener al lado a alguien de quien fiarme por completo. La ayuda que se encuentra en el lugar de los hechos, o no vale para nada o está influida. Coja usted los dos asientos del rincón y yo sacaré los billetes.

Teníamos todo el compartimento para nosotros, si no contamos un inmenso montón de papeles que Holmes había traído consigo. Estuvo hojeándolos y leyéndolos, con intervalos dedicados a tomar notas y a meditar, hasta que dejamos atrás Reading. Entonces hizo de pronto con todos ellos una bola gigantesca y la tiró a la rejilla de los equipajes.

-¿Ha leído algo acerca del caso? -preguntó.

-Ni una palabra. No he leído un periódico en varios días. -La prensa de Londres no ha publicado relatos muy completos. Acabo de repasar todos los periódicos recientes a fin de hacerme con los detalles.

Por lo que he visto, parece tratarse de uno de esos casos sencillos que resultan extraordinariamente difíciles.

-Eso suena un poco a paradoja.

-Pero es una gran verdad. Lo que se sale de lo corriente constituye, casi invariablemente, una pista. Cuanto más anodino y vulgar es un crimen, más difícil resulta resolverlo. Sin embargo, en este caso parece haber pruebas de peso contra el hijo del asesinado.

-Entonces, ¿se trata de un asesinato?

-Bueno, eso se supone. Yo no aceptaré nada como seguro hasta que haya tenido ocasión de echar un vistazo en persona. Voy a explicarle en pocas palabras la situación, tal y como yo la he entendido.

»Boscombe Valley es un distrito rural de Herefordshire, situado no muy lejos de Ross. El mayor terrateniente de la zona es un tal John Turner, que hizo fortuna en Australia y regresó a su país natal hace algunos años. Una de las granjas de su propiedad, la de Hatherley, la tenía arrendada al señor Charles McCarthy, otro ex australiano. Los dos se habían conocido en las colonias, por lo que no tiene nada de raro que cuando vinieron a establecerse aquí procuraran estar lo más cerca posible uno del otro. Según parece, Turner era el más rico de los dos, así que McCarthy se convirtió en arrendatario suyo, pero al parecer seguían tratándose en términos de absoluta igualdad y se los veía mucho juntos. McCarthy tenía un hijo, un muchacho de dieciocho años, y Turner tenía una hija única de la misma edad, pero a ninguno de los dos les vivía la esposa. Parece que evitaban el trato con las familias inglesas de los alrededores y que llevaban una vida retirada, aunque los dos McCarthy eran aficionados al deporte y se los veía con frecuencia en las carreras de la zona. McCarthy tenía dos sirvientes: un hombre y una muchacha. Turner disponía de una servidumbre considerable, por lo menos media docena. Esto es todo lo que he podido averiguar sobre las familias. Pasemos ahora a los hechos.

»E13 de junio -es decir, el lunes pasado-, McCarthy salió de su casa de Hatherley a eso de la tres de la tarde, y fue caminando hasta el estanque de Boscombe, una especie de laguito formado por un ensanchamiento del arroyo que corre por el valle de Boscombe. Por la mañana había estado con su criado en Ross y le había dicho que tenía que darse prisa porque a las tres tenía una cita importante. Una cita de la que no regresó vivo.

»Desde la casa de Hatherley hasta el estanque de Boscombe hay como un cuarto de milla, y dos personas le vieron pasar por ese terreno. Una fue una anciana, cuyo nombre no se menciona, y la otra fue William Crowder, un guarda de caza que está al servicio del señor Turner. Los dos testigos aseguran que el señor McCarthy iba caminando solo. El guarda añade que a los pocos minutos de haber visto pasar al señor McCarthyvio pasar a su hijo en la misma dirección, con una escopeta bajo el brazo. En su opinión, el padre todavía estaba al alcance de la vista y el hijo iba siguiéndolo. No volvió a pensar en el asunto hasta que por la tarde se enteró de la tragedia que había ocurrido.

»Hubo alguien más que vio a los dos McCarthy después de que William Crowder, el guarda, los perdiera de vista. El estanque de Boscombe está rodeado de espesos bosques, con sólo un pequeño reborde de hierba y juncos alrededor. Una muchacha de catorce años, Patience Moran, hija del guardés del pabellón de Boscombe Valley, se encontraba en uno de los bosques cogiendo flores. Ha declarado que, mientras estaba allí, vio en el borde del bosque y cerca del estanque al señor McCarthy y su hijo, que parecían estar discutiendo acaloradamente. Oyó al mayor de los McCarthy dirigirle a su hijo palabras muy fuertes, y vio a éste levantar la mano como para pegar a su padre. La violencia de la escena la asustó tanto que echó a correr, y cuando llegó a su casa le contó a su madre que había visto a los dos McCarthy discutiendo junto al estanque de Boscombe y que tenía miedo de que fueran a pelearse. Apenas había terminado de hablar cuando el joven McCarthy llegó corriendo al pabellón, diciendo que había encontrado a su padre muerto en el bosque y pidiendo ayuda al guardés. Venía muy excitado, sin escopeta ni sombrero, y vieron que traía la mano y la manga derechas manchadas de sangre fresca. Fueron con él y encontraron el cadáver del padre, tendido sobre la hierba junto al estanque. Le habían aplastado la cabeza a golpes con algún arma pesada y roma. Eran heridas que podrían perfectamente haberse infligido con la culata de la escopeta del hijo, que se encontró tirada en la hierba a pocos pasos del cuerpo. Dadas las circunstancias, el joven fue detenido inmediatamente, el martes la investigación dio como resultado un veredicto de «homicidio intencionado», y el miércoles compareció ante los magistrados de Ross, que han remitido el caso a la próxima sesión del tribunal. éstos son los hechos principales del caso, según se desprende de la investigación judicial y el informe policial.

-El caso no podría presentarse peor para el joven -comenté-. Pocas veces se han dado tantas pruebas circunstanciales que acusasen con tanta insistencia al criminal.

-Las pruebas circunstanciales son muy engañosas -respondió Holmes, pensativo-. Puede parecer que indican claramente una cosa, pero si cambias un poquito tu punto de vista, puedes encontrarte con que indican, con igual claridad, algo completamente diferente. Sin embargo, hay que confesar que el caso se presenta muy mal para el joven, y es muy posible que verdaderamente sea culpable. Sin embargo, existen varias personas en la zona, y entre ellas la señorita Turner, la hija del terrateniente, que creen en su inocencia y que han contratado a Lestrade, al que usted recordará de cuando intervino en el Estudio en escarlata, para que investigue el caso en beneficio suyo. Lestrade se encuentra perdido y me ha pasado el caso a mí, y ésta es la razón de que dos caballeros de edad mediana vuelen en este momento hacia el oeste, a cincuenta millas por hora, en lugar de digerir tranquilamente su desayuno en casa.

-Me temo -dije- que los hechos son tan evidentes que este caso le reportará muy poco mérito.

-No hay nada tan engañoso como un hecho evidente -respondió riendo-. Además, bien podemos tropezar con algún otro hecho evidente que no le resultara tan evidente al señor Lestrade. Me conoce usted lo suficientemente bien como para saber que no fanfarroneo al decir que soy capaz de confirmar o echar por tierra su teoría valiéndome de medios que él es totalmente incapaz de emplear e incluso de comprender. Por usar el ejemplo más a mano, puedo advertir con toda claridad que la ventana de su cuarto está situada a la derecha, y dudo mucho que el señor Lestrade se hubiera fijado en un detalle tan evidente como ése.

-¿Cómo demonios… ?

-Mi querido amigo, le conozco bien. Conozco la pulcritud militar que le caracteriza. Se afeita usted todas las mañanas, y en esta época del año se afeita a la luz del sol, pero como su afeitado va siendo cada vez menos perfecto a medida que avanzamos hacia la izquierda, hasta hacerse positivamente chapucero a la altura del ángulo de la mandíbula, no puede caber duda de que ese lado está peor iluminado que el otro. No puedo concebir que un hombre como usted se diera por satisfecho con ese resultado si pudiera verse ambos lados con la misma luz. Esto lo digo sólo a manera de ejemplo trivial de observación y deducción. En eso consiste mi oficio, y es bastante posible que pueda resultar de alguna utilidad en el caso que nos ocupa. Hay uno o dos detalles menores que salieron a relucir en la investigación y que vale la pena considerar. -¿Como qué?

-Parece que la detención no se produjo en el acto, sino después de que el joven regresara a la granja Hatherley. Cuando el inspector de policía le comunicó que estaba detenido, repuso que no le sorprendía y que no se merecía otra cosa. Este comentario contribuyó a disipar todo rastro de duda que pudiera quedar en las mentes del jurado encargado de la instrucción.

-Como que es una confesión -exclamé.

-Nada de eso, porque a continuación se declaró inocente.

-Viniendo después de una serie de hechos tan condenatoria fue, por lo menos, un comentario de lo más sospechoso.

-Por el contrario -dijo Holmes-. Por el momento ésa es la rendija más luminosa que puedo ver entre los nubarrones. Por muy inocente que sea, no puede ser tan rematadamente imbécil que no se dé cuenta de que las circunstancias son fatales para él. Si se hubiera mostrado sorprendido de su detención o hubiera fingido indignarse, me habría parecido sumamente sospechoso, porque tal sorpresa o indignación no habrían sido naturales, dadas las circunstancias, aunque a un hombre calculador podrían parecerle la mejor táctica a seguir. Su franca aceptación de la situación le señala o bien como a un inocente, o bien como a un hombre con mucha firmeza y dominio de sí mismo. En cuanto a su comentario de que se lo merecía, no resulta tan extraño si se piensa que estaba junto al cadáver de su padre y que no cabe duda de que aquel mismo día había olvidado su respeto filial hasta el punto de reñir con él e incluso, según la muchacha cuyo testimonio es tan importante, de levantarle la mano como para pegarle. El remordimiento y el arrepentimiento que se reflejan en sus palabras me parecen señales de una mentalidad sana y no de una mente culpable.

-A muchos los han ahorcado con pruebas bastante menos sólidas -comenté, meneando la cabeza.

-Así es. Y a muchos los han ahorcado injustamente.

-¿Cuál es la versión de los hechos según el propio joven?

-Me temo que no muy alentadora para sus partidarios, aunque tiene un par de detalles interesantes. Aquí la tiene, puede leerla usted mismo.

Sacó de entre el montón de papeles un ejemplar del periódico de Herefordshire, encontró la página y me señaló el párrafo en el que el desdichado joven daba su propia versión de lo ocurrido. Me instalé en un rincón del compartimento y lo leí con mucha atención. Decía así:

«Compareció a continuación el señor James McCarthy, hijo único del fallecido, que declaró lo siguiente: "Había estado fuera de casa tres días, que pasé en Bristol, y acababa de regresar la mañana del pasado lunes, día 3. Cuando llegué, mi padre no estaba en casa y la doncella me dijo que había ido a Ross con John Cobb, el caballerizo. Poco después de llegar, oí en el patio las ruedas de su coche; miré por la ventana y le vi bajarse y salir a toda prisa del patio, aunque no me fijé en qué dirección se fue. Cogí entonces mi escopeta y eché a andar en dirección al estanque de Boscombe, con la intención de visitar las conejeras que hay al otro lado. Por el camino vi a William Crowder, el guarda, tal como él ha declarado; pero se equivocó al pensar que yo iba siguiendo a mi padre. No tenía ni idea de que él iba delante de mí. A unas cien yardas del estanque oí el grito de ¡cui!, que mi padre y yo utilizábamos normalmente como señal. Al oírlo, eché a correr y lo encontré de pie junto al estanque. Pareció muy sorprendido de verme y me preguntó con bastante mal humor qué estaba haciendo allí. Nos enzarzamos en una discusión que degeneró en voces, y casi en golpes, pues mi padre era un hombre de temperamento muy violento. En vista de que su irritación se hacía incontrolable, lo dejé, y emprendí el camino de regreso a Hatherley. Pero no me había alejado ni ciento cincuenta yardas cuando oí a mis espaldas un grito espantoso, que me hizo volver corriendo. Encontré a mi padre agonizando en el suelo, con terribles heridas en la cabeza. Dejé caer mi escopeta y lo tomé en mis brazos, pero expiró casi en el acto. Permanecí unos minutos arrodillado a su lado y luego fui a pedir ayuda a la casa del guardés del señor Turner, que era la más cercana. Cuando volví junto a mi padre no vi a nadie cerca, y no tengo ni idea de cómo se causaron sus heridas. No era una persona muy apreciada, a causa de su carácter frío y reservado; pero, por lo que yo sé, tampoco tenía enemigos declarados. No sé nada más del asunto:"

»El juez instructor: ¿Le dijo su padre algo antes de morir? »El testigo: Murmuró algunas palabras, pero lo único que entendí fue algo sobre una rata.

»El juez: ¿Cómo interpretó usted aquello?

»El testigo: No significaba nada para mí. Creí que estaba delirando.

»El juez: ¿Cuál fue el motivo de que usted y su padre sostuvieran aquella última discusión?

»El testigo: Preferiría no responder.

»El juez: Me temo que debo insistir.

»El testigo: De verdad que me resulta imposible decírselo. Puedo asegurarle que no tenía nada que ver con la terrible tragedia que ocurrió a continuación.

»El juez: El tribunal es quien debe decidir eso. No es necesario advertirle que su negativa a responder puede perjudicar considerablemente su situación en cualquier futuro proceso a que pueda haber lugar.

»El testigo: Aun así, tengo que negarme.

»El juez: Según tengo entendido, el grito de culi era una señal habitual entre usted y su padre.

»El testigo: Así es.

»El juez: En tal caso, ¿cómo es que dio el grito antes de verle a usted, cuando ni siquiera sabía que había regresado usted de Bristol?

»El testigo (bastante desconcertado): No lo sé.

»Un jurado: ¿Novio usted nada que despertara sus sospechas cuando regresó al oír gritar a su padre y lo encontró herido de muerte?

»El testigo: Nada concreto.

»El juez: ¿Qué quiere decir con eso?

»El testigo: Al salir corriendo al claro iba tan trastornado y excitado que no podía pensar más que en mi padre. Sin embargo, tengo la vaga impresión de que al correr vi algo tirado en el suelo a mi izquierda. Me pareció que era algo de color gris, una especie de capote o tal vez una manta escocesa. Cuando me levanté al dejar a mi padre miré a mi alrededor para fijarme, pero ya no estaba.

»-¿Quiere decir que desapareció antes de que usted fuera a buscar ayuda?

»-Eso es, desapareció.

»-¿No puede precisar lo que era?

»-No, sólo me dio la sensación de que había algo allí.

»-¿A qué distancia del cuerpo?

»-A unas doce yardas.

»-¿Y a qué distancia del lindero del bosque?

»-Más o menos a la misma.

»-Entonces, si alguien se lo llevó, fue mientras usted se encontraba a unas doce yardas de distancia.

»-Sí, pero vuelto de espaldas.

»Con esto concluyó el interrogatorio del testigo.»

-Por lo que veo -dije echando un vistazo al resto de la columna-, el juez instructor se ha mostrado bastante duro con el joven McCarthy en sus conclusiones. Llama la atención, y con toda la razón, sobre la discrepancia de que el padre lanzara la llamada antes de verlo, hacia su negativa a dar detalles de la conversación con el padre y sobre su extraño relato de las últimas palabras del moribundo. Tal como él dice, todo eso apunta contra el hijo.

Holmes se rió suavemente para sus adentros y se estiró sobre el mullido asiento.

-Tanto usted como el juez instructor se han esforzado a fondo -dijo- en destacar precisamente los aspectos más favorables para el muchacho. ¿No se da usted cuenta de que tan pronto le atribuyen demasiada imaginación como demasiado poca? Demasiado poca, si no es capaz de inventarse un motivo para la disputa que le haga ganarse las simpatías del jurado; demasiada, si es capaz de sacarse de la mollera una cosa tan outré como la alusión del moribundo a una rata y el incidente de la prenda desaparecida. No señor, yo enfocaré este caso partiendo de que el joven ha dicho la verdad, y veremos adónde nos lleva esta hipótesis. Y ahora, aquí tengo mi Petrarca de bolsillo, y no pienso decir ni una palabra más sobre el caso hasta que lleguemos al lugar de los hechos.

Comeremos en Swindon, y creo que llegaremos dentro de veinte minutos.

Eran casi las cuatro cuando nos encontramos por fin en el bonito pueblecito campesino de Ross, tras haber atravesado el hermoso valle del Stroud y cruzado el ancho y reluciente Severn. Un hombre delgado, con cara de hurón y mirada furtiva y astuta, nos esperaba en el andén. A pesar del guardapolvo marrón claro y de las polainas de cuero que llevaba como concesión al ambiente campesino, no tuve dificultad en reconocer a Lestrade, de Scodand Yard. Fuimos con él en coche hasta «El Escudo de Hereford», donde ya se nos había reservado una habitación.

-He pedido un coche -dijo Lestrade, mientras nos sentábamos a tomar una taza de té-.,Conozco su carácter enérgico y sé que no estará a gusto hasta que haya visitado la escena del crimen.

-Es usted muy amable y halagador -respondió Holmes-. Pero todo depende de la presión barométrica.

Lestrade pareció sorprendido.

-No comprendo muy bien-dijo.

-¿Qué marca el barómetro? Veintinueve, por lo que veo. No hay viento, ni se ve una nube en el cielo. Tengo aquí una caja de cigarrillos que piden ser fumados, y el sofá es muy superior a las habituales abominaciones que suelen encontrarse en los hoteles rurales. No creo probable que utilice el coche esta noche.

Lestrade dejó escapar una risa indulgente.

-Sin duda, ya ha sacado usted conclusiones de los periódicos -dijo-. El caso es tan vulgar como un palo de escoba, y cuanto más profundiza uno en él, más vulgar se vuelve. Pero, por supuesto, no se le puede decir que no a una dama, sobre todo a una tan voluntariosa. Había oído hablar de usted e insistió en conocer su opinión, a pesar de que yo le repetí un montón de veces que usted no podría hacer nada que yo no hubiera hecho ya. Pero, ¡caramba! ¡Ahí está su coche en la puerta!

Apenas había terminado de hablar cuando irrumpió en la

habitación una de las jóvenes más encantadoras que he visto en mi vida. Brillantes ojos color violeta, labios entreabiertos, un toque de rubor en sus mejillas, habiendo perdido toda noción de su recato natural ante el ímpetu arrollador de su agitación y preocupación.

-¡Oh, señor Sherlock Holmes! -exclamó, pasando la mirada de uno a otro, hasta que, con rápida intuición femenina, la fijó en mi compañero-. Estoy muy contenta de que haya venido. He venido a decírselo. Sé que James no lo hizo. Lo sé, y quiero que usted empiece a trabajar sabiéndolo también. No deje que le asalten dudas al respecto. Nos conocemos el uno al otro desde que éramos niños, y conozco sus defectos mejor que nadie; pero tiene el corazón demasiado blando como para hacer daño ni a una mosca. La acusación es absurda para cualquiera que lo conozca de verdad.

-Espero que podamos demostrar su inocencia, señorita Turner -dijo Sherlock Holmes-. Puede usted confiar en que haré todo lo que pueda.

-Pero usted ha leído las declaraciones. ¿Ha sacado alguna conclusión? ¿No ve alguna salida, algún punto débil? ¿No cree usted que es inocente?

-Creo que es muy probable.

-¡Ya lo ve usted! -exclamó ella, echando atrás la cabeza y mirando desafiante a Lestrade-. ¡Ya lo oye! ¡él me da esperanzas!

Lestrade se encogió de hombros.

-Me temo que mi colega se ha precipitado un poco al sacar conclusiones -dijo.

-¡Pero tiene razón! ¡Sé que tiene razón! James no lo hizo. Y en cuanto a esa disputa con su padre, estoy segura de que la razón de que no quisiera hablar de ella al juez fue que discutieron acerca de mí.

-¿Y por qué motivo?

-No es momento de ocultar nada. James y su padre tenían muchas desavenencias por mi causa. El señor McCarthy estaba muy interesado en que nos casáramos. James y yo siempre nos hemos querido como hermanos, pero, claro, él es muy joven y aún ha visto muy poco de la vida, y… y… bueno, naturalmente, todavía no estaba preparado para meterse en algo así. De ahí que tuvieran discusiones, y ésta, estoy segura, fue una más.

-¿Y el padre de usted? -preguntó Holmes-. ¿También era partidario de ese enlace?

-No, él también se oponía. El único que estaba a favor era McCarthy.

Un súbito rubor cubrió sus lozanas y juveniles facciones cuando Holmes le dirigió una de sus penetrantes miradas inquisitivas.

-Gracias por esta información -dijo-. ¿Podría ver a su padre si le visito mañana?

-Me temo que el médico no lo va a permitir.

-¿El médico?

-Sí, ¿no lo sabía usted? El pobre papá no andaba bien de salud desde hace años, pero esto le ha acabado de hundir. Tiene que guardar cama, y el doctor Willows dice que está hecho polvo y que tiene el sistema nervioso destrozado. El señor McCarthy era el único que había conocido a papá en los viejos tiempos de Victoria.

-¡Ajá! ¡Así que en Victoria! Eso es importante.

-Sí, en las minas.

-Exacto; en las minas de oro, donde, según tengo entendido, hizo su fortuna el señor Turner.

-Eso es.

-Gracias, señorita Turner. Ha sido usted una ayuda muy útil.

-Si mañana hay alguna novedad, no deje de comunicármela. Sin duda, irá usted a la cárcel a ver a James. Oh, señor Holmes, si lo hace dígale que yo sé que es inocente.

-Así lo haré, señorita Turner.

-Ahora tengo que irme porque papá está muy mal y me echa de menos si lo dejo solo. Adiós, y que el Señor le ayude en su empresa.

Salió de la habitación tan impulsivamente como había entrado y oímos las ruedas de su carruaje traqueteando calle abajo.

-Estoy avergonzado de usted, Holmes -dijo Lestrade con gran dignidad, tras unos momentos de silencio-. ¿Por qué despierta esperanzas que luego tendrá que defraudar? No soy precisamente un sentimental, pero a eso lo llamo crueldad.

-Creo que encontraré la manera de demostrar la inocencia de James McCarthy -dijo Holmes-. ¿Tiene usted autorización para visitarlo en la cárcel?

-Sí, pero sólo para usted y para mí.

-En tal caso, reconsideraré mi decisión de no salir. ¿Tendremos todavía tiempo para tomar un tren a Hereford y verlo esta noche?

-De sobra.

-Entonces, en marcha. Watson, me temo que se va a aburrir, pero sólo estaré ausente un par de horas.

Los acompañé andando hasta la estación, y luego vagabundeé por las calles.del pueblecito, acabando por regresar al hotel, donde me tumbé en el sofá y procuré interesarme en una novela policiaca. Pero la trama de la historia era tan endeble en comparación con el profundo misterio en el que estábamos sumidos, que mi atención se desviaba constantemente de la ficción a los hechos, y acabé por tirarla al otro extremo de la habitación y entregarme por completo a recapacitar sobre los acontecimientos del día. Suponiendo que la historia del desdichado joven fuera absolutamente cierta, ¿qué cosa diabólica, qué calamidad absolutamente imprevista y extraordinaria podía haber ocurrido entre el momento en que se separó de su padre y el instante en que, atraído por sus gritos, volvió corriendo al claro? Había sido algo terrible y mortal, pero ¿qué? ¿Podrían mis instintos médicos deducir algo de la índole de las heridas? Tiré de la campanilla y pedí que me trajeran el periódico semanal del condado, que contenía una crónica textual de la investigación. En la declaración del forense se afirmaba que el tercio posterior del parietal izquierdo y la mitad izquierda del occipital habían sido fracturados por un fuerte golpe asestado con un objeto romo. Señalé el lugar en mi propia cabeza. Evidentemente, aquel golpe tenía que haberse asestado por detrás. Hasta cierto punto, aquello favorecía al acusado, ya que cuando se le vio discutiendo con su padre ambos estaban frente a frente. Aun así, no significaba gran cosa, ya que el padre podía haberse vuelto de espaldas antes de recibir el golpe. De todas maneras, quizá valiera la pena llamar la atención de Holmes sobre el detalle. Luego teníamos la curiosa alusión del moribundo a una rata. ¿Qué podía significar aquello? No podía tratarse de un delirio. Un hombre que ha recibido un golpe mortal no suele delirar. No, lo más probable era que estuviera intentando explicar lo que le había ocurrido. Pero ¿qué podía querer decir? Me devané los sesos en busca de una posible explicación. Y luego estaba también el asunto de la prenda gris que había visto el joven McCarthy. De ser cierto aquello, el asesino debía haber perdido al huir alguna prenda de vestir, probablemente su gabán, y había tenido la sangre fría de volver a recuperarla en el mismo instante en que el hijo se arrodillaba, vuelto de espaldas, a menos de doce pasos. ¡Qué maraña de misterios e improbabilidades era todo el asunto! No me extrañaba la opinión de Lestrade, a pesar de lo cual tenía tanta fe en la perspicacia de Sherlock Holmes que no perdía las esperanzas, en vista de que todos los nuevos datos parecían reforzar su convencimiento de la inocencia del joven McCarthy.

Era ya tarde cuando regresó Sherlock Holmes. Venía solo, ya que Lestrade se alojaba en el pueblo.

-El barómetro continúa muy alto -comentó mientras se sentaba-. Es importante que no llueva hasta que hayamos podido examinar el lugar de los hechos. Por otra parte, para un trabajito como ése uno tiene que estar en plena forma y bien despierto, y no quiero hacerlo estando fatigado por un largo viaje. He visto al joven McCarthy.

-¿Y qué ha sacado de él?

-Nada.

-¿No pudo arrojar ninguna luz?

-Absolutamente ninguna. En algún momento me sentí inclinado a pensar que él sabía quién lo había hecho y estaba encubriéndolo o encubriéndola, pero ahora estoy convencido de que está tan a oscuras como todos los demás. No es un muchacho demasiado perspicaz, aunque sí bien parecido y yo diría que de corazón noble.

-No puedo admirar sus gustos -comenté-, si es verdad eso de que se negaba a casarse con una joven tan encantadora como esta señorita Turner.

-Ah, en eso hay una historia bastante triste. El tipo la quiere con locura, con desesperación, pero hace unos años, cuando no era más que un mozalbete, y antes de conocerla bien a ella, porque la chica había pasado cinco años en un internado, ¿no va el muy idiota y se deja atrapar por una camarera de Bristol, y se casa con ella en el juzgado? Nadie sabe una palabra del asunto, pero puede usted imaginar lo enloquecedor que tenía que ser para él que le recriminaran por no hacer algo que daría los ojos por poder hacer, pero que sabe que es absolutamente imposible. Fue uno de esos arrebatos de locura lo que le hizo levantar las manos cuando su padre, en su última conversación, le seguía insistiendo en que le propusiera matrimonio a la señorita Turner. Por otra parte, carece de medios económicos propios y su padre, que era en todos los aspectos un hombre muy duro, le habría repudiado por completo si se hubiera enterado de la verdad. Con esta esposa camarera es con la que pasó los últimos tres días en Bristol, sin que su padre supiera dónde estaba. Acuérdese de este detalle. Es importante. Sin embargo, no hay mal que por bien no venga, ya que la camarera, al enterarse por los periódicos de que el chico se ha metido en un grave aprieto y es posible que lo ahorquen, ha roto con él y le ha escrito comunicándole que ya tiene un marido en los astilleros Bermudas, de modo que no existe un verdadero vínculo entre ellos. Creo que esta noticia ha bastado para consolar al joven McCarthy de todo lo que ha sufrido.

-Pero si él es inocente, entonces, ¿quién lo hizo?

-Eso: ¿Quién? Quiero llamar su atención muy concretamente hacia dos detalles. El primero, que el hombre asesinado tenía una cita con alguien en el estanque, y que este alguien no podía ser su hijo, porque el hijo estaba fuera y él no sabía cuándo iba a regresar. El segundo, que a la víctima se le oyó gritar culi, aunque aún no sabía que su hijo había regresado. éstos son los puntos cruciales de los que depende el caso. Y ahora, si no le importa, hablemos de George Meredith, y dejemos los detalles secundarios para mañana.

Tal como Holmes había previsto, no llovió, y el día amaneció despejado y sin nubes. A las nueve en punto, Lestrade pasó a recogernos con el coche y nos dirigimos a la granja Hatherley y al estanque de Boscombe.

-Hay malas noticias esta mañana -comentó Lestrade-. Dicen que el señor Turner, el propietario, está tan enfermo que no hay esperanzas de que viva.

-Supongo que será ya bastante mayor -dijo Holmes.

-Unos sesenta años; pero la vida en las colonias le destrozó el organismo, y llevaba bastante tiempo muy flojo de salud. Este suceso le ha afectado de muy mala manera. Era viejo amigo de McCarthy, y podríamos añadir que su gran benefactor, pues me he enterado de que no le cobraba renta por la granja Hatherley.

-¿De veras? Esto es interesante -dijo Holmes.

-Pues, sí. Y le ha ayudado de otras cien maneras. Por aquí todo el mundo habla de lo bien que se portaba con él.

-¡Vaya! ¿Y no le parece a usted un poco curioso que este McCarthy, que parece no poseer casi nada y deber tantos favores a Turner, hable, a pesar de todo, de casar a su hijo con la hija de Turner, presumible heredera de su fortuna, y, además, lo diga con tanta seguridad como si bastara con proponerlo para que todo lo demás viniera por sí solo? Y aún resulta más extraño sabiendo, como sabemos, que el propio Turner se oponía a la idea. Nos lo dijo la hija. ¿No deduce usted nada de eso?

-Ya llegamos a las deducciones y las inferencias -dijo Lestrade, guiñándome un ojo-. Holmes, ya me resulta bastante difícil bregar con los hechos, sin tener que volar persiguiendo teorías y fantasías.

-Tiene usted razón -dijo Holmes con fingida humildad-. Le resulta a usted muy difícil bregar con los hechos.

-Pues al menos he captado un hecho que a usted parece costarle mucho aprehender -replicó Lestrade, algo acalorado.

-¿Y cuál es?

-Que el señor McCarthy, padre, halló la muerte a manos del señor McCarthy, hijo, y que todas las teorías en contra no son más que puras pamplinas, cosa de lunáticos.

-Bueno, a la luz de la luna se ve más que en la niebla -dijo Holmes, echándose a reír-. Pero, o mucho me equivoco o eso de la izquierda es la granja Hatherley.

II

Era una construcción amplia, de aspecto confortable, de dos plantas, con tejado de pizarra y grandes manchas amarillas de liquen en sus muros grises. Sin embargo, las persianas bajadas y las chimeneas sin humo le daban un aspecto desolado, como si aún se sintiera en el edificio el peso de la tragedia. Llamamos a la puerta y la doncella, a petición de Holmes, nos enseñó las botas que su señor llevaba en el momento de su muerte, y también un par de botas del hijo, aunque no las que llevaba puestas entonces. Después de haberlas medido cuidadosamente por siete u ocho puntos diferentes, Holmes pidió que le condujeran al patio, desde donde todos seguimos el tortuoso sendero que llevaba al estanque de Boscombe.

Cuando seguía un rastro como aquél, Sherlock Holmes se transformaba. Los que sólo conocían al tranquilo pensador y lógico de Baker Street habrían tenido dificultades para reconocerlo. Su rostro se acaloraba y se ensombrecía. Sus cejas se convertían en dos líneas negras y marcadas, bajo las cuales relucían sus ojos con brillo de acero. Llevaba la cabeza inclinada hacia abajo, los hombros encorvados, los labios apretados y las venas de su cuello largo y fibroso sobresalían como cuerdas de látigo. Los orificios de la nariz parecían dilatarse con un ansia de caza puramente animal, y su mente estaba tan concentrada en lo que tenía delante que toda pregunta o comentario caía en oídos sordos o, como máximo, provocaba un rápido e impaciente gruñido de respuesta. Fue avanzando rápida y silenciosamente a lo largo del camino que atravesaba los prados y luego conducía a través del bosque hasta el estanque de Boscombe. El terreno era húmedo y pantanoso, lo mismo que en todo el distrito, y se veían huellas de muchos pies, tanto en el sendero como sobre la hierba corta que lo bordeaba por ambos lados. A veces, Holmes apretaba el paso; otras veces, se paraba en seco; y en una ocasión dio un pequeño rodeo, metiéndose por el prado. Lestrade y yo caminábamos detrás de él: el policía, con aire indiferente y despectivo, mientras que yo observaba a mi amigo con un interés que nacía de la convicción de que todas y cada una de sus acciones tenían una finalidad concreta.

El estanque de Boscombe, que es una pequeña extensión de agua de unas cincuenta yardas de diámetro, bordeada de juncos, está situado en el límite entre los terrenos de la granja Hatherley y el parque privado del opulento señor Turner. Por encima del bosque que se extendía al otro lado podíamos ver los rojos y enhiestos pináculos que señalaban el emplazamiento de la residencia del rico terrateniente. En el lado del estanque correspondiente a Hatherley el bosque era muy espeso, y había un estrecho cinturón de hierba saturada de agua, de unos veinte pasos de anchura, entre el lindero del bosque y los juncos de la orilla. Lestrade nos indicó el sitio exacto donde se había encontrado el cadáver, y la verdad es que el suelo estaba tan húmedo que se podían apreciar con claridad las huellas dejadas por el cuerpo caído. A juzgar por su rostro ansioso y sus ojos inquisitivos, Holmes leía otras muchas cosas en la hierba pisoteada. Corrió de un lado a otro, como un perro de caza que sigue una pista, y luego se dirigió a nuestro acompañante.

-¿Para qué se metió usted en el estanque? -preguntó. -Estuve de pesca con un rastrillo. Pensé que tal vez podía encontrar un arma o algún otro indicio. Pero ¿cómo demonios…?

-Tch, tch. No tengo tiempo. Ese pie izquierdo suyo, torcido hacia dentro, aparece por todas partes. Hasta un topo podría seguir sus pasos, y aquí se meten entre los juncos. ¡Ay, qué sencillo habría sido todo si yo hubiera estado aquí antes de que llegaran todos, como una manada de búfalos, chapoteando por todas partes! Por aquí llegó el grupito del guardés, borrando todas las huellas en más de dos metros alrededor del cadáver. Pero aquí hay tres pistas distintas de los mismos pies -sacó una lupa y se tendió sobre el impermeable para ver mejor, sin dejar de hablar, más para sí mismo que para nosotros-. Son los pies del joven McCarthy. Dos veces andando y una corriendo tan aprisa que las puntas están marcadas y los tacones apenas se ven. Esto concuerda con su relato. Echó a correr al ver a su padre en el suelo. Y aquí tenemos las pisadas del padre cuando andaba de un lado a otro. ¿Y esto qué es? Ah, la culata de la escopeta del hijo, que se apoyaba en ella mientras escuchaba. ¡Ajá! ¿Qué tenemos aquí? ¡Pasos de puntillas, pasos de puntillas! ¡Y, además, de unas botas bastante raras, de puntera cuadrada!

Vienen, van, vuelven a venir… por supuesto, a recoger el abrigo. Ahora bien, ¿de dónde venían?

Corrió de un lado a otro, perdiendo a veces la pista y volviéndola a encontrar, hasta que nos adentramos bastante en el bosque y llegamos a la sombra de una enorme haya, el árbol más grande de los alrededores. Holmes siguió la pista hasta detrás del árbol y se volvió a tumbar boca abajo, con un gritito de satisfacción. Se quedó allí durante un buen rato, levantando las hojas y las ramitas secas, recogiendo en un sobre algo que a mí me pareció polvo y examinando con la lupa no sólo el suelo sino también la corteza del árbol hasta donde pudo alcanzar. Tirada entre el musgo había una piedra de forma irregular, que también examinó atentamente, guardándosela luego. A continuación siguió un sendero que atravesaba el bosque hasta salir a la carretera, donde se perdían todas las huellas.

-Ha sido un caso sumamente interesante -comentó, volviendo a su forma de ser habitual-. Imagino que esa casa gris de la derecha debe ser el pabellón del guarda. Creo que voy a entrar a cambiar unas palabras con Moran, y tal vez escribir una notita. Una vez hecho eso, podemos volver para comer. Ustedes pueden ir andando hasta el coche, que yo me reuniré con ustedes en seguida.

Tardamos unos diez minutos en llegar hasta el coche y emprender el regreso a Ross. Holmes seguía llevando la piedra que había recogido en el bosque.

-Puede que esto le interese, Lestrade -comentó, enseñándosela-. Con esto se cometió el asesinato.

-No veo ninguna señal.

-No las hay.

-Y entonces, ¿cómo lo sabe?

-Debajo de ella, la hierba estaba crecida. Sólo llevaba unos días tirada allí. No se veía que hubiera sido arrancada de ningún sitio próximo. Su forma corresponde a las heridas. No hay rastro de ninguna otra arma.

-¿Y el asesino?

-Es un hombre alto, zurdo, que cojea un poco de la pierna derecha, lleva botas de caza con suela gruesa y un capote gris, fuma cigarros indios con boquilla y lleva una navaja mellada en el bolsillo. Hay otros varios indicios, pero éstos deberían ser suficientes para avanzar en nuestra investigación.

Lestrade se echó a reír.

-Me temo que continúo siendo escéptico -dijo-. Las teorías están muy bien, pero nosotros tendremos que vérnoslas con un tozudo jurado británico.

-Nous verrons -respondió Holmes muy tranquilo-. Usted siga su método, que yo seguiré el mío. Estaré ocupado esta tarde y probablemente regresaré a Londres en el tren de la noche.

-¿Dejando el caso sin terminar?

-No, terminado.

-¿Pero el misterio... ?

-Está resuelto.

-¿Quién es, pues, el asesino?

-El caballero que le he descrito.

-Pero ¿quién es?

-No creo que resulte tan difícil averiguarlo. Esta zona no es tan populosa.

Lestrade se encogió de hombros.

-Soy un hombre práctico -dijo-, y la verdad es que no puedo ponerme a recorrer los campos en busca de un caballero zurdo con una pata coja. Sería el hazmerreír de Scotland Yard.

-Muy bien -dijo Holmes, tranquilamente-. Ya le he dado su oportunidad. Aquí están sus aposentos. Adiós. Le dejaré una nota antes de marcharme.

Tras dejar a Lestrade en sus habitaciones, regresamos a nuestro hotel, donde encontramos la comida ya servida. Holmes estuvo callado y sumido en reflexiones, con una expresión de pesar en el rostro, como quien se encuentra en una situación desconcertante.

-Vamos a ver, Watson -dijo cuando retiraron los platos-. Siéntese aquí, en esta silla, y deje que le predique un poco. No sé qué hacer y agradecería sus consejos. Encienda un cigarro y deje que me explique.

-Hágalo, por favor.

-Pues bien, al estudiar este caso hubo dos detalles de la declaración del joven McCarthy que nos llamaron la atención al instante, aunque a mí me predispusieron a favor y a usted en contra del joven. Uno, el hecho de que el padre, según la declaración, lanzara el grito de cuü antes de ver a su hijo. El otro, la extraña mención de una rata por parte del moribundo. Dése cuenta de que murmuró varias palabras, pero esto fue lo único que captaron los oídos del hijo. Ahora bien, nuestra investigación debe partir de estos dos puntos, y comenzaremos por suponer que lo que declaró el muchacho es la pura verdad.

-¿Y qué sacamos del cuii?

-Bueno, evidentemente, no era para llamar al hijo, porque él creía que su hijo estaba en Bristol. Fue pura casualidad que se encontrara por allí cerca. El cuü pretendía llamar la atención de la persona con la que se había citado, quienquiera que fuera. Pero ese cuíi es un grito típico australiano, que se usa entre australianos. Hay buenas razones para suponer que la persona con la que McCarthy esperaba encontrarse en el estanque de Boscombe había vivido en Australia.

-¿Y qué hay de la rata?

Sherlock Holmes sacó del bolsillo un papel doblado y lo desplegó sobre la mesa.

-Aquí tenemos un mapa de la colonia de Victoria -dijo-. Anoche telegrafié a Bristol pidiéndolo.

Puso la mano sobre una parte del mapa y preguntó:

-¿Qué lee usted aquí?

-ARAT -leí.

-¿Y ahora? -levantó la mano.

-BALLARAT.

-Exacto. Eso es lo que dijo el moribundo, pero su hijo sólo entendió las dos últimas sílabas: a rat, una rata. Estaba intentando decir el nombre de su asesino. Fulano de Tal, de Ballarat.

-¡Asombroso! -exclamé.

-Evidente. Con eso, como ve, quedaba considerablemente reducido el campo. La posesión de una prenda gris era un tercer punto seguro, siempre suponiendo que la declaración del hijo fuera cierta. Ya hemos pasado de la pura incertidumbre a la idea concreta de un australiano de Ballarat con un capote gris.

-Desde luego.

-Y que, además, andaba por la zona como por su casa, porque al estanque sólo se puede llegar a través de la granja o de la finca, por donde no es fácil que pase gente extraña.

-Muy cierto.

-Pasemos ahora a nuestra expedición de hoy. El examen del terreno me reveló los insignificantes detalles que ofrecí a ese imbécil de Lestrade acerca de la persona del asesino.

-¿Pero cómo averiguó todo aquello?

-Ya conoce usted mi método. Se basa en la observación de minucias.

-Ya sé que es capaz de calcular la estatura aproximada por la longitud de los pasos. Y lo de las botas también se podría deducir de las pisadas.

-Sí, eran botas poco corrientes.

-Pero ¿lo de la cojera?

-La huella de su pie derecho estaba siempre menos marcada que la del izquierdo. Cargaba menos peso sobre él. ¿Por qué? Porque renqueaba... era cojo.

-¿Y cómo sabe que es zurdo?

-A usted mismo le llamó la atención la índole de la herida, tal como la describió el forense en la investigación. El golpe se asestó de cerca y por detrás, y sin embargo estaba en el lado izquierdo. ¿Cómo puede explicarse esto, a menos que lo asestara un zurdo? Había permanecido detrás del árbol durante la conversación entre el padre y el hijo. Hasta se fumó un cigarro allí. Encontré la ceniza de un cigarro, que mis amplios conocimientos sobre cenizas de tabaco me permitieron identificar como un cigarro indio. Como usted sabe, he dedicado cierta atención al tema, y he escrito una pequeña monografía sobre las cenizas de ciento cuarenta variedades diferentes de tabaco de pipa, cigarros y cigarrillos. En cuanto encontré la ceniza, eché un vistazo por los alrededores y descubrí la colilla entre el musgo, donde la habían tirado. Era un cigarro indio de los que se lían en Rotterdam.

-¿Y la boquilla?

-Se notaba que el extremo no había estado en la boca. Por lo tanto, había usado boquilla. La punta estaba cortada, no arrancada de un mordisco, pero el corte no era limpio, de lo que deduje la existencia de una navaja mellada.

-Holmes -dije-, ha tendido usted una red en torno a ese hombre, de la que no podrá escapar, y ha salvado usted una vida inocente, tan seguro como si hubiera cortado la cuerda que le ahorcaba. Ya veo en qué dirección apunta todo esto. El culpable es...

-¡El señor John Turner! -exclamó el camarero del hotel, abriendo la puerta de nuestra sala de estar y haciendo pasar a un visitante.

El hombre que entró presentaba una figura extraña e impresionante. Su paso lento y renqueante y sus hombros cargados le daban aspecto de decrepitud, pero sus facciones duras, marcadas y arrugadas, así como sus enormes miembros, indicaban que poseía una extraordinaria energía de cuerpo y carácter. Su barba enmarañada, su cabellera gris y sus cejas prominentes y lacias contribuían a dar a su apariencia un aire de dignidad y poderío, pero su rostro era blanco ceniciento, y sus labios y las esquinas de los orificios nasales presentaban un tono azulado. Con sólo mirarlo, pude darme cuenta de que era presa de alguna enfermedad crónica y mortal.

-Por favor, siéntese en el sofá -dijo Holmes educadamente-. ¿Recibió usted mi nota?

-Sí, el guarda me la trajo. Decía usted que quería verme aquí para evitar el escándalo.

-Me pareció que si yo iba a su residencia podría dar que hablar.

-¿Y por qué quería usted verme? -miró fijamente a mi compañero, con la desesperación pintada en sus cansados ojos, como si su pregunta ya estuviera contestada.

-Sí, eso es -dijo Holmes, respondiendo más a la mirada que a las palabras-. Sé todo lo referente a McCarthy.

El anciano se hundió la cara entre las manos.

-¡Que Dios se apiade de mí! -exclamó-. Pero yo no habría permitido que le ocurriese ningún daño al muchacho. Le doy mi palabra de que habría confesado si las cosas se le hubieran puesto feas en el juicio.

-Me alegra oírle decir eso -dijo Holmes muy serio.

-Ya habría confesado de no ser por mi hija. Esto le rompería el corazón… y se lo romperá cuando se entere de que me han detenido.

-Puede que no se llegue a eso -dijo Holmes.

-¿Cómo dice?

-Yo no soy un agente de la policía. Tengo entendido que fue su hija la que solicitó mi presencia aquí, y actúo en nombre suyo. No obstante, el joven McCarthy debe quedar libre.

-Soy un moribundo -dijo el viejo Turner-. Hace años que padezco diabetes. Mi médico dice que podría no durar ni un mes. Pero preferiría morir bajo mi propio techo, y no en la cárcel.

Holmes se levantó y se sentó a la mesa con la pluma en la mano y un legajo de papeles delante.

-Limítese a contarnos la verdad -dijo-. Yo tomaré nota de los hechos. Usted lo firmará y Watson puede servir de testigo. Así podré, en último extremo, presentar su confesión para salvar al joven McCarthy. Le prometo que no la utilizaré a menos que sea absolutamente necesario.

-Perfectamente -dijo el anciano-. Es muy dudoso que yo viva hasta el juicio, así que me importa bien poco, pero quisiera evitarle a Alice ese golpe. Y ahora, le voy a explicar todo el asunto. La acción abarca mucho tiempo, pero tardaré muy poco en contarlo.

»Usted no conocía al muerto, a ese McCarthy. Era el diablo en forma humana. Se lo aseguro. Que Dios le libre de caer en las garras de un hombre así. Me ha tenido en sus manos durante estos veinte años, y ha arruinado mi vida. Pero primero le explicaré cómo caí en su poder.

»A principios de los sesenta, yo estaba en las minas. Era entonces un muchacho impulsivo y temerario, dispuesto a cualquier cosa; me enredé con malas compañías, me aficioné a la bebida, no tuve suerte con mi mina, me eché al monte y, en una palabra, me convertí en lo que aquí llaman un salteador de caminos. éramos seis, y llevábamos una vida de lo más salvaje, robando de vez en cuando algún rancho, o asaltando las carretas que se dirigían a las excavaciones. Me hacía llamar Black Jack de Ballarat, y aún se acuerdan en la colonia de nuestra cuadrilla, la Banda de Ballarat.

»Un día partió un cargamento de oro de Ballarat a Melbourne, y nosotros lo emboscamos y lo asaltamos. Había seis soldados de escolta contra nosotros seis, de manera que la cosa estaba igualada, pero a la primera descarga vaciamos cuatro monturas. Aun así, tres de los nuestros murieron antes de que nos apoderáramos del botín. Apunté con mi pistola a la cabeza del conductor del carro, que era el mismísimo McCarthy. Ojalá le hubiese matado entonces, pero le perdoné aunque vi sus malvados ojillos clavados en mi rostro, como si intentara retener todos mis rasgos. Nos largamos con el oro, nos convertimos en hombres ricos, y nos vinimos a Inglaterra sin despertar sospechas. Aquí me despedí de mis antiguos compañeros, decidido a establecerme y llevar una vida tranquila y respetable. Compré esta finca, que casualmente estaba a la venta, y me propuse hacer algún bien con mi dinero, para compensar el modo en que lo había adquirido.

Me casé, y aunque mi esposa murió joven, me dejó a mi querida Alice. Aunque no era más que un bebé, su minúscula manita parecía guiarme por el buen camino como no lo había hecho nadie. En una palabra, pasé una página de mi vida y me esforcé por reparar el pasado. Todo iba bien, hasta que McCarthy me echó las zarpas encima.

»Había ido a Londres para tratar de una inversión, y me lo encontré en Regent Street, prácticamente sin nada que ponerse encima.

»-Aquí estamos, Jack -me dijo, tocándome el brazo-. Vamos a ser como una familia para ti. Somos dos, mi hijo y yo, y tendrás que ocuparte de nosotros. Si no lo haces… bueno… Inglaterra es un gran país, respetuoso de la ley, y siempre hay un policía al alcance de la voz.

»Así que se vinieron al oeste, sin que hubiera forma de quitármelos de encima, y aquí han vivido desde entonces, en mis mejores tierras, sin pagar renta. Ya no hubo para mí reposo, paz ni posibilidad de olvidar; allá donde me volviera, veía a mi lado su cara astuta y sonriente. Y la cosa empeoró al crecer Alice, porque él en seguida se dio cuenta de que yo tenía más miedo a que ella se enterara de mi pasado que de que lo supiera la policía. Me pedía todo lo que se le antojaba, y yo se lo daba todo sin discutir: tierra, dinero, casas, hasta que por fin me pidió algo que yo no le podía dar: me pidió a Alice.

»Resulta que su hijo se había hecho mayor, igual que mi hija, y como era bien sabido que yo no andaba bien de salud, se le ocurrió la gran idea de que su hijo se quedara con todas mis propiedades. Pero aquí me planté. No estaba dispuesto a que su maldita estirpe se mezclara con la mía. No es que me disgustara el muchacho, pero llevaba la sangre de su padre y con eso me bastaba. Me mantuve firme. McCarthy me amenazó. Yo le desafié a que hiciera lo peor que se le ocurriera. Quedamos citados en el estanque, a mitad de camino de nuestras dos casas, para hablar del asunto.

»Cuando llegué allí, lo encontré hablando con su hijo, de modo que encendí un cigarro y esperé detrás de un árbol a que se quedara solo. Pero, según le oía hablar, iba saliendo a flote todo el odio y el rencor que yo llevaba dentro. Estaba instando a su hijo a que se casara con mi hija, con tan poca consideración por lo que ella pudiera opinar como si se tratara de una buscona de la calle. Me volvía loco al pensar que yo y todo lo que yo más quería estábamos en poder de un hombre semejante. ¿No había forma de romper las ataduras? Me quedaba poco de vida y estaba desesperado. Aunque conservaba las facultades mentales y la fuerza de mis miembros, sabía que mi destino estaba sellado. Pero ¿qué recuerdo dejaría y qué sería de mi hija? Las dos cosas podían salvarse si conseguía hacer callar aquella maldita lengua. Lo hice, señor Holmes, y volvería a hacerlo. Aunque mis pecados han sido muy graves, he vivido un martirio para purgarlos. Pero que mi hija cayera en las mismas redes que a mí me esclavizaron era más de lo que podía soportar. No sentí más remordimientos al golpearlo que si se hubiera tratado de una alimaña repugnante y venenosa. Sus gritos hicieron volver al hijo, pero yo ya me había refugiado en el bosque, aunque tuve que regresar a por el capote que había dejado caer al huir. ésta es, caballeros, la verdad de todo lo que ocurrió.

-Bien, no me corresponde a mí juzgarle -dijo Holmes, mientras el anciano firmaba la declaración escrita que acababa de realizar-. Y ruego a Dios que nunca nos veamos expuestos a semejante tentación.

-Espero que no, señor. ¿Y qué se propone usted hacer ahora?

-En vista de su estado de salud, nada. Usted mismo se da cuenta de que pronto tendrá que responder de sus acciones ante un tribunal mucho más alto que el de lo penal. Conservaré su confesión y, si McCarthy resulta condenado, me veré obligado a utilizarla. De no ser así, jamás la verán ojos humanos; y su secreto, tanto si vive usted como si muere, estará a salvo con nosotros.

-Adiós, pues -dijo el anciano solemnemente-. Cuando les llegue la hora, su lecho de muerte se les hará más llevadero al pensar en la paz que han aportado al mío -y salió de la habitación tambaleándose, con toda su gigantesca figura sacudida por temblores.

-¡Que Dios nos asista! -exclamó Sherlock Holmes después de un largo silencio-. ¿Por qué el Destino les gasta tales jugarretas a los pobres gusanos indefensos? Siempre que me encuentro con un caso así, no puedo evitar acordarme de las palabras de Baxter y decir: «Allá va Sherlock Holmes, por la gracia de Dios».

James McCarthy resultó absuelto en el juicio, gracias a una serie de alegaciones que Holmes preparó y sugirió al abogado defensor. El viejo Turner aún vivió siete meses después de nuestra entrevista, pero ya falleció; y todo parece indicar que el hijo y la hija vivirán felices y juntos, ignorantes del negro nubarrón que envuelve su pasado.

Las cinco semillas de naranja

Cuando reviso mis notas y memorias de los casos de Sherlock Holmes en el intervalo del 82 al 90, me encuentro con que son tantos los que presentan características extrañas e interesantes, que no resulta fácil saber cuáles elegir y cuáles dejar de lado. Pero hay algunos que han conseguido ya publicidad en los periódicos, y otros que no ofrecieron campo al desarrollo de las facultades peculiares que mi amigo posee en grado tan eminente, y que estos escritos tienen por objeto ilustrar.

Hay también algunos que escaparon a su capacidad analítica, y que, en calidad de narraciones, vendrían a resultar principios sin final, mientras que hay otros que fueron aclarados sólo parcialmente, estando la explicación de los mismos fundada en conjeturas y suposiciones, más bien que en una prueba lógica absoluta, procedimiento que le era tan querido. Sin embargo, hay uno, entre estos últimos, tan extraordinario por sus detalles y tan sorprendente por sus resultados, que me siento tentado a dar un relato parcial del mismo, no obstante el hecho de que existen en relación con él determinados puntos que no fueron, ni lo serán jamás, puestos en claro.

El año 87 nos proporciona una larga serie de casos de mayor o menor interés y de los que conservo constancia. Entre los encabezamientos de los casos de estos doce meses me encuentro con un relato de la aventura de la habitación Paradol, de la Sociedad de Mendigos Aficionados, que se hallaba instalada en calidad de club lujoso en la bóveda inferior de un guardamuebles; con el de los hechos relacionados con la pérdida del velero británico Sophy Anderson; con el de las extrañas aventuras de los Grice Patersons, en la isla de Ufa, y, finalmente, con el del envenenamiento ocurrido en Camberwell. Se recordará que en este último caso consiguió Sherlock Holmes demostrar que el muerto había dado cuerda a su reloj dos horas antes, y que, por consiguiente, se había acostado durante ese tiempo... , deducción que tuvo la mayor importancia en el esclarecimiento del caso. Quizá trace yo, más adelante, los bocetos de todos estos sucesos, pero ninguno de ellos presenta características tan sorprendentes como las del extraño cortejo de circunstancias para cuya descripción he tomado la pluma.

Nos encontrábamos en los últimos días de septiembre y las tormentas equinocciales se habían echado encima con violencia excepcional. El viento había bramado durante todo el día, y la lluvia había azotado las ventanas, de manera que, incluso aquí, en el corazón del inmenso Londres, obra de la mano del hombre, nos veíamos forzados a elevar, de momento, nuestros pensamientos desde la diaria rutina de la vida, y a reconocer la presencia de las grandes fuerzas elementales que ladran al género humano por entre los barrotes de su civilización, igual que fieras indómitas dentro de una jaula. A medida que iba entrando la noche, la tormenta fue haciéndose más y más estrepitosa, y el viento lloraba y sollozaba dentro de la chimenea igual que un niño. Sherlock Holmes, a un lado del hogar, sentado melancólicamente en un sillón, combinaba los índices de sus registros de crímenes, mientras que yo, en el otro lado, estaba absorto en la lectura de uno de los bellos relatos marineros de Clark Rusell. Hubo un momento en que el bramar de la tempestad del exterior pareció fundirse con el texto, y el chapoteo de la lluvia se alargó hasta dar la impresión del prolongado espumajeo de las olas del mar. Mi esposa había ido de visita a la casa de una tía suya, y yo me hospedaba por unos días, y una vez más, en mis antiguas habitaciones de Baker Street.

-¿Qué es eso?-dije, alzando la vista hacia mi compañero-. Fue la campanilla de la puerta, ¿verdad? ¿Quién puede venir aquí esta noche? Algún amigo suyo, quizá.

-Fuera de usted, yo no tengo ninguno -me contestó-. Y no animo a nadie a visitarme.

-¿Será entonces un cliente?

-Entonces se tratará de un asunto grave. Nada podría, de otro modo, obligar a venir aquí a una persona con semejante día y a semejante hora. Pero creo que es más probable que se trate de alguna vieja amiga de nuestra patrona.

Se equivocó, sin embargo, Sherlock Holmes en su conjetura, porque se oyeron pasos en el corredor, y alguien golpeó en la puerta.

Mi compañero extendió su largo brazo para desviar de sí la lámpara y enderezar su luz hacia la silla desocupada en la que tendría que sentarse cualquiera otra persona que viniese. Luego dijo:

-¡ Adelante!

El hombre que entró era joven, de unos veintidós años, a juzgar por su apariencia exterior; bien acicalado y elegantemente vestido, con un no sé qué de refinado y fino en su porte. El paraguas, que era un arroyo, y que sostenía en la mano, y su largo impermeable brillante, delataban la furia del temporal que había tenido que aguantar en su camino. Enfocado por el resplandor de la lámpara, miró ansiosamente a su alrededor, y yo pude fijarme en que su cara estaba pálida y sus ojos cargados, como los de una persona a quien abruma alguna gran inquietud.

-Debo a ustedes una disculpa -dijo, subiéndose hasta el arranque de la nariz las gafas doradas, a presión-. Espero que mi visita no sea un entretenimiento. Me temo que haya traído hasta el interior de su abrigada habitación algunos rastros de la tormenta.

-Deme su impermeable y su paraguas -dijo Holmes-. Pueden permanecer colgados de la percha, y así quedará usted libre de humedad por el momento. Veo que ha venido usted desde el Sudoeste.

-Sí, de Horsham.

-Esa mezcla de arcilla y de greda que veo en las punteras de su calzarlo es completamente característica.

-Vine en busca de consejo.

-Eso se consigue fácil.

-Y de ayuda.

-Eso ya no es siempre tan fácil.

-He oído hablar de usted, señor Holmes. Le oí contar al comandante Prendergast cómo le salvó usted en el escándalo de Tankerville Club.

-Sí, es cierto. Se le acusó injustamente de hacer trampas en el juego.

-Aseguró que usted se dio maña para poner todo en claro.

-Eso fue decir demasiado.

-Que a usted no lo vencen nunca.

-Lo he sido en cuatro ocasiones: tres veces por hombres, y una por cierta dama.

-Pero ¿qué es eso comparado con el número de sus éxitos?

-Es cierto que, por lo general, he salido airoso.

-Entonces, puede salirlo también en el caso mío.

-Le suplico que acerque su silla al fuego, y haga el favor de darme algunos detalles del mismo.

-No se trata de un caso corriente.

-Ninguno de los que a mí llegan lo son. Vengo a ser una especie de alto tribunal de apelación.

-Yo me pregunto, a pesar de todo, señor, si en el transcurso de su profesión ha escuchado jamás el relato de una serie de acontecimientos más misteriosos e inexplicables que los que han ocurrido en mi propia familia.

-Lo que usted dice me llena de interés -le dijo Holmes-. Por favor, explíquenos desde el principio los hechos fundamentales, y yo podré luego interrogarle sobre los detalles que a mí me parezcan de la máxima importancia.

El joven acercó la silla, y adelantó sus pies húmedos hacia la hoguera.

-Me llamo John Openshaw -dijo-, pero, por lo que a mí me parece, creo que mis propias actividades tienen poco que ver con este asunto espantoso. Se trata de una cuestión hereditaria, de modo que, para darles una idea de los hechos, no tengo más remedio que remontarme hasta el comienzo del asunto. Deben ustedes saber que mi abuelo tenía dos hijos: mi tío Elías y mi padre José. Mi padre poseía, en Coventry, una pequeña fábrica, que amplió al inventarse las bicicletas. Poseía la patente de la llanta irrompible Openshaw, y alcanzó tal éxito en su negocio, que consiguió venderlo y retirarse con un relativo bienestar. Mi tío Elías emigró a América siendo todavía joven, y se estableció de plantador en Florida, de donde llegaron noticias de que había prosperado mucho. En los comienzos de la guerra peleó en el ejército de Jackson, y más adelante en el de Hood, ascendiendo en éste hasta el grado de coronel. Cuando Lee se rindió, volvió mi tío a su plantación, en la que permaneció por espacio de tres o cuatro años. Hacia el mil ochocientos sesenta y nueve o mil ochocientos setenta, regresó a Europa y compró una pequeña finca en

Sussex, cerca de Horsham. Había hecho una fortuna muy considerable, y si abandonó Norteamérica fue movido de su antipatía a los negros, y de su desagrado por la política del partido republicano de concederles la liberación de la esclavitud. Era un hombre extraño, arrebatado y violento, muy mal hablado cuando le dominaba la ira, y por demás retraído. Dudo de que pusiese ni una sola vez los pies en Londres durante los años que vivió en Horsham. Poseía alrededor de su casa un jardín y tres o cuatro campos de deportes, y en ellos se ejercitaba, aunque con mucha frecuencia no salía de la habitación durante semanas enteras. Bebía muchísimo aguardiente, fumaba por demás, pero no quería tratos sociales, ni amigos, ni aun siquiera que le visitase su hermano. Contra mí no tenía nada, mejor dicho, se encaprichó conmigo, porque cuando me conoció era yo un jovencito de doce años, más o menos. Esto debió de ocurrir hacia el año mil ochocientos setenta y ocho, cuando llevaba ya ocho o nueve años en Inglaterra. Pidió a mi padre que me dejase vivir con él, y se mostró muy cariñoso conmigo, a su manera. Cuando estaba sereno, gustaba de jugar conmigo al chaquete y a las damas, y me hacía portavoz suyo junto a la servidumbre y con los proveedores, de modo que para cuando tuve dieciséis años era yo el verdadero señor de la casa.

Yo guardaba las llaves y podía ir a donde bien me pareciese y hacer lo que me diese la gana, con tal que no le molestase cuando él estaba en sus habitaciones reservadas. Una excepción me hizo, sin embargo; había entre los áticos una habitación independiente, un camaranchón que estaba siempre cerrado con llave, y al que no permitía que entrásemos ni yo ni nadie. Llevado de mi curiosidad de muchacho, miré más de una vez por el ojo de la cerradura, sin que llegase a descubrir dentro sino lo corriente en tales habitaciones, es decir, una cantidad de viejos baúles y bultos. Cierto día, en el mes de marzo de mil ochocientos ochenta y tres, había encima de la mesa, delante del coronel, una carta cuyo sello era extranjero. No era cosa corriente que el coronel recibiese cartas, porque todas sus facturas se pagaban en dinero contante, y no tenía ninguna clase de amigos. Al coger la carta, dijo: «¡Es de la India! ¡Trae la estampilla de Pondicherry! ¿Qué podrá ser?».

Al abrirla precipitadamente saltaron del sobre cinco pequeñas y resecas semillas de naranja, que tintinearon en su plato. Yo rompí a reír, pero, al ver la cara de mi tío, se cortó la risa en mis labios. Le colgaba la mandíbula, se le saltaban los ojos, se le había vuelto la piel del color de la masilla, y miraba fijamente el sobre que sostenía aún en aun manos temblorosas. Dejó escapar un chillido, y exclamó luego: «K. K. K. ¡ Dios santo, Dios santo, mis pecados me han dado alcance!». «¿Qué significa eso, tío?», exclamé. «Muerte», me dijo, y levantándose de la mesa, se retiró a su habitación, dejándome estremecido de horror. Eché mano al sobre, y vi garrapateada en tinta roja, sobre la patilla interior, encima mismo del engomado, la letra K, repetida tres veces. No había nada más, fuera de las cinco semillas resecas. ¿Qué motivo podía existir para espanto tan excesivo? Me alejé de la mesa del desayuno y, cuando yo subía por las escaleras, me tropecé con mi tío, que bajaba por ellas, trayendo en una mano una vieja llave roñosa, y en la otra, una caja pequeña de bronce, por el estilo de las de guardar el dinero. «Que hagan lo que les dé la gana, pero yo los tendré en jaque una vez más. Dile a Mary que necesito que encienda hoy fuego en mi habitación, y envía a buscar a Fordham, el abogado de Horsham.» Hice lo que se me ordenaba y, cuando llegó el abogado, me pidieron que subiese a la habitación. Ardía vivamente el fuego, y en la rejilla del hogar se amontonaba una gran masa de cenizas negras y sueltas, como de papel quemado, en tanto que la caja de bronce estaba muy cerca y con la tapa abierta. Al mirar yo la caja, descubrí, sobresaltado, en la tapa la triple K, que había leído aquella mañana en el sobre.

«John -me dijo mi tío-, deseo que firmes como testigo mi testamento. Dejo la finca, con todas sus ventajas e inconvenientes, a mi hermano, es decir, a tu padre, de quien, sin duda, vendrá a parar a ti. Si conseguís disfrutarla en paz, santo y bueno. Si no lo conseguís, seguid mi consejo, muchacho, y abandonadla a vuestro peor enemigo. Lamento dejaros un arma así, de dos filos, pero no sé qué giro tomarán las cosas. Ten la bondad de firmar este documento en el sitio que te indicar, el señor Fordham.»

Firmé el documento dónde se me indicó, y el abogado se lo llevó con él. Como ustedes se imaginarán, aquel extraño incidente me produjo la más profunda impresión: lo sopesé en mi mente, y le di vueltas desde todos los puntos de vista, sin conseguir encontrarle explicación. Pero no conseguí librarme de un vago sentimiento de angustia que dejó en mí, aunque esa sensación fue embotándose a medida que pasaban semanas sin que ocurriese nada que turbase la rutina diaria de nuestras vidas. Sin embargo, pude notar un cambio en mi tío. Bebía más que nunca, y se mostraba todavía menos inclinado al trato con nadie. Pasaba la mayor parte del tiempo metido en su habitación, con la llave echada por dentro, pero a veces salía como poseído de un furor de borracho, se lanzaba fuera de la casa, y se paseaba por el jardín impetuosamente, esgrimiendo en la mano un revólver y diciendo a gritos que a él no le asustaba nadie y que él no se dejaba enjaular, como oveja en el redil, ni por hombres ni por diablos. Pero una vez que se le pasaban aquellos arrebatos, corría de una manera alborotada a meterse dentro, y cerraba con llave y atrancaba la puerta, como quien ya no puede seguir haciendo frente al espanto que se esconde en el fondo mismo de su alma. En tales momentos, y aun en tiempo frío, he visto yo relucir su cara de humedad, como si acabase de sacarla del interior de la jofaina. Para terminar, señor Holmes, y no abusar de su paciencia, llegó una noche en que hizo una de aquellas salidas suyas de borracho, de la que no regresó. Cuando salimos a buscarlo, nos lo encontramos boca abajo, dentro de una pequeña charca recubierta de espuma verdosa que había al extremo del jardín. No presentaba señal alguna de violencia, y la profundidad del agua era sólo de dos pies, y por eso el Jurado, teniendo en cuenta sus conocidas excentricidades, dictó veredicto de suicidio. Pero a mí, que sabía de qué modo retrocedía ante el solo pensamiento de la muerte, me costó mucho trabajo convencerme de que se había salido de su camino para ir a buscarla. Sin embargo, la cosa pasó, entrando mi padre en posesión de la finca y de unas catorce mil libras que mi tío tenía a su favor en un Banco.

-Un momento-le interrumpió Holmes-. Preveo ya que su relato es uno de los más notables que he tenido ocasión de oír jamás. Hágame el favor de decirme la fecha en que su tío recibió la carta y la de su supuesto suicidio.

-La carta llegó el día diez de marzo de mil ochocientos ochenta y tres. Su muerte tuvo lugar siete semanas más tarde, en la noche del día dos de mayo.

-Gracias. Puede usted seguir.

-Cuando mi padre se hizo cargo de la finca de Horsham, llevó a cabo, a petición mía, un registro cuidadoso del ático que había permanecido siempre cerrado. Encontramos allí la caja de bronce, aunque sus documentos habían sido destruidos. En la parte interior de la tapa había una etiqueta de papel, en la que estaban repetidas las iniciales, y debajo de éstas, la siguiente inscripción: «Cartas, memoranda, recibos y registro.» Supusimos que esto indicaba la naturaleza de los documentos que había destruido el coronel Openshaw. Fuera de esto, no había en el ático nada de importancia, aparte de gran cantidad de papeles y cuadernos desparramados que se referían a la vida de mi tío en Norteamérica. Algunos de ellos pertenecían a la época de la guerra, y demostraban que él había cumplido bien con su deber, teniendo fama de ser un soldado valeroso. Otros llevaban la fecha de los tiempos de la reconstrucción de los estados del Sur, y se referían a cosas de política, siendo evidente que mi tío había tomado parte destacada en la oposición contra los que en el Sur se llamaron políticos hambrones, que habían sido enviados desde el Norte. Mi padre vino a vivir en Horsham a principios del ochenta y cuatro, y todo marchó de la mejor manera que podía desearse hasta el mes de enero del ochenta y cinco. Estando mi padre y yo sentados en la mesa del desayuno el cuarto día después del de Año Nuevo, oí de pronto que mi padre daba un agudo grito de sorpresa. Y lo vi sentado, con un sobre recién abierto en una mano y cinco semillas secas de naranja en la palma abierta de la otra. Se había reído siempre de lo que calificaba de fantástico relato mío acerca del coronel, pero ahora veía con gran desconcierto y recelo que él se encontraba ante un hecho igual. «¿Qué diablos puede querer decir esto, John?», tartamudeó. A mí se me había vuelto de plomo el corazón, y dije: «Es el K. K. K.» Mi padre miró en el interior del sobre y exclamó: «En efecto, aquí están las mismas letras. Pero ¿qué es lo que hay escrito encima de ellas?» Yo leí, mirando por encima de su hombro: «Coloque los documentos encima de la esfera del reloj de sol.» «¿Qué documentos y qué reloj de sol?», preguntó él. «El reloj de sol está en el jardín. No hay otro -dije yo-. Pero los documentos deben de ser los que fueron destruidos», «¡Puf! -dijo él, aferrándose a su valor-. Vivimos aquí en un país civilizado en el que no caben esta clase de idioteces. ¿De dónde procede la carta?» «De Dundee», contesté, examinando la estampilla de Correos. «Algún bromazo absurdo -dijo mi padre-. ¿Qué me vienen a mí con relojes de sol y con documentos? No haré caso alguno de semejante absurdo.» «Yo, desde luego, me pondría en comunicación con la Policía», le dije. «Para que encima se me riesen. No haré nada de eso.» «Autoríceme entonces a que lo haga yo.» «De ninguna manera. Te lo prohíbo. No quiero que se arme un jaleo por semejante tontería.» De nadó valió el que yo discutiese con él, porque mi padre era hombre por demás terco. Sin embargo, viví esos días con el corazón lleno de presagios ominosos.

El tercer día, después de recibir la carta, marchó mi padre a visitar a un viejo amigo suyo, el comandante Freebody, que está al mando de uno de los fuertes que hay en los altos de Portsdown Hill. Me alegré de que se hubiese marchado, pues me parecía que hallándose fuera de casa estaba más alejado del peligro. En eso me equivoqué, sin embargo. Al segundo día de su ausencia recibí un telegrama del comandante en el que me suplicaba que acudiese allí inmediatamente. Mi padre había caído por la boca de uno de los profundos pozos de cal que abundan en aquellos alrededores, y yacía sin sentido, con el cráneo fracturado. Me trasladé hasta allí a toda prisa, pero mi padre murió sin haber recobrado el conocimiento. Según parece, regresaba, ya entre dos luces, desde Fareham, y como desconocía el terreno y la boca del pozo estaba sin cercar, el Jurado no titubeó en dar su veredicto de muerte producida por causa accidental. Por mucho cuidado que yo puse en examinar todos los hechos relacionados con su muerte, nada pude descubrir que sugiriese la idea de asesinato. No mostraba señales de violencia, ni había huellas de pies, ni robo, ni constancia de que se hubiese observado por las carreteras la presencia de extranjeros. No necesito, sin embargo, decir a ustedes que yo estaba muy lejos de tenerlas todas conmigo, y que casi estaba seguro de que se había tramado a su alrededor algún complot siniestro. De esa manera tortuosa fue como entré en posesión de mi herencia. Ustedes me preguntarán por qué no me desembaracé de la misma. Les contestaré que no lo hice porque estaba convencido de que nuestras dificultades se derivaban, de una manera u otra, de algún incidente de la vida de mi tío, y que el peligro sería para mí tan apremiante en una casa como en otra. Mi pobre padre halló su fin durante el mes de enero del año ochenta y cinco, y desde entonces han transcurrido dos años y ocho meses. Durante todo ese tiempo yo he vivido feliz en Horsham, y ya empezaba a tener la esperanza de que aquella maldición se había alejado de la familia, y que había acabado en la generación anterior. Sin embargo, me apresuré demasiado a tranquilizarme; ayer por la mañana cayó el golpe exactamente en la misma forma que había caído sobre mi padre.

El joven sacó del chaleco un sobre arrugado, y volviéndolo boca abajo encima de la mesa, hizo saltar del mismo cinco pequeñas semillas secas de naranja.

-He aquí el sobre -prosiguió-. El estampillado es de Londres, sector del Este. En el interior están las mismas palabras que traía el sobre de mi padre: «K. K. K.», y las de «Coloque los documentos encima de la esfera del reloj de sol».

-¿Qué ha hecho usted?-preguntó Holmes.

-Nada.

-¿Nada?

-A decir verdad -y hundió el rostro dentro de sus manos delgadas y blancas- me sentí perdido. Algo así como un pobre conejo cuando la serpiente avanza retorciéndose hacia él. Me parece que estoy entre las garras de una catástrofe inexorable e irresistible, de la que ninguna previsión o precaución puede guardarme.

-¡Vaya, vaya! -exclamó Sherlock Holmes-. Es preciso que usted actúe, hombre, o está usted perdido. Únicamente su energía le puede salvar. No son momentos éstos de entregarse a la desesperación.

-He visitado a la Policía.

-¿y qué?

-Pues escucharon mi relato con una sonrisa. Estoy seguro de que el inspector ha llegado a la conclusión de que las cartas han sido otros tantos bromazos, y que las muertes de mis parientes se deben a simples accidentes, según dictaminó el Jurado, y no debían ser relacionadas con las cartas de advertencia.

Holmes agitó violentamente sus puños cerrados en el aire, y exclamó

-¡Qué inaudita imbecilidad!

-Sin embargo, me han otorgado la protección de un guardia, al que han autorizado para que permanezca en la casa.

Otra vez Holmes agitó furioso los cuños en el aire, y dijo:

-¿Cómo ha sido el venir usted a verme? Y sobre todo, ¿cómo ha sido el no venir inmediatamente?

-Nada sabía de usted. Ha sido hoy cuando hablé al comandante Prendergast sobre el apuro en que me hallo, y él me aconsejó que viniese a verle a usted.

-En realidad han transcurrido ya dos días desde que recibió la carta. Deberíamos haber entrado en acción antes de ahora. Me imagino que no poseerá usted ningún otro dato fuera de los que nos ha expuesto, ni ningún detalle sugeridor que pudiera servirnos de ayuda.

-Sí, tengo una cosa más -dijo John Openshaw. Registró en el bolsillo de su chaqueta, y, sacando un pedazo de papel azul descolorido, lo extendió encima de la mesa, agregando-: Conservo un vago recuerdo de que los estrechos márgenes que quedaron sin quemar entre las cenizas el día en que mi tío echó los documentos al fuego eran de éste mismo color. Encontré esta hoja única en el suelo de su habitación, y me inclino a creer que pudiera tratarse de uno de los documentos, que quizá se le voló de entre los otros, salvándose de ese modo de la destrucción. No creo que nos ayude mucho, fuera de que en él se habla también de las semillas. Mi opinión es que se trata de una página que pertenece a un diario secreto. La letra es indiscutiblemente de mi tío.

Holmes cambió de sitio la lámpara, y él y yo nos inclinamos sobre la hoja de papel, cuyo borde irregular demostraba que había sido, en efecto, arrancada de un libro. El encabezamiento decía

«Marzo, 1869», y debajo del mismo las siguientes enigmáticas noticias

«4. Vino Hudson. El mismo programa de siempre.

»7. Enviadas las semillas a McCauley, Paramore, y Swain, de St. Augustine.

»9. McCauley se largó.

»10. John Swain se largó.

»12. Visitado Paramore. Todo bien.»

-Gracias-dijo Holmes, doblando el documento y devolviéndoselo a nuestro visitante-. Y ahora, no pierda por nada del mundo un solo instante. No disponemos de tiempo ni siquiera para discutir lo que me ha relatado. Es preciso que vuelva usted a casa ahora, mismo, y que actúe.

-¿Y qué tengo que hacer?

-Sólo se puede hacer una cosa, y es preciso hacerla en el acto. Ponga usted esa hoja de papel dentro de la caja de metal que nos ha descrito. Meta asimismo una carta en la que les dirá, que todos los demás papeles fueron quemados por su tío, siendo éste el único que queda. Debe usted expresarlo en una forma que convenga. Después de hecho eso, colocará la caja encima del reloj de sol, de acuerdo con las indicaciones. ¿Me comprende?

-Perfectamente.

-No piense por ahora en venganzas ni en nada por ese estilo. Creo que eso lo lograremos por el intermedio de la ley; pero tenemos que tejer aún nuestra tela de araña, mientras que la de ellos está ya tejida. Lo primero en que hay que pensar es en apartar el peligro apremiante que le amenaza. Lo segundo consistirá en aclarar el misterio y castigar a los criminales.

-Le doy a usted las gracias -dijo el joven, levantándose y echándose encima el impermeable. Me ha dado usted nueva vida y esperanza. Seguiré, desde luego, su consejo.

-No pierda un solo instante. Y, sobre todo, cuídese bien entre tanto, porque yo no creo que pueda existir la menor duda de que está usted amenazado por un peligro muy real e inminente. ¿Cómo va a hacer el camino de regreso?

-Por tren, desde la estación Waterloo.

-Aún no son las nueve. Las calles estarán concurridas, y por eso confío en que no corre usted peligro. Pero, a pesar de todo, por muy en guardia que esté usted, nunca lo estará bastante.

-Voy armado.

-Bien está. Mañana me pondré yo a trabajar en su asunto.

-¿Le veré, pues, en Horsham?

-No, porque su secreto se oculta en Londres, y en Londres será donde yo lo busque.

-Entonces. yo vendré a visitarle a usted dentro de un par de días, y le traeré noticias de lo que me haya ocurrido con los papeles y la caja. Lo consultaré en todo.

Nos estrechó las manos y se retiró. El viento seguía bramando fuera, y la lluvia tamborileaba y salpicaba las ventanas. Aquel relato tan desatinado y extraño parecía habernos llegado de entre los elementos desencadenados, como si la tempestad lo hubiese arrojado sobre nosotros igual que un tallo de alga marina, y que esos mismos elementos se lo hubiesen tragado luego otra vez.

Sherlock Holmes permaneció algún tiempo en silencio, con la cabeza inclinada y los ojos fijos en el rojo resplandor del fuego. Luego encendió su pipa, se recostó en el respaldo de su asiento, y se quedó contemplando los anillos de humo azul que se perseguían los unos a los otros en su ascenso hacia el techo.

-Creo Watson -dijo, por fin, como comentario-, que no hemos tenido entre todos nuestros casos ninguno más fantástico que éste.

-Con excepción, quizá, del Signo de los Cuatro.

-Bien, sí. Con excepción, quizá, de ése. Sin embargo, creo que este John Openshaw se mueve entre peligros todavía mayores que los que rodeaban a los Sholtos.

-Pero ¿no ha formado usted ninguna hipótesis concreta sobre la naturaleza de estos peligro?

-Sobre su naturaleza no caben ya hipótesis -me contestó.

-¿Cuál es, pues? ¿Quién es este K. K. K., y por qué razón persigue a esta desdichada familia?

Sherlock Holmes cerró los ojos, y apoyó los codos en los brazos del sillón, juntando las yemas de los dedos de las manos.

-Al razonador ideal -comentó-debería bastarle un solo hecho, cuando lo ha visto en todas sus implicaciones, para deducir del mismo no sólo la cadena de sucesos que han conducido hasta él, sino también los resultados que habían de seguirse. De la misma manera que Cuvier sabía hacer la descripción completa de un animal con el examen de un solo hueso, de igual manera el observador que ha sabido comprender por completo uno de los eslabones de toda una serie de incidentes, debe saber explicar con exactitud todos los demás, los anteriores y los posteriores. No nos hacemos todavía una idea de los resultados que es capaz de conseguir la razón por sí sola. Podríamos resolver mediante el estudio ciertos problemas cuya solución ha desconcertado por completo a quienes la buscaron por medio de los sentidos. Sin embargo, para alcanzar en este arte la cúspide, necesitaría el razonador saber manejar todos los hechos que han llegado a conocimiento suyo. Esto implica, como fácilmente comprenderá usted, la posesión de todos los conocimientos a que muy pocos llegan, incluso en estos tiempos de libertad educativa y de enciclopedias. Sin embargo, lo que no resulta imposible es el que un hombre llegue a poseer todos los conocimientos que le han de ser probablemente útiles en su labor, esto es lo que yo me he esforzado por hacer en el caso mío. Usted, si mal no recuerdo, concretó, en los primeros días de nuestra amistad, los límites precisos de esos conocimientos míos.

-Sí -le contesté, echándome a reír-. Hice un documento curioso. En filosofía, astronomía y política le puse a usted cero, lo recuerdo. En botánica, irregular; en geología, profundo en lo que toca a manchas de barro cogidas en una zona de cincuenta millas alrededor de Londres; en química, excéntrico; en anatomía, asistemático; en literatura, sensacionalista, y en historia de crímenes, único; y además, violinista, boxeador, esgrimista, abogado y autoenvenenador por medio de la cocaína y del tabaco. Esos eran, si mal no recuerdo, los puntos más notables de mi análisis.

Holmes se sonrió al escuchar la última calificación, y dijo

-Digo ahora, como dije entonces, que toda persona debería tener en el ático de su cerebro el surtido de mobiliario que es probable que necesite, y que todo lo demás puede guardarlo en el desván de su biblioteca, donde puede echarle mano cuando tenga precisión de algo. Ahora bien: al enfrentarnos con un problema como el que nos ha sido sometido esta noche, necesitamos dominar todos nuestros recursos. Tenga usted la bondad de alcanzarme la letra K de esta enciclopedia norteamericana que hay en ese estante que tiene a su lado. Gracias. Estudiemos ahora la situación y veamos lo que de la misma puede deducirse. Empezaremos con la firme presunción de que el coronel Openshaw tuvo algún motivo importante para abandonar Norteamérica. Los hombres, a su edad, no cambian todas, sus costumbres, ni cambian por gusto suyo el clima encantador de Florida por la vida solitaria en una ciudad inglesa de provincias. El extraordinario apego a la soledad que demostró en Inglaterra sugiere la idea de que sentía miedo de alguien o de algo; de modo, pues, que podemos aceptar como hipótesis de trabajo la de que fue el miedo lo que le empujó fuera de Norteamérica. En cuanto a lo que él temía, sólo podemos deducirlo por el estudio de las tremendas cartas que él y sus herederos recibieron. ¿Se fijó usted en las estampillas que señalaban el punto de procedencia?

-La primera traía el de Pondicherry; la segunda, el de Dundee, y la tercera, el de Londres.

-La del este de Londres. ¿Qué saca usted en consecuencia de todo ello?

-Pues que se trata de puertos de mar, es decir, que el que escribió las cartas se hallaba a bordo de un barco.

-Muy bien. Ya tenemos, pues, una pista. No puede caber duda de que, según toda probabilidad, una fuerte probabilidad, el remitente se encontraba a bordo de un barco. Pasemos ahora a otro punto. En el caso de la carta de Pondicherry transcurrieron siete semanas entre la amenaza y su cumplimiento, en el de Dundee fueron sólo tres o cuatro días. ¿Nada le indica eso?

-Que la distancia sobre la que había de viajar era mayor.

-Pero también la carta venía desde una distancia mayor.

-Pues entonces, ya no le veo la importancia a ese detalle.

-Existe, por lo menos, una probabilidad de que la embarcación a bordo de la cual está nuestro hombre, o nuestros hombres, es de vela. Parece como si hubiesen enviado siempre su extraño aviso, o prenda, cuando iban a salir para realizar su cometido. Fíjese en el poco tiempo que medió entre el hecho y la advertencia cuando ésta vino de Dundee. Si ellos hubiesen venido desde Pondicherry en un barco de vapor habrían llegado casi al mismo tiempo que su carta. Y la realidad es que transcurrieron siete semanas. Yo creo que esas siete semanas representan la diferencia entre el tiempo invertido por el vapor que trajo la carta y el barco de vela que trajo a quien la escribió.

-Es posible.

-Más que posible. Probable. Comprenderá usted ahora la urgencia mortal que existe en este caso, y por qué insistí con el joven

Openshaw en que estuviese alerta. El golpe ha sido dado siempre al cumplirse el plazo de tiempo imprescindible para que los que envían la carta salven la distancia que hay desde el punto en que la envían. Pero como esta de ahora procede de Londres, no podemos contar con retraso alguno.

-¡Santo Dios! -exclamé-. ¿Qué puede querer significar esta implacable persecución?

-Los documentos que Openshaw se llevó son evidentemente de importancia vital para la. persona o personas que viajan en el velero. Yo creo que no hay lugar a duda que éstas son más de una. Un hombre aislado no habría sido capaz de realizar dos asesinatos de manera que engañase al Jurado de un juez de instrucción. Debieron de intervenir varias personas en los mismos, y, fueron hombres de inventiva y de resolución. Se proponen conseguir los documentos, sea quien sea el que los tiene en su poder. Y ahí tiene usted cómo K. K. K. dejan de ser las iniciales de un individuo y se convierten en el distintivo de una sociedad.

-Pero ¿de qué sociedad?

Sherlock Holmes echó el busto hacia adelante, y dijo bajando la voz

-¿No ha oído usted hablar nunca del Ku Klux Klan? ,

-Jamás.

Holmes fue pasando las hojas del volumen que tenía sobre sus rodillas, y dijo de pronto: .

-Aquí está: «Ku Klux Klan. Nombre que sugiere una fantástica semejanza con el ruido que se produce al levantar el gatillo de un rifle. Esta terrible sociedad secreta fue formada después de la guerra civil en los estados del Sur por algunos ex combatientes de la Confederación, y se formaron rápidamente filiales de la misma en diferentes partes del país, especialmente en Tennessee, Luisiana, las dos Carolinas, Georgia y Florida. Se empleaba su fuerza con fines políticos, en especial para aterrorizar a los votantes negros y para asesinar u obligar a ausentarse del país a cuantos se oponían a su programa. Sus agresiones eran precedidas, por lo general, de un aviso enviado a la persona elegida, aviso que tomaba formas fantásticas, pero sabidas; por ejemplo: un tallito de hojas de roble, en algunas zonas, o unas semillas de melón o de naranja, en otras. Al recibir este aviso, la víctima podía optar entre abjurar públicamente de sus normas anteriores o huir de la región. Cuando se atrevía a desafiar la amenaza encontraba la muerte indefectiblemente, y, por lo general, de manera extrañó e imprevista. Era tan perfecta la organización de la sociedad y trabajaba ésta tan sistemáticamente, que apenas se registra algún caso en que alguien la desafiase con impunidad, o en que alguno de sus ataques dejase un rastro capaz de conducir al descubrimiento de quienes lo perpetraron. La organización floreció por espacio de algunos años, a pesar de los esfuerzos del Gobierno de los Estados Unidos y de las clases mejores de la comunidad en el Sur. Pero en el año mil ochocientos sesenta y nueve, ese movimiento sufrió un súbito colapso, aunque haya habido en fechas posteriores algunos estallidos esporádicos de la misma clase.»

-Fíjese -dijo Holmes, dejando el libro- en que el súbito hundimiento de la sociedad coincide con la desaparición de Openshaw de Norteamérica, llevándose los documentos. Pudiera muy bien tratarse de causa y efecto. No hay que asombrarse de que algunos de los personajes más implacables se hayan lanzado sobre la pista de aquél y de su familia. Ya comprenderá usted que el registro y el diario pueden complicar a alguno de los hombres más destacados del Sur, y que es posible que haya muchos que no duerman tranquilos durante la noche mientras no sean recuperados.

-De ese modo, la página que tuvimos a la vista...

-Es tal y como podíamos esperarlo. Decía, si mal no recuerdo: «Se enviaron las semillas a A, B y C»; es decir, se les envió la advertencia de la sociedad. Las anotaciones siguientes nos dicen que A y B se largaron, es decir, que abandonaron el país, y, por último, que se visitó a C, con consecuencias siniestras para éste, según yo me temo. Creo, doctor, que podemos proyectar un poco de luz sobre esta oscuridad, y creo también que, entre tanto, sólo hay una probabilidad favorable al joven Openshaw, y es que haga lo que yo le aconsejé. Nada más se puede decir ni hacer por esta noche, de modo que alcánceme mi violín y procuremos olvidarnos durante media hora de este lastimoso tiempo y de la conducta, más lastimosa aún, de nuestros semejantes los hombres.

A la mañana siguiente había escampado, y el sol brillaba con amortiguada luminosidad por entre el velo gris que envuelve a la gran ciudad. Cuando yo bajé, ya Holmes se estaba desayunando.

-Discúlpeme el que no le espere -me dijo-. Preveo que se me presenta un día atareadísimo en la investigación de este caso del joven Openshaw.

-¿Qué pasos va usted a dar? -le pregunté.

-Dependerá muchísimo del resultado de mis primeras averiguaciones. Es posible que, en fin de cuentas, me llegue hasta Horsham.

-¿No va usted a empezar por ir allí?

-No, empezaré por la City. Tire de la campanilla, y la doncella le traerá el café.

Para entretener la espera, cogí de encima de la mesa el periódico, que estaba aún sin desdoblar, y le eché un vistazo. La mirada mía se detuvo en unos titulares que me helaron el corazón.

-Holmes -le dije con voz firme-, llegará usted demasiado tarde.

-¡Vaya! -dijo él, dejando la taza que tenía en la mano-. Me lo estaba temiendo. ¿Cómo ha sido?

Se expresaba con tranquilidad, pero vi que la noticia le había conmovido profundamente.

-Me saltó a los ojos el apellido de Openshaw y el titular Tragedia cerca del puente de Waterloo. He aquí el relato: «Entre las nueve y las diez de la pasada noche, el guardia de Policía Cook, de la sección H, estando de servicio cerca del puente de Waterloo, oyó un grito de alguien que pedía socorro, y el chapaleo de un cuerpo que cae al agua. Pero como la noche era oscurísima y tormentosa, fue imposible salvar a la víctima, no obstante acudir en su ayuda varios transeúntes. Dióse, sin embargo, la alarma, y pudo ser rescatado el cadáver más tarde, con la intervención de la Policía fluvial. Resultó ser el de un joven, como se dedujo de un sobre que se le halló en el bolsillo, que se llamaba John Openshaw, que tiene su casa en Horsham. Se conjetura que debió de ir corriendo para alcanzar el tren último que sale de la estación de Waterloo, y que, en su apresuramiento y por la gran oscuridad, se salió de su camino y fue a caer al río por uno de los pequeños embarcaderos destinados a los barcos fluviales. El cadáver no mostraba señales de violencia, y no cabe duda alguna de que el muerto fue víctima de un accidente desgraciado, que debería servir para llamar la atención de las autoridades acerca del estado en que se encuentran las plataformas dé los embarcaderos de la orilla del río.»

Permanecimos callados en nuestros sitios por espacio de algunos minutos. Nunca he visto a Holmes más deprimido y conmovido que en esos momentos. Y dijo, por fin:

-Esto hiere mi orgullo, Watson. Es un sentimiento mezquino, sin duda, pero hiere mi orgullo. Este es ya un asunto mío personal y, si Dios me da salud, he de echar mano a esta cuadrilla. ¡Pensar que vino a pedirme socorro y que yo lo envié a la muerte!

Saltó de su silla y se paseó por el cuarto poseído de una excitación incontrolable, con las enjutas mejillas cubiertas de rubor, y abriendo y cerrando sus manos largas y delgadas. Por último, exclamó

-Tiene que tratarse de unos demonios astutos. ¿Cómo consiguieron desviarlo de su camino y que fuese a caer al agua? Para ir directamente a la estación no tenía que pasar por el Embankment. Aun en una noche semejarte, estaba, sin duda, el puente demasiado concurrido para sus propósitos. Ya veremos, Watson, quién gana a la larga. ¡Voy a salir!

-¿Va usted a la Policía?

-No; me constituiré yo mismo en policía. Cuando tenga tejida la red podrán arrestar a esos hábiles pajarracos, pero no antes.

Mis tareas profesionales me absorbieron durante todo el día, y era ya entrada la noche cuando regresé a Baker Street; Sherlock Holmes no había vuelto aún. Eran ya cerca de las diez cuando entró con aspecto pálido y agotado. Se acercó al aparador, arrancó un trozo de la hogaza de pan y se puso a comerlo con voracidad, ayudándolo a pasar con un gran trago de agua.

-Está usted hambriento -dije yo.

-Muriéndome de hambre. Se me olvidó comer. No probé bocado desde que me desayuné.

-¿Nada?

-Ni una miga. No tuve tiempo de pensar en la comida.

-¿Tuvo éxito?

-Sí.

-¿Alguna pista?

-Los tengo en el hueco de mi mano. No tardará mucho el joven Openshaw en verse vengado. Escuche, Watson, vamos a marcarlos a ellos con su propia marca de fábrica. ¡Es cosa bien pensada!

-¿Qué quiere usted decir?

Holmes cogió del aparador una naranja, y, después de partirla, la apretó, haciendo caer las semillas encima de la mesa. Contó cinco y las metió en un sobre. En la parte interna de la patilla escribió: «S.H. para J.C.» Luego lo lacró y puso la dirección: «Capitán James Calhoun, barca Lone Star. Savannah, Georgia.»

-Le estará esperando cuando entre en el puerto -dijo, riéndose por lo bajo-. Quizá le quite el sueño. Será un nuncio tan seguro de su destino como lo fue antes para Openshaw:

-Y ¿quién es este capitán Calhoun?

-El jefe de la cuadrilla. También atraparé a los demás, pero quiero que sea él el primero.

-Y ¿cómo llegó usted a descubrirlo?

Sacó del bolsillo una gran hola de papel, toda cubierta de fechas y de nombres, y dijo

-Me he pasado todo el día examinando los registros del Lloyd y las colecciones de periódicos atrasados, siguiendo las andanzas de todos los barcos que tocaron en el puerto de Pondicherry durante los meses de enero y febrero del año ochenta y tres. Fueron treinta y seis embarcaciones de buen tonelaje las que figuraban en esos seis meses. La llamada Lone Star atrajo inmediatamente mi atención porque, aunque se señalaba a Londres como puerto de procedencia, se conoce con ese nombre de Estrella Solitaria a uno de los estados de la Unión.

-Creo que al de Tejas.

-Sobre ese punto, ni estaba ni estoy seguro; pero yo sabía que el barco tenía que ser de origen norteamericano.

-¿Y luego?

-Repasé las noticias de Dundee, y cuando descubrí que la barca Lone Star se encontraba allí el mes de enero del ochenta y cinco, mis sospechas se convirtieron en certeza. Luego hice investigaciones acerca de los barcos actualmente en el puerto de Londres.

-Y ¿qué?

-El Lone Star llegó al mismo la pasada semana. Bajé hasta el muelle Albert, y me encontré con que había sido remolcada río abajo con la marea de esta mañana, y que lleva viaje hacia su puerto de origen, en Savannah. Telegrafié a Gravesend, enterándome de que había pasado por allí algún rato antes. Como el viento sopla hacia el Este, estoy seguro de que se halla ahora más allá de los Goodwins, y no muy lejos de la isla de Wight.

-Y ¿qué va a hacer usted ahora?

-¡Oh, le he puesto ya la mano encima! El y los dos contramaestres son, según he sabido, los únicos norteamericanos nativos que hay a bordo. Los demás son finlandeses y alemanes. Me consta, asimismo, que los tres pasaron la noche en tierra. Lo supe por el estibador que ha estado estibando su cargamento. Para cuando su velero llegue a Savannah, el vapor correo habrá llevado esta carta, y el cable habrá informado a la Policía de dicho puerto de que la presencia de esos tres caballeros es urgentemente necesaria aquí para responder de una acusación de asesinato.

Sin embargo, hasta el mejor dispuesto de los proyectos humanos tiene siembre una rendija de escape, y los asesinos de John Openshaw no iban a recibir las semillas de naranja que les habría demostrado que otra persona, tan astuta y tan decidida como ellos mismos, les seguía la pista. Las tempestades equinocciales de aquel año fueron muy persistentes y violentas. Esperamos durante mucho tiempo noticias de Savannah del Lone Star, pero no nos llegó ninguna. Finalmente, nos enteramos de que allá, en pleno Atlántico, había sido visto flotando en el seno de una ola el destrozado codaste de una lancha y que llevaba grabadas las letras L. S. Y eso es todo lo que podremos saber ya acerca del final que tuvo el *Lone Star*.

El hombre del labio retorcido

Isa Whitney, hermano del difunto Elías Whitney, D. D., director del Colegio de Teología de San Jorge, era adicto perdido al opio. Según tengo entendido, adquirió el hábito a causa de una típica extravagancia de estudiante: habiendo leído en la universidad la descripción que hacía De Quincey de sus ensueños y sensaciones, había empapado su tabaco en láudano con la intención de experimentar los mismos efectos. Descubrió, como han hecho tantos otros, que resulta más fácil adquirir el hábito que librarse de él, y durante muchos años vivió esclavo de la droga, inspirando una mezcla de horror y compasión a sus amigos y familiares. Todavía me parece que lo estoy viendo, con la cara amarillenta y fofa, los párpados caídos y las pupilas reducidas a un puntito, encogido en una butaca y convertido en la ruina y los despojos de un buen hombre.

Una noche de junio de 1889 sonó el timbre de mi puerta, aproximadamente a la hora en que uno da el primer bostezo y echa una mirada al reloj. Me incorporé en mi asiento, y mi esposa dejó su labor sobre el regazo y puso una ligera expresión de desencanto.

—¡Un paciente! —dijo—. Vas a tener que salir.

Solté un gemido, porque acababa de regresar a casa después de un día muy fatigoso.

Oímos la puerta que se abría, unas pocas frases presurosas, y después unos pasos rápidos sobre el linóleo. Se abrió de par en par la puerta de nuestro cuarto, y una dama vestida de oscuro y con un velo negro entró en la habitación.

—Perdonen ustedes que venga tan tarde —empezó a decir; y en ese mismo momento, perdiendo de repente el dominio de sí misma, se abalanzó corriendo sobre mi esposa, le echó los brazos al cuello y rompió a llorar sobre su hombro—. ¡Ay, tengo un problema tan grande! —sollozó—. ¡Necesito tanto que alguien me ayude!

—¡Pero si es Kate Whitney! —dijo mi esposa, alzándole el velo—. ¡Qué susto me has dado, Kate! Cuando entraste no tenía ni idea de quién eras.

—No sabía qué hacer, así que me vine derecho a verte.

Siempre pasaba lo mismo. La gente que tenía dificultades acudía a mi mujer como los pájaros a la luz de un faro.

—Has sido muy amable viniendo. Ahora, tómate un poco de vino con agua, siéntate cómodamente y cuéntanoslo todo. ¿O prefieres que mande a James a la cama?

—Oh, no, no. Necesito también el consejo y la ayuda del

doctor. Se trata de Isa. No ha venido a casa en dos días. ¡Estoy tan preocupada por él!

No era la primera vez que nos hablaba del problema de su marido, a mí como doctor, a mi esposa como vieja amiga y compañera del colegio. La consolamos y reconfortamos lo mejor que pudimos. ¿Sabía dónde podía estar su marido? ¿Era posible que pudiéramos hacerle volver con ella?

Por lo visto, sí que era posible. Sabía de muy buena fuente que últimamente, cuando le daba el ataque, solía acudir a un fumadero de opio situado en el extremo oriental de la City. Hasta entonces, sus orgías no habían pasado de un día, y siempre había vuelto a casa, quebrantado y tembloroso, al caer la noche. Pero esta vez el maleficio llevaba durándole cuarenta y ocho horas, y sin duda allí seguía tumbado, entre la escoria de los muelles, aspirando el veneno o durmiendo bajo sus efectos. Su mujer estaba segura de que se le podía encontrar en «El Lingote de Oro», en Upper Swandam Lane. Pero ¿qué podía hacer ella? ¿Cómo iba ella, una mujer joven y tímida, a meterse en semejante sitio y sacar a su marido de entre los rufianes que le rodeaban?

Así estaban las cosas y, desde luego, no había más que un modo de resolverlas. ¿No podía yo acompañarla hasta allí? Sin embargo, pensándolo bien, ¿para qué había de venir ella? Yo era el consejero médico de Isa Whitney y, como tal, tenía cierta influencia sobre él. Podía apañármelas mejor si iba solo. Le di mi palabra de que antes de dos horas se lo enviaría a casa en un coche si de verdad se encontraba en la dirección que me había dado.

Y así, al cabo de diez minutos, había abandonado mi butaca y mi acogedor cuarto de estar y viajaba a toda velocidad en un coche de alquiler rumbo al este, con lo que entonces me parecía una extraña misión, aunque sólo el futuro me iba a demostrar lo extraña que era en realidad.

Sin embargo, no encontré grandes dificultades en la primera etapa de mi aventura. Upper Swandam Lane es una callejuela miserable, oculta detrás de los altos muelles que se extienden en la orilla norte del río, al este del puente de Londres. Entre una tienda de ropa usada y un establecimiento de ginebra encontré el antro que iba buscando, al que se llegaba por una empinada escalera que descendía hasta un agujero negro como la boca de una caverna. Ordené al cochero que aguardara y bajé los escalones, desgastados en el centro por el paso incesante de pies de borrachos. A la luz vacilante de una lámpara de aceite colocada encima de la puerta, encontré el picaporte y penetré en una habitación larga y de techo bajo, con la atmósfera espesa y cargada del humo pardo del opio, y equipada con una serie de literas de madera, como el castillo de proa de un barco de emigrantes.

A través de la penumbra se podían distinguir a duras penas numerosos cuerpos, tumbados en posturas extrañas y fantásticas, con los hombros encorvados, las rodillas dobladas, las cabezas echadas hacia atrás y el mentón apuntando hacia arriba; de vez en cuando, un ojo oscuro y sin brillo se fijaba en el recién llegado. Entre las sombras negras brillaban circulitos de luz, encendiéndose y apagándose, según que el veneno ardiera o se apagara en las cazoletas de las pipas metálicas. La mayoría permanecía tendida en silencio, pero algunos murmuraban para sí mismos, y otros conversaban con voz extraña, apagada y monótona; su conversación surgía en ráfagas y luego se desvanecía de pronto en el silencio, mientras cada uno seguía mascullando sus propios pensamientos, sin prestar atención a las palabras de su vecino. En el extremo más apartado había un pequeño brasero de carbón, y a su lado un taburete de madera de tres patas, en el que se sentaba un anciano alto y delgado, con la barbilla apoyada en los puños y los codos en las rodillas, mirando fijamente el fuego.

Al verme entrar, un malayo de piel cetrina se me acercó rápidamente con una pipa y una porción de droga, indicándome una litera libre.

—Gracias, no he venido a quedarme —dije—. Hay aquí un amigo mío, el señor Isa Whitney, y quiero hablar con él. Hubo un movimiento y una exclamación a mi derecha y, atisbando entre las tinieblas, distinguí a Whitney, pálido, ojeroso y desaliñado, con la mirada fija en mí.

—¡Dios mío! ¡Es Watson! —exclamó. Se encontraba en un estado lamentable, con todos sus nervios presa de temblores . Oiga, Watson, ¿qué hora es?

—Casi las once.

—¿De qué día?

—Del viernes, diecinueve de junio.

—¡Cielo santo! ¡Creía que era miércoles! ¡Y es miércoles! ¿Qué se propone usted asustando a un amigo? —sepultó la cara entre los brazos y comenzó a sollozar en tono muy agudo.

—Le digo que es viernes, hombre. Su esposa lleva dos días esperándole. ¡Debería estar avergonzado de sí mismo!

—Y lo estoy. Pero usted se equivoca, Watson, sólo llevo aquí unas horas… tres pipas, cuatro pipas… ya no sé cuántas. Pero iré a casa con usted. ¿Ha traído usted un coche?

—Sí, tengo uno esperando.

—Entonces iré en él. Pero seguramente debo algo. Averigüe cuánto debo, Watson. Me encuentro incapaz. No puedo hacer nada por mí mismo.

Recorrí el estrecho pasadizo entre la doble hilera de durmientes, conteniendo la respiración para no inhalar el humo infecto y estupefaciente de la droga, y busqué al encargado. Al pasar al lado del hombre alto que se sentaba junto al brasero, sentí un súbito tirón en los faldones de mi chaqueta y una voz muy baja susurró: «Siga adelante y luego vuélvase a mirarme». Las palabras sonaron con absoluta claridad en mis oídos. Miré hacia abajo. Sólo podía haberlas pronunciado el anciano que tenía a mi lado, y sin embargo continuaba sentado tan absorto como antes, muy flaco, muy arrugado, encorvado por la edad, con una pipa de opio caída entre sus rodillas, como si sus dedos la hubieran dejado caer de puro relajamiento. Avancé dos pasos y me volvía mirar. Necesité todo el dominio de mí mismo para no soltar un grito de asombro. El anciano se había vuelto de modo que nadie pudiera verlo más que yo. Su figura se había agrandado, sus arrugas habían desaparecido, los ojos apagados habían recuperado su fuego, y allí, sentado junto al brasero y sonriendo ante mi sorpresa, estaba ni más ni menos que Sherlock Holmes. Me indicó con un ligero gesto que me aproximara y, al instante, en cuanto volvió de nuevo su rostro hacia la concurrencia, se hundió una vez más en una senilidad decrépita y babeante.

—¡Holmes! —susurré—. ¿Qué demonios está usted haciendo en este antro?

—Hable lo más bajo que pueda —respondió—. Tengo un oído excelente. Si tuviera usted la inmensa amabilidad de librarse de ese degenerado amigo suyo, me alegraría muchísimo tener una pequeña conversación con usted.

—Tengo un coche fuera.

—Entonces, por favor, mándelo a casa en él. Puede fiarse de él, porque parece demasiado hecho polvo como para meterse en ningún lío. Le recomiendo también que, por medio del cochero, le envíe una nota a su esposa diciéndole que ha unido su suerte a la mía. Si me espera fuera, estaré con usted en cinco minutos.

Resultaba difícil negarse a las peticiones de Sherlock Holmes, porque siempre eran extraordinariamente concretas y las exponía con un tono de lo más señorial. De todas maneras, me parecía que una vez metido Whitney en el coche, mi misión había quedado prácticamente cumplida; y, por otra parte, no podía desear nada mejor que acompañar a mi amigo en una de aquellas insólitas aventuras que constituían su modo normal de vida. Me bastaron unos minutos para escribir la nota, pagar la cuenta de Whitney, llevarlo hasta el coche y verle partir a través de la noche. Muy poco después, una decrépita figura salía del fumadero de opio y yo caminaba calle abajo en compañía de Sherlock Holmes. Avanzó por un par de calles arrastrando los pies, con la espalda encorvada y el paso inseguro; y de pronto, tras echar una rápida mirada a su alrededor, enderezó el cuerpo y estalló en una alegre carcajada.

—Supongo, Watson —dijo—, que está usted pensando que he añadido el fumar opio a las inyecciones de cocaína y demás pequeñas debilidades sobre las que usted ha tenido la bondad de emitir su opinión facultativa.

—Desde luego, me sorprendió encontrarlo allí.

—No más de lo que me sorprendió a mí verle a usted.

—Yo vine en busca de un amigo.

—Y yo, en busca de un enemigo.

—¿Un enemigo?

—Sí, uno de mis enemigos naturales o, si se me permite decirlo, de mis presas naturales. En pocas palabras, Watson, estoy metido en una interesantísima investigación, y tenía la esperanza de descubrir alguna pista entre las divagaciones incoherentes de estos adictos, como me ha sucedido otras veces. Si me hubieran reconocido en aquel antro, mi vida no habría valido ni la tarifa de una hora, porque ya lo he utilizado antes para mis propios fines, y el bandido del dueño, un antiguo marinero de las Indias Orientales, ha jurado vengarse de mí. Hay una trampilla en la parte trasera del edificio, cerca de la esquina del muelle de San Pablo, que podría contar historias muy extrañas sobre lo que pasa a través de ella las noches sin luna.

—¡Cómo! ¡No querrá usted decir cadáveres!

—Sí, Watson, cadáveres. Seríamos ricos si nos dieran mil libras por cada pobre diablo que ha encontrado la muerte en ese antro. Es la trampa mortal más perversa de toda la ribera del río, y me temo que Neville St. Clair ha entrado en ella para no volver a salir. Pero nuestro coche debería estar aquí —se metió los dos dedos índices en la boca y lanzó un penetrante silbido, una señal que fue respondida por un silbido similar a lo lejos, seguido inmediatamente por el traqueteo de unas ruedas y las pisadas de cascos de caballo.

—Y ahora, Watson —dijo Holmes, mientras un coche alto, de un caballo, salía de la oscuridad arrojando dos chorros dorados de luz amarilla por sus faroles laterales—, ¿viene usted conmigo o no?

—Si puedo ser de alguna utilidad…

—Oh, un camarada de confianza siempre resulta útil. Y un cronista, más aún. Mi habitación de Los Cedros tiene dos camas.

—¿Los Cedros?

—Sí, así se llama la casa del señor St. Clair. Me estoy alojando allí mientras llevo a cabo la investigación.

—¿Y dónde está?

—En Kent, cerca de Lee. Tenemos por delante un trayecto de siete millas.

—Pero estoy completamente a oscuras.

—Naturalmente. Pero en seguida va a enterarse de todo. ¡Suba aquí! Muy bien, John, ya no le necesitaremos. Aquí tiene media corona. Venga a buscarme mañana a eso de las once. Suelte las riendas y hasta mañana.

Tocó al caballo con el látigo y salimos disparados a través de la interminable sucesión de calles sombrías y desiertas, que poco a poco se fueron ensanchando hasta que cruzamos a toda velocidad un amplio puente con balaustrada, mientras las turbias aguas del río se deslizaban perezosamente por debajo. Al otro lado nos encontramos otra extensa desolación de ladrillo y cemento envuelta en un completo silencio, roto tan sólo por las pisadas fuertes y acompasadas de un policía o por los gritos y canciones de algún grupillo rezagado de juerguistas. Una oscura cortina se deslizaba lentamente a través del cielo, y una o dos estrellas brillaban débilmente entre las rendijas de las nubes. Holmes conducía en silencio, con la cabeza caída sobre el pecho y toda la apariencia de encontrarse sumido en sus pensamientos, mientras yo, sentado a su lado, me consumía de curiosidad por saber en qué consistía esta nueva investigación que parecía estar poniendo a prueba sus poderes, a pesar de lo cual no me atrevía a entrometerme en el curso de sus reflexiones. Llevábamos recorridas varias millas, y empezábamos a entrar en el cinturón de residencias suburbanas, cuando Holmes se desperezó, se encogió de hombros y encendió su pipa con el aire de un hombre satisfecho por estar haciéndolo lo mejor posible.

—Watson, posee usted el don inapreciable de saber guardar silencio —dijo—. Eso le convierte en un compañero de valor incalculable. Le aseguro que me viene muy bien tener alguien con quien hablar, pues mis pensamientos no son demasiado agradables. Me estaba preguntando qué le voy a decir a esta pobre mujer cuando salga esta noche a recibirme a la puerta.

—Olvida usted que no sé nada del asunto.

—Tengo el tiempo justo de contarle los hechos antes de llegar a Lee. Parece un caso ridículamente sencillo y, sin embargo, no sé por qué, no consigo avanzar nada. Hay mucha madeja, ya lo creo, pero no doy con el extremo del hilo. Bien, Watson, voy a exponerle el caso clara y concisamente, y tal vez usted pueda ver una chispa de luz donde para mí todo son tinieblas.

—Adelante, pues.

—Hace unos años... concretamente, en mayo de mil ochocientos ochenta y cuatro, llegó a Lee un caballero llamado Neville St. Clair, que parecía tener dinero en abundancia. Adquirió una gran residencia, arregló los terrenos con muy buen gusto y, en general, vivía a lo grande. Poco a poco, fue haciendo amistades entre el vecindario, y en mil ochocientos ochenta y siete se casó con la hija de un cervecero de la zona, con la que tiene ya dos hijos. No trabajaba en nada concreto, pero tenía intereses en varias empresas y venía todos los días a Londres por la mañana, regresando por la tarde en el tren de las cinco catorce desde Cannon Street. El señor St. Clair tiene ahora treinta y siete años de edad, es hombre de costumbres moderadas, buen esposo, padre cariñoso, y apreciado por todos los que le conocen. Podríamos añadir que sus deudas actuales, hasta donde hemos podido averiguar, suman un total de ochenta y ocho libras y diez chelines, y que su cuenta en el banco, el Capital & Counties Bank, arroja un saldo favorable de doscientas veinte libras. Por tanto, no hay razón para suponer que sean problemas de dinero los que le atormentan.

»El lunes pasado, el señor Neville St. Clair vino a Londres bastante más temprano que de costumbre, comentando antes de salir que tenía que realizar dos importantes gestiones, y que al volver le traería al niño pequeño un juego de construcciones. Ahora bien, por pura casualidad, su esposa recibió un telegrama ese mismo lunes, muy poco después de marcharse él, comunicándole que había llegado un paquetito muy valioso que ella estaba esperando, y que podía recogerlo en las oficinas de la Compañía Naviera Aberdeen. Pues bien, si conoce usted Londres, sabrá que las oficinas de esta compañía están en Fresno Street, que hace esquina con Upper Swandam Lane, donde me ha encontrado usted esta noche. La señora St. Clair almorzó, se fue a Londres, hizo algunas compras, pasó por la oficina de la compañía, recogió su paquete, y exactamente a las cuatro treinta y cinco iba caminando por Swandam Lane camino de la estación. ¿Me sigue hasta ahora?

—Está muy claro.

—Quizá recuerde usted que el lunes hizo muchísimo calor, y la señora St. Clair iba andando despacio, mirando por todas partes con la esperanza de ver un coche de alquiler, porque no le gustaba el barrio en el que se encontraba. Mientras bajaba de esta manera por Swandam Lane, oyó de repente un grito o una exclamación y se quedó helada de espanto al ver a su marido mirándola desde la ventana de un segundo piso y, según le pareció a ella, llamándola con gestos. La ventana estaba abierta y pudo verle perfectamente la cara, que según ella parecía terriblemente agitada. Le hizo gestos frenéticos con las manos y después desapareció de la ventana tan repentinamente que a la mujer le pareció que alguna fuerza irresistible había tirado de él por detrás. Un detalle curioso que llamó su femenina atención fue que, aunque llevaba puesta una especie de chaqueta oscura, como la que vestía al salir de casa, no tenía cuello ni corbata.

»Convencida de que algo malo le sucedía, bajó corriendo los escalones —pues la casa no era otra que el fumadero de opio en el que usted me ha encontrado— y tras atravesar a toda velocidad la sala delantera, intentó subir por las escaleras que llevan al primer piso. Pero al pie de las escaleras le salió al paso ese granuja de marinero del que le he hablado, que la obligó a retroceder y, con la ayuda de un danés que le sirve de asistente, la echó a la calle a empujones. Presa de los temores y dudas más enloquecedores, corrió calle abajo y, por una rara y afortunada casualidad, se encontró en Fresno Street con varios policías y un inspector que se dirigían a sus puestos de servicio. El inspector y dos hombres la acompañaron de vuelta al fumadero y, a pesar de la pertinaz resistencia del propietario, se abrieron paso hasta la habitación en la que St. Clair fue visto por última vez. No había ni rastro de él. De hecho, no encontraron a nadie en todo el piso, con excepción de un inválido decrépito de aspecto repugnante. Tanto él como el propietario juraron insistentemente que en toda la tarde no había entrado nadie en aquella habitación. Su negativa era tan firme que el inspector empezó a tener dudas, y casi había llegado a creer que la señora St. Clair había visto visiones cuando ésta se abalanzó con un grito sobre una cajita de madera que había en la mesa y levantó la tapa violentamente, dejando caer una cascada de ladrillos de juguete. Era el regalo que él había prometido llevarle a su hijo.

»Este descubrimiento, y la evidente confusión que demostró el inválido, convencieron al inspector de que se trataba de un asunto grave. Se registraron minuciosamente las habitaciones, y todos los resultados parecían indicar un crimen abominable. La habitación delantera estaba amueblada con sencillez como sala de estar, y comunicaba con un pequeño dormitorio que da a la parte posterior de uno de los muelles. Entre el muelle y el dormitorio hay una estrecha franja que queda en seco durante la marea baja, pero que durante la marea alta queda cubierta por metro y medio de agua, por lo menos. La ventana del dormitorio es bastante ancha y se abre desde abajo. Al inspeccionarla, se encontraron manchas de sangre en el alféizar, y también en el suelo de madera se veían varias gotas dispersas. Tiradas detrás de una cortina en la habitación delantera, se encontraron todas las ropas del señor Neville St. Clair, a excepción de su chaqueta: sus zapatos, sus calcetines, su sombrero y su reloj... todo estaba allí. No se veían señales de violencia en ninguna de las prendas, ni se encontró ningún otro rastro del señor St. Clair. Al parecer, tenían que haberlo sacado por la ventana, ya que no se pudo encontrar otra salida, y las ominosas manchas de sangre en la ventana daban pocas esperanzas de que hubiera podido salvarse a nado, porque la marea estaba en su punto más alto en el momento de la tragedia.

»Y ahora, hablemos de los maleantes que parecen directamente implicados en el asunto. Sabemos que el marinero es un tipo de pésimos antecedentes, pero, según el relato de la señora St. Clair, se encontraba al pie de la escalera a los pocos segundos de la desaparición de su marido, por lo que difícilmente puede haber desempeñado más que un papel secundario en el crimen. Se defendió alegando absoluta ignorancia, insistiendo en que él no sabía nada de las actividades de Hugh Boone, su inquilino, y que no podía explicar de ningún modo la presencia de las ropas del caballero desaparecido.

»Esto es lo que hay respecto al marinero. Pasemos ahora al siniestro inválido que vive en la segunda planta del fumadero de opio y que, sin duda, fue el último ser humano que puso sus ojos en el señor St. Clair. Se llama Hugh Boone, y todo el que va mucho por la City conoce su repugnante cara. Es mendigo profesional, aunque para burlar los reglamentos policiales finge vender cerillas. Puede que se haya fijado usted en que, bajando un poco por Threadneedle Street, en la acera izquierda, hay un pequeño recodo en la pared. Allí es donde se instala cada día ese engendro, con las piernas cruzadas y su pequeño surtido de cerillas en el regazo. Ofrece un espectáculo tan lamentable que provoca una pequeña lluvia de caridad sobre la grasienta gorra de cuero que coloca en la acera delante de él. Más de una vez lo he estado observando, sin tener ni idea de que llegaría a relacionarme profesionalmente con él, y me ha sorprendido lo mucho que recoge en poco tiempo. Tenga en cuenta que su aspecto es tan llamativo que nadie puede pasar a su lado sin fijarse en él. Una mata de cabello anaranjado, un rostro pálido y desfigurado por una horrible cicatriz que, al contraerse, ha retorcido el borde de su labio superior, una barbilla de bulldog y un par de ojos oscuros y muy penetrantes, que contrastan extraordinariamente con el color de su pelo, todo ello le hace destacar de entre la masa vulgar de pedigüeños: También destaca por su ingenio, pues siempre tiene a mano una respuesta para cualquier pulla que puedan dirigirle los transeúntes. Éste es el hombre que, según acabamos de saber, vive en lo alto del fumadero de opio y fue la última persona que vio al caballero que andamos buscando.

—¡Pero es un inválido! —dije—. ¿Qué podría haber hecho él solo contra un hombre en la flor de la vida?

—Es inválido en el sentido de que cojea al andar; pero en otros aspectos, parece tratarse de un hombre fuerte y bien alimentado. Sin duda, Watson, su experiencia médica le habrá enseñado que la debilidad en un miembro se compensa a menudo con una fortaleza excepcional en los demás.

—Por favor, continúe con su relato.

—La señora St. Clair se había desmayado al ver la sangre en la ventana, y la policía la llevó en coche a su casa, ya que su presencia no podía ayudarles en las investigaciones. El inspector Barton, que estaba a cargo del caso, examinó muy detenidamente el local, sin encontrar nada que arrojara alguna luz sobre el misterio. Se cometió un error al no detener inmediatamente a Boone, ya que así dispuso de unos minutos para comunicarse con su compinche el marinero, pero pronto se puso remedio a esta equivocación y Boone fue detenido y registrado, sin que se encontrara nada que pudiera incriminarle. Es cierto que había manchas de sangre en la manga derecha de su camisa, pero enseñó su dedo índice, que tenía un corte cerca de la uña, y explicó que la sangre procedía de allí, añadiendo que poco antes había estado asomado a la ventana y que las manchas observadas allí procedían, sin duda, de la misma fuente. Negó hasta la saciedad haber visto en su vida al señor Neville St. Clair, y juró que la presencia de las ropas en su habitación resultaba tan misteriosa para él como para la policía. En cuanto a la declaración de la señora St. Clair, que afirmaba haber visto a su marido en la ventana, alegó que estaría loca o lo habría soñado. Se lo llevaron a comisaría entre ruidosas protestas, mientras el inspector se quedaba en la casa, con la esperanza de que la bajamar aportara alguna nueva pista.

Y así fue, aunque lo que encontraron en el fango no era lo que temían encontrar. Lo que apareció al retirarse la marea fue la chaqueta de Neville St. Clair, y no el propio Neville St. Clair. ¿Y qué cree que encontraron en los bolsillos?

—No tengo ni idea.

—No creo que pueda adivinarlo. Todos los bolsillos estaban repletos de peniques y medios peniques: en total, cuatrocientos veintiún peniques y doscientos setenta medios peniques. No es de extrañar que la marea no se la llevara. Pero un cuerpo humano es algo muy diferente. Hay un fuerte remolino entre el muelle y la casa. Parece bastante probable que la chaqueta se quedara allí debido al peso, mientras el cuerpo desnudo era arrastrado hacia el río.

—Pero, según tengo entendido, todas sus demás ropas se encontraron en la habitación. ¿Es que el cadáver iba vestido sólo con la chaqueta?

—No, señor, los datos pueden ser muy engañosos. Suponga que este tipo, Boone, ha tirado a Neville St. Clair por la ventana, sin que le haya visto nadie. ¿Qué hace a continuación? Por supuesto, pensará inmediatamente en librarse de las ropas delatoras. Coge la chaqueta, y está a punto de tirarla cuando se le ocurre que flotará en vez de hundirse. Tiene poco tiempo, porque ha oído el alboroto al pie de la escalera, cuando la esposa intenta subir, y puede que su compinche el marinero le haya avisado ya de que la policía viene corriendo calle arriba. No hay un instante que perder. Corre hacia algún escondrijo secreto, donde ha ido acumulando los frutos de su mendicidad, y mete en los bolsillos de la chaqueta todas las monedas que puede, para asegurarse de que se hunda. La tira, y habría hecho lo mismo con las demás prendas de no haber oído pasos apresurados en la planta baja, de manera que sólo le queda tiempo para cerrar la ventana antes de que la policía aparezca.

—Desde luego, parece factible.

—Bien, lo tomaremos como hipótesis de trabajo, a falta de otra mejor. Como ya le he dicho, detuvieron a Boone y lo llevaron a comisaría, pero no se le pudo encontrar ningún antecedente delictivo. Se sabía desde hacía muchos años que era mendigo profesional, pero parece que llevaba una vida bastante tranquila e inocente. Así están las cosas por el momento, y nos hallamos tan lejos como al principio de la solución de las cuestiones pendientes: qué hacía Neville St. Clair en el fumadero de opio, qué le sucedió allí, dónde está ahora y qué tiene que ver Hugh Boone con su desaparición. Confieso que no recuerdo en toda mi experiencia un caso que pareciera tan sencillo a primera vista y que, sin embargo, presentara tantas dificultades.

Mientras Sherlock Holmes iba exponiendo los detalles de esta singular serie de acontecimientos, rodábamos a toda velocidad por las afueras de la gran ciudad, hasta que dejamos atrás las últimas casas desperdigadas y seguimos avanzando con un seto rural a cada lado del camino. Pero cuando terminó, pasábamos entre dos pueblecitos de casas dispersas, en cuyas ventanas aún brillaban unas cuantas luces.

—Estamos a las afueras de Lee —dijo mi compañero—. En esta breve carrera hemos pisado tres condados ingleses, partiendo de Middlesex, pasando de refilón por Surrey y terminando en Kent. ¿Ve aquella luz entre los árboles? Es Los Cedros, y detrás de la lámpara está sentada una mujer cuyos ansiosos oídos han captado ya, sin duda alguna, el ruido de los cascos de nuestro caballo.

—Pero ¿por qué no lleva usted el caso desde Baker Street?

—Porque hay mucho que investigar aquí. La señora St. Clair ha tenido la amabilidad de poner dos habitaciones a mi disposición, y puede usted tener la seguridad de que dará la bienvenida a mi amigo y compañero. Me espanta tener que verla, Watson, sin traer noticias de su marido. En fin, aquí estamos. ¡So, caballo, soo!

Nos habíamos detenido frente a una gran mansión con terreno propio. Un mozo de cuadras había corrido a hacerse cargo del caballo y, tras descender del coche, seguí a Holmes por un estrecho y ondulante sendero de grava que llevaba a la casa. Cuando ya estábamos cerca, se abrió la puerta y una mujer menuda y rubia apareció en el marco, vestida con una especie de mousseline-de-soie, con apliques de gasa rosa y esponjosa en el cuello y los puños. Permaneció inmóvil, con su silueta recortada contra la luz, una mano apoyada en la puerta, la otra a medio alzar en un gesto de ansiedad, el cuerpo ligeramente inclinado, adelantando la cabeza y la cara, con ojos impacientes y labios entreabiertos. Era la estampa viviente misma de la incertidumbre.

—¿Y bien? —gimió—. ¿Qué hay?

Y entonces, viendo que éramos dos, soltó un grito de esperanza que se transformó en un gemido al ver que mi compañero meneaba la cabeza y se encogía de hombros.

—¿No hay buenas noticias?

—No hay ninguna noticia.

—¿Tampoco malas?

—Tampoco.

—Demos gracias a Dios por eso. Pero entren. Estará usted cansado después de tan larga jornada.

—Le presento a mi amigo el doctor Watson. Su ayuda ha resultado fundamental en varios de mis casos y, por una afortunada casualidad, he podido traérmelo e incorporarlo a esta investigación.

—Encantada de conocerlo —dijo ella, estrechándome calurosamente la mano—. Estoy segura que sabrá disculpar las deficiencias que encuentre, teniendo en cuenta la desgracia tan repentina que nos ha ocurrido.

—Querida señora —dije—. Soy un viejo soldado y, aunque no lo fuera, me doy perfecta cuenta de que huelgan las disculpas. Me sentiré muy satisfecho si puedo resultar de alguna ayuda para usted o para mi compañero aquí presente.

—Y ahora, señor Sherlock Holmes —dijo la señora mientras entrábamos en un comedor bien iluminado, en cuya mesa estaba servida una comida fría—, me gustaría hacerle un par de preguntas francas, y le ruego que las respuestas sean igualmente francas.

—Desde luego, señora.

—No se preocupe por mis sentimientos. No soy histérica ni propensa a los desmayos. Simplemente, quiero conocer su auténtica opinión.

—¿Sobre qué punto?

—En el fondo de su corazón, ¿cree usted que Neville está vivo?

Sherlock Holmes pareció incómodo ante la pregunta.

—¡Francamente! —repitió ella, de pie sobre la alfombra y mirándolo fijamente desde lo alto, mientras Holmes se retrepaba en un sillón de mimbre.

—Pues, francamente, señora: no.

—¿Cree usted que ha muerto?

—Sí.

—¿Asesinado?

—No puedo asegurarlo. Es posible.

—¿Y qué día murió?

—El lunes.

—Entonces, señor Holmes, ¿tendría usted la bondad de explicar cómo es posible que haya recibido hoy esta carta suya?

Sherlock Holmes se levantó de un salto, como si hubiera recibido una descarga eléctrica.

—¿Qué? —rugió.

—Sí, hoy mismo —dijo ella, sonriendo y sosteniendo en alto una hojita de papel.

—¿Puedo verla?

—Desde luego.

Se la arrebató impulsivamente y, extendiendo la carta sobre la mesa, acercó una lámpara y la examinó con detenimiento. Yo me había levantado de mi silla y miraba por encima de su hombro. El sobre era muy ordinario, y traía matasellos de Gravesend y fecha de aquel mismo día, o más bien del día anterior, pues ya era mucho más de medianoche.

—¡Qué mal escrito! —murmuró Holmes—. No creo que esta sea la letra de su marido, señora.

—No, pero la de la carta sí que lo es.

—Observo, además, que la persona que escribió el sobre tuvo que ir a preguntar la dirección.

—¿Cómo puede saber eso?

—El nombre, como ve, está en tinta perfectamente negra, que se ha secado sola. El resto es de un color grisáceo, que demuestra que se ha utilizado papel secante. Si lo hubieran escrito todo seguido y lo hubieran secado con secante, no habría ninguna letra tan negra. Esta persona ha escrito el nombre y luego ha hecho una pausa antes de escribir la dirección, lo cual sólo puede significar que no le resultaba familiar. Por supuesto, se trata tan sólo de un detalle trivial, pero no hay nada tan importante como los detalles triviales. Veamos ahora la carta. ¡Ajá! ¡Aquí dentro había algo más!

—Sí, había un anillo. El anillo con su sello.

—¿Y está usted segura de que ésta es la letra de su marido?

—Una de sus letras.

—¿Una?

—Su letra de cuando escribe con prisas. Es muy diferente de su letra habitual, a pesar de lo cual la conozco bien.

—«Querida, no te asustes. Todo saldrá bien. Se ha cometido un terrible error, que quizá tarde algún tiempo en rectificar. Ten paciencia, Neville.» Escrito a lápiz en la guarda de un libro, formato octavo, sin marca de agua. Echado al correo hoy en Gravesend, por un hombre con el pulgar sucio. ¡Ajá! Y la solapa la ha pegado, si no me equivoco, una persona que ha estado mascando tabaco. ¿Y usted no tiene ninguna duda de que se trata de la letra de su esposo, señora?

—Ninguna. Esto lo escribió Neville.

—Y lo han echado al correo hoy en Gravesend. Bien, señora St. Clair, las nubes se despejan, aunque no me atrevería a decir que ha pasado el peligro.

—Pero tiene que estar vivo, señor Holmes.

—A menos que se trate de una hábil falsificación para ponernos sobre una pista falsa. Al fin y al cabo, el anillo no demuestra nada. Se lo pueden haber quitado.

—¡No, no, es su letra, lo es, lo es, lo es!

—Muy bien. Sin embargo, puede haberse escrito el lunes y no haberse echado al correo hasta hoy.

—Eso es posible.

—De ser así, han podido ocurrir muchas cosas entre tanto.

—Ay, no me desanime usted, señor Holmes. Estoy segura de que se encuentra bien. Existe entre nosotros una comunicación tan intensa que si le hubiera pasado algo malo, yo lo sabría. El mismo día en que le vi por última vez, se cortó en el dormitorio, y yo, que estaba en el comedor, subí corriendo al instante, con la plena seguridad de que algo había ocurrido. ¿Cree usted que puedo responder a semejante trivialidad y, sin embargo, no darme cuenta de que ha muerto?

—He visto demasiado como para no saber que la intuición de una mujer puede resultar más útil que las conclusiones de un razonador analítico. Y, desde luego, en esta carta tiene usted una prueba bien palpable que corrobora su punto de vista. Pero si su marido está vivo y puede escribirle cartas, ¿por qué no se pone en contacto con usted?

—No tengo ni idea. Es incomprensible.

—¿No comentó nada el lunes antes de marcharse?

—No.

—Y a usted le sorprendió verlo en Swandan Lane.

—Mucho.

—¿Estaba abierta la ventana?

—Sí.

—Entonces, él podía haberla llamado.

—Podía, sí.

—Pero, según tengo entendido, sólo lanzó un grito inarticulado.

—En efecto.

—Que a usted le pareció una llamada de auxilio.

—Sí, porque agitaba las manos.

—Pero podría haberse tratado de un grito de sorpresa. El asombro, al verla de pronto a usted, podría haberle hecho levantar las manos.

—Es posible.

—Y a usted le pareció que tiraban de él desde atrás.

—Como desapareció tan bruscamente…

—Pudo haber saltado hacia atrás. Usted no vio a nadie más en la habitación.

—No, pero aquel hombre confesó que había estado allí, y el marinero se encontraba al pie de la escalera.

—En efecto. Su esposo, por lo que usted pudo ver, ¿llevaba puestas sus ropas habituales?

—Pero sin cuello. Vi perfectamente su cuello desnudo.

—¿Había mencionado alguna vez Swandam Lane?

—Nunca.

—¿Alguna vez dio señales de haber tomado opio?

—Nunca.

—Gracias, señora St. Clair. Estos son los principales detalles que quería tener absolutamente claros. Ahora comeremos un poco y después nos retiraremos, pues mañana es posible que tengamos una jornada muy atareada.

Teníamos a nuestra disposición una habitación amplia y confortable, con dos camas, y no tardé en meterme entre las sábanas, pues me encontraba fatigado por la noche de aventuras. Sin embargo, Sherlock Holmes era un hombre que cuando tenía en la cabeza un problema sin resolver, podía pasar días, y hasta una semana, sin dormir, dándole vueltas, reordenando los datos, considerándolos desde todos los puntos de vista, hasta que lograba resolverlo o se convencía de que los datos eran insuficientes. Pronto me resultó evidente que se estaba preparando para pasar la noche en vela. Se quitó la chaqueta y el chaleco, se puso una amplia bata azul y empezó a vagar por la habitación, recogiendo almohadas de la cama y cojines del sofá y las butacas. Con ellos construyó una especie de diván oriental, en el que se instaló con las piernas cruzadas, colocando delante de él una onza de tabaco fuerte y una caja de cerillas. Pude verlo allí sentado a la luz mortecina de la lámpara, con una vieja pipa de brezo entre los labios, los ojos ausentes, fijos en un ángulo del techo, desprendiendo volutas de humo azulado, callado, inmóvil, con la luz cayendo sobre sus marcadas y aguileñas facciones. Así se encontraba cuando me fui a dormir, y así continuaba cuando una súbita exclamación suya me despertó, y vi que la luz del sol ya entraba en el cuarto. La pipa seguía entre sus labios, el humo seguía elevándose en volutas, y una espesa niebla de tabaco llenaba la habitación, pero no quedaba nada del paquete de tabaco que yo había visto la noche anterior.

—¿Está despierto, Watson?—preguntó.

—Sí.

—¿Listo para una excursión matutina?

—Desde luego.

—Entonces, vístase. Aún no se ha levantado nadie, pero sé dónde duerme el mozo de cuadras, y pronto tendremos preparado el coche.

Al hablar, se reía para sus adentros, le centelleaban los ojos y parecía un hombre diferente del sombrío pensador de la noche anterior.

Mientras me vestía, eché un vistazo al reloj. No era de extrañar que nadie se hubiera levantado aún. Eran las cuatro y veinticinco. Apenas había terminado cuando Holmes regresó para anunciar que el mozo estaba enganchando el caballo.

—Quiero poner a prueba una pequeña hipótesis mía —dijo, mientras se ponía las botas—. Creo, Watson, que tiene usted delante a uno de los más completos idiotas de toda Europa. Merezco que me lleven a patadas desde aquí a Charing Cross. Pero me parece que ya tengo la clave del asunto.

—¿Y dónde está? —pregunté, sonriendo.

—En el cuarto de baño —respondió—. No, no estoy bromeando —continuó, al ver mi gesto de incredulidad—. Acabo de estar allí, la he cogido y la tengo dentro de esta maleta Gladstone. Venga, compañero, y veremos si encaja o no en la cerradura.

Bajamos lo más rápidamente posible y salimos al sol de la mañana. El coche y el caballo ya estaban en la carretera, con el mozo de cuadras a medio vestir aguardando delante. Subimos al vehículo y salimos disparados por la carretera de Londres. Rodaban por ella algunos carros que llevaban verduras a la capital, pero las hileras de casas de los lados estaban tan silenciosas e inertes como una ciudad de ensueño.

—En ciertos aspectos, ha sido un caso muy curioso —dijo Holmes, azuzando al caballo para ponerlo al galope—. Confieso que he estado más ciego que un topo, pero más vale aprender tarde que no aprender nunca.

En la ciudad, los más madrugadores apenas empezaban a asomarse medio dormidos a la ventana cuando nosotros penetramos por las calles del lado de Surrey. Bajamos por Waterloo Bridge Road, cruzamos el río y subimos a toda velocidad por Wellington Street, para allí torcer bruscamente a la derecha y llegar a Bow Street. Sherlock Holmes era bien conocido por el cuerpo de policía, y los dos agentes de la puerta le saludaron. Uno de ellos sujetó las riendas del caballo, mientras el otro nos hacía entrar.

—¿Quién está de guardia? —preguntó Holmes.

—El inspector Bradstreet, señor.

—Ah, Bradstreet, ¿cómo está usted? —un hombre alto y corpulento había surgido por el corredor embaldosado, con una gorra de visera y chaqueta con alamares—. Me gustaría hablar unas palabras con usted, Bradstreet.

—Desde luego, señor Holmes. Pase a mi despacho.

Era un despachito pequeño, con un libro enorme encima de la mesa y un teléfono de pared. El inspector se sentó ante el escritorio.

—¿Qué puedo hacer por usted, señor Holmes?

—Se trata de ese mendigo, el que está acusado de participar en la desaparición del señor Neville St. Clair, de Lee.

—Sí. Está detenido mientras prosiguen las investigaciones.

—Eso he oído. ¿Lo tienen aquí?

—En los calabozos.

—¿Está tranquilo?

—No causa problemas. Pero cuidado que es granuja cochino.

—¿Cochino?

—Sí, lo más que hemos conseguido es que se lave las manos, pero la cara la tiene tan negra como un fogonero. En fin, en cuanto se decida su caso tendrá que bañarse periódicamente en la cárcel, y si usted lo viera, creo que estaría de acuerdo conmigo en que lo necesita.

—Me gustaría muchísimo verlo.

—¿De veras? Pues eso es fácil. Venga por aquí. Puede dejar la maleta.

—No, prefiero llevarla.

—Como quiera. Vengan por aquí, por favor —nos guió por un pasillo, abrió una puerta con barrotes, bajó una escalera de caracol, y nos introdujo en una galería encalada con una hilera de puertas a cada lado.

—La tercera de la derecha es la suya —dijo el inspector—. ¡Aquí está! —abrió sin hacer ruido un ventanuco en la parte superior de la puerta y miró al interior—. Está dormido —dijo—. Podrán verle perfectamente.

Los dos aplicamos nuestros ojos a la rejilla. El detenido estaba tumbado con el rostro vuelto hacia nosotros, sumido en un profundo sueño, respirando lenta y ruidosamente. Era un hombre de estatura mediana, vestido toscamente, como correspondía a su oficio, con una camisa de colores que asomaba por los rotos de su andrajosa chaqueta. Tal como el inspector había dicho, estaba sucísimo, pero la porquería que cubría su rostro no lograba ocultar su repulsiva fealdad. El ancho costurón de una vieja cicatriz le recorría la cara desde el ojo a la barbilla, y al contraerse había tirado del labio superior dejando al descubierto tres dientes en una perpetua mueca. Unas greñas de cabello rojo muy vivo le caían sobre los ojos y la frente.

—Una preciosidad, ¿no les parece? —dijo el inspector.

—Desde luego, necesita un lavado —contestó Holmes—. Se me ocurrió que podría necesitarlo y me tomé la libertad de traer el instrumental necesario —mientras hablaba, abrió la maleta Gladstone y, ante mi asombro, sacó de ella una enorme esponja de baño.

—¡Ja, ja! Es usted un tipo divertido —rió el inspector.

—Ahora, si tiene usted la inmensa bondad de abrir con mucho cuidado esta puerta, no tardaremos en hacerle adoptar un aspecto mucho más respetable.

—Caramba, ¿por qué no? —dijo el inspector—. Es un descrédito para los calabozos de Bow Street, ¿no les parece?

Introdujo la llave en la cerradura y todos entramos sin hacer ruido en la celda. El durmiente se dio media vuelta y volvió a hundirse en un profundo sueño. Holmes se inclinó hacia el jarro de agua, mojó su esponja y la frotó con fuerza dos veces sobre el rostro del preso.

—Permítame que les presente —exclamó— al señor Neville St. Clair, de Lee, condado de Kent.

Jamás en mi vida he presenciado un espectáculo semejante. El rostro del hombre se desprendió bajo la esponja como la corteza de un árbol. Desapareció su repugnante color parduzco. Desapareció también la horrible cicatriz que lo cruzaba, y lo mismo el labio retorcido que formaba aquella mueca repulsiva. Los desgreñados pelos rojos se desprendieron de un tirón, y ante nosotros quedó, sentado en el camastro, un hombre pálido, de expresión triste y aspecto refinado, pelo negro y piel suave, frotándose los ojos y mirando a su alrededor con asombro soñoliento. De pronto, dándose cuenta de que le habían descubierto, lanzó un alarido y se dejó caer, hundiendo el rostro en la almohada.

—¡Por todos los santos! —exclamó el inspector—. ¡Pero si es el desaparecido! ¡Lo reconozco por las fotografías!

El preso se volvió con el aire indiferente de quien se abandona en manos del destino.

—De acuerdo —dijo—. Y ahora, por favor, ¿de qué se me acusa?

—De la desaparición del señor Neville St... ¡Oh, vamos, no se le puede acusar de eso, a menos que lo presente como un intento de suicidio! —dijo el inspector, sonriendo—. Caramba, llevo veintisiete años en el cuerpo, pero esto se lleva la palma.

—Si yo soy Neville St. Clair, resulta evidente que no se ha cometido ningún delito y, por lo tanto, mi detención aquí es ilegal.

—No se ha cometido delito alguno, pero sí un tremendo error —dijo Holmes—. Más le habría valido confiar en su mujer.

—No era por ella, era por los niños —gimió el detenido—. ¡Dios mío, no quería que se avergonzaran de su padre! ¡Dios santo, qué vergüenza! ¿Qué voy a hacer ahora?

Sherlock Holmes se sentó junto a él en la litera y le dio unas palmaditas en el hombro.

—Si deja usted que los tribunales esclarezcan el caso —dijo—, es evidente que no podrá evitar la publicidad. Por otra parte, si puede convencer a las autoridades policiales de que no hay motivos para proceder contra usted, no veo razón para que los detalles de lo ocurrido lleguen a los periódicos. Estoy seguro de que el inspector Bradstreet tomará nota de todo lo que quiera usted declarar para ponerlo en conocimiento de las autoridades competentes. En tal caso, el asunto no tiene por qué llegar a los tribunales.

—¡Que Dios le bendiga! —exclamó el preso con fervor—. Habría soportado la cárcel, e incluso la ejecución, antes que permitir que mi miserable secreto cayera como un baldón sobre mis hijos.

»Son ustedes los primeros que escuchan mi historia. Mi padre era maestro de escuela en Chesterfield, donde recibí una excelente educación. De joven viajé por el mundo, trabajé en el teatro y por último me hice reportero en un periódico vespertino de Londres. Un día, el director quería que se hiciera una serie de artículos sobre la mendicidad en la capital, y yo me ofrecí voluntario para hacerlo. Éste fue el punto de partida de mis aventuras. La única manera de obtener datos para mis artículos era practicando como mendigo aficionado. Naturalmente, cuando trabajé como actor había aprendido todos los trucos del maquillaje, y tenía fama en los camerinos por mi habilidad en la materia. Así que decidí sacar partido de mis conocimientos. Me pinté la cara y, para ofrecer un aspecto lo más penoso posible, me hice una buena cicatriz y me retorcí un lado del labio con ayuda de una tira de esparadrapo color carne. Y después, con una peluca roja y vestido adecuadamente, ocupé mi puesto en la zona más concurrida de la City, aparentando vender cerillas, pero en realidad pidiendo. Desempeñé mi papel durante siete horas y cuando volví a casa por la noche descubrí, con gran sorpresa, que había recogido nada menos que veintiséis chelines y cuatro peniques.

»Escribí mis artículos y no volví a pensar en el asunto hasta que, algún tiempo después, avalé una letra de un amigo y de pronto me encontré con una orden de pago por valor de veinticinco libras. Me volví loco intentando reunir el dinero y de repente se me ocurrió una idea. Solicité al acreedor una prórroga de quince días, pedí vacaciones a mis jefes y me dediqué a pedir limosna en la City, disfrazado. En diez días había reunido el dinero y pagado la deuda.

»Pues bien, se imaginarán lo difícil que me resultó someterme de nuevo a un trabajo fatigoso por dos libras a la semana, sabiendo que podía ganar esa cantidad en un día con sólo pintarme la cara, dejar la gorra en el suelo y esperar sentado. Hubo una larga lucha entre mi orgullo y el dinero, pero al final ganó el dinero, dejé el periodismo y me fui a sentar, un día tras otro, en el mismo rincón del principio, inspirando lástima con mi espantosa cara y llenándome los bolsillos de monedas. Sólo un hombre conocía mi secreto: el propietario de un tugurio de Swandam Lane donde tenía alquilada una habitación. De allí salía cada mañana como un mendigo mugriento, y por la tarde me transformaba en un caballero elegante, vestido a la última. Este individuo, un antiguo marinero, recibía una magnífica paga por sus habitaciones, y yo sabía que mi secreto estaba seguro en sus manos.

»Muy pronto me encontré con que estaba ahorrando sumas

considerables de dinero. No pretendo decir que cualquier mendigo que ande por las calles de Londres pueda ganar setecientas libras al año —que es menos de lo que yo ganaba por término medio—, pero yo contaba con importantes ventajas en mi habilidad para la caracterización y también en mi facilidad para las réplicas ingeniosas, que fui perfeccionando con la práctica hasta convertirme en un personaje bastante conocido en la City. Todos los días caía sobre mí una lluvia de peniques, con alguna que otra moneda de plata intercalada, y muy mal se me tenía que dar para no sacar por lo menos dos libras.

»A medida que me iba haciendo rico, me fui volviendo más ambicioso: adquirí una casa en el campo y me casé, sin que nadie llegara a sospechar a qué me dedicaba en realidad. Mi querida esposa sabía que tenía algún negocio en la City. Poco se imaginaba en qué consistía.

»El lunes pasado, había terminado mi jornada y me estaba vistiendo en mi habitación, encima del fumadero de opio, cuando me asomé a la ventana y vi, con gran sorpresa y consternación, a mi esposa parada en mitad de la calle, con los ojos clavados en mí. Solté un grito de sorpresa, levanté los brazos para taparme la cara y corrí en busca de mi confidente, el marinero, instándole a que no permitiese a nadie subir a donde yo estaba. Oí la voz de mi mujer en la planta baja, pero sabía que no la dejarían subir. Rápidamente me quité mis ropas, me puse las de mendigo y me apliqué el maquillaje y la peluca. Ni siquiera los ojos de una esposa podrían penetrar un disfraz tan perfecto. Pero entonces se me ocurrió que podrían registrar la habitación y las ropas me delatarían. Abrí la ventana con tal violencia que se me volvió a abrir un corte que me había hecho por la mañana en mi casa. Cogí la chaqueta con todas las monedas que acababa de transferir de la bolsa de cuero en la que guardaba mis ganancias. La tiré por la ventana y desapareció en las aguas del Támesis. Habría hecho lo mismo con las demás prendas, pero en aquel momento llegaron los policías corriendo por la escalera y a los pocos minutos descubrí, debo confesar que con gran alivio por mi parte, que en lugar de identificarme como el señor Neville St. Clair, se me detenía por su asesinato.

»Creo que no queda nada por explicar. Estaba decidido a

mantener mi disfraz todo el tiempo que me fuera posible, y de ahí mi insistencia en no lavarme la cara. Sabiendo que mi esposa estaría terriblemente preocupada, me quité el anillo y se lo pasé al marinero en un momento en que ningún policía me miraba, junto con una notita apresurada, diciéndole que no debía temer nada.

—La nota no llegó a sus manos hasta ayer —dijo Holmes.

—¡Santo Dios! ¡Qué semana debe de haber pasado!

—La policía ha estado vigilando a ese marinero —dijo el inspector Bradstreet—, y no me extraña que le haya resultado difícil echar la carta sin que le vieran. Probablemente, se la entregaría a algún marinero cliente de su casa, que no se acordó del encargo en varios días.

—Así debió de ser, no me cabe duda —dijo Holmes, asintiendo—. Pero ¿nunca le han detenido por pedir limosna?

—Muchas veces; pero ¿qué significaba para mí una multa?

—Sin embargo, esto tiene que terminar aquí —dijo Bradstreet—. Si quiere que la policía eche tierra al asunto, Hugh Boone debe dejar de existir.

—Lo he jurado con el más solemne de los juramentos que puede hacer un hombre.

—En tal caso, creo que es probable que el asunto no siga adelante. Pero si volvemos a toparnos con usted, todo saldrá a relucir. Verdaderamente, señor Holmes, estamos en deuda con usted por haber esclarecido el caso. Me gustaría saber cómo obtiene esos resultados.

—Éste lo obtuve —dijo mi amigo— sentándome sobre cinco almohadas y consumiendo una onza de tabaco. Creo, Watson, que, si nos ponemos en marcha hacia Baker Street, llegaremos a tiempo para el desayuno.

El Carbunclo Azul

I

Dos días después de la Navidad, pasé a visitar a mi amigo Sherlock Holmes con la intención de transmitirle las felicitaciones propias de la época. Lo encontré tumbado en el sofá, con una bata morada, el colgador de las pipas a su derecha y un montón de periódicos arrugados, que evidentemente acababa de estudiar, al alcance de la mano. Al lado del sofá había una silla de madera, y de una esquina de su respaldo colgaba un sombrero de fieltro ajado y mugriento, gastadísimo por el uso y roto por varias partes. Una lupa y unas pinzas dejadas sobre el asiento indicaban que el sombrero había sido colgado allí con el fin de examinarlo.

-Veo que está usted ocupado -dije-. ¿Le interrumpo?

-Nada de eso. Me alegro de tener un amigo con el que poder comentar mis conclusiones. Se trata de un caso absolutamente trivial -señaló con el pulgar el viejo sombrero-, pero algunos detalles relacionados con él no carecen por completo de interés, e incluso resultan instructivos. Me senté en su butaca y me calenté las manos en la chimenea, pues estaba cayendo una buena helada y los cristales estaban cubiertos de placas de hielo.

-Supongo -comenté- que, a pesar de su aspecto inocente, ese objeto tendrá una historia terrible… o tal vez es la pista que le guiará a la solución de algún misterio y al castigo de algún delito.

-No, qué va. Nada de crímenes -dijo Sherlock Holmes, echándose a reír-. Tan sólo uno de esos incidentes caprichosos que suelen suceder cuando tenemos cuatro millones de seres humanos apretujados en unas pocas millas cuadradas. Entre las acciones y reacciones de un enjambre humano tan numeroso, cualquier combinación de acontecimientos es posible, y pueden surgir muchos pequeños problemas que resultan extraños y sorprendentes, sin tener nada de delictivo. Ya hemos tenido experiencias de ese tipo.

-Ya lo creo -comenté-. Hasta el punto de que, de los seis últimos casos que he añadido a mis archivos, hay tres completamente libres de delito, en el aspecto legal.

-Exacto. Se refiere usted a mi intento de recuperar los papeles de Irene Adler, al curioso caso de la señorita Mary Sutherland, y a la aventura del hombre del labio retorcido. Pues bien, no me cabe duda de que este asuntillo pertenezca a la misma categoría inocente. ¿Conoce usted a Peterson, el recadero?

-Sí.

-Este trofeo le pertenece.

-¿Es su sombrero?

-No, no, lo encontró. El propietario es desconocido. Le ruego que no lo mire como un sombrerucho desastrado, sino como un problema intelectual. Veamos, primero, cómo llegó aquí. Llegó la mañana de Navidad, en compañía de un ganso cebado que, no me cabe duda, ahora mismo se está asando en la cocina de Peterson. Los hechos son los siguientes. A eso de las cuatro de la mañana del día de Navidad, Peterson, que, como usted sabe, es un tipo muy honrado, regresaba de alguna pequeña celebración y se dirigía a su casa bajando por Tottenham Court Road. A la luz de las farolas vio a un hombre alto que caminaba delante de él, tambaleándose un poco y con un ganso blanco al hombro. Al llegar a la esquina de Goodge Street, se produjo una trifulca entre este desconocido y un grupillo de maleantes. Uno de éstos le quitó el sombrero de un golpe; el desconocido levantó su bastón para defenderse y, al enarbolarlo sobre su cabeza, rompió el escaparate de la tienda que tenía detrás. Peterson había echado a correr para defender al desconocido contra sus agresores, pero el hombre, asustado por haber roto el escaparate y viendo una persona de uniforme que corría hacia él, dejó caer el ganso, puso pies en polvorosa y se desvaneció en el laberinto de callejuelas que hay detrás de Tottenham Court Road. También los matones huyeron al ver aparecer a Peterson, que quedó dueño del campo de batalla y también del botín de guerra, formado por este destartalado sombrero y un impecable ejemplar de ganso de Navidad.

-¿Cómo es que no se los devolvió a su dueño?

-Mi querido amigo, en eso consiste el problema. Es cierto que en una tarjetita atada a la pata izquierda del ave decía «Para la señora de Henry Baker», y también es cierto que en el forro de este sombrero pueden leerse las iniciales «H. B.»; pero como en esta ciudad nuestra existen varios miles de Bakers y varios cientos de Henry Bakers, no resulta nada fácil devolverle a uno de ellos sus propiedades perdidas.

-¿Y qué hizo entonces Peterson?

-La misma mañana de Navidad me trajo el sombrero y el ganso, sabiendo que a mí me interesan hasta los problemas más insignificantes. Hemos guardado el ganso hasta esta mañana, cuando empezó a dar señales de que, a pesar de la helada, más valía comérselo sin retrasos innecesarios. Así pues, el hombre que lo encontró se lo ha llevado para que cumpla el destino final de todo ganso, y yo sigo en poder del sombrero del desconocido caballero que se quedó sin su cena de Navidad.

-¿No puso ningún anuncio?

-No.

-¿Y qué pistas tiene usted de su identidad?

-Sólo lo que podemos deducir.

-¿De su sombrero?

-Exactamente.

-Está usted de broma. ¿Qué se podría sacar de esa ruina de fieltro?

-Aquí tiene mi lupa. Ya conoce usted mis métodos. ¿Qué puede deducir usted referente a la personalidad del hombre que llevaba esta prenda? Tomé el pingajo en mis manos y le di un par de vueltas de mala gana. Era un vulgar sombrero negro de copa redonda, duro y muy gastado. El forro había sido de seda roja, pero ahora estaba casi completamente descolorido. No llevaba el nombre del fabricante, pero, tal como Holmes había dicho, tenía garabateadas en un costado las iniciales «H. B.». El ala tenía presillas para sujetar una goma elástica, pero faltaba ésta. Por lo demás, estaba agrietado, lleno de polvo y cubierto de manchas, aunque parecía que habían intentado disimular las partes descoloridas pintándolas con tinta.

-No veo nada -dije, devolviéndoselo a mi amigo.

-Al contrario, Watson, lo tiene todo a la vista. Pero no es capaz de razonar a partir de lo que ve. Es usted demasiado tímido a la hora de hacer deducciones.

-Entonces, por favor, dígame qué deduce usted de este sombrero. Lo cogió de mis manos y lo examinó con aquel aire introspectivo tan característico.

-Quizás podría haber resultado más sugerente -dijo-, pero aun así hay unas cuantas deducciones muy claras, y otras que presentan, por lo menos, un fuerte saldo de probabilidad. Por supuesto, salta a la vista que el propietario es un hombre de elevada inteligencia, y también que hace menos de tres años era bastante rico, aunque en la actualidad atraviesa malos momentos. Era un hombre previsor, pero ahora no lo es tanto, lo cual parece indicar una regresión moral que, unida a su declive económico, podría significar que sobre él actúa alguna influencia maligna, probablemente la bebida. Esto podría explicar también el hecho evidente de que su mujer ha dejado de amarle.

-¡Pero... Holmes, por favor!

-Sin embargo, aún conserva un cierto grado de amor propio -continuó, sin hacer caso de mis protestas-. Es un hombre que lleva una vida sedentaria, sale poco, se encuentra en muy mala forma física, de edad madura, y con el pelo gris, que se ha cortado hace pocos días y en el que se aplica fijador. Éstos son los datos más aparentes que se deducen de este sombrero. Además, dicho sea de paso, es sumamente improbable que tenga instalación de gas en su casa.

-Se burla usted de mí, Holmes.

-Ni muchos menos. ¿Es posible que aún ahora, cuando le acabo de dar los resultados, sea usted incapaz de ver cómo los he obtenido?

-No cabe duda de que soy un estúpido, pero tengo que confesar que soy incapaz de seguirle. Por ejemplo: ¿de dónde saca que el hombre es inteligente? A modo de respuesta, Holmes se encasquetó el sombrero en la cabeza. Le cubría por completo la frente y quedó apoyado en el puente de la nariz.

-Cuestión de capacidad cúbica -dijo-. Un hombre con un cerebro tan grande tiene que tener algo dentro.

-¿Y su declive económico?

-Este sombrero tiene tres años. Fue por entonces cuando salieron estas alas planas y curvadas por los bordes. Es un sombrero de la mejor calidad. Fíjese en la cinta de seda con remates y en la excelente calidad del forro. Si este hombre podía permitirse comprar un sombrero tan caro hace tres años, y desde entonces no ha comprado otro, es indudable que ha venido a menos.

-Bueno, sí, desde luego eso está claro. ¿Y eso de que era previsor, y lo de la regresión moral? Sherlock Holmes se echó a reír.

-Aquí está la precisión -dijo, señalando con el dedo la presilla para enganchar la goma sujeta sombreros-. Ningún sombrero se vende con esto. El que nuestro hombre lo hiciera poner es señal de un cierto nivel de previsión, ya que se tomó la molestia de adoptar esta precaución contra el viento. Pero como vemos que desde entonces se le ha roto la goma y no se ha molestado en cambiarla, resulta evidente que ya no es tan previsor como antes, lo que demuestra claramente que su carácter se debilita. Por otra parte, ha procurado disimular algunas de las manchas pintándolas con tinta, señal de que no ha perdido por completo su amor propio.

-Desde luego, es un razonamiento plausible.

-Los otros detalles, lo de la edad madura, el cabello gris, el reciente corte de pelo y el fijador, se advierten examinando con atención la parte inferior del forro. La lupa revela una gran cantidad de puntas de cabello, limpiamente cortadas por la tijera del peluquero. Todos están pegajosos, y se nota un inconfundible olor a fijador. Este polvo, fíjese usted, no es el polvo gris y terroso de la calle, sino la pelusilla parda de las casas, lo cual demuestra que ha permanecido colgado dentro de casa la mayor parte del tiempo; y las manchas de sudor del interior son una prueba palpable de que el propietario transpira abundantemente y, por lo tanto, difícilmente puede encontrarse en buena forma física.

-Pero lo de su mujer... dice usted que ha dejado de amarle.

-Este sombrero no se ha cepillado en semanas. Cuando le vea a usted, querido Watson, con polvo de una semana acumulado en el sombrero, y su esposa le deje salir en semejante estado, también sospecharé que ha tenido la desgracia de perder el cariño de su mujer. -Pero podría tratarse de un soltero. -No, llevaba a casa el ganso como ofrenda de paz a su mujer. Recuerde la tarjeta atada a la pata del ave.

-Tiene usted respuesta para todo. Pero ¿cómo demonios ha deducido que no hay instalación de gas en su casa?

-Una mancha de sebo, e incluso dos, pueden caer por casualidad; pero cuando veo nada menos que cinco, creo que existen pocas dudas de que este individuo entra en frecuente contacto con sebo ardiendo; probablemente, sube las escaleras cada noche con el sombrero en una mano y un candil goteante en la otra. En cualquier caso, un aplique de gas no produce manchas de sebo. ¿Está usted satisfecho?

-Bueno, es muy ingenioso -dije, echándome a reír-. Pero,

puesto que no se ha cometido ningún delito, como antes decíamos, y no se ha producido ningún daño, a excepción del extravío de un ganso, todo esto me parece un despilfarro de energía. Sherlock Holmes había abierto la boca para responder cuando la puerta se abrió de par en par y Peterson el recadero entró en la habitación con el rostro enrojecido y una expresión de asombro sin límites.

-¡El ganso, señor Holmes! ¡El ganso, señor! -decía jadeante.

-¿Eh? ¿Qué pasa con él? ¿Ha vuelto a la vida y ha salido volando por la ventana de la cocina?

-Holmes rodó sobre el sofá para ver mejor la cara excitada del hombre.

-¡Mire, señor! ¡Vea lo que ha encontrado mi mujer en el buche! -extendió la mano y mostró en el centro de la palma una piedra azul de brillo deslumbrador, bastante más pequeña que una alubia, pero tan pura y radiante que centelleaba como una luz eléctrica en el hueco oscuro de la mano. Sherlock Holmes se incorporó lanzando un silbido.

-¡Por Júpiter, Peterson! -exclamó-. ¡A eso le llamo yo encontrar un tesoro! Supongo que sabe lo que tiene en la mano.

-¡Un diamante, señor! ¡Una piedra preciosa! ¡Corta el cristal como si fuera masilla!

-Es más que una piedra preciosa. Es la piedra preciosa.

-¿No se referirá al carbunclo azul de la condesa de Morcar? -exclamé yo.

-Precisamente. No podría dejar de reconocer su tamaño y forma, después de haber estado leyendo el anuncio en el Times tantos días seguidos. Es una piedra absolutamente única, y sobre su valor sólo se pueden hacer conjeturas, pero la recompensa que se ofrece, mil libras esterlinas, no llega ni a la vigésima parte de su precio en el mercado.

-¡Mil libras! ¡Santo Dios misericordioso! -el recadero se desplomó sobre una silla, mirándonos alternativamente a uno y a otro.

-Ésa es la recompensa, y tengo razones para creer que existen consideraciones sentimentales en la historia de esa piedra que harían que la condesa se desprendiera de la mitad de su fortuna con tal de recuperarla.

-Si no recuerdo mal, desapareció en el hotel Cosmopolitan -

comenté.

-Exactamente, el 22 de diciembre, hace cinco días. John Horner, fontanero, fue acusado de haberla sustraído del joyero de la señora. Las pruebas en su contra eran tan sólidas que el caso ha pasado ya a los tribunales. Creo que tengo por aquí un informe -rebuscó entre los periódicos, consultando las fechas, hasta que seleccionó uno, lo dobló y leyó el siguiente párrafo: «Robo de joyas en el hotel Cosmopolitan. John Horner, de 26 años, fontanero, ha sido detenido bajo la acusación de haber sustraído, el 22 del corriente, del joyero de la condesa de Morcar, la valiosa piedra conocida como "el carbunclo azul". James Ryder, jefe de servicio del hotel, declaró que el día del robo había conducido a Horner al gabinete de la condesa de Morcar, para que soldara el segundo barrote de la rejilla de la chimenea, que estaba suelto. Permaneció un rato junto a Horner, pero al cabo de algún tiempo tuvo que ausentarse. Al regresar comprobó que Horner había desaparecido, que el escritorio había sido forzado y que el cofrecillo de tafilete en el que, según se supo luego, la condesa acostumbraba a guardar la joya, estaba tirado, vacío, sobre el tocador. Ryder dio la alarma al instante, y Horner fue detenido esa misma noche, pero no se pudo encontrar la piedra en su poder ni en su domicilio. Catherine Cusack, doncella de la condesa, declaró haber oído el grito de angustia que profirió Ryder al descubrir el robo, y haber corrido a la habitación, donde se encontró con la situación ya descrita por el anterior testigo. El inspector Bradstreet, de la División B, confirmó la detención de Horner, que se resistió violentamente y declaró su inocencia en los términos más enérgicos. Al existir constancia de que el detenido había sufrido una condena anterior por robo, el magistrado se negó a tratar sumariamente el caso, remitiéndolo a un tribunal superior. Horner, que dio muestras de intensa emoción durante las diligencias, se desmayó al oír la decisión y tuvo que ser sacado de la sala.»

-¡Hum! Hasta aquí, el informe de la policía -dijo Holmes, pensativo-. Ahora, la cuestión es dilucidar la cadena de acontecimientos que van desde un joyero desvalijado, en un extremo, al buche de un ganso en Tottenham Court Road, en el otro. Como ve, Watson, nuestras pequeñas deducciones han adquirido de pronto un aspecto mucho más importante y menos inocente. Aquí está la piedra;

la piedra vino del ganso y el ganso vino del señor Henry Baker, el caballero del sombrero raído y todas las demás características con las que le he estado aburriendo. Así que tendremos que ponernos muy en serio a la tarea de localizar a este caballero y determinar el papel que ha desempeñado en este pequeño misterio. Y para eso, empezaremos por el método más sencillo, que sin duda consiste en poner un anuncio en todos los periódicos de la tarde. Si esto falla, recurriremos a otros métodos.

-¿Qué va usted a decir?

-Deme un lápiz y esa hoja de papel. Vamos a ver: «Encontrados un ganso y un sombrero negro de fieltro en la esquina de Goodge Street. El señor Henry Baker puede recuperarlos presentándose esta tarde a las 6,30 en el 221 B de Baker Street». Claro y conciso.

-Mucho. Pero ¿lo verá él?

-Bueno, desde luego mirará los periódicos, porque para un hombre pobre se trata de una pérdida importante. No cabe duda de que se asustó tanto al romper el escaparate y ver acercarse a Peterson que no pensó más que en huir; pero luego debe de haberse arrepentido del impulso que le hizo soltar el ave. Pero además, al incluir su nombre nos aseguramos de que lo vea, porque todos los que le conozcan se lo harán notar. Aquí tiene, Peterson, corra a la agencia y que inserten este anuncio en los periódicos de la tarde.

-¿En cuáles, señor?

-Oh, pues en el Globe, el Star, el Pall Mall, la St.James Gazette, el Evening News, el Standard, el Echo y cualquier otro que se le ocurra.

-Muy bien, señor. ¿Y la piedra?

-Ah, sí, yo guardaré la piedra. Gracias. Y oiga, Peterson, en el camino de vuelta compre un ganso y tráigalo aquí, porque tenemos que darle uno a este caballero a cambio del que se está comiendo su familia.

Cuando el recadero se hubo marchado, Holmes levantó la piedra y la miró al trasluz. -¡Qué maravilla! -dijo-. Fíjese cómo brilla y centellea. Por supuesto, esto es como un imán para el crimen, lo mismo que todas las buenas piedras preciosas. Son el cebo favorito del diablo. En las piedras más grandes y más antiguas, se puede decir que cada faceta equivale a un crimen sangriento. Esta piedra aún no tiene ni veinte años de edad. La encontraron a orillas del río Amoy, en el sur de China, y presenta la particularidad de poseer todas las características del carbunclo, salvo que es de color azul en lugar de rojo rubí. A pesar de su juventud, ya cuenta con un siniestro historial. Ha habido dos asesinatos, un atentado con vitriolo, un suicidio y varios robos, todo por culpa de estos doce quilates de carbón cristalizado. ¿Quién pensaría que tan hermoso juguete es un proveedor de carne para el patíbulo y la cárcel? Lo guardaré en mi caja fuerte y le escribiré unas líneas a la condesa, avisándole de que lo tenemos.

-¿Cree usted que ese Horner es inocente?

-No lo puedo saber.

-Entonces, ¿cree usted que este otro, Henry Baker, tiene algo que ver con el asunto?

-Me parece mucho más probable que Henry Baker sea un hombre completamente inocente, que no tenía ni idea de que el ave que llevaba valía mucho más que si estuviera hecha de oro macizo. No obstante, eso lo comprobaremos mediante una sencilla prueba si recibimos respuesta a nuestro anuncio.

-¿Y hasta entonces no puede hacer nada?

-Nada.

-En tal caso, continuaré mi ronda profesional, pero volveré esta tarde a la hora indicada, porque me gustaría presenciar la solución a un asunto tan embrollado.

-Encantado de verle. Cenaré a las siete. Creo que hay becada. Por cierto que, en vista de los recientes acontecimientos, quizás deba decirle a la señora Hudson que examine cuidadosamente el buche. Me entretuve con un paciente, y era ya más tarde de las seis y media cuando pude volver a Baker Street. Al acercarme a la casa vi a un hombre alto con boina escocesa y chaqueta abotonada hasta la barbilla, que aguardaba en el brillante semicírculo de luz de la entrada. Justo cuando yo llegaba, la puerta se abrió y nos hicieron entrar juntos a los aposentos de Holmes.

-El señor Henry Baker, supongo -dijo Holmes, levantándose de su butaca y saludando al visitante con aquel aire de jovialidad espontánea que tan fácil le resultaba adoptar-. Por favor, siéntese aquí junto al fuego, señor Baker. Hace frío esta noche, y veo que su circulación se adapta mejor al verano que al invierno. Ah, Watson, llega usted muy a punto. ¿Es éste su sombrero, señor Baker?

-Sí, señor, es mi sombrero, sin duda alguna. Era un hombre corpulento, de hombros cargados, cabeza voluminosa y un rostro amplio e inteligente, rematado por una barba puntiaguda, de color castaño canoso. Un toque de color en la nariz y las mejillas, junto con un ligero temblor en su mano extendida, me recordaron la suposición de Holmes acerca de sus hábitos. Su levita, negra y raída, estaba abotonada hasta arriba, con el cuello alzado, y sus flacas muñecas salían de las mangas sin que se advirtieran indicios de puños ni de camisa. Hablaba en voz baja y entrecortada, eligiendo cuidadosamente sus palabras, y en general daba la impresión de un hombre culto e instruido, maltratado por la fortuna.

-Hemos guardado estas cosas durante varios días -dijo Holmes- porque esperábamos ver un anuncio suyo, dando su dirección. No entiendo cómo no puso usted el anuncio. Nuestro visitante emitió una risa avergonzada. -No ando tan abundante de chelines como en otros tiempos -dijo-. Estaba convencido de que la pandilla de maleantes que me asaltó se había llevado mi sombrero y el ganso. No tenía intención de gastar más dinero en un vano intento de recuperarlos.

-Es muy natural. A propósito del ave… nos vimos obligados a comérnosla.

-¡Se la comieron! -nuestro visitante estaba tan excitado que casi se levantó de la silla.

-Sí; de no hacerlo no le habría aprovechado a nadie. Pero supongo que este otro ganso que hay sobre el aparador, que pesa aproximadamente lo mismo y está perfectamente fresco, servirá igual de bien para sus propósitos.

-¡Oh, desde luego, desde luego! -respondió el señor Baker con un suspiro de alivio.

-Por supuesto, aún tenemos las plumas, las patas, el buche y demás restos de su ganso, así que si usted quiere… El hombre se echó a reír de buena gana.

-Podrían servirme como recuerdo de la aventura -dijo-, pero aparte de eso, no veo de qué utilidad me iban a resultar los disjecta

155

membra de mi difunto amigo. No, señor, creo que, con su permiso, limitaré mis atenciones a la excelente ave que veo sobre el aparador.

II

Sherlock Holmes me lanzó una intensa mirada de reojo, acompañada de un encogimiento de hombros.

-Pues aquí tiene usted su sombrero, y aquí su ave -dijo-. Por cierto, ¿le importaría decirme dónde adquirió el otro ganso? Soy bastante aficionado a las aves de corral y pocas veces he visto una mejor criada.

-Desde luego, señor -dijo Baker, que se había levantado, con su recién adquirida propiedad bajo el brazo-. Algunos de nosotros frecuentamos el mesón Alpha, cerca del museo... Durante el día, sabe usted, nos encontramos en el museo mismo. Este año, el patrón, que se llama Windigate, estableció un Club del Ganso, en el que, pagando unos pocos peniques cada semana, recibiríamos un ganso por Navidad. Pagué religiosamente mis peniques, y el resto ya lo conoce usted. Le estoy muy agradecido, señor, pues una boina escocesa no resulta adecuada ni para mis años ni para mi carácter discreto. Con cómica pomposidad, nos dedicó una solemne reverencia y se marchó por su camino.

-Con esto queda liquidado el señor Henry Baker -dijo Holmes, después de cerrar la puerta tras él-. Es indudable que no sabe nada del asunto. ¿Tiene usted hambre, Watson?

-No demasiada.

-Entonces, le propongo que aplacemos la cena y sigamos esta pista mientras aún esté fresca.

-Con mucho gusto.

Hacía una noche muy cruda, de manera que nos pusimos nuestros gabanes y nos envolvimos el cuello con bufandas. En el exterior, las estrellas brillaban con luz fría en un cielo sin nubes, y el aliento de los transeúntes despedía tanto humo como un pistoletazo. Nuestras pisadas resonaban fuertes y secas mientras cruzábamos el barrio de los médicos, Wimpole Street, Harley Street y Wigmore Street, hasta desembocar en Oxford Street. Al cabo de un cuarto de hora nos encontrábamos en Bloomsbury, frente al mesón Alpha, que es un pequeño establecimiento público situado en la esquina de una de las calles que se dirigen a Holborn. Holmes abrió la puerta del bar y pidió dos vasos de cerveza al dueño, un hombre de cara colorada y delantal blanco.

-Su cerveza debe de ser excelente, si es tan buena como sus gansos -dijo.

-¡Mis gansos! -el hombre parecía sorprendido.

-Sí. Hace tan sólo media hora, he estado hablando con el señor Henry Baker, que es miembro de su Club del Ganso.

-¡Ah, ya comprendo! Pero, verá usted, señor, los gansos no son míos.

-¿Ah, no? ¿De quién son, entonces?

-Bueno, le compré las dos docenas a un vendedor de Covent Garden.

-¿De verdad? Conozco a algunos de ellos. ¿Cuál fue?

-Se llama Breckinridge.

-¡Ah! No le conozco. Bueno, a su salud, patrón, y por la prosperidad de su casa. Buenas noches.

-Y ahora, vamos por el señor Breckinridge -continuó, abotonándose el gabán mientras salíamos al aire helado de la calle-. Recuerde, Watson, que aunque tengamos a un extremo de la cadena una cosa tan vulgar como un ganso, en el otro tenemos un hombre que se va a pasar siete años de trabajos forzados, a menos que podamos demostrar su inocencia. Es posible que nuestra investigación confirme su culpabilidad; pero, en cualquier caso, tenemos una línea de investigación que la policía no ha encontrado y que una increíble casualidad ha puesto en nuestras manos. Sigámosla hasta su último extremo. ¡Rumbo al sur, pues, y a paso ligero! Atravesamos Holborn, bajando por Endell Street, y zigzagueamos por una serie de callejuelas hasta llegar al mercado de Covent Garden. Uno de los puestos más grandes tenía encima el rótulo de Breckinridge, y el dueño, un hombre con aspecto de caballo, de cara astuta y patillas recortadas, estaba ayudando a un muchacho a echar el cierre.

-Buenas noches, y fresquitas -dijo Holmes.

El vendedor asintió y dirigió una mirada inquisitiva a mi

compañero.

-Por lo que veo, se le han terminado los gansos -continuó Holmes, señalando los estantes de mármol vacíos.

-Mañana por la mañana podré venderle quinientos.

-Eso no me sirve.

-Bueno, quedan algunos que han cogido olor a gas.

-Oiga, que vengo recomendado.

-¿Por quién?

-Por el dueño del Alpha.

-Ah, sí. Le envié un par de docenas.

-Y de muy buena calidad. ¿De dónde los sacó usted? Ante mi sorpresa, la pregunta provocó un estallido de cólera en el vendedor.

-Oiga usted, señor -dijo con la cabeza erguida y los brazos en jarras-. ¿Adónde quiere llegar? Me gustan las cosas claritas.

-He sido bastante claro. Me gustaría saber quién le vendió los gansos que suministró al Alpha.

-Y yo no quiero decírselo. ¿Qué pasa?

-Oh, la cosa no tiene importancia. Pero no sé por qué se pone usted así por una nimiedad.

-¡Me pongo como quiero! ¡Y usted también se pondría así si le fastidiasen tanto como a mí! Cuando pago buen dinero por un buen artículo, ahí debe terminar la cosa. ¿A qué viene tanto «¿Dónde están los gansos?» y «¿A quién le ha vendido los gansos?» y «¿Cuánto quiere usted por los gansos?» Cualquiera diría que no hay otros gansos en el mundo, a juzgar por el alboroto que se arma con ellos.

-Le aseguro que no tengo relación alguna con los que le han estado interrogando -dijo Holmes con tono indiferente-. Si no nos lo quiere decir, la apuesta se queda en nada. Pero me considero un entendido en aves de corral y he apostado cinco libras a que el ave que me comí es de campo.

-Pues ha perdido usted sus cinco libras, porque fue criada en Londres -atajó el vendedor.

-De eso, nada.

-Le digo yo que sí.

-No le creo.

-¿Se cree que sabe de aves más que yo, que vengo

manejándolas desde que era un mocoso? Le digo que todos los gansos que le vendí al Alpha eran de Londres.

-No conseguirá convencerme.

-¿Quiere apostar algo?

-Es como robarle el dinero, porque me consta que tengo razón. Pero le apuesto un soberano, sólo para que aprenda a no ser tan terco. El vendedor se rió por lo bajo y dijo:

-Tráeme los libros, Bill. El muchacho trajo un librito muy fino y otro muy grande con tapas grasientas, y los colocó juntos bajo la lámpara.

-Y ahora, señor Sabelotodo -dijo el vendedor-, creía que no me quedaban gansos, pero ya verá cómo aún me queda uno en la tienda. ¿Ve usted este librito?

-Sí, ¿y qué?

-Es la lista de mis proveedores. ¿Ve usted? Pues bien, en esta página están los del campo, y detrás de cada nombre hay un número que indica la página de su cuenta en el libro mayor. ¡Veamos ahora! ¿Ve esta otra página en tinta roja? Pues es la lista de mis proveedores de la ciudad. Ahora, fíjese en el tercer nombre. Léamelo.

-Señora Oakshott,117 Brixton Road... 249 -leyó Holmes.

-Exacto. Ahora, busque esa página en el libro mayor. Holmes buscó la página indicada.

-Aquí está: señora Oakshott, 117 Brixton Road, proveedores de huevos y pollería.

-Muy bien. ¿Cuáles la última entrada?

-Veintidós de diciembre. Veinticuatro gansos a siete chelines y seis peniques.

-Exacto. Ahí lo tiene. ¿Qué pone debajo?

-Vendidos al señor Windigate, del Alpha, a doce chelines.

-¿Qué me dice usted ahora? Sherlock Holmes parecía profundamente disgustado. Sacó un soberano del bolsillo y lo arrojó sobre el mostrador, retirándose con el aire de quien está tan fastidiado que incluso le faltan las palabras. A los pocos metros se detuvo bajo un farol y se echó a reír de aquel modo alegre y silencioso tan característico en él.

-Cuando vea usted un hombre con patillas recortadas de ese

modo y el «Pink'Up» asomándole del bolsillo, puede estar seguro de que siempre se le podrá sonsacar mediante una apuesta -dijo-. Me atrevería a decir que si le hubiera puesto delante cien libras, el tipo no me habría dado una información tan completa como la que le saqué haciéndole creer que me ganaba una apuesta. Bien, Watson, me parece que nos vamos acercando al foral de nuestra investigación, y lo único que queda por determinar es si debemos visitar a esta señora Oakshott esta misma noche o si lo dejamos para mañana. Por lo que dijo ese tipo tan malhumorado, está claro que hay otras personas interesadas en el asunto, aparte de nosotros, y yo creo…

Sus comentarios se vieron interrumpidos de pronto por un fuerte vocerío procedente del puesto que acabábamos de abandonar. Al darnos la vuelta, vimos a un sujeto pequeño y con cara de rata, de pie en el centro del círculo de luz proyectado por la lámpara colgante, mientras Breckinridge, el tendero, enmarcado en la puerta de su establecimiento, agitaba ferozmente sus puños en dirección a la figura encogida del otro.

-¡Ya estoy harto de ustedes y sus gansos! -gritaba-. ¡Váyanse todos al diablo! Si vuelven a fastidiarme con sus tonterías, les soltaré el perro. Que venga aquí la señora Oakshott y le contestaré, pero ¿a usted qué le importa? ¿Acaso le compré a usted los gansos?

-No, pero uno de ellos era mío -gimió el hombrecillo.

-Pues pídaselo a la señora Oakshott.

-Ella me dijo que se lo pidiera a usted.

-Pues, por mí, se lo puede ir a pedir al rey de Prusia. Yo ya no aguanto más. ¡Largo de aquí! Dio unos pasos hacia delante con gesto feroz y el preguntón se esfumó entre las tinieblas.

-Ajá, esto puede ahorrarnos una visita a Brixton Road -susurró Holmes-. Venga conmigo y veremos qué podemos sacarle a ese tipo. Avanzando a largas zancadas entre los reducidos grupillos de gente que aún rondaban en torno a los puestos iluminados, mi compañero no tardó en alcanzar al hombrecillo y le tocó con la mano en el hombro. El individuo se volvió bruscamente y pude ver a la luz de gas que de su cara había desaparecido todo rastro de color.

-¿Quién es usted? ¿Qué quiere? -preguntó con voz temblorosa.

-Perdone usted -dijo Holmes en tono suave-, pero no he podido evitar oír lo que le preguntaba hace un momento al tendero, y creo que yo podría ayudarle.

-¿Usted? ¿Quién es usted? ¿Cómo puede saber nada de este asunto?

-Me llamo Sherlock Holmes, y mi trabajo consiste en saber lo que otros no saben.

-Pero usted no puede saber nada de esto.

-Perdone, pero lo sé todo. Anda usted buscando unos gansos que la señora Oakshott, de Brixton Road, vendió a un tendero llamado Breckinridge, y que éste a su vez vendió al señor Windigate, del Alpha, y éste a su club, uno de cuyos miembros es el señor Henry Baker.

-Ah, señor, es usted el hombre que yo necesito -exclamó el hombrecillo, con las manos extendidas y los dedos temblorosos-. Me sería difícil explicarle el interés que tengo en este asunto. Sherlock Holmes hizo señas a un coche que pasaba.

-En tal caso, lo mejor sería hablar de ello en una habitación confortable, y no en este mercado azotado por el viento -dijo-. Pero antes de seguir adelante, dígame por favor a quién tengo el placer de ayudar. El hombre vaciló un instante.

-Me llamo John Robinson -respondió, con una mirada de soslayo.

-No, no, el nombre verdadero -dijo Holmes en tono amable-. Siempre resulta incómodo tratar de negocios con un alias. Un súbito rubor cubrió las blancas mejillas del desconocido.

-Está bien, mi verdadero nombre es James Ryder.

-Eso es. Jefe de servicio del hotel Cosmopolitan. Por favor, suba al coche y pronto podré informarle de todo lo que desea saber. El hombrecillo se nos quedó mirando con ojos medio asustados y medio esperanzados, como quien no está seguro de si le aguarda un golpe de suerte o una catástrofe. Subió por fin al coche, y al cabo de media hora nos encontrábamos de vuelta en la sala de estar de Baker Street. No se había pronunciado una sola palabra durante todo el trayecto, pero la respiración agitada de nuestro nuevo acompañante y su continuo abrir y cerrar de manos hablaban bien a las claras de la tensión nerviosa que le dominaba.

-¡Henos aquí! -dijo Holmes alegremente cuando penetramos en

161

la habitación-. Un buen fuego es lo más adecuado para este tiempo. Parece que tiene usted frío, señor Ryder. Por favor, siéntese en el sillón de mimbre. Permita que me ponga las zapatillas antes de zanjar este asuntillo suyo. ¡Ya está! ¿Así que quiere usted saber lo que fue de aquellos gansos?

-Sí, señor.

-O más bien, deberíamos decir de aquel ganso. Me parece que lo que le interesaba era un ave concreta... blanca, con una franja negra en la cola. Ryder se estremeció de emoción.

-¡Oh, señor! -exclamó-. ¿Puede usted decirme dónde fue a parar?

-Aquí.

-¿Aquí?

-Sí, y resultó ser un ave de lo más notable. No me extraña que le interese tanto. Como que puso un huevo después de muerta... el huevo azul más pequeño, precioso y brillante que jamás se ha visto. Lo tengo aquí en mi museo.

Nuestro visitante se puso en pie, tambaleándose, y se agarró con la mano derecha a la repisa de la chimenea. Holmes abrió su caja fuerte y mostró el carbunclo azul, que brillaba como una estrella, con un resplandor frío que irradiaba en todas direcciones. Ryder se lo quedó mirando con las facciones contraídas, sin decidirse entre reclamarlo o negar todo conocimiento del mismo.

-Se acabó el juego, Ryder -dijo Holmes muy tranquilo-. Sosténgase, hombre, que se va a caer al fuego. Ayúdele a sentarse, Watson. Le falta sangre fría para meterse en robos impunemente. Dele un trago de brandy. Así. Ahora parece un poco más humano. ¡Menudo mequetrefe, ya lo creo! Durante un momento había estado a punto de desplomarse, pero el brandy hizo subir un toque de color a sus mejillas, y permaneció sentado, mirando con ojos asustados a su acusador.

-Tengo ya en mis manos casi todos los eslabones y las pruebas que podría necesitar, así que es poco lo que puede usted decirme. No obstante, hay que aclarar ese poco para que el caso quede completo. ¿Había usted oído hablar de esta piedra de la condesa de Morcar, Ryder?

-Fue Catherine Cusack quien me habló de ella -dijo el hombre con voz cascada.

-Ya veo. La doncella de la señora. Bien, la tentación de hacerse rico de golpe y con facilidad fue demasiado fuerte para usted, como lo ha sido antes para hombres mejores que usted; pero no se ha mostrado muy escrupuloso en los métodos empleados. Me parece, Ryder, que tiene usted madera de bellaco miserable. Sabía que ese pobre fontanero, Horner, había estado complicado hace tiempo en un asunto semejante, y que eso le convertiría en el blanco de todas las sospechas. ¿Y qué hizo entonces? Usted y su cómplice Cusack hicieron un pequeño estropicio en el cuarto de la señora y se las arreglaron para que hiciesen llamar a Horner. Y luego, después de que Horner se marchara, desvalijaron el joyero, dieron la alarma e hicieron detener a ese pobre hombre. A continuación... De pronto, Ryder se dejó caer sobre la alfombra y se agarró a las rodillas de mi compañero.

-¡Por amor de Dios, tenga compasión! -chillaba-. ¡Piense en mi padre! ¡En mi madre! Esto les rompería el corazón. Jamás hice nada malo antes, y no lo volveré a hacer. ¡Lo juro! ¡Lo juro sobre la Biblia! ¡No me lleve a los tribunales! ¡Por amor de Cristo, no lo haga!

-¡Vuelva a sentarse en la silla! -dijo Holmes rudamente-. Es muy bonito eso de llorar y arrastrarse ahora, pero bien poco pensó usted en ese pobre Horner, preso por un delito del que no sabe nada.

-Huiré, señor Holmes. Saldré del país. Así tendrán que retirar los cargos contra él.

-¡Hum! Ya hablaremos de eso. Y ahora, oigamos la auténtica versión del siguiente acto. ¿Cómo llegó la piedra al buche del ganso, y cómo llegó el ganso al mercado público? Díganos la verdad, porque en ello reside su única esperanza de salvación. Ryder se pasó la lengua por los labios resecos.

-Le diré lo que sucedió, señor -dijo-. Una vez detenido Horner, me pareció que lo mejor sería esconder la piedra cuanto antes, porque no sabía en qué momento se le podía ocurrir a la policía registrarme a mí y mi habitación. En el hotel no había ningún escondite seguro. Salí como si fuera a hacer un recado y me fui a casa de mi hermana, que está casada con un tipo llamado Oakshott y vive en Brixton Road, donde se dedica a engordar gansos para el mercado. Durante todo el camino, cada hombre que veía se me antojaba un policía o un detective, y aunque hacía una noche bastante fría, antes de llegar a Brixton Road me chorreaba el sudor por toda la cara. Mi hermana me preguntó qué me ocurría para estar tan pálido, pero le dije que estaba nervioso por el robo de joyas en el hotel. Luego me fui al patio trasero, me fumé una pipa y traté de decidir qué era lo que más me convenía hacer.

»En otros tiempos tuve un amigo llamado Maudsley que se fue por el mal camino y acaba de cumplir condena en Pentonville. Un día nos encontramos y se puso a hablarme sobre las diversas clases de ladrones y cómo se deshacían de lo robado. Sabía que no me delataría, porque yo conocía un par de asuntillos suyos, así que decidí ir a Kilburn, que es donde vive, y confiarle mi situación. Él me indicará cómo convertir la piedra en dinero. Pero ¿cómo llegar hasta él sin contratiempos? Pensé en la angustia que había pasado viniendo del hotel, pensando que en cualquier momento me podían detener y registrar, y que encontrarían la piedra en el bolsillo de mi chaleco. En aquel momento estaba apoyado en la pared, mirando a los gansos que correteaban alrededor de mis pies, y de pronto se me ocurrió una idea para burlar al mejor detective que haya existido en el mundo. »Unas semanas antes, mi hermana me había dicho que podía elegir uno de sus gansos como regalo de Navidad, y yo sabía que siempre cumplía su palabra. Cogería ahora mismo mi ganso y en su interior llevaría la piedra hasta Kilburn. Había en el patio un pequeño cobertizo, y me metí detrás de él con uno de los gansos, un magnífico ejemplar, blanco y con una franja en la cola. Lo sujeté, le abrí el pico y le metí la piedra por el gaznate, tan abajo como pude llegar con los dedos. El pájaro tragó, y sentí la piedra pasar por la garganta y llegar al buche. Pero el animal forcejeaba y aleteaba, y mi hermana salió a ver qué ocurría. Cuando me volví para hablarle, el bicho se me escapó y regresó dando un pequeño vuelo entre sus compañeros.

»-¿Qué estás haciendo con ese ganso, Jem? -preguntó mi hermana.

»-Bueno -dije-, como dijiste que me ibas a regalar uno por Navidad, estaba mirando cuál es el más gordo.

»-Oh, ya hemos apartado uno para ti -dijo ella-. Lo llamamos el ganso de Jem. Es aquel grande y blanco. En total hay veintiséis; o sea, uno para ti, otro para nosotros y dos docenas para vender.

»-Gracias, Maggie -dije yo-. Pero, si te da lo mismo, prefiero ese otro que estaba examinando.

»-El otro pesa por lo menos tres libras más -dijo ella-, y lo hemos engordado expresamente para ti.

»-No importa. Prefiero el otro, y me lo voy a llevar ahora -dije.

»-Bueno, como quieras -dijo ella, un poco mosqueada-. ¿Cuál es el que dices que quieres?

»-Aquel blanco con una raya en la cola, que está justo en medio.

»-De acuerdo. Mátalo y te lo llevas.

»Así lo hice, señor Holmes, y me llevé el ave hasta Kilburn. Le conté a mi amigo lo que había hecho, porque es de la clase de gente a la que se le puede contar una cosa así. Se rió hasta partirse el pecho, y luego cogimos un cuchillo y abrimos el ganso. Se me encogió el corazón, porque allí no había ni rastro de la piedra, y comprendí que había cometido una terrible equivocación. Dejé el ganso, corrí a casa de mi hermana y fui derecho al patio. No había ni un ganso a la vista.

»-¿Dónde están todos, Maggie? -exclamé.

»-Se los llevaron a la tienda.

»-¿A qué tienda?

»-A la de Breckinridge, en Covent Garden.

»-¿Había otro con una raya en la cola, igual que el que yo me llevé? -pregunté.

»-Sí, Jem, había dos con raya en la cola. Jamás pude distinguirlos.

»Entonces, naturalmente, lo comprendí todo, y corrí a toda la velocidad de mis piernas en busca de ese Breckinridge; pero ya había vendido todo el lote y se negó a decirme a quién. Ya le han oído ustedes esta noche. Pues todas las veces ha sido igual. Mi hermana cree que me estoy volviendo loco. A veces, yo también lo creo. Y ahora... ahora soy un ladrón, estoy marcado, y sin haber llegado a tocar la riqueza por la que vendí mi buena fama. ¡Que Dios se apiade de mí! ¡Que Dios se apiade de mí!

Estalló en sollozos convulsivos, con la cara oculta entre las manos. Se produjo un largo silencio, roto tan sólo por su agitada respiración y por el rítmico tamborileo de los dedos de Sherlock Holmes sobre el borde de la mesa. Por fin, mi amigo se levantó y abrió la puerta de par en par.

-¡Váyase! -dijo.

-¿Cómo, señor? ¡Oh! ¡Dios le bendiga!

-Ni una palabra más. ¡Fuera de aquí! Y no hicieron falta más palabras. Hubo una carrera precipitada, un pataleo en la escalera, un portazo y el seco repicar de pies que corrían en la calle.

-Al fin y al cabo, Watson -dijo Holmes, estirando la mano en busca de su pipa de arcilla-, la policía no me paga para que cubra sus deficiencias. Si Horner corriera peligro, sería diferente, pero este individuo no declarará contra él, y el proceso no seguirá adelante. Supongo que estoy indultando a un delincuente, pero también es posible que esté salvando un alma. Este tipo no volverá a descarriarse. Está demasiado asustado. Métalo en la cárcel y lo convertirá en carne de presidio para el resto de su vida. Además, estamos en época de perdonar. La casualidad ha puesto en nuestro camino un problema de lo más curioso y extravagante, y su solución es recompensa suficiente. Si tiene usted la amabilidad de tirar de la campanilla, doctor, iniciaremos otra investigación, cuyo tema principal será también un ave de corral.

La Banda de lunares

I

Al repasar mis notas sobre los setenta y tantos casos en los que, durante los ocho últimos años, he estudiado los métodos de mi amigo Sherlock Holmes, he encontrado muchos trágicos, algunos cómicos, un buen número de ellos que eran simplemente extraños, pero ninguno vulgar; porque, trabajando como él trabajaba, más por amor a su arte que por afán de riquezas, se negaba a intervenir en ninguna investigación que no tendiera a lo insólito e incluso a lo fantástico. Sin embargo, entre todos estos casos tan variados, no recuerdo ninguno que presentara características más extraordinarias que el que afectó a una conocida familia de Surrey, los Roylott de Stoke Moran. Los acontecimientos en cuestión tuvieron lugar en los primeros tiempos de mi asociación con Holmes, cuando ambos compartíamos un apartamento de solteros en Baker Street. Podría haberlo dado a conocer antes, pero en su momento se hizo una promesa de silencio, de la que no me he visto libre hasta el mes pasado, debido a la prematura muerte de la dama a quien se hizo la promesa. Quizás convenga sacar los hechos a la luz ahora, pues tengo motivos para creer que corren rumores sobre la muerte del doctor Grimesby Roylott que tienden a hacer que el asunto parezca aún más terrible que lo que fue en realidad.

Una mañana de principios de abril de 1883, me desperté y vi a Sherlock Holmes completamente vestido, de pie junto a mi cama. Por lo general, se levantaba tarde, y en vista de que el reloj de la repisa sólo marcaba las siete y cuarto, le miré parpadeando con una cierta sorpresa, y tal vez algo de resentimiento, porque yo era persona de hábitos muy regulares.

—Lamento despertarle, Watson —dijo—, pero esta mañana nos ha tocado a todos. A la señora Hudson la han despertado, ella se desquitó conmigo, y yo con usted.

—¿Qué es lo que pasa? ¿Un incendio?

—No, un cliente. Parece que ha llegado una señorita en estado de gran excitación, que insiste en verme. Está aguardando en la sala de estar. Ahora bien, cuando las jovencitas vagan por la metrópoli a estas horas de la mañana, despertando a la gente dormida y sacándola de la cama, hay que suponer que tienen que comunicar algo muy apremiante. Si resultara ser un caso interesante, estoy seguro de que le gustaría seguirlo desde el principio. En cualquier caso, me pareció que debía llamarle y darle la oportunidad.

—Querido amigo, no me lo perdería por nada del mundo. No existía para mí mayor placer que seguir a Holmes en todas sus investigaciones y admirar las rápidas deducciones, tan veloces como si fueran intuiciones, pero siempre fundadas en una base lógica, con las que desentrañaba los problemas que se le planteaban.

Me vestí a toda prisa, y a los pocos minutos estaba listo para acompañar a mi amigo a la sala de estar. Una dama vestida de negro y con el rostro cubierto por un espeso velo estaba sentada junto a la ventana y se levantó al entrar nosotros.

—Buenos días, señora —dijo Holmes animadamente—. Me

llamo Sherlock Holmes. Éste es mi íntimo amigo y colaborador, el doctor Watson, ante el cual puede hablar con tanta libertad como ante mí mismo. Ajá, me alegro de comprobar que la señora Hudson ha tenido el buen sentido de encender el fuego. Por favor, acérquese a él y pediré que le traigan una taza de chocolate, pues veo que está usted temblando.

—No es el frío lo que me hace temblar —dijo la mujer en voz baja, cambiando de asiento como se le sugería.

—¿Qué es, entonces?

—El miedo, señor Holmes. El terror —al hablar, alzó su velo y pudimos ver que efectivamente se encontraba en un lamentable estado de agitación, con la cara gris y desencajada, los ojos inquietos y asustados, como los de un animal acosado. Sus rasgos y su figura correspondían a una mujer de treinta años, pero su cabello presentaba prematuras mechas grises, y su expresión denotaba fatiga y agobio. Sherlock Holmes la examinó de arriba a abajo con una de sus miradas rápidas que lo veían todo.

—No debe usted tener miedo —dijo en tono consolador, inclinándose hacia delante y palmeándole el antebrazo—. Pronto lo arreglaremos todo, no le quepa duda. Veo que ha venido usted en tren esta mañana.

—¿Es que me conoce usted?

—No, pero estoy viendo la mitad de un billete de vuelta en la palma de su guante izquierdo. Ha salido usted muy temprano, y todavía ha tenido que hacer un largo trayecto en coche descubierto, por caminos accidentados, antes de llegar a la estación.

La dama se estremeció violentamente y se quedó mirando con asombro a mi compañero.

—No hay misterio alguno, querida señora —explicó Holmes sonriendo—. La manga izquierda de su chaqueta tiene salpicaduras de barro nada menos que en siete sitios. Las manchas aún están frescas. Sólo en un coche descubierto podría haberse salpicado así, y eso sólo si venía sentada a la izquierda del cochero.

—Sean cuales sean sus razones, ha acertado usted en todo —dijo ella—. Salí de casa antes de las seis, llegué a Leatherhead a las seis y veinte y cogí el primer tren a Waterloo. Señor, ya no puedo aguantar más esta tensión, me volveré loca de seguir así. No tengo a nadie a quien recurrir... sólo hay una persona que me aprecia, y el pobre no sería una gran ayuda. He oído hablar de usted, señor Holmes; me habló de usted la señora Farintosh, a la que usted ayudó cuando se encontraba en un grave apuro. Ella me dio su dirección. ¡Oh, señor! ¿No cree que podría ayudarme a mí también, y al menos arrojar un poco de luz sobre las densas tinieblas que me rodean? Por el momento, me resulta imposible retribuirle por sus servicios, pero dentro de uno o dos meses me voy a casar, podré disponer de mi renta y entonces verá usted que no soy desagradecida.

Holmes se dirigió a su escritorio, lo abrió y sacó un pequeño fichero que consultó a continuación.

—Farintosh —dijo—. Ah, sí, ya me acuerdo del caso; giraba en torno a una tiara de ópalo. Creo que fue antes de conocernos, Watson. Lo único que puedo decir, señora, es que tendré un gran placer en dedicar a su caso la misma atención que dediqué al de su amiga. En cuanto a la retribución, mi profesión lleva en sí misma la recompensa; pero es usted libre de sufragar los gastos en los que yo pueda incurrir, cuando le resulte más conveniente. Y ahora, le ruego que nos exponga todo lo que pueda servirnos de ayuda para formarnos una opinión sobre el asunto.

—¡Ay! —replicó nuestra visitante—. El mayor horror de mi situación consiste en que mis temores son tan inconcretos, y mis sospechas se basan por completo en detalles tan pequeños y que a otra persona le parecerían triviales, que hasta el hombre a quien, entre todos los demás, tengo derecho a pedir ayuda y consejo, considera todo lo que le digo como fantasías de una mujer nerviosa. No lo dice así, pero puedo darme cuenta por sus respuestas consoladoras y sus ojos esquivos. Pero he oído decir, señor Holmes, que usted es capaz de penetrar en las múltiples maldades del corazón humano. Usted podrá indicarme cómo caminar entre los peligros que me amenazan.

—Soy todo oídos, señora.

—Me llamo Helen Stoner, y vivo con mi padrastro, último superviviente de una de las familias sajonas más antiguas de Inglaterra, los Roylott de Stoke Moran, en el límite occidental de Surrey.

Holmes asintió con la cabeza.

—El nombre me resulta familiar —dijo.

—En otro tiempo, la familia era una de las más ricas de Inglaterra, y sus propiedades se extendían más allá de los límites del condado, entrando por el norte en Berkshire y por el oeste en Hampshire. Sin embargo, en el siglo pasado hubo cuatro herederos seguidos de carácter disoluto y derrochador, y un jugador completó, en tiempos de la Regencia, la ruina de la familia. No se salvó nada, con excepción de unas pocas hectáreas de tierra y la casa, de doscientos años de edad, sobre la que pesa una fuerte hipoteca. Allí arrastró su existencia el último señor, viviendo la vida miserable de un mendigo aristócrata; pero su único hijo, mi padrastro, comprendiendo que debía adaptarse a las nuevas condiciones, consiguió un préstamo de un pariente, que le permitió estudiar medicina, y emigró a Calcuta, donde, gracias a su talento profesional y a su fuerza de carácter, consiguió una numerosa clientela. Sin embargo, en un arrebato de cólera, provocado por una serie de robos cometidos en su casa, azotó hasta matarlo a un mayordomo indígena, y se libró por muy poco de la pena de muerte. Tuvo que cumplir una larga condena, al cabo de la cual regresó a Inglaterra, convertido en un hombre huraño y desengañado.

»Durante su estancia en la India, el doctor Roylott se casó con mi madre, la señora Stoner, joven viuda del general de división Stoner, de la artillería de Bengala. Mi hermana Julia y yo éramos gemelas, y sólo teníamos dos años cuando nuestra madre se volvió a casar. Mi madre disponía de un capital considerable, con una renta que no bajaba de las mil libras al año, y se lo confió por entero al doctor Roylott mientras viviésemos con él, estipulando que cada una de nosotras debía recibir cierta suma anual en caso de contraer matrimonio. Mi madre falleció poco después de nuestra llegada a Inglaterra… hace ocho años, en un accidente ferroviario cerca de Crewe. A su muerte, el doctor Roylott abandonó sus intentos de establecerse como médico en Londres, y nos llevó a vivir con él en la mansión ancestral de Stoke Moran. El dinero que dejó mi madre bastaba para cubrir todas nuestras necesidades, y no parecía existir obstáculo a nuestra felicidad.

»Pero, aproximadamente por aquella época, nuestro padrastro experimentó un cambio terrible. En lugar de hacer amistades e intercambiar visitas con nuestros vecinos, que al principio se alegraron muchísimo de ver a un Roylott de Stoke Moran instalado de nuevo en la vieja mansión familiar, se encerró en la casa sin salir casi nunca, a no ser para enzarzarse en furiosas disputas con cualquiera que se cruzase en su camino. El temperamento violento, rayano con la manía, parece ser hereditario en los varones de la familia, y en el caso de mi padrastro creo que se intensificó a consecuencia de su larga estancia en el trópico. Provocó varios incidentes bochornosos, dos de los cuales terminaron en el juzgado, y acabó por convertirse en el terror del pueblo, de quien todos huían al verlo acercarse, pues tiene una fuerza extraordinaria y es absolutamente incontrolable cuando se enfurece.

»La semana pasada tiró al herrero del pueblo al río, por encima del pretil, y sólo a base de pagar todo el dinero que pude reunir conseguí evitar una nueva vergüenza pública. No tiene ningún amigo, a excepción de los gitanos errantes, y a estos vagabundos les da permiso para acampar en las pocas hectáreas de tierra cubierta de zarzas que componen la finca familiar, aceptando a cambio la hospitalidad de sus tiendas y marchándose a veces con ellos durante semanas enteras. También le apasionan los animales indios, que le envía un contacto en las colonias, y en la actualidad tiene un guepardo y un babuino que se pasean en libertad por sus tierras, y que los aldeanos temen casi tanto como a su dueño.

»Con esto que le digo podrá usted imaginar que mi pobre hermana Julia y yo no llevábamos una vida de placeres. Ningún criado quería servir en nuestra casa, y durante mucho tiempo hicimos nosotras todas las labores domésticas. Cuando murió no tenía más que treinta años y, sin embargo, su cabello ya empezaba a blanquear, igual que el mío.

—Entonces, su hermana ha muerto.

—Murió hace dos años, y es de su muerte de lo que vengo a hablarle. Comprenderá usted que, llevando la vida que he descrito, teníamos pocas posibilidades de conocer a gente de nuestra misma edad y posición. Sin embargo, teníamos una tía soltera, hermana de mi madre, la señorita Honoria Westphail, que vive cerca de Harrow, y de vez en cuando se nos permitía hacerle breves visitas. Julia fue a su casa por Navidad, hace dos años, y allí conoció a un comandante de Infantería de Marina retirado, al que se prometió en matrimonio. Mi padrastro se enteró del compromiso cuando regresó mi hermana, y no puso objeciones a la boda. Pero menos de quince días antes de la fecha fijada para la ceremonia, ocurrió el terrible suceso que me privó de mi única compañera.

Sherlock Holmes había permanecido recostado en su butaca con los ojos cerrados y la cabeza apoyada en un cojín, pero al oír esto entreabrió los párpados y miró de frente a su interlocutora.

—Le ruego que sea precisa en los detalles —dijo.

—Me resultará muy fácil, porque tengo grabados a fuego en la memoria todos los acontecimientos de aquel espantoso período. Como ya le he dicho, la mansión familiar es muy vieja, y en la actualidad sólo un ala está habitada. Los dormitorios de esta ala se encuentran en la planta baja, y las salas en el bloque central del edificio. El primero de los dormitorios es el del doctor Roylott, el segundo el de mi hermana, y el tercero el mío. No están comunicados, pero todos dan al mismo pasillo. ¿Me explico con claridad?

—Perfectamente.

—Las ventanas de los tres cuartos dan al jardín. La noche fatídica, el doctor Roylott se había retirado pronto, aunque sabíamos que no se había acostado porque a mi hermana le molestaba el fuerte olor de los cigarros indios que solía fumar. Por eso dejó su habitación y vino a la mía, donde se quedó bastante rato, hablando sobre su inminente boda. A las once se levantó para marcharse, pero en la puerta se detuvo y se volvió a mirarme.

»—Dime, Helen —dijo—. ¿Has oído a alguien silbar en medio de la noche?

»—Nunca —respondí.

»—¿No podrías ser tú, que silbas mientras duermes?

»—Desde luego que no. ¿Por qué?

»—Porque las últimas noches he oído claramente un silbido bajo, a eso de las tres de la madrugada. Tengo el sueño muy ligero, y siempre me despierta. No podría decir de dónde procede, quizás del cuarto de al lado, tal vez del jardín. Se me ocurrió preguntarte por si tú también lo habías oído.

»—No, no lo he oído. Deben ser esos horribles gitanos que hay en la huerta.

»—Probablemente. Sin embargo, si suena en el jardín, me extraña que tú no lo hayas oído también.

»—Es que yo tengo el sueño más pesado que tú.

»—Bueno, en cualquier caso, no tiene gran importancia —me dirigió una sonrisa, cerró la puerta y pocos segundos después oí su llave girar en la cerradura.

—Caramba —dijo Holmes—. ¿Tenían la costumbre de cerrar siempre su puerta con llave por la noche?

—Siempre.

—¿Y por qué?

—Creo haber mencionado que el doctor tenía sueltos un guepardo y un babuino. No nos sentíamos seguras sin la puerta cerrada.

—Es natural. Por favor, prosiga con su relato.

—Aquella noche no pude dormir. Sentía la vaga sensación de que nos amenazaba una desgracia. Como recordará, mi hermana y yo éramos gemelas, y ya sabe lo sutiles que son los lazos que atan a dos almas tan estrechamente unidas. Fue una noche terrible. El viento aullaba en el exterior, y la lluvia caía con fuerza sobre las ventanas. De pronto, entre el estruendo de la tormenta, se oyó el grito desgarrado de una mujer aterrorizada. Supe que era la voz de mi hermana. Salté de la cama, me envolví en un chal y salí corriendo al pasillo. Al abrir la puerta, me pareció oír un silbido, como el que había descrito mi hermana, y pocos segundos después un golpe metálico, como si se hubiese caído un objeto de metal. Mientras yo corría por el pasillo se abrió la cerradura del cuarto de mi hermana y la puerta giró lentamente sobre sus goznes. Me quedé mirando horrorizada, sin saber lo que iría a salir por ella. A la luz de la lámpara del pasillo, vi que mi hermana aparecía en el hueco, con la cara lívida de espanto y las manos extendidas en petición de socorro, toda su figura oscilando de un lado a otro, como la de un borracho. Corrí hacia ella y la rodeé con mis brazos, pero en aquel momento parecieron ceder sus rodillas y cayó al suelo. Se estremecía como si sufriera horribles dolores, agitando convulsivamente los miembros. Al principio creí que no me había reconocido, pero cuando me incliné sobre ella gritó de pronto, con una voz que no olvidaré jamás: «¡Dios mío, Helen! ¡Ha sido la banda! ¡La banda de lunares!» Quiso decir algo más, y señaló con el dedo en dirección al cuarto del doctor, pero una nueva convulsión se apoderó de ella y ahogó sus palabras. Corrí llamando a gritos a nuestro padrastro, y me tropecé con él, que salía en bata de su habitación. Cuando llegamos junto a mi hermana, ésta ya había perdido el conocimiento, y aunque él le vertió brandy por la garganta y mandó llamar al médico del pueblo, todos los esfuerzos fueron en vano, porque poco a poco se fue apagando y murió sin recuperar la conciencia. Éste fue el espantoso final de mi querida hermana.

—Un momento —dijo Holmes—. ¿Está usted segura de lo del silbido y el sonido metálico? ¿Podría jurarlo?

—Eso mismo me preguntó el juez de instrucción del condado durante la investigación. Estoy convencida de que lo oí, a pesar de lo cual, entre el fragor de la tormenta y los crujidos de una casa vieja, podría haberme equivocado.

—¿Estaba vestida su hermana?

—No, estaba en camisón. En la mano derecha se encontró el extremo chamuscado de una cerilla, y en la izquierda una caja de fósforos.

—Lo cual demuestra que encendió una cerilla y miró a su alrededor cuando se produjo la alarma. Eso es importante. ¿Y a qué conclusiones llegó el juez de instrucción?

—Investigó el caso minuciosamente, porque la conducta del doctor Roylott llevaba mucho tiempo dando que hablar en el condado, pero no pudo descubrir la causa de la muerte. Mi testimonio indicaba que su puerta estaba cerrada por dentro, y las ventanas tenían postigos antiguos, con barras de hierro que se cerraban cada noche. Se examinaron cuidadosamente las paredes, comprobando que eran bien macizas por todas partes, y lo mismo se hizo con el suelo, con idéntico resultado. La chimenea es bastante amplia, pero está enrejada con cuatro gruesos barrotes. Así pues, no cabe duda de que mi hermana se encontraba sola cuando le llegó la muerte. Además, no presentaba señales de violencia.

—¿Qué me dice del veneno?

—Los médicos investigaron esa posibilidad, sin resultados.

—¿De qué cree usted, entonces, que murió la desdichada señorita?

—Estoy convencida de que murió de puro y simple miedo o de trauma nervioso, aunque no logro explicarme qué fue lo que la asustó.

—¿Había gitanos en la finca en aquel momento?

—Sí, casi siempre hay algunos.

—Ya. ¿Y qué le sugirió a usted su alusión a una banda… una banda de lunares?

—A veces he pensado que se trataba de un delirio sin sentido; otras veces, que debía referirse a una banda de gente, tal vez a los mismos gitanos de la finca. No sé si los pañuelos de lunares que muchos de ellos llevan en la cabeza le podrían haber inspirado aquel extraño término.

Holmes meneó la cabeza como quien no se da por satisfecho.

—Nos movemos en aguas muy profundas —dijo—. Por favor, continúe con su narración.

—Desde entonces han transcurrido dos años, y mi vida ha sido más solitaria que nunca, hasta hace muy poco. Hace un mes, un amigo muy querido, al que conozco desde hace muchos años, me hizo el honor de pedir mi mano. Se llama Armitage, Percy Armitage, segundo hijo del señor Armitage, de Crane Water, cerca de Reading. Mi padrastro no ha puesto inconvenientes al matrimonio, y pensamos casarnos en primavera. Hace dos días se iniciaron unas reparaciones en el ala oeste del edificio, y hubo que agujerear la pared de mi cuarto, por lo que me tuve que instalar en la habitación donde murió mi hermana y dormir en la misma cama en la que ella dormía. Imagínese mi escalofrío de terror cuando anoche, estando yo acostada pero despierta, pensando en su terrible final, oí de pronto en el silencio de la noche el suave silbido que había anunciado su propia muerte. Salté de la cama y encendí la lámpara, pero no vi nada anormal en la habitación. Estaba demasiado nerviosa como para volver a acostarme, así que me vestí y, en cuando salió el sol, me eché a la calle, cogí un coche en la posada Crown, que está enfrente de casa, y me planté en Leatherhead, de donde he llegado esta mañana, con el único objeto de venir a verle y pedirle consejo.

—Ha hecho usted muy bien —dijo mi amigo—. Pero ¿me lo ha contado todo?

—Sí, todo.

—Señorita Stoner, no me lo ha dicho todo. Está usted encubriendo a su padrastro.

—¿Cómo? ¿Qué quiere decir?

Por toda respuesta, Holmes levantó el puño de encaje negro que adornaba la mano que nuestra visitante apoyaba en la rodilla. Impresos en la blanca muñeca se veían cinco pequeños moretones, las marcas de cuatro dedos y un pulgar. —La han tratado con brutalidad —dijo Holmes.

La dama se ruborizó intensamente y se cubrió la lastimada muñeca.

—Es un hombre duro —dijo—, y seguramente no se da cuenta de su propia fuerza.

Se produjo un largo silencio, durante el cual Holmes apoyó el mentón en las manos y permaneció con la mirada fija en el fuego crepitante.

—Es un asunto muy complicado —dijo por fin—. Hay mil detalles que me gustaría conocer antes de decidir nuestro plan de acción, pero no podemos perder un solo instante. Si nos desplazáramos hoy mismo a Stoke Moran, ¿nos sería posible ver esas habitaciones sin que se enterase su padrastro?

—Precisamente dijo que hoy tenía que venir a Londres para algún asunto importante. Es probable que esté ausente todo el día y que pueda usted actuar sin estorbos. Tenemos una sirvienta, pero es vieja y estúpida, y no me será difícil quitarla de en medio.

—Excelente. ¿Tiene algo en contra de este viaje, Watson?

—Nada en absoluto.

—Entonces, iremos los dos. Y usted, ¿qué va a hacer?

—Ya que estoy en Londres, hay un par de cosillas que me gustaría hacer. Pero pienso volver en el tren de las doce, para estar allí cuando ustedes lleguen.

—Puede esperarnos a primera hora de la tarde. Yo también tengo un par de asuntillos que atender. ¿No quiere quedarse a desayunar?

—No, tengo que irme. Me siento ya más aliviada desde que le he confiado mi problema. Espero volverle a ver esta tarde —dejó caer el tupido velo negro sobre su rostro y se deslizó fuera de la habitación.

—¿Qué le parece todo esto, Watson? —preguntó Sherlock Holmes recostándose en su butaca.

—Me parece un asunto de lo más turbio y siniestro.

—Turbio y siniestro a no poder más.

—Sin embargo, si la señorita tiene razón al afirmar que las paredes y el suelo son sólidos, y que la puerta, ventanas y chimenea son infranqueables, no cabe duda de que la hermana tenía que encontrarse sola cuando encontró la muerte de manera tan misteriosa.

—¿Y qué me dice entonces de los silbidos nocturnos y de las intrigantes palabras de la mujer moribunda?

—No se me ocurre nada.

—Si combinamos los silbidos en la noche, la presencia de una banda de gitanos que cuentan con la amistad del viejo doctor, el hecho de que tenemos razones de sobra para creer que el doctor está muy interesado en impedir la boda de su hijastra, la alusión a una banda por parte de la moribunda, el hecho de que la señorita Helen Stoner oyera un golpe metálico, que pudo haber sido producido por una de esas barras de metal que cierran los postigos al caer de nuevo en su sitio, me parece que hay una buena base para pensar que podemos aclarar el misterio siguiendo esas líneas.

—Pero ¿qué es lo que han hecho los gitanos?

—No tengo ni idea.

—Encuentro muchas objeciones a esa teoría.

—También yo. Precisamente por esa razón vamos a ir hoy a Stoke Moran. Quiero comprobar si las objeciones son definitivas o se les puede encontrar una explicación. Pero… ¿qué demonio?…

Lo que había provocado semejante exclamación de mi compañero fue el hecho de que nuestra puerta se abriera de golpe y un hombre gigantesco apareciera en el marco. Sus ropas eran una curiosa mezcla de lo profesional y lo agrícola: llevaba un sombrero negro de copa, una levita con faldones largos y un par de polainas altas, y hacía oscilar en la mano un látigo de caza. Era tan alto que su sombrero rozaba el montante de la puerta, y tan ancho que la llenaba de lado a lado. Su rostro amplio, surcado por mil arrugas, tostado por el sol hasta adquirir un matiz amarillento y marcado por todas las malas pasiones, se volvía alternativamente de uno a otro de nosotros, mientras sus ojos, hundidos y biliosos, y su nariz alta y huesuda, le daban cierto parecido grotesco con un ave de presa, vieja y feroz.

—¿Quién de ustedes es Holmes? —preguntó la aparición. —Ése es mi nombre, señor, pero me lleva usted ventaja —respondió mi compañero muy tranquilo.

—Soy el doctor Grimesby Roylott, de Stoke Moran.

—Ah, ya —dijo Holmes suavemente—. Por favor, tome asiento, doctor.

—No me da la gana. Mi hijastra ha estado aquí. La he seguido. ¿Qué le ha estado contando?

—Hace algo de frío para esta época del año —dijo Holmes.

—¿Qué le ha contado? —gritó el viejo, enfurecido.

—Sin embargo, he oído que la cosecha de azafrán se presenta muy prometedora —continuó mi compañero, imperturbable.

—¡Ja! Conque se desentiende de mí, ¿eh? —dijo nuestra nueva visita, dando un paso adelante y esgrimiendo su látigo de caza—. Ya le conozco, granuja. He oído hablar de usted. Usted es Holmes, el entrometido.

Mi amigo sonrió.

—¡Holmes, el metomentodo!

La sonrisa se ensanchó.

—¡Holmes, el correveidile de Scotland Yard! Holmes soltó una risita cordial.

—Su conversación es de lo más amena —dijo—. Cuando se vaya, cierre la puerta, porque hay una cierta corriente.

—Me iré cuando haya dicho lo que tengo que decir. No se atreva a meterse en mis asuntos. Me consta que la señorita Stoner ha estado aquí. La he seguido. Soy un hombre peligroso para quien me fastidia. ¡Fíjese!

Dio un rápido paso adelante, cogió el atizafuego y lo curvó con sus enormes manazas morenas.

—¡Procure mantenerse fuera de mi alcance! —rugió. Y arrojando el hierro doblado a la chimenea, salió de la habitación a grandes zancadas.

—Parece una persona muy simpática —dijo Holmes, echándose a reír—. Yo no tengo su corpulencia, pero si se hubiera quedado le habría podido demostrar que mis manos no son mucho más débiles que las suyas —y diciendo esto, recogió el atizador de hierro y con un súbito esfuerzo volvió a enderezarlo—. ¡Pensar que ha tenido la insolencia de confundirme con el cuerpo oficial de policía! No obstante, este incidente añade interés personal a la investigación, y sólo espero que nuestra amiga no sufra las consecuencias de su imprudencia al dejar que esa bestia le siguiera los pasos. Y ahora, Watson, pediremos el desayuno y después daré un paseo hasta Doctors' Commons, donde espero obtener algunos datos que nos ayuden en nuestra tarea.

Era casi la una cuando Sherlock Holmes regresó de su excursión. Traía en la mano una hoja de papel azul, repleta de cifras y anotaciones.

—He visto el testamento de la esposa fallecida —dijo—. Para determinar el valor exacto, me he visto obligado a averiguar los precios actuales de las inversiones que en él figuran. La renta total, que en la época en que murió la esposa era casi de 1.100 libras, en la actualidad, debido al descenso de los precios agrícolas, no pasa de las 750. En caso de contraer matrimonio, cada hija puede reclamar una renta de 250. Es evidente, por lo tanto, que si las dos chicas se hubieran casado, este payaso se quedaría a dos velas; y con que sólo se casara una, ya notaría un bajón importante. El trabajo de esta mañana no ha sido en vano, ya que ha quedado demostrado que el tipo tiene motivos de los más fuertes para tratar de impedir que tal cosa ocurra. Y ahora, Watson, la cosa es demasiado grave como para andar perdiendo el tiempo, especialmente si tenemos en cuenta que el viejo ya sabe que nos interesamos por sus asuntos, así que, si está usted dispuesto, llamaremos a un coche para que nos lleve a Waterloo. Le agradecería mucho que se metiera el revólver en el bolsillo. Un Eley n.° 2 es un excelente argumento para tratar con caballeros que pueden hacer nudos con un atizador de hierro. Eso y un cepillo de dientes, creo yo, es todo lo que necesitamos.

II

En Waterloo tuvimos la suerte de coger un tren a Leatherhead, y una vez allí alquilamos un coche en la posada de la estación y recorrimos cuatro o cinco millas por los encantadores caminos de Surrey. Era un día verdaderamente espléndido, con un sol resplandeciente y unas cuantas nubes algodonosas en el cielo. Los árboles y los setos de los lados empezaban a echar los primeros brotes, y el aire olía agradablemente a tierra mojada. Para mí, al menos, existía un extraño contraste entre la dulce promesa de la primavera y la siniestra intriga en la que nos habíamos implicado. Mi compañero iba sentado en la parte delantera, con los brazos cruzados, el sombrero caído sobre los ojos y la barbilla hundida en el pecho, sumido aparentemente en los más profundos pensamientos. Pero de pronto se incorporó, me dio un golpecito en el hombro y señaló hacia los prados.

—¡Mire allá! —dijo.

Un parque con abundantes árboles se extendía en suave pendiente, hasta convertirse en bosque cerrado en su punto más alto. Entre las ramas sobresalían los frontones grises y el alto tejado de una mansión muy antigua.

—¿Stoke Moran? —preguntó.

—Sí, señor; ésa es la casa del doctor Grimesby Roylott —confirmó el cochero.

—Veo que están haciendo obras —dijo Holmes—. Es allí donde vamos.

—El pueblo está allí —dijo el cochero, señalando un grupo de tejados que se veía a cierta distancia a la izquierda—. Pero si quieren ustedes ir a la casa, les resultará más corto por esa escalerilla de la cerca y luego por el sendero que atraviesa el campo. Allí, por donde está paseando la señora.

—Y me imagino que dicha señora es la señorita Stoner —comentó Holmes, haciendo visera con la mano sobre los ojos—. Sí, creo que lo mejor es que hagamos lo que usted dice.

Nos apeamos, pagamos el trayecto y el coche regresó traqueteando a Leatherhead.

—Me pareció conveniente —dijo Holmes mientras subíamos la escalerilla— que el cochero creyera que venimos aquí como arquitectos, o para algún otro asunto concreto. Puede que eso evite chismorreos. Buenas tardes, señorita Stoner. Ya ve que hemos cumplido nuestra palabra.

Nuestra cliente de por la mañana había corrido a nuestro encuentro con la alegría pintada en el rostro.

—Les he estado esperando ansiosamente —exclamó, estrechándonos afectuosamente las manos—. Todo ha salido de maravilla. El doctor Roylott se ha marchado a Londres, y no es probable que vuelva antes del anochecer.

—Hemos tenido el placer de conocer al doctor —dijo Holmes, y en pocas palabras le resumió lo ocurrido. La señorita Stoner palideció hasta los labios al oírlo.

—¡Cielo santo! —exclamó—. ¡Me ha seguido!

—Eso parece.

—Es tan astuto que nunca sé cuándo estoy a salvo de él. ¿Qué dirá cuando vuelva?

—Más vale que se cuide, porque puede encontrarse con que alguien más astuto que él le sigue la pista. Usted tiene que protegerse encerrándose con llave esta noche. Si se pone violento, la llevaremos a casa de su tía de Harrow. Y ahora, hay que aprovechar lo mejor posible el tiempo, así que, por favor, llévenos cuanto antes a las habitaciones que tenemos que examinar.

El edificio era de piedra gris manchada de liquen, con un bloque central más alto y dos alas curvadas, como las pinzas de un cangrejo, una a cada lado. En una de dichas alas, las ventanas estaban rotas y tapadas con tablas de madera, y parte del tejado se había hundido, dándole un aspecto ruinoso. El bloque central estaba algo mejor conservado, pero el ala derecha era relativamente moderna, y las cortinas de las ventanas, junto con las volutas de humo azulado que salían de las chimeneas, demostraban que en ella residía la familia. En un extremo se habían levantado andamios y abierto algunos agujeros en el muro, pero en aquel momento no se veía ni rastro de los obreros. Holmes caminó lentamente de un lado a otro del césped mal cortado, examinando con gran atención la parte exterior de las ventanas.

—Supongo que ésta corresponde a la habitación en la que usted dormía, la del centro a la de su difunta hermana, y la que se halla pegada al edificio principal a la habitación del doctor Roylott.

—Exactamente. Pero ahora duermo en la del centro.

—Mientras duren las reformas, según tengo entendido. Por cierto, no parece que haya una necesidad urgente de reparaciones en ese extremo del muro.

—No había ninguna necesidad. Yo creo que fue una excusa para sacarme de mi habitación.

—¡Ah, esto es muy sugerente! Ahora, veamos: por la parte de atrás de este ala está el pasillo al que dan estas tres habitaciones. Supongo que tendrá ventanas.

—Sí, pero muy pequeñas. Demasiado estrechas para que pueda pasar nadie por ellas.

—Puesto que ustedes dos cerraban sus puertas con llave por la noche, el acceso a sus habitaciones por ese lado es imposible. Ahora, ¿tendrá usted la bondad de entrar en su habitación y cerrar los postigos de la ventana?

La señorita Stoner hizo lo que le pedían, y Holmes, tras haber examinado atentamente la ventana abierta, intentó por todos los medios abrir los postigos cerrados, pero sin éxito. No existía ninguna rendija por la que pasar una navaja para levantar la barra de hierro. A continuación, examinó con la lupa las bisagras, pero éstas eran de hierro macizo, firmemente empotrado en la recia pared.

—¡Hum! —dijo, rascándose la barbilla y algo perplejo—. Desde luego, mi teoría presenta ciertas dificultades. Nadie podría pasar con estos postigos cerrados. Bueno, veamos si el interior arroja alguna luz sobre el asunto.

Entramos por una puertecita lateral al pasillo encalado al que se abrían los tres dormitorios. Holmes se negó a examinar la tercera habitación y pasamos directamente a la segunda, en la que dormía la señorita Stoner y en la que su hermana había encontrado la muerte. Era un cuartito muy acogedor, de techo bajo y con una amplia chimenea de estilo rural. En una esquina había una cómoda de color castaño, en otra una cama estrecha con colcha blanca, y a la izquierda de la ventana una mesa de tocador. Estos artículos, más dos sillitas de mimbre, constituían todo el mobiliario de la habitación, aparte de una alfombra cuadrada de Wilton que había en el centro. El suelo y las paredes eran de madera de roble, oscura y carcomida, tan vieja y descolorida que debía remontarse a la construcción original de la casa. Holmes arrimó una de las sillas a un rincón y se sentó en silencio, mientras sus ojos se desplazaban de un lado a otro, arriba y abajo, asimilando cada detalle de la habitación.

—¿Con qué comunica esta campanilla? —preguntó por fin, señalando un grueso cordón de campanilla que colgaba junto a la cama, y cuya borla llegaba a apoyarse en la almohada.

—Con la habitación de la sirvienta.

—Parece más nueva que el resto de las cosas.

—Sí, la instalaron hace sólo dos años.

—Supongo que a petición de su hermana.

—No; que yo sepa, nunca la utilizó. Si necesitábamos algo, íbamos a buscarlo nosotras mismas.

—La verdad, me parece innecesario instalar aquí un llamador tan bonito. Excúseme unos minutos, mientras examino el suelo.

Se tumbó boca abajo en el suelo, con la lupa en la mano, y se arrastró velozmente de un lado a otro, inspeccionando atentamente las rendijas del entarimado. A continuación hizo lo mismo con las tablas de madera que cubrían las paredes. Por ultimo, se acercó a la cama y permaneció algún tiempo mirándola fijamente y examinando la pared de arriba a abajo. Para terminar, agarró el cordón de la campanilla y dio un fuerte tirón.

—¡Caramba, es simulado! —exclamó.

—¿Cómo? ¿No suena?

—No, ni siquiera está conectado a un cable. Esto es muy interesante. Fíjese en que está conectado a un gancho justo por encima del orificio de ventilación.

—¡Qué absurdo! ¡Jamás me había fijado!

—Es muy extraño —murmuró Holmes, tirando del cordón—. Esta habitación tiene uno o dos detalles muy curiosos. Por ejemplo, el constructor tenía que ser un estúpido para abrir un orificio de ventilación que da a otra habitación, cuando, con el mismo esfuerzo, podría haberlo hecho comunicar con el aire libre.

—Eso también es bastante moderno —dijo la señorita.

—Más o menos, de la misma época que el llamador —aventuró Holmes.

—Sí, por entonces se hicieron varias pequeñas reformas. —Y

183

todas parecen de lo más interesantes... cordones de campanilla sin campanilla y orificios de ventilación que no ventilan. Con su permiso, señorita Stoner, proseguiremos nuestras investigaciones en la habitación de más adentro. La alcoba del doctor Grimesby Roylott era más grande que la de su hijastra, pero su mobiliario era igual de escueto. Una cama turca, una pequeña estantería de madera llena de libros, en su mayoría de carácter técnico, una butaca junto a la cama, una vulgar silla de madera arrimada a la pared, una mesa camilla y una gran caja fuerte de hierro, eran los principales objetos que saltaban a la vista. Holmes recorrió despacio la habitación, examinándolos todos con el más vivo interés.

—¿Qué hay aquí? —preguntó, golpeando con los nudillos la caja fuerte.

—Papeles de negocios de mi padrastro.

—Entonces es que ha mirado usted dentro.

—Sólo una vez, hace años. Recuerdo que estaba llena de papeles.

—¿Y no podría haber, por ejemplo, un gato?

—No. ¡Qué idea tan extraña!

—Pues fíjese en esto —y mostró un platillo de leche que había encima de la caja.

—No, gato no tenemos, pero sí que hay un guepardo y un babuino.

—¡Ah, sí, claro! Al fin y al cabo, un guepardo no es más que un gato grandote, pero me atrevería a decir que con un platito de leche no bastaría, ni mucho menos, para satisfacer sus necesidades. Hay una cosa que quiero comprobar.

Se agachó ante la silla de madera y examinó el asiento con la mayor atención.

—Gracias. Esto queda claro —dijo levantándose y metiéndose la lupa en el bolsillo—. ¡Vaya! ¡Aquí hay algo muy interesante!

El objeto que le había llamado la atención era un pequeño látigo para perros que colgaba de una esquina de la cama. Su extremo estaba atado formando un lazo corredizo.

—¿Qué le sugiere a usted esto, Watson?

—Es un látigo común y corriente. Aunque no sé por qué tiene

este nudo.

—Eso no es tan corriente, ¿eh? ¡Ay, Watson! Vivimos en un mundo malvado, y cuando un hombre inteligente dedica su talento al crimen, se vuelve aún peor. Creo que ya he visto suficiente, señorita Stoner, y, con su permiso, daremos un paseo por el jardín.

Jamás había visto a mi amigo con un rostro tan sombrío y un ceño tan fruncido como cuando nos retiramos del escenario de la investigación. Habíamos recorrido el jardín varias veces de arriba abajo, sin que ni la señorita Stoner ni yo nos atreviéramos a interrumpir el curso de sus pensamientos, cuando al fin Holmes salió de su ensimismamiento.

—Es absolutamente esencial, señorita Stoner —dijo—, que siga usted mis instrucciones al pie de la letra en todos los aspectos.

—Le aseguro que así lo haré.

—La situación es demasiado grave como para andarse con vacilaciones. Su vida depende de que haga lo que le digo.

—Vuelvo a decirle que estoy en sus manos.

—Para empezar, mi amigo y yo tendremos que pasar la noche en su habitación.

Tanto la señorita Stoner como yo le miramos asombrados.

—Sí, es preciso. Deje que le explique. Aquello de allá creo que es la posada del pueblo, ¿no?

—Sí, el «Crown».

—Muy bien. ¿Se verán desde allí sus ventanas?

—Desde luego.

—En cuanto regrese su padrastro, usted se retirará a su habitación, pretextando un dolor de cabeza. Y cuando oiga que él también se retira a la suya, tiene usted que abrir la ventana, alzar el cierre, colocar un candil que nos sirva de señal y, a continuación, trasladarse con todo lo que vaya a necesitar a la habitación que ocupaba antes. Estoy seguro de que, a pesar de las reparaciones, podrá arreglárselas para pasar allí una noche.

—Oh, sí, sin problemas.

—El resto, déjelo en nuestras manos.

—Pero ¿qué van ustedes a hacer?

—Vamos a pasar la noche en su habitación e investigar la causa de ese sonido que la ha estado molestando.

—Me parece, señor Holmes, que ya ha llegado usted a una conclusión —dijo la señorita Stoner, posando su mano sobre el brazo de mi compañero.

—Es posible.

—Entonces, por compasión, dígame qué ocasionó la muerte de mi hermana.

—Prefiero tener pruebas más terminantes antes de hablar.

—Al menos, podrá decirme si mi opinión es acertada, y murió de un susto.

—No, no lo creo. Creo que es probable que existiera una causa más tangible. Y ahora, señorita Stoner, tenemos que dejarla, porque si regresara el doctor Roylott y nos viera, nuestro viaje habría sido en vano. Adiós, y sea valiente, porque si hace lo que le he dicho puede estar segura de que no tardaremos en librarla de los peligros que la amenazan.

Sherlock Holmes y yo no tuvimos dificultades para alquilar una alcoba con sala de estar en el «Crown». Las habitaciones se encontraban en la planta superior, y desde nuestra ventana gozábamos de una espléndida vista de la entrada a la avenida y del ala deshabitada de la mansión de Stoke Moran. Al atardecer vimos pasar en un coche al doctor Grimesby Roylott, con su gigantesca figura sobresaliendo junto a la menuda figurilla del muchacho que guiaba el coche. El cochero tuvo alguna dificultad para abrir las pesadas puertas de hierro, y pudimos oír el áspero rugido del doctor y ver la furia con que agitaba los puños cerrados, amenazándolo. El vehículo siguió adelante y, pocos minutos más tarde, vimos una luz que brillaba de pronto entre los árboles, indicando que se había encendido una lámpara en uno de los salones.

—¿Sabe usted, Watson? —dijo Holmes mientras permanecíamos sentados en la oscuridad—. Siento ciertos escrúpulos de llevarle conmigo esta noche. Hay un elemento de peligro indudable.

—¿Puedo servir de alguna ayuda?

—Su presencia puede resultar decisiva.

—Entonces iré, sin duda alguna.

—Es usted muy amable.

—Dice usted que hay peligro. Evidentemente, ha visto usted en esas habitaciones más de lo que pude ver yo.

—Eso no, pero supongo que yo habré deducido unas pocas cosas más que usted. Imagino, sin embargo, que vería usted lo mismo que yo.

—Yo no vi nada destacable, a excepción del cordón de la campanilla, cuya finalidad confieso que se me escapa por completo.

—¿Vio usted el orificio de ventilación?

—Sí, pero no me parece que sea tan insólito que exista una pequeña abertura entre dos habitaciones. Era tan pequeña que no podría pasar por ella ni una rata.

—Yo sabía que encontraríamos un orificio así antes de venir a Stoke Moran.

—¡Pero Holmes, por favor!

—Le digo que lo sabía. Recuerde usted que la chica dijo que su hermana podía oler el cigarro del doctor Roylott. Eso quería decir, sin lugar a dudas, que tenía que existir una comunicación entre las dos habitaciones. Y tenía que ser pequeña, o alguien se habría fijado en ella durante la investigación judicial. Deduje, pues, que se trataba de un orificio de ventilación.

—Pero, ¿qué tiene eso de malo?

—Bueno, por lo menos existe una curiosa coincidencia de fecha. Se abre un orificio, se instala un cordón y muere una señorita que dormía en la cama. ¿No le resulta llamativo? —Hasta ahora no veo ninguna relación.

—¿No observó un detalle muy curioso en la cama?

—No.

—Estaba clavada al suelo. ¿Ha visto usted antes alguna cama sujeta de ese modo?

—No puedo decir que sí.

—La señorita no podía mover su cama. Tenía que estar siempre en la misma posición con respecto a la abertura y al cordón… podemos llamarlo así, porque, evidentemente, jamás se pensó en dotarlo de campanilla.

—Holmes, creo que empiezo a entrever adónde quiere usted ir a parar —exclamé—. Tenemos el tiempo justo para impedir algún crimen artero y horrible.

—De lo más artero y horrible. Cuando un médico se tuerce, es peor que ningún criminal. Tiene sangre fría y tiene conocimientos. Palmer y Pritchard estaban en la cumbre de su profesión. Este hombre aún va más lejos, pero creo, Watson, que podremos llegar más lejos que él. Pero ya tendremos horrores de sobra antes de que termine la noche; ahora, por amor de Dios, fumemos una pipa en paz, y dediquemos el cerebro a ocupaciones más agradables durante unas horas.

A eso de las nueve, se apagó la luz que brillaba entre los árboles y todo quedó a oscuras en dirección a la mansión. Transcurrieron lentamente dos horas y, de pronto, justo al sonar las once, se encendió exactamente frente a nosotros una luz aislada y brillante.

—Ésa es nuestra señal —dijo Holmes, poniéndose en pie de un salto—. Viene de la ventana del centro.

Al salir, Holmes intercambió algunas frases con el posadero, explicándole que íbamos a hacer una visita de última hora a un conocido y que era posible que pasáramos la noche en su casa. Un momento después avanzábamos por el oscuro camino, con el viento helado soplándonos en la cara y una lucecita amarilla parpadeando frente a nosotros en medio de las tinieblas para guiarnos en nuestra tétrica incursión.

No tuvimos dificultades para entrar en la finca porque la vieja tapia del parque estaba derruida por varios sitios. Nos abrimos camino entre los árboles, llegamos al jardín, lo cruzamos, y nos disponíamos a entrar por la ventana cuando de un macizo de laureles salió disparado algo que parecía un niño deforme y repugnante, que se tiró sobre la hierba retorciendo los miembros y luego corrió a toda velocidad por el jardín hasta perderse en la oscuridad.

—¡Dios mío! —susurré—. ¿Ha visto eso?

Por un momento, Holmes se quedó tan sorprendido como yo, y su mano se cerró como una presa sobre mi muñeca. Luego, se echó a reír en voz baja y acercó los labios a mi oído.

—Es una familia encantadora —murmuró—. Eso era el babuino.

Me había olvidado de los extravagantes animalitos de compañía del doctor. Había también un guepardo, que podía caer sobre nuestros hombros en cualquier momento. Confieso que me sentí más tranquilo cuando, tras seguir el ejemplo de Holmes y quitarme los zapatos, me encontré dentro de la habitación. Mi compañero cerró los postigos sin hacer ruido, colocó la lámpara encima de la mesa y recorrió con la mirada la habitación. Todo seguía igual que como lo habíamos visto durante el día. Luego se arrastró hacia mí y, haciendo bocina con la mano, volvió a susurrarme al oído, en voz tan baja que a duras penas conseguí entender las palabras.

—El más ligero ruido sería fatal para nuestros planes.

Asentí para dar a entender que lo había oído.

—Tenemos que apagar la luz, o se vería por la abertura.

Asentí de nuevo.

—No se duerma. Su vida puede depender de ello. Tenga preparada la pistola por si acaso la necesitamos. Yo me sentaré junto a la cama, y usted en esa silla.

Saqué mi revólver y lo puse en una esquina de la mesa.

Holmes había traído un bastón largo y delgado que colocó en la cama a su lado. Junto a él puso la caja de cerillas y un cabo de vela. Luego apagó la lámpara y quedamos sumidos en las tinieblas.

¿Cómo podría olvidar aquella angustiosa vigilia? No se oía ni un sonido, ni siquiera el de una respiración, pero yo sabía que a pocos pasos de mí se encontraba mi compañero, sentado con los ojos abiertos y en el mismo estado de excitación que yo. Los postigos no dejaban pasar ni un rayito de luz, y esperábamos en la oscuridad más absoluta. De vez en cuando nos llegaba del exterior el grito de algún ave nocturna, y en una ocasión oímos, al lado mismo de nuestra ventana, un prolongado gemido gatuno, que indicaba que, efectivamente, el guepardo andaba suelto. Cada cuarto de hora oíamos a lo lejos las graves campanadas del reloj de la iglesia. ¡Qué largos parecían aquellos cuartos de hora! Dieron las doce, la una, las dos, las tres, y nosotros seguíamos sentados en silencio, aguardando lo que pudiera suceder.

De pronto se produjo un momentáneo resplandor en lo alto, en la dirección del orificio de ventilación, que se apagó inmediatamente;

le siguió un fuerte olor a aceite quemado y metal recalentado. Alguien había encendido una linterna sorda en la habitación contigua. Oí un suave rumor de movimiento, y luego todo volvió a quedar en silencio, aunque el olor se hizo más fuerte. Permanecí media hora más con los oídos en tensión. De repente se oyó otro sonido… un sonido muy suave y acariciador, como el de un chorrito de vapor al salir de una tetera. En el instante mismo en que lo oímos, Holmes saltó de la cama, encendió una cerilla y golpeó furiosamente con su bastón el cordón de la campanilla.

—¿Lo ve, Watson? —gritaba—. ¿Lo ve?

Pero yo no veía nada. En el mismo momento en que Holmes encendió la luz, oí un silbido suave y muy claro, pero el repentino resplandor ante mis ojos hizo que me resultara imposible distinguir qué era lo que mi amigo golpeaba con tanta ferocidad. Pude percibir, no obstante, que su rostro estaba pálido como la muerte, con una expresión de horror y repugnancia.

Había dejado de dar golpes y levantaba la mirada hacia el orificio de ventilación, cuando, de pronto, el silencio de la noche se rompió con el alarido más espantoso que jamás he oído. Un grito cuya intensidad iba en aumento, un ronco aullido de dolor, miedo y furia, todo mezclado en un solo chillido aterrador. Dicen que abajo, en el pueblo, e incluso en la lejana casa parroquial, aquel grito levantó a los durmientes de sus camas. A nosotros nos heló el corazón; yo me quedé mirando a Holmes, y él a mí, hasta que los últimos ecos se extinguieron en el silencio del que habían surgido.

—¿Qué puede significar eso? —jadeé.

—Significa que todo ha terminado —respondió Holmes—. Y quizás, a fin de cuentas, sea lo mejor que habría podido ocurrir. Coja su pistola y vamos a entrar en la habitación del doctor Roylott.

Encendió la lámpara con expresión muy seria y salió al pasillo. Llamó dos veces a la puerta de la habitación sin que respondieran desde dentro. Entonces hizo girar el picaporte y entró, conmigo pegado a sus talones, con la pistola amartillada en la mano.

Una escena extraordinaria se ofrecía a nuestros ojos. Sobre la mesa había una linterna sorda con la pantalla a medio abrir, arrojando un brillante rayo de luz sobre la caja fuerte, cuya puerta estaba entreabierta. Junto a esta mesa, en la silla de madera, estaba sentado el doctor Grimesby Roylott, vestido con una larga bata gris, bajo la cual asomaban sus tobillos desnudos, con los pies enfundados en unas babuchas rojas. Sobre su regazo descansaba el corto mango del largo látigo que habíamos visto el día anterior, el curioso látigo con el lazo en la punta. Tenía la barbilla apuntando hacia arriba y los ojos fijos, con una mirada terriblemente rígida, en una esquina del techo. Alrededor de la frente llevaba una curiosa banda amarilla con lunares pardos que parecía atada con fuerza a la cabeza. Al entrar nosotros, no se movió ni hizo sonido alguno.

—¡La banda! ¡La banda de lunares! —susurró Holmes.

Di un paso adelante. Al instante, el extraño tocado empezó a moverse y se desenroscó, apareciendo entre los cabellos la cabeza achatada en forma de rombo y el cuello hinchado de una horrenda serpiente.

—¡Una víbora de los pantanos! —exclamó Holmes—. La serpiente más mortífera de la India. Este hombre ha muerto a los diez segundos de ser mordido. ¡Qué gran verdad es que la violencia se vuelve contra el violento y que el intrigante acaba por caer en la fosa que cava para otro! Volvamos a encerrar a este bicho en su cubil y luego podremos llevar a la señorita Stoner a algún sitio más seguro e informar a la policía del condado de lo que ha sucedido.

Mientras hablaba cogió rápidamente el látigo del regazo del muerto, pasó el lazo por el cuello del reptil, lo desprendió de su macabra percha y, llevándolo con el brazo bien extendido, lo arrojó a la caja fuerte, que cerró a continuación.

Éstos son los hechos verdaderos de la muerte del doctor Grimesby Roylott, de Stoke Moran. No es necesario que alargue un relato que ya es bastante extenso, explicando cómo comunicamos la triste noticia a la aterrorizada joven, cómo la llevamos en el tren de la mañana a casa de su tía de Harrow, o cómo el lento proceso de la investigación judicial llegó a la conclusión de que el doctor había encontrado la muerte mientras jugaba imprudentemente con una de sus peligrosas mascotas. Lo poco que aún me quedaba por saber del caso me lo contó Sherlock Holmes al día siguiente, durante el viaje de regreso.

—Yo había llegado a una conclusión absolutamente equivocada —dijo—, lo cual demuestra, querido Watson, que siempre es peligroso sacar deducciones a partir de datos insuficientes. La presencia de los gitanos y el empleo de la palabra «banda», que la pobre muchacha utilizó sin duda para describir el aspecto de lo que había entrevisto fugazmente a la luz de la cerilla, bastaron para lanzarme tras una pista completamente falsa. El único mérito que puedo atribuirme es el de haber reconsiderado inmediatamente mi postura cuando, pese a todo, se hizo evidente que el peligro que amenazaba al ocupante de la habitación, fuera el que fuera, no podía venir por la ventana ni por la puerta. Como ya le he comentado, en seguida me llamaron la atención el orificio de ventilación y el cordón que colgaba sobre la cama. Al descubrir que no tenía campanilla, y que la cama estaba clavada al suelo, empecé a sospechar que el cordón pudiera servir de puente para que algo entrara por el agujero y llegara a la cama. Al instante se me ocurrió la idea de una serpiente y, sabiendo que el doctor disponía de un buen surtido de animales de la India, sentí que probablemente me encontraba sobre una buena pista. La idea de utilizar una clase de veneno que los análisis químicos no pudieran descubrir parecía digna de un hombre inteligente y despiadado, con experiencia en Oriente. Muy sagaz tendría que ser el juez de guardia capaz de descubrir los dos pinchacitos que indicaban el lugar donde habían actuado los colmillos venenosos.

»A continuación pensé en el silbido. Por supuesto, tenía que hacer volver a la serpiente antes de que la víctima pudiera verla a la luz del día. Probablemente, la tenía adiestrada, por medio de la leche que vimos, para que acudiera cuando él la llamaba. La hacía pasar por el orificio cuando le parecía más conveniente, seguro de que bajaría por la cuerda y llegaría a la cama. Podía morder a la durmiente o no; es posible que ésta se librase todas las noches durante una semana, pero tarde o temprano tenía que caer.

»Había llegado ya a estas conclusiones antes de entrar en la habitación del doctor. Al examinar su silla comprobé que tenía la costumbre de ponerse en pie sobre ella: evidentemente, tenía que hacerlo para llegar al respiradero. La visión de la caja fuerte, el plato de leche y el látigo con lazo, bastó para disipar las pocas dudas que pudieran quedarme. El golpe metálico que oyó la señorita Stoner lo produjo sin duda el padrastro al cerrar apresuradamente la puerta de la caja fuerte, tras meter dentro a su terrible ocupante. Una vez formada mi opinión, ya conoce usted las medidas que adopté para ponerla a prueba. Oí el silbido del animal, como sin duda lo oyó usted también, y al momento encendí la luz y lo ataqué.

—Con el resultado de que volvió a meterse por el respiradero.

—Y también con el resultado de que, una vez al otro lado, se revolvió contra su amo. Algunos golpes de mi bastón habían dado en el blanco, y la serpiente debía estar de muy mal humor, así que atacó a la primera persona que vio. No cabe duda de que soy responsable indirecto de la muerte del doctor Grimesby Roylott, pero confieso que es poco probable que mi conciencia se sienta abrumada por ello.

El dedo pulgar del ingeniero

I

Entre todos los problemas presentados a mi amigo el señor Sherlock Holmes para que les diera solución, durante los años de nuestra relación, hubo sólo dos en los que yo fui el medio de introducción: el del pulgar del señor Hatherley y el de la locura del coronel Warburton. De ellos, el último pudo haber proporcionado mejor campo para un observador agudo y dotado de originalidad, pero el otro fue tan extraño en su comienzo y tan dramático en sus detalles, que bien puede ser el más merecedor de quedar registrado por escrito, aunque diera a mi amigo menos oportunidades para practicar aquellos métodos deductivos de razonamiento con los que conseguía tan notables resultados. Según creo, la historia ha sido explicada más de una vez en los periódicos, pero, como ocurre con todas estas narraciones, su efecto es mucho menos chocante cuando se presenta en bloque, en una sola media columna de letra impresa, que cuando los hechos se desenvuelven lentamente ante nuestros ojos y el misterio se aclara de manera gradual, a medida que cada nuevo descubrimiento representa un caso más que conduce a la completa verdad. En su momento, las circunstancias me causaron una profunda impresión, y el paso de dos años apenas ha podido debilitar sus efectos.

En el verano de 1889, poco después de mi matrimonio, ocurrieron los acontecimientos que ahora me dispongo a resumir. Yo había vuelto a practicar la medicina civil y había abandonado finalmente a Holmes en sus habitaciones de Baker Street, aunque le visitaba continuamente y a veces incluso le persuadía para que abandonara sus hábitos bohemios hasta el punto de venir él a visitarnos. Mi clientela había aumentado con toda regularidad y, puesto que yo vivía a poca distancia de la estación de Paddington, conseguí unos cuantos pacientes entre sus empleados. Uno de éstos, al que le había curado una enfermedad tan dolorosa como persistente, no se cansaba de pregonar mis talentos, ni de procurar enviarme todo enfermo sobre el cual él tuviera alguna influencia.

Una mañana, poco antes de las siete, me despertó la sirvienta al golpear mi puerta, para anunciarme que habían llegado de Paddington dos hombres y que esperaban en la sala de consulta. Me vestí apresuradamente, pues sabía por experiencia que los casos que afectaban a usuarios del ferrocarril rara vez eran triviales, y me apresuré a bajar. Aún me encontraba en la escalera cuando mi fiel aliado, el guarda, salió de la sala de consulta y cerró con cuidado la puerta tras él.

-Lo tengo aquí -susurró, señalando con su pulgar por encima del hombro-. Está bien.

-¿De que se trata? -pregunté, pues su actitud sugería que hablaba de alguna extraña criatura a la que hubiera encerrado en la sala.

-Es un nuevo paciente -murmuró-. He pensado que lo mejor era traerlo yo mismo, ya que de este modo no podría escabullirse. Y aquí está, totalmente sano y salvo. Ahora debo marcharme, doctor, pues yo tengo mis obligaciones, lo mismo que usted.

Y diciendo esto, aquel fiable individuo se retiró, sin darme tiempo siquiera para expresarle mi agradecimiento.

Entré en mi gabinete de consulta y encontré un caballero sentado ante la mesa. Iba vestido discretamente con un traje de mezclilla de lana y había dejado sobre mis libros una gorra de tela. Un pañuelo, todo él manchado de sangre, envolvía su mano. Era un hombre joven, de no más de veinticinco años, hubiera asegurado yo, con un rostro enérgico y varonil, pero estaba muy pálido.

Me dio la impresión de ser víctima de una intensa agitación que sólo dominaba recurriendo a toda su energía.

-Siento haberle hecho levantar tan temprano, doctor -dijo-, pero durante la noche he sufrido un accidente muy grave. He llegado esta mañana en tren y, al preguntar en Paddington dónde podía encontrar un médico, un buen hombre me ha acompañado hasta aquí. He dado una tarjeta a la criada, pero veo que la ha dejado sobre la mesita.

La tomé para examinarla. «Víctor Hatherley. Ingeniero de obras hidráulicas. Victoria Street, 16 A, 3er. Piso.»

Tales eran el nombre, la profesión y el domicilio de mi visitante matinal.

-Lamento haberle hecho esperar -le dije, sentándome en el sillón de mi biblioteca-. Acaba usted de realizar un viaje nocturno, por lo que tengo entendido, y esto no deja de ser obviamente una ocupación monótona.

-¡Pero es que a mi noche nadie puede calificarla de monótona! -respondió él, y se echó a reír.

Se rió con ganas, con una nota aguda y penetrante, repantigándose en su silla y estremeciéndose de la cabeza a los pies. Todo mi instinto médico se alzó contra esta risa.

-¡Basta! -grité-. ¡Domínese!

Le serví un poco de agua de una garrafa, pero de nada sirvió. Era presa de uno de aquellos arrebatos histéricos que se apoderan de una naturaleza vigorosa cuando acaba de pasar por una fuerte crisis. Finalmente, volvió a recuperar el control sobre sí mismo, pero se mostró muy fatigado y al mismo tiempo se sonrojó intensamente.

-Me he puesto en ridículo -jadeó.

-En absoluto. ¡Bébase esto!

Añadí un poco de brandy al agua y empezó a reaparecer el color en sus mejillas exangües.

-¡Ya me encuentro mejor! -dijo-. Y ahora, doctor, quizá tenga usted la bondad de echar un vistazo a mi pulgar, o, mejor dicho, al lugar donde estaba antes.

Retiró el pañuelo y extendió la mano. Incluso mis nervios

endurecidos notaron un escalofrío cuando la miré. Había cuatro dedos extendidos y una horrible superficie roja y esponjosa allí donde había estado el pulgar. Éste había sido seccionado o arrancado directamente desde sus raíces.

-¡Cielo santo! -exclamé-. Esto es una herida terrible. Ha de haber sangrado muchísimo.

-Ya lo creo. Me desmayé al hacérmela, y creo que permanecí largo tiempo sin sentido. Cuando volví en mí, descubrí que todavía sangraba, por lo que até un extremo de mi pañuelo estrechamente en torno a la muñeca y lo aseguré con un palito.

-¡Excelente! Usted hubiera podido ser cirujano.

-Es cuestión de hidráulica, como usted sabe, y entraba en mi especialidad.

-Esto lo ha hecho -dije, examinando la herida- un instrumento muy pesado y afilado.

-Algo así como un cuchillo de carnicero -repuso.

-¿Un accidente, supongo?

-En modo alguno.

-¿Cómo, una agresión criminal?

-Y tan criminal.

-Me horroriza usted.

Apliqué una esponja a la herida, la limpié, la curé y, finalmente, la cubrí con una almohadilla de algodón y vendajes tratados con ácido carbólico. Él lo aguantó sin parpadear, aunque de vez en cuando se mordiera el labio.

-¿Qué tal? -le pregunté cuando hube terminado.

-¡Magnífico! Entre su brandy y su vendaje, me siento como nuevo. Estaba muy débil, pero tengo que hacer muchas cosas.

-Tal vez sea mejor que no hable del asunto. Es evidente que pone a prueba sus nervios.

-Oh, no, nada de esto ahora. Tendré que contar lo sucedido a la policía, pero le diré, entre nosotros, que si no fuera por la convincente evidencia de esta herida, me sorprendería que dieran crédito a mi declaración, pues es realmente extraordinaria y, como pruebas, no dispongo de gran cosa con que respaldarla. Y aunque lleguen a creerme, las pistas que yo pueda darles son tan vagas que dudo de que llegue a hacerse justicia.

-¡Ajá! -exclamé-. Si se trata de algo así como un problema que usted desea ver resuelto, debo recomendarle encarecidamente que vea a mi amigo el señor Sherlock Holmes antes de ir a la policía oficial.

-He oído hablar de ese señor -contestó mi visitante-. Mucho me alegraría que se hiciera cargo del asunto, aunque, desde luego, debo hacer uso también de la policía oficial. ¿Me dará una carta de presentación para él?

-Haré algo mejor. Yo mismo le acompañaré a visitarlo.

-Le quedaré inmensamente reconocido por ello.

-Llamaremos un coche de alquiler e iremos juntos. Llegaremos justo a tiempo para compartir con él un ligero desayuno. ¿Se siente usted con ánimos?

-Si, y no me consideraré tranquilo hasta haber contado mi historia.

-Entonces mi criada llamará un coche y yo estaré con usted al instante.

Subí apresuradamente al primer piso, expliqué el asunto a mi esposa, en pocas palabras, y cinco minutos después me instalé en el interior de un coche de alquiler que me condujo, junto con mi nuevo conocido, a Baker Street.

Como yo me había figurado, Sherlock Holmes se encontraba en su sala de estar, en bata, entregado a la lectura de la columna de anuncios de personas desaparecidas en The Times, y fumando su pipa anterior al desayuno, que se componía de todos los residuos que habían quedado de las pipas fumadas el día anterior, cuidadosamente secados y reunidos en una esquina de la repisa de la chimenea. Nos recibió con su actitud discreta pero cordial, pidió más huevos y lonchas de tocino ahumado, y se unió a nosotros en un copioso refrigerio. Una vez concluido el mismo, instaló a nuestro nuevo cliente en un sofá, le puso un cojín debajo de la cabeza y colocó un vaso con agua y brandy a su alcance.

-Es fácil ver que su experiencia no ha tenido nada de vulgar, señor Hatherley -le dijo-. Por favor, siga echado aquí y considérese absolutamente en su casa. Díganos lo que pueda, pero deténgase cuando esté fatigado y reponga sus fuerzas con un poco de estimulante.

-Gracias -dijo mi paciente-, pero me siento otro hombre desde que el doctor me hizo la cura, y creo que su desayuno ha completado el restablecimiento. Le robaré tan poco como sea posible de su valioso tiempo, por lo que pasaré a explicarle en seguida mi peculiar experiencia.

Holmes se acomodó en su butacón, con los párpados caídos y la expresión de cansancio que velaban su carácter vivo y fogoso, mientras yo me sentaba ante él, y escuchamos en silencio la extraña historia que nuestro visitante procedió a referirnos.

-Deben saber -dijo- que soy huérfano y soltero, y que vivo solo en una pensión de Londres. Tengo la profesión de ingeniero especializado en hidráulica, y conseguí una experiencia considerable en mi trabajo con mis siete años de aprendizaje en Venner and Matheson, la reputada empresa de Greenwich. Hace dos años, cumplido mi período de prácticas y tras haber conseguido una sustanciosa suma de dinero debido a la muerte de mi pobre padre, decidí establecerme por mi cuenta y alquilé un despacho profesional en Victoria Street.

»Supongo que todo el que da sus primeros pasos, como independiente en el mundo de los negocios, pasa por una dura experiencia. Para mí lo ha sido y con carácter excepcional. Durante tres años, me han hecho tres consultas y se me ha confiado un trabajo de poca monta, y esto es absolutamente todo lo que me ha aportado mi profesión. Mis ingresos brutos ascienden a veintisiete libras con diez chelines. Cada día, de las nueve de la mañana hasta las cuatro de la tarde, esperaba en mi pequeña oficina, hasta que finalmente empecé a perder el ánimo y llegué a creer que jamás conseguiría hacerme una clientela.

»Ayer, sin embargo, precisamente cuando pensaba abandonar el despacho, entró mi dependiente para anunciarme que esperaba un caballero que deseaba verme por cuestiones de negocio. Me entregó también una tarjeta con el nombre «Coronel Lysander Stark» grabado en ella. Pisándole los talones entró el propio coronel, un hombre de talla más que mediana pero de una excesiva delgadez. No creo haber visto nunca un hombre tan flaco. Toda su cara se afilaba para formar nariz y barbilla, y la piel de sus mejillas se tensaba con fuerza sobre sus huesos prominentes. No obstante, este enflaquecimiento parecía cosa natural en él, sin que se debiera a enfermedad alguna, pues tenía los ojos brillantes, su paso era firme y su oído muy fino. Vestía con sencillez pero pulcramente, y su edad, diría yo, se acercaba más a los cuarenta que a los treinta.

»-¿El señor Hatherley? -dijo con un vestigio de acento alemán-. Usted me ha sido recomendado, señor Hatherley, como un hombre que no sólo es eficiente en su profesión, sino además discreto y capaz de guardar un secreto.

»Me sentí tan halagado como podría sentirse cualquier joven ante semejante introducción.

»-¿Puedo preguntarle quién le ha dado tan buenas referencias? -inquirí.

»-Tal vez sea mejor que de momento no le diga esto. Sé, a través de la misma fuente, que es usted a la vez huérfano y soltero, y que vive solo en Londres.

»-Es exacto -respondí-, pero me excusará si le digo que no acierto a distinguir qué tiene que ver todo esto con mis calificaciones profesionales. Me ha parecido entender que usted deseaba hablar conmigo acerca de una cuestión profesional.

»-Indudablemente, pero comprobará que todo lo que yo digo tiene algo que ver con el asunto. Reservo para usted un encargo profesional, pero es esencial que usted guarde absoluto secreto, ¿me entiende? Como es lógico, esto lo podemos esperar más bien de un hombre que vive solo que de otro que viva en el seno de su familia.

»-Si yo prometo guardar un secreto -dije-, pueden estar totalmente seguros de que así lo haré.

»Me miró con gran fijeza mientras yo hablaba, y a mí me pareció que nunca había visto unos ojos tan suspicaces e inquisitivos.

»-¿Lo promete, pues?

»-Sí, lo prometo.

»-¿Un silencio absoluto, completo, antes, durante y después? ¿Ninguna referencia al asunto, tanto oral como por escrito?

»-Ya le he dado mi palabra.

»-Muy bien.

»Se levantó de pronto y, cruzando como un rayo la pequeña

oficina, abrió la puerta de par en par. Afuera, el pasillo estaba vacío. Todo va bien -dijo al regresar-. Sé que los empleados se muestran a veces curiosos con los asuntos de sus amos. Ahora podemos hablar con toda seguridad. Colocó su silla muy cerca de la mía y empezó a contemplarme de nuevo con la misma mirada interrogante y pensativa. Una sensación de repulsión, junto con algo similar al temor, había empezado a surgir en mi interior ante la extraña actitud de aquel hombre descarnado. Ni siquiera mi temor a perder un cliente pudo impedirme que le mostrase mi impaciencia.

»-Le ruego que explique lo que desea, caballero -le dije-. Mi tiempo es valioso.

»Que el cielo me perdone esta frase, señor Holmes, pero así acudieron las palabras a mis labios.

»-¿Qué le parecerían cincuenta guineas por una noche de trabajo? -preguntó el coronel Stark.

»-Me parecerían muy bien.

»-Digo una noche de trabajo, pero hablar de una hora seria más exacto. Deseo simplemente su opinión sobre una máquina estampadora hidráulica que no funciona como es debido. Si nos indica dónde radica el defecto, pronto lo arreglaremos nosotros mismos. ¿Qué me dice de un encargo como éste?

»-El trabajo parece llevadero y la paga generosa.

»-Así es. Queremos que venga usted por la noche, en el último tren.

»- ¿Adónde?

»-A Eyford, en el Berkshire. Es un pueblecillo cercano a los límites del Oxfordshire y a siete millas de Reading. Sale un tren desde Paddington que le dejará allí a eso de las once y cuarto.

»-Muy bien.

»-Vendré a buscarlo en un coche.

»-¿Hay qué hacer un trayecto en coche, pues?

»-Sí, nuestro pueblecillo queda adentrado en la campiña. Está a sus buenas siete millas de la estación de Eyford.

»-Entonces dudo de que podamos llegar a él antes de medianoche. Supongo que no habrá ningún tren de vuelta y me veré obligado a pasar allí la noche.

»-Si, pero podemos improvisarle una cama.

»-Esto resulta muy inconveniente. ¿No podría acudir a una hora más oportuna?

»-Hemos considerado que llegue usted tarde. Precisamente, para compensarle por cualquier inconveniente, le pagamos, pese a ser un joven desconocido, unos honorarios como los que requeriría una opinión por parte de algunas de las figuras más descollantes de su profesión. No obstante, si prefiere retirarse del negocio, no es necesario decirle que hay tiempo de sobra para hacerlo.

»Pensé en las cincuenta guineas y en lo muy útiles que podían serme.

»-De ningún modo -contesté-. Con mucho gusto me acomodaré a sus deseos, pero me agradaría comprender algo más claramente lo que desea usted que haga.

»-Desde luego. Es muy natural que el compromiso de secreto que hemos obtenido de usted haya suscitado su curiosidad. No pretendo que se comprometa a nada antes de que lo haya visto todo ante sus ojos. Supongo que aquí estamos totalmente a salvo de curiosos capaces de escuchar detrás de las puertas, ¿no es así?

»-Totalmente.

»-Entonces he aquí el asunto. Usted sabe probablemente que la tierra de batán es un producto valioso y que en Inglaterra sólo se encuentra en uno o dos lugares.

»-He oído decirlo.

»-Hace algún tiempo compré una pequeña propiedad, una finca pequeñísima, a diez millas de Reading, y tuve la suerte de descubrir que en uno de mis campos había un filón de tierra de batán.

»Al examinarlo, sin embargo, observé que ese filón era relativamente pequeño y que constituía un enlace entre dos mucho más grandes a la derecha y a la izquierda, aunque ambos se encontraban en terrenos de mis vecinos. Esa buena gente ignoraba totalmente que sus tierras contenían lo que era tan valioso como una mina de oro. Como es natural, a mí me interesaba comprar sus tierras antes de que descubriesen su auténtico valor, pero desgraciadamente yo no disponía de capital que me permitiera hacerlo. No obstante, revelé el secreto a unos pocos amigos y ellos me sugirieron que explotáramos muy discretamente nuestro pequeño filón, y ello nos permitiría adquirir los campos vecinos. Y esto es lo que hemos estado haciendo durante algún tiempo, y con el fin de que nos ayudara en nuestras operaciones montamos una prensa hidráulica. Como ya le he explicado, esta prensa se ha estropeado y deseamos que usted nos aconseje al respecto. Pero nosotros guardamos celosamente nuestro secreto, porque si llegara a saberse que vienen ingenieros a nuestra propiedad, pronto se desataría la curiosidad y entonces, si se averiguase la verdad, adiós a toda posibilidad de conseguir aquellos campos y llevar a la práctica nuestros planes. Por esto yo le he hecho prometer que no dirá a nadie que va a Eyford esta noche. Espero haberme explicado con toda claridad.

II

»-Le entiendo perfectamente -aseguré-. El único punto que no acierto a comprender es qué servicio puede prestarles una prensa hidráulica para excavar tierra de batán, que, según tengo entendido, se extrae de un pozo, como la gravilla.

»-Si -repuso él con indiferencia-, pero es que nosotros tenemos un proceso propio. Comprimimos la tierra en forma de ladrillos a fin de sacarlos sin revelar lo que son. Pero esto es un mero detalle. Acabo de hacerle objeto de toda mi confianza, señor Hatherley, y le he demostrado hasta qué punto confío en usted. -Se levantó mientras hablaba-. Le esperaré, pues, en Eyford a las once y cuarto.

»-No dude de que estaré allí.

»-Y ni una sola palabra a nadie -dijo, dirigiéndome una última y prolongada mirada inquisitiva, y acto seguido, dando a mi mano un húmedo y frío apretón, salió presuroso de la oficina.

»Bien, cuando pude recapacitar con sangre fría me sentí estupefacto, como ustedes pueden pensar, ante aquel encargo repentino que me había sido confiado. Por un lado, como es natural, me alegraba, pues los honorarios eran como mínimo diez veces superiores a los que hubiera pedido de haber fijado yo precio a mis servicios, y cabía la posibilidad de que este encargo condujera a otros. Por otro lado, el rostro y la actitud de mi cliente me habían causado una desagradable impresión, y no me parecía que sus explicaciones sobre la tierra de batán bastaran para explicar la necesidad de que yo llegara allí a medianoche ni su extrema ansiedad respecto a la posibilidad de que yo hablara con alguien de mi misión. Sin embargo, deseché todos mis temores, despaché una buena cena, tomé un coche de punto hasta Paddington y di comienzo a mi viaje, tras haber obedecido al pie de la letra mi compromiso de guardar silencio.

»En Reading tuve que cambiar, no sólo de vagón, sino también de estación, pero llegué a tiempo para abordar el último tren con destino a Eyford. Poco después de las once me personé en la pequeña y mal iluminada estación. Fui el único pasajero que se apeó en ella y en el andén no había más que un soñoliento mozo de equipajes con una linterna. Pero al traspasar el portillo vi que mi visitante de la mañana me esperaba entre las sombras al otro lado. Sin pronunciar palabra, aferró mi brazo y me hizo subir apresuradamente a un carruaje cuya puerta había quedado abierta. Subió las ventanillas de ambos lados, dio un golpecito en la estructura de madera y partimos con toda la rapidez que podía conseguir el caballo.

-¿Un caballo? -intervino Holmes.

-Sí, sólo uno.

-¿Se fijó en el color?

-Si, lo vi a la luz de los faroles laterales cuando yo subía al carruaje. Color castaño,

-¿Aspecto fatigado o fresco?

-Fresco y pelo reluciente.

-Gracias. Siento haberle interrumpido. Le ruego que prosiga su interesantísíma narración.

-Emprendimos la marcha, pues, y corrimos al menos durante una hora. El coronel Lysander Stark había dicho que el trayecto sólo era de siete millas, pero yo creería, a juzgar por el promedio que parecíamos llevar y por el tiempo que empleamos, que debían de ser más bien unas doce. Sentado a mi lado, él guardó silencio en todo momento, y advertí más de una vez, al mirar en su dirección, que tenía la vista clavada en mi con gran intensidad. Las carreteras rurales no parecían muy buenas en aquella parte del mundo, pues los baches imprimían un traqueteo terrible. Traté de mirar a través de las ventanas para ver algo de los alrededores, pero eran cristales esmerilados y sólo pude distinguir el resplandor borroso y ocasional de alguna luz ante la que pasábamos. De vez en cuando, me aventuraba a hacer alguna observación para quebrar la monotonía del viaje, pero el coronel sólo contestaba con monosílabos y la conversación no tardaba en extinguirse. Finalmente, sin embargo, las asperezas de la carretera se convirtieron en la crujiente regularidad de un camino de grava, y el carruaje se detuvo. El coronel Lysander Stark se apeó de un salto y, al seguirlo yo, me empujó en seguida hacia un porche que se abría ante nosotros. De hecho, nos apeamos del coche para entrar directamente en el vestíbulo, de modo que no me fue posible dirigir la menor mirada a la fachada de la casa. Apenas hube cruzado el umbral, la puerta se cerró pesadamente a nuestra espalda y oí el leve traqueteo de las ruedas al alejarse el carruaje.

»Dentro de la casa reinaba una oscuridad absoluta y el coronel buscó en vano cerillas, mientras rezongaba para sus adentros, pero de pronto se abrió una puerta al otro lado del pasillo y una larga y dorada franja de luz avanzó en nuestra dirección. La franja se ensanchó y apareció una mujer que sostenía una lámpara encendida por encima de su cabeza y avanzaba el cuello para mirarnos. Pude ver que era hermosa y, por el brillo que la luz producía en su vestido oscuro, comprendí que éste era de un género de gran calidad. Dijo unas palabras en un idioma extranjero y en el tono de quien hace una pregunta, y cuando mi acompañante contestó con un brusco monosílabo, ella experimentó tal sobresalto que la lámpara estuvo a punto de caérsele de la mano. El coronel Stark se acercó a ella y le quitó la lámpara, murmurándole algo al oído, y después, empujándola hacia el cuarto del que había salido, avanzó de nuevo hacia mí con la lámpara en la mano.

»-Le ruego que tenga la bondad de esperar unos minutos en esta habitación -me dijo, abriendo otra puerta. Era una habitación pequeña, discreta, amueblada con sencillez, con una mesa redonda en el centro, en la que había esparcidos varios libros en alemán. El coronel Stark puso la lámpara sobre un armario que había junto a la puerta-. No le haré esperar mucho tiempo -me aseguró, y se desvaneció en la oscuridad.

»Examiné los libros y, a pesar de mi ignorancia del idioma

alemán, pude ver que dos de ellos eran tratados científicos y los otros volúmenes de poesía. Entonces me dirigí hacia la ventana, esperando poder echar un vistazo al paisaje rural, pero la cubría un porticón de madera de roble asegurado con recios barrotes. Era una casa asombrosamente silenciosa. Un reloj antiguo dejaba oir un ruidoso tictac en algún lugar del pasillo, pero aparte dc esto reinaba por doquier una quietud mortal. Una vaga sensación de intranquilidad empezó a apoderarse de mí. ¿Quiéncs eran aquellos alemanes, y qué hacían en un lugar tan extraño y aislado? ¿Y dónde estaba ese lugar? A unas diez millas de Eyford era todo lo que sabía yo, pero si era al norte, al sur, al este o al oeste, no tenía la menor idea. En este aspecto, Reading, y acaso otras poblaciones importantes, se encontraba dentro de este radio, de modo quc tal vez el lugar no estuviera tan aislado, después de todo. No obstante, a juzgar por aquella quietud absoluta no cabía duda de que estábamos en el campo. Paseé de un lado a otro de la habitación, entonando una cancioncilla entre dientes para mantener el ánimo y pensando que me estaba ganando cumplidamente las cincuenta guineas de mis honorarios.

»De pronto, y sin ningún sonido preliminar en medio del profundo silencio, la puerta de mi habitación se abrió lentamente. La mujer se perfiló en la abertura, con la oscuridad del vestíbulo detrás de ella, mientras la luz amarillenta de mi lámpara iluminaba su bellísima y angustiada cara. Pude ver en seguida que estaba aterrorizada, y esta visión provocó también un escalofrío en mi corazón. Mantenía en alto un dedo tembloroso para pedirme silencio y murmuró unas cuantas palabras entrecortadas en un inglés vacilante, con unos ojos como los de un caballo asustado, mirando hacia atrás, hacia las tinieblas a su espalda.

»-Yo me iría -dijo, procurando, según me pareció, hablar con calma-. Yo me iría. Yo no me quedaría aquí. quedarse no es bueno para usted.

»-Pero, señora -repuse-, todavía no he hecho lo que me ha traído aquí. No puedo marcharme sin haber visto la máquina.

»-No merece la pena que espere -insistió ella-. Puede salir por la puerta y nadie se lo impedirá.

»Entonces, al ver que yo sonreía y meneaba la cabeza

negativamente, abandonó toda compostura y dio un paso adelante, con las manos entrelazadas.

»-¡Por el amor de Dios! -exclamó-. ¡Márchese de aquí antes de que sea demasiado tarde!

»Pero por naturaleza soy un tanto obstinado y más me empeño en hacer algo cuando se tercia algún obstáculo. Pensé en mis cincuenta guineas, en mi fatigoso viaje y en la desagradable noche que parecía esperarme. ¿Iba a ser todo a cambio de nada? ¿Por qué tenía yo que escabullirme sin haber realizado mi misión y sin cobrar lo que se me debía? Que yo supiera, aquella mujer bien podía ser una monomaníaca. Con una firme postura, por consiguiente, aunque la actitud de ella me había impresionado más de lo que yo quisiera admitir, seguí denegando con la cabeza e insistí en mi intención de quedarme. Estaba ella a punto de reanudar sus súplicas cuando arriba se cerró ruidosamente una puerta y se oyeron los pasos de varias personas en la escalera. Ella escuchó unos instantes, alzó las manos en un gesto de desesperación y desapareció tan súbitamente como silenciosamente se había presentado.

»Los recién llegados eran el coronel Lysander Stark y un hombre bajo y grueso, con una barba hirsuta que crecía en los pliegues de su doble papada y que me fue presentado como el señor Ferguson.

»-Es mi secretario y administrador -explicó el coronel-. A propósito, yo tenía la impresión de haber dejado la puerta cerrada hace unos momentos. Temo que le haya molestado la corriente de aire.

»-Al contrario -repliqué-, yo mismo la he abierto, porque este cuarto me parecía un poco cerrado.

»Me lanzó una de sus miradas suspicaces.

»-Pues tal vez sea mejor que pongamos manos a la obra -dijo-. El señor Ferguson y yo le acompañaremos a ver la máquina.

»-Entonces será mejor que me ponga el sombrero.

»-No vale la pena, pues está aquí en la casa.

»-¿Cómo? ¿Extraen tierra de batán en la misma casa?

»-No, no. La máquina sólo se emplea cuando comprimimos la tierra. ¡Pero esto poco importa!

Lo único que deseamos es que la examine y nos diga qué le pasa.

»Subimos los tres, el coronel delante con la lámpara y detrás el obeso administrador y yo. Era una casa vieja y laberíntica, con corredores, pasillos, estrechas escaleras de caracol y puertas pequeñas y bajas, cuyos umbrales mostraban la huella de las generaciones que los habían cruzado. No había alfombras ni señales de mobiliario más arriba de la planta baja y, en cambio, el estuco se estaba desprendiendo de las paredes y la humedad se filtraba formando manchones de un feo color verdoso. Yo procuraba mostrar una actitud tan despreocupada como me era posible, pero no había olvidado las advertencias de la dama, aunque las dejara de lado, y mantenía una mirada vigilante sobre mis dos acompañantes. Ferguson parecía ser un hombre malhumorado y silencioso, pero, por lo poco que dijo, supe que era por lo menos compatriota mío.

»El coronel Lysander Stark se detuvo por fin ante una puerta baja, cuya cerradura abrió. Había al otro lado un cuarto pequeño y cuadrado, en el que los tres difícilmente podíamos entrar al mismo tiempo. Ferguson se quedó afuera y el coronel me hizo entrar.

»-De hecho -dijo-, nos encontramos ahora dentro de la prensa hidráulica, y seria particularmente desagradable para nosotros que alguien la pusiera en marcha. El techo de este cuartito es en realidad el extremo del pistón descendente, y baja con la fuerza de muchas toneladas sobre este suelo metálico. Afuera, hay unos pequeños cilindros laterales de agua que reciben la presión y que la transmiten y multiplican de la manera que a usted le es familiar. La máquina se pone en marcha, pero hay una cierta rigidez en su funcionamiento y ha perdido algo de su potencia. Tenga la bondad de examinarla y de explicarnos cómo podemos repararla.

»Me entregó su lámpara y yo inspeccioné detenidamente la máquina. Era, desde luego, una prensa gigantesca, capaz de ejercer una presión enorme. Cuando pasé al exterior, sin embargo, y accioné las palancas que la controlaban, supe en seguida, por un ruido siseante, que había una ligera fuga que permitía una regurgitación del agua a través de uno de los cilindros laterales. Un examen mostró que una de las bandas de goma que rodeaban el cabezal de una de las barras impulsoras se había encogido y no cubría por completo el cilindro a lo largo del cual trabajaba. Tal era, claramente, la causa de la pérdida de potencia, y así lo indiqué a mis acompañantes, que escucharon muy atentamente mis observaciones e hicieron varias preguntas concretas sobre lo que debían hacer para reparar la prensa. Una vez se lo hube explicado, volví a la cámara principal de la máquina y le eché un buen vistazo para satisfacer mi curiosidad.

»Al momento resultaba obvio que la historia de la tierra de batán no era más que un embuste, pues resultaba absurdo suponer que se pudiera destinar una máquina tan potente a una finalidad tan inadecuada. Las paredes eran de madera, pero el suelo consistía en una gran plancha de hierro, y cuando la examiné detenidamente pude ver sobre ella una costra formada por un poso metálico. Me había agachado y la raspaba para saber exactamente qué era, cuando oí una sorda exclamación en alemán y vi la faz cadavérica del coronel que me miraba desde arriba.

»-¿Qué está haciendo aquí? -pregunto.

»Yo estaba indignado por haberme dejado engañar por una historia tan rebuscada como la que me había contado.

»-Estaba admirando su tierra de batán -repliqué-. Creo que podría aconsejarle mejor respecto a su máquina, si supiera exactamente con qué propósito ha sido utilizada.

»Apenas había pronunciado estas palabras, lamenté la franqueza de las mismas. El rostro del coronel pareció endurecerse y una luz amenazadora bailó en sus ojos grises.

»-Muy bien -dijo-, pues va a saberlo todo acerca de ella.

»Dio un paso atrás, cerró de golpe la puertecilla y dio vuelta a la llave en la cerradura. Me precipité hacia ella y forcejeé con la manija, pero era una puerta muy segura y no cedió en lo más mínimo, pese a mis patadas y empujones.

»-¡Oiga! -grité-. ¡Oiga, coronel! ¡Déjeme salir!

»Y entonces, en el silencio, oyóse de pronto un ruido que hizo agolpar la sangre en mi cabeza. Era el chasquido metálico de las palancas y el silbido del escape en el cilindro. Había puesto la máquina en marcha. La lámpara se encontraba todavía en el suelo metálico, donde la había colocado al inspeccionarlo. Su luz me permitió ver que el negro techo descendía sobre mí, lentamente y a sacudidas, pero, como nadie podía saber mejor que yo, con una fuerza que al cabo de un minuto me habría reducido a una papilla informe. Me abalancé, chillando, contra la puerta y forcejeé con la cerradura. Imploré al coronel que me dejara salir, pero el implacable ruido de las palancas sofocó mis gritos. El techo se encontraba tan sólo a tres o cuatro palmos de mi cabeza; levanté la mano y pude palpar su dura y áspera superficie. Acudió entonces a mi mente la idea de que la condición dolorosa de mi muerte dependería muchísimo de la posición con la que yo la esperase; si me echaba boca abajo el peso gravitaría sobre mi columna vertebral. Me estremecía al pensar en el espantoso chasquido al romperse. Tal vez resultara más fácil hacerlo al revés, pero ¿tendría la sangre fría necesaria para contemplar, echado, aquella mortal sombra negra que descendía, oscilante, sobre mí? Ya no me era posible mantenerme de pie, cuando mi vista captó algo que devolvió un soplo de esperanza a mi corazón.

»He dicho que, aunque el suelo y el techo eran de hierro, las paredes eran de madera. Al dar una última y apresurada mirada a mí alrededor, vi una fina línea de luz amarilla entre dos de las tablas, línea que se ensanchó más y más al correrse hacia atrás un pequeño panel. Por un instante apenas pude creer que hubiese de veras una puerta que me alejara de la muerte. Un momento después, me lancé a través de la abertura y me desplomé, medio desmayado, al otro lado de ella. El panel se había cerrado de nuevo detrás de mí, pero la rotura de la lámpara y, momentos después, el choque entre las dos planchas metálicas, me indicaron bien a las claras que había escapado por los pelos.

»Me hizo volver en mí un frenético tirón en mi muñeca, y me encontré echado en el suelo de piedra de un estrecho corredor, con una mujer agachada que tiraba de mí con la mano izquierda, mientras sostenía una vela con la derecha. Era la misma buena amiga cuya advertencia había despreciado con tanta imprudencia.

»-¡Vamos, vamos! -exclamó casi sin aliento-. Estarán aquí dentro de un momento y descubrirán su ausencia. ¡Por favor, no pierda un tiempo tan precioso y venga!

»Esta vez, al menos, no eché en saco roto su consejo. Me levanté, tambaleándome, y corrí con ella a lo largo del pasillo, para bajar después por una escalera de caracol. Esta conducía a otro pasillo ancho y, apenas llegamos a él, oímos el ruido de pies que corrían y gritos de dos voces -una que contestaba a la otra- desde la planta en que nos encontrábamos y desde el piso de abajo. Mi guía se detuvo y miró a su alrededor, como la persona que llega al término de sus recursos. Abrió entonces una puerta que daba a un dormitorio, a través de cuya ventana la luna brillaba espléndidamente.

»-Es su única posibilidad -dijo-. Es alto, pero tal vez usted sea capaz de saltar.

»Mientras hablaba, se dejó ver una luz en el extremo más distante del pasillo, y vi la magra silueta del coronel Lysander Stark que corría hacia nosotros con una linterna en una mano y un arma parecida a un cuchillo de carnicero en la otra. Crucé precipitadamente el dormitorio, abrí de par en par la ventana y miré al exterior. El jardín no podía parecer más tranquilo, agradable y acogedor a la luz de la luna, y la altura no podía superar los quince pies. Trepé al alféizar pero vacilé antes de saltar, hasta haber oído lo que pasaba entre mi salvadora y el malvado que me perseguía. Si la maltrataba, yo estaba dispuesto, a cualquier precio, a correr en su ayuda. Apenas acababa de imponerse este pensamiento en mi mente, cuando él ya se encontraba en la puerta, forcejeando con la mujer para abrirse camino, pero ella le rodeó con los brazos y trató de contenerlo.

»-¡Fritz! ¡Fritz! -gritó. Y en inglés le dijo-: Recuerda lo que prometiste la última vez. Dijiste que no volvería a pasar. ¡El no hablará! ¡Te digo que no hablará!

»-¡Estás loca, Elise! -gritó él a su vez, luchando para desprenderse de ella-. Será nuestra ruina. Ha visto demasiado. ¡Déjame pasar, te digo!

»La empujó a un lado y, precipitándose hacia la ventana, me atacó con su pesada arma. Yo había atravesado la ventana y me sujetaba con ambas manos, colgando del alféizar, cuando descargó su golpe. Noté un dolor sordo, mis manos se distendieron y caí al jardín.

»Me sentí conmocionado pero no lesionado por la caída, de modo que me levanté y eché a correr con todas mis fuerzas a través de los matorrales, pues comprendía que todavía distaba mucho de poder considerarme fuera de peligro. Sin embargo, mientras corría me invadió de pronto una violenta sensación de mareo, acompañada de náuseas. Miré mi mano, que experimentaba dolorosas pulsaciones, y vi entonces, por primera vez, que mi pulgar había sido seccionado y que la sangre brotaba de mi herida. Me las arreglé para atar mi pañuelo a su alrededor, pero noté un repentino zumbido en mis oídos y un momento después yacía entre los rosales, víctima de un profundo desmayo.

»No me es posible decir cuánto tiempo permanecí inconsciente. Debió de ser mucho tiempo, pues al volver en mí la luna se había puesto y despuntaba ya una radiante mañana. Mis ropas estaban empapadas por el rocío y la manga de mi chaqueta manchada por la sangre procedente de mi pulgar amputado. El dolor que sentía en la herida me recordó en un instante todos los detalles de mi aventura nocturna, y me puse en pie con la sensación de que muy difícilmente podía estar a salvo de mis perseguidores. Pero, con gran asombro por mi parte, cuando me decidí a mirar a mi alrededor, no había ni casa ni jardín a la vista. Había estado tumbado junto a un seto próximo a la carretera; un poco más abajo había un edificio de construcción baja y alargada que, al aproximarme, resultó ser la misma estación a la que yo había llegado la noche anterior. De no ser por la fea herida en mi mano, todo lo ocurrido durante aquellas terribles horas bien hubiera podido ser una pesadilla.

»Medio aturdido, entré en la estación y pregunte por el tren de la mañana. Habría uno con destino a Reading antes de una hora. Observé que estaba de servicio el mismo mozo de estación al que vi cuando llegué yo, y le pregunté si había oído hablar del coronel Lysander Stark. El nombre le era desconocido. ¿No había observado, la noche antes, un carruaje que me estaba esperando? No, no lo había visto. ¿Había un puesto de policía cerca de allí? Había uno, a unas tres millas de distancia.

»Era demasiado trecho para mí, débil y enfermo como me sentía. Decidí esperar hasta volver a la ciudad antes de contarle mi historia a la policía. Eran poco más de las seis cuando llegué, de modo que lo primero que hice fue pedir que me curasen la herida y después el doctor ha tenido la amabilidad de traerme aquí. Pongo el caso en sus manos y haré exactamente lo que usted me aconseje.

Los dos permanecimos sentados y en silencio un buen rato, después de oír su extraordinaria narración. Finalmente, Sherlock

Holmes extrajo de la estantería uno de los gruesos libros de aspecto corriente en los que colocaba sus recortes.

-Hay aquí un anuncio que le interesará -dijo-. Apareció en todos los periódicos hace cosa de un año. Escuche esto: «Desaparecido, a partir del nueve del corriente, Jeremiah Haydling, de veintiséis años, ingeniero de obras hidráulicas. Salió de su domicilio a las diez de la noche y desde entonces no se ha sabido de él. Vestía… » ¡Ajá! Esto indica la última vez, sospecho, que el coronel necesitó reparar su máquina.

-¡Cielos! -exclamó el paciente-. Entonces, esto explica lo que dijo la joven.

-Indudablemente. Está bien claro que el coronel es un hombre frío y desesperado, absolutamente decidido a que nada le obstaculice el camino en su juego, como aquellos piratas encallecidos que no dejaban ningún superviviente en el barco que capturaban. Bien, ahora cada momento es precioso, por lo que, si usted se siente con fuerzas para ello, iremos en seguida a Scotland Yard como preliminar a nuestra visita a Eyford.

Unas tres horas después nos encontrábamos todos en el tren, en el trayecto desde Reading hasta el pueblecillo de Berkshire. Éramos Sherlock Holmes, el ingeniero de obras hidráulicas, el inspector Bradstreet de Scotland Yard, un agente de paisano y yo. Bradstreet había desplegado un mapa del condado sobre el asiento y con un compás se dedicaba a trazar un círculo con Eyford como centro.

-Ya ven ustedes -dijo-. Este círculo ha sido trazado con un radio de diez millas respecto al pueblo. El lugar que nos interesa debe de estar próximo a esta línea. ¿Dijo diez millas, verdad, señor?

-Fue una hora de trayecto bien larga.

-¿Y usted cree que le llevaron de nuevo al punto de partida, cuando estaba inconsciente? -Tuvieron que hacerlo. Tengo también el confuso recuerdo de haber sido levantado y conducido a alguna parte.

-Lo que no logro comprender -dije yo- es por qué le respetaron la vida cuando lo encontraron desmayado en el jardín. Tal vez el villano se ablandó ante las súplicas de la mujer.

-Esto no me parece nada probable. En toda mi vida he visto un rostro más inexorable.

-Muy pronto aclararemos todo esto -aseguró Bradstreet-. Bien, yo he dibujado mi circulo, y lo único que desearía saber es en qué punto se puede encontrar a la gente que andamos buscando.

-Creo que yo podría señalarlo -manifestó tranquilamente Holmes.

-¿De veras? -exclamó el inspector-. ¿De modo que ya se ha formado su opinión? Vamos a ver quien está de acuerdo con usted. Yo digo que está al sur, pues la campiña allí está más solitaria.

-Y yo digo al este -aventuró mi paciente.

-Yo me inclino por el oeste -observó el agente de paisano-. Hay allí unos cuantos pueblecillos muy tranquilos.

-Y yo por el norte -declaré-, porque allí no hay colinas y nuestro amigo asegura que no notó que el coche subiera ninguna cuesta.

-¡Vaya diversidad de opiniones! -exclamó el inspector, riéndose-. Entre todos hemos agotado las posibilidades del compás. ¿Y usted, a quien concede su voto decisorio?

-Todos ustedes están equivocados -afirmó Holmes.

-¡Es imposible que lo estemos todos!

-Ya lo creo que sí. Este es mi punto. -Puso el dedo en el centro del círculo-. Aquí es donde los encontraremos.

-Pero ¿y el trayecto de doce millas? -dijo Hatherley estupefacto.

-Seis de ida y seis de vuelta. Nada puede ser más simple. Antes ha dicho que, al subir usted al carruaje, observó que el caballo estaba tranquilo y tenía el pelo reluciente. ¿Cómo se explicaría esto, tras un recorrido de doce millas por caminos intransitables?

-Desde luego, es un truco que no deja de ser probable -observó Bradstreet pensativo-. De lo que no puede haber duda es acerca de la naturaleza de esta pandilla.

-Ni la menor duda -dijo Holmes-. Son falsificadores de moneda a gran escala que utilizan la máquina para prensar la aleación que sustituye la plata.

-Sabíamos desde hace tiempo que actuaba una banda bien organizada -explicó el inspector-. Han estado acuñando monedas de media corona a millares. Incluso les seguimos la pista hasta Reading, pero no nos fue posible llegar más lejos, pues habían disimulado sus huellas de una manera que indicaba su gran veteranía. Pero ahora, gracias a esta afortunada oportunidad, creo que los tenemos bien atrapados.

Pero el inspector se equivocaba, pues aquellos criminales no tenían como destino el de caer en manos de la policía. Al entrar el tren en la estación de Eyford, vimos una gigantesca columna de humo que ascendía por detrás de una pequeña arboleda cercana y se cernía sobre el paisaje como una inmensa pluma de avestruz.

-¿Una casa incendiada? -preguntó Bradstreet, mientras el tren proseguía su camino.

-Sí, señor -contestó el jefe de estación.

-¿Cuándo se ha producido?

-He oído decir que ha sido durante la noche, pero ha ido en aumento y todo el lugar es una hoguera.

-¿De quién es la casa?

-Del doctor Beecher.

-Dígame -intervino el ingeniero-, ¿el doctor Beecher es alemán, un hombre muy delgado y con una nariz larga y ganchuda?

El jefe de estación se rió con ganas.

-No, señor. El doctor Beecher es inglés y no hay hombre en toda la parroquia que tenga mejor relleno bajo el chaleco. Pero vive en su casa un señor, un paciente según tengo entendido, que es extranjero y que da la impresión de que le convendría un buen bisté del Berkshire.

No había terminado su explicación el jefe de estación cuando ya nos dirigíamos todos, presurosos, hacia el fuego. La carretera ascendía a lo alto de una colina y apareció ante nosotros un gran edificio de paredes encaladas del que brotaban llamas por todas las ventanas y aberturas, mientras en el jardín anterior tres coches de bomberos trataban en vano de sofocar el incendio.

-¡Es aquí! -gritó Hatherley muy excitado-. Allí está el camino de entrada, y allá los rosales donde yacía yo. Aquella segunda ventana es la que utilicé para saltar.

-Al menos -dijo Holmes- se vengó usted de ellos. No cabe la menor duda de que fue su lámpara de aceite la que, al ser aplastada por la prensa, prendió fuego a las paredes de madera, aunque tampoco cabe duda de que estaban demasiado excitados persiguiéndole a usted, para darse cuenta de ello en aquel momento. Y ahora mantenga los ojos bien abiertos y busque, entre esta multitud, a sus amigos de anoche, aunque mucho me temo que en estos momentos se encontrarán a un buen centenar de millas de distancia.

Los temores de Holmes se hicieron realidad, pues hasta el momento no se ha oído ni una sola palabra de la hermosa mujer, el siniestro alemán o el huraño inglés. Aquella mañana, a primera hora, un campesino había visto un carruaje en el que viajaban varias personas y que transportaba unas cajas muy voluminosas, dirigirse con rapidez hacia Reading, pero allí desaparecía toda traza de los fugitivos, y ni siquiera el ingenio de Holmes fue capaz de averiguar la menor pista de su paradero.

Los bomberos se habían sentido muy desconcertados ante la extraña disposición del interior de la casa, y todavía más por el descubrimiento de un dedo pulgar humano, recientemente amputado, en el alféizar de una ventana del segundo piso. Al atardecer, sin embargo, sus esfuerzos se vieron por fin recompensados y lograron sofocar las llamas, pero no antes de que se hubiera derrumbado el techado y de que todo el lugar hubiera quedado reducido a una ruina tan absoluta que, con la excepción de unos cilindros y unos tubos metálicos retorcidos, no quedaba ni el menor vestigio de la maquinaria que tan cara le había costado a nuestro infortunado amigo. Se descubrieron grandes cantidades de níquel y estaño en un edificio exterior, pero no se encontraron monedas, lo que tal vez explicara la presencia de aquellas voluminosas cajas que ya han sido citadas.

De cómo había sido trasladado nuestro ingeniero especializado en hidráulica desde el jardín hasta el lugar donde volvió en si, tal vez se hubiera mantenido como un misterio para siempre a no ser por el blando musgo que nos contó una versión bien sencilla. Era evidente que lo habían transportado dos personas, una de las cuales tenía unos pies notablemente pequeños y la otra unos pies extraordinariamente grandes. En resumidas cuentas, era lo más probable que el silencioso inglés, menos osado o menos sanguinario que su compañero, hubiera ayudado a la mujer a transportar al hombre inconsciente hasta un lugar menos comprometido para ellos.

-Bien -dijo nuestro ingeniero con una sonrisa forzada, al ocupar nuestros asientos para regresar a Londres-, ¡yo sí que he hecho un buen negocio! He perdido mi dedo pulgar y también unos honorarios de cincuenta guineas. ¿Y qué he ganado?

-Experiencia -repuso Holmes, riéndose-. Indirectamente, sepa que puede resultarle valiosa. Le basta con traducirla en palabras para conseguir la reputación de ser un excelente conversador durante el resto de su existencia.

El aristócrata solterón

I

Hace ya mucho tiempo que el matrimonio de lord St. Simon y la curiosa manera en que terminó dejaron de ser temas de interés en los selectos círculos en los que se mueve el infortunado novio. Nuevos escándalos lo han eclipsado, y sus detalles más picantes han acaparado las murmuraciones, desviándolas de este drama que ya tiene cuatro años de antigüedad. No obstante, como tengo razones para creer que los hechos completos no se han revelado nunca al público en general, y dado que mi amigo Sherlock Holmes desempeñó un importante papel en el esclarecimiento del asunto, considero que ninguna biografía suya estaría completa sin un breve resumen de este notable episodio.

Pocas semanas antes de mi propia boda, cuando aún compartía con Holmes el apartamento de Baker Street, mi amigo regresó a casa después de un paseo y encontró una carta aguardándole encima de la mesa. Yo me había quedado en casa todo el día, porque el tiempo se había puesto de repente muy lluvioso, con fuertes vientos de otoño, y la bala que me había traído dentro del cuerpo como recuerdo de mi campaña de Afganistán palpitaba con monótona persistencia. Tumbado en una poltrona con una pierna encima de otra, me había rodeado de una nube de periódicos hasta que, saturado al fin de noticias, los tiré a un lado y me quedé postrado e inerte, contemplando el escudo y las iniciales del sobre que había encima de la mesa, y preguntándome perezosamente quién sería aquel noble que escribía a mi amigo.

-Tiene una carta de lo más elegante -comenté al entrar él-. Si no recuerdo mal, las cartas de esta mañana eran de un pescadero y de un aduanero del puerto.

-Sí, desde luego, mi correspondencia tiene el encanto de la variedad -respondió él, sonriendo-. Y, por lo general, las más humildes son las más interesantes. Ésta parece una de esas molestas convocatorias sociales que le obligan a uno a aburrirse o a mentir.

Rompió el lacre y echó un vistazo al contenido.

-¡Ah, caramba! ¡Después de todo, puede que resulte interesante!

-¿No es un acto social, entonces?

-No; estrictamente profesional.

-¿Y de un cliente noble?

-Uno de los grandes de Inglaterra.

-Querido amigo, le felicito.

-Le aseguro, Watson, sin falsa modestia, que la categoría de mi cliente me importa mucho menos que el interés que ofrezca su caso. Sin embargo, es posible que esta nueva investigación no carezca de interés. Ha leído usted con atención los últimos periódicos, ¿no es cierto?

-Eso parece -dije melancólicamente, señalando un enorme montón que había en un rincón-. No tenía otra cosa que hacer.

-Es una suerte, porque así quizás pueda ponerme al corriente. Yo no leo más que los sucesos y los anuncios personales. Estos últimos son siempre instructivos. Pero si usted ha seguido de cerca los últimos acontecimientos, habrá leído acerca de lord St. Simon y su boda.

-Oh, sí, y con el mayor interés.

-Estupendo. La carta que tengo en la mano es de lord St. Simon. Se la voy a leer y, a cambio, usted repasará esos periódicos y me enseñará todo lo que tenga que ver con el asunto. Esto es lo que dice:

«Querido señor Sherlock Holmes: Lord Backwater me asegura que puedo confiar plenamente en su juicio y discreción. Así pues, he decidido hacerle una visita para consultarle con respecto al dolorosísimo suceso acaecido en relación con mi boda. El señor Lestrade, de Scotland Yard, se encuentra ya trabajando en el asunto, pero me ha asegurado que no hay inconveniente alguno en que usted coopere, e incluso cree que podría resultar de alguna ayuda. Pasaré a verle a las cuatro de la tarde, y le agradecería que aplazara cualquier otro compromiso que pudiera tener a esa hora, ya que el asunto es de trascendental importancia. Suyo afectísimo,

ROBERT ST. SIMON.»

-Está fechada en Grosvenor Mansions, escrita con pluma de ave, y el noble señor ha tenido la desgracia de mancharse de tinta la parte de fuera de su meñique derecho -comentó Holmes, volviendo a doblar la carta.

-Dice que a las cuatro, y ahora son las tres. Falta una hora para que venga.

-Entonces, tengo el tiempo justo, contando con su ayuda, para ponerme al corriente del tema. Repase esos periódicos y ordene los artículos por orden de fechas, mientras yo miro quién es nuestro cliente -sacó un volumen de tapas rojas de una hilera de libros de referencia que había junto a la repisa de la chimenea-. Aquí está -dijo, sentándose y abriéndolo sobre las rodillas-. «Robert Walsingham de Vere St. Simon, segundo hijo del duque de Balmoral»... ¡Hum! Escudo: Campo de azur, con tres abrojos en jefe sobre banda de sable. Nacido en 1846. Tiene, pues, cuarenta y un años, que es una edad madura para casarse. Fue subsecretario de las colonias en una administración anterior. El duque, su padre, fue durante algún tiempo ministro de Asuntos Exteriores. Han heredado sangre de los Plantagenet por vía directa y de los Tudor por vía materna. ¡Ajá! Bueno, en todo esto no hay nada que resulte muy instructivo. Creo que dependo de usted, Watson, para obtener datos más sólidos.

-Me resultará muy fácil encontrar lo que busco -dije yo-, porque los hechos son bastante recientes y el asunto me llamó bastante la atención. Sin embargo, no me atrevía a hablarle del tema, porque sabía que tenía una investigación entre manos y que no le gusta que se entrometan otras cosas.

-Ah, se refiere usted al insignificante problema del furgón de muebles de Grosvenor Square. Eso ya está aclarado de sobra... aunque la verdad es que era evidente desde un principio. Por favor, deme los resultados de su selección de prensa.

-Aquí está la primera noticia que he podido encontrar. Está en la columna personal del Morning Post y, como ve, lleva fecha de hace unas semanas. «Se ha concertado una boda», dice, «que, si los rumores son ciertos, tendrá lugar dentro de muy poco, entre lord Robert St. Simon, segundo hijo del duque de Balmoral, y la señorita Hatty Doran, hija única de Aloysius Doran, de San Francisco, California, EE.UU.» Eso es todo.

-Escueto y al grano -comentó Holmes, extendiendo hacia el fuego sus largas y delgadas piernas.

-En la sección de sociedad de la misma semana apareció un párrafo ampliando lo anterior. ¡Ah, aquí está!: «Pronto será necesario imponer medidas de protección sobre el mercado matrimonial, en vista de que el principio de libre comercio parece actuar decididamente en contra de nuestro producto nacional. Una tras otra, las grandes casas nobiliarias de Gran Bretaña van cayendo en manos de nuestras bellas primas del otro lado del Atlántico. Durante la última semana se ha producido una importante incorporación a la lista de premios obtenidos por estas encantadoras invasoras. Lord St. Simon, que durante más de veinte años se había mostrado inmune a las flechas del travieso dios, ha anunciado de manera oficial su próximo enlace con la señorita Hatty Doran, la fascinante hija de un millonario californiano. La señorita Doran, cuya atractiva figura y bello rostro atrajeron mucha atención en las fiestas de Westbury House, es hija única y se rumorea que su dote está muy por encima de las seis cifras, y que aún podría aumentar en el futuro. Teniendo en cuenta que es un secreto a voces que el duque de Balmoral se ha visto obligado a vender su colección de pintura en los últimos años, y que lord St. Simon carece de propiedades, si exceptuamos la pequeña finca de Birchmoor, parece evidente que la heredera californiana no es la única que sale ganando con una alianza que le permitirá realizar la fácil y habitual transición de dama republicana a aristócrata británica».

-¿Algo más? -preguntó Holmes, bostezando.

-Oh, sí, mucho. Hay otro párrafo en el Morning Post diciendo que la boda sería un acto absolutamente privado, que se celebraría en San Jorge, en Hanover Square, que sólo se invitaría a media docena de amigos íntimos, y que luego todos se reunirían en una casa amueblada de Lancaster Gate, alquilada por el señor Aloysius Doran. Dos días después… es decir, el miércoles pasado… hay una breve noticia de que la boda se ha celebrado y que los novios pasarían la luna de miel en casa de lord Backwater, cerca de Petersfield. Éstas son todas las noticias que se publicaron antes de la desaparición de la novia.

-¿Antes de qué? -preguntó Holmes con sobresalto.

-De la desaparición de la dama.

-¿Y cuándo desapareció?

-Durante el almuerzo de boda.

-Caramba. Esto es más interesante de lo que yo pensaba; y de lo más dramático.

-Sí, a mí me pareció un poco fuera de lo corriente.

-Muchas novias desaparecen antes de la ceremonia, y alguna que otra durante la luna de miel; pero no recuerdo nada tan súbito como esto. Por favor, déme detalles.

-Le advierto que son muy incompletos.

-Quizás podamos hacer que lo sean menos.

-Lo poco que se sabe viene todo seguido en un solo artículo publicado ayer por la mañana, que voy a leerle. Se titula «Extraño incidente en una boda de alta sociedad».

«La familia de lord Robert St. Simon ha quedado sumida en la mayor consternación por los extraños y dolorosos sucesos ocurridos en relación con su boda. La ceremonia, tal como se anunciaba brevemente en la prensa de ayer, se celebró anteayer por la mañana, pero hasta hoy no había sido posible confirmar los extraños rumores que circulaban de manera insistente. A pesar de los esfuerzos de los amigos por silenciar el asunto, éste ha atraído de tal modo la atención del público que de nada serviría fingir desconocimiento de un tema que está en todas las conversaciones.

»La ceremonia, que se celebró en la iglesia de San Jorge, en Hanover Square, tuvo lugar en privado, asistiendo tan sólo el padre de la novia, señor Aloysius Doran, la duquesa de Balmoral, lord Backwater, lord Eustace y lady Clara St. Simon (hermano menor y hermana del novio), y lady Alicia Whittington. A continuación, el cortejo se dirigió a la casa del señor Aloysius Doran, en Lancaster Gate, donde se había preparado un almuerzo. Parece que allí se produjo un pequeño incidente, provocado por una mujer cuyo nombre no se ha podido confirmar, que intentó penetrar por la fuerza en la casa tras el cortejo nupcial, alegando ciertas reclamaciones que tenía que hacerle a lord St. Simon. Tras una larga y bochornosa escena, el mayordomo y un lacayo consiguieron expulsarla. La novia, que afortunadamente había entrado en la casa antes de esta desagradable interrupción, se había sentado a almorzar con los demás cuando se quejó de una repentina indisposición y se retiró a su habitación.

Como su prolongada ausencia empezaba a provocar comentarios, su padre fue a buscarla; pero la doncella le dijo que sólo había entrado un momento en su habitación para coger un abrigo y un sombrero, y que luego había salido a toda prisa por el pasillo. Uno de los lacayos declaró haber visto salir de la casa a una señora cuya vestimenta respondía a la descripción, pero se negaba a creer que fuera la novia, por estar convencido de que ésta se encontraba con los invitados. Al comprobar que su hija había desaparecido, el señor Aloysius Doran, acompañado por el novio, se puso en contacto con la policía sin pérdida de tiempo, y en la actualidad se están llevando a cabo intensas investigaciones, que probablemente no tardarán en esclarecer este misterioso asunto. Sin embargo, a últimas horas de esta noche todavía no se sabía nada del paradero de la dama desaparecida. Los rumores se han desatado, y se dice que la policía ha detenido a la mujer que provocó el incidente, en la creencia de que, por celos o algún otro motivo, pueda estar relacionada con la misteriosa desaparición de la novia.»

-¿Y eso es todo?

-Sólo hay una notita en otro de los periódicos, pero bastante sugerente.

-¿Qué dice?

-Que la señorita Flora Millar, la dama que provocó el incidente, había sido detenida. Parece que es una antigua bailarina del Allegro, y que conocía al novio desde hace varios años. No hay más detalles, y el caso queda ahora en sus manos... Al menos, tal como lo ha expuesto la prensa.

-Y parece tratarse de un caso sumamente interesante. No me lo perdería por nada del mundo. Pero creo que llaman a la puerta, Watson, y dado que el reloj marca poco más de las cuatro, no me cabe duda de que aquí llega nuestro aristocrático cliente. No se le ocurra marcharse, Watson, porque me interesa mucho tener un testigo, aunque sólo sea para confirmar mi propia memoria.

-El señor Robert St. Simon -anunció nuestro botones, abriendo la puerta de par en par, para dejar entrar a un caballero de rostro agradable y expresión inteligente, altivo y pálido, quizás con algo de petulancia en el gesto de la boca, y con la mirada firme y abierta de quien ha tenido la suerte de nacer para mandar y ser obedecido. Aunque sus movimientos eran vivos, su aspecto general daba una errónea impresión de edad, porque iba ligeramente encorvado y se le doblaban un poco las rodillas al andar. Además, al quitarse el sombrero de ala ondulada, vimos que sus cabellos tenían las puntas grises y empezaban a clarear en la coronilla. En cuanto a su atuendo, era perfecto hasta rayar con la afectación: cuello alto, levita negra, chaleco blanco, guantes amarillos, zapatos de charol y polainas de color claro. Entró despacio en la habitación, girando la cabeza de izquierda a derecha y balanceando en la mano derecha el cordón del que colgaban sus gafas con montura de oro.

-Buenos días, lord St. Simon -dijo Holmes, levantándose y haciendo una reverencia-. Por favor, siéntese en la butaca de mimbre. Éste es mi amigo y colaborador, el doctor Watson. Acérquese un poco al fuego y hablaremos del asunto.

-Un asunto sumamente doloroso para mí, como podrá usted imaginar, señor Holmes. Me ha herido en lo más hondo. Tengo entendido, señor, que usted ya ha intervenido en varios casos delicados, parecidos a éste, aunque supongo que no afectarían a personas de la misma clase social.

-En efecto, voy descendiendo.

-¿Cómo dice?

-Mi último cliente de este tipo fue un rey.

-¡Caramba! No tenía ni idea. ¿Y qué rey?

-El rey de Escandinavia.

-¿Cómo? ¿También desapareció su esposa?

-Como usted comprenderá -dijo Holmes suavemente-, aplico a los asuntos de mis otros clientes la misma reserva que le prometo aplicar a los suyos.

-¡Naturalmente! ¡Tiene razón, mucha razón! Le pido mil perdones. En cuanto a mi caso, estoy dispuesto a proporcionarle cualquier información que pueda ayudarle a formarse una opinión.

-Gracias. Sé todo lo que ha aparecido en la prensa, pero nada más. Supongo que puedo considerarlo correcto... Por ejemplo, este artículo sobre la desaparición de la novia.

El señor St. Simon le echó un vistazo.

-Sí, es más o menos correcto en lo que dice.

-Pero hace falta mucha información complementaria para que alguien pueda adelantar una opinión. Creo que el modo más directo de conocer los hechos sería preguntarle a usted.

-Adelante.

-¿Cuándo conoció usted a la señorita Hatty Doran?

-Hace un año, en San Francisco.

-¿Estaba usted de viaje por los Estados Unidos?

-Sí.

-¿Fue entonces cuando se prometieron?

-No.

-¿Pero su relación era amistosa?

-A mí me divertía estar con ella, y ella se daba cuenta de que yo me divertía.

-¿Es muy rico su padre?

-Dicen que es el hombre más rico de la Costa Oeste.

-¿Y cómo adquirió su fortuna?

-Con las minas. Hace unos pocos años no tenía nada. Entonces, encontró oro, invirtió y subió como un cohete.

-Veamos: ¿qué impresión tiene usted sobre el carácter de la señorita... es decir, de su esposa?

El noble aceleró el balanceo de sus gafas y se quedó mirando al fuego.

-Verá usted, señor Holmes -dijo-. Mi esposa tenía ya veinte años cuando su padre se hizo rico. Se había pasado la vida correteando por un campamento minero y vagando por bosques y montañas, de manera que su educación debe más a la naturaleza que a los maestros de escuela. Es lo que en Inglaterra llamaríamos una buena pieza, con un carácter fuerte, impetuoso y libre, no sujeto a tradiciones de ningún tipo. Es impetuosa... hasta diría que volcánica. Toma decisiones con rapidez y no vacila en llevarlas a la práctica. Por otra parte, yo no le habría dado el apellido que tengo el honor de llevar -soltó una tosecilla solemne- si no pensara que tiene un fondo de nobleza. Creo que es capaz de sacrificios heroicos y que cualquier acto deshonroso la repugnaría.

-¿Tiene una fotografía suya?

-He traído esto.

Abrió un medallón y nos mostró el retrato de una mujer muy hermosa. No se trataba de una fotografía, sino de una miniatura sobre marfil, y el artista había sacado el máximo partido al lustroso cabello negro, los ojos grandes y oscuros y la exquisita boca. Holmes lo miró con gran atención durante un buen rato. Luego cerró el medallón y se lo devolvió a lord St. Simon.

-Así pues, la joven vino a Londres y aquí reanudaron sus relaciones.

-Sí, su padre la trajo a pasar la última temporada en Londres. Nos vimos varias veces, nos prometimos y por fin nos casamos.

-Tengo entendido que la novia aportó una dote considerable.

-Una buena dote. Pero no mayor de lo habitual en mi familia.

-Y, por supuesto, la dote es ahora suya, puesto que el matrimonio es un hecho consumado.

-La verdad, no he hecho averiguaciones al respecto.

-Es muy natural. ¿Vio usted a la señorita Doran el día antes de la boda?

-Sí.

-¿Estaba ella de buen humor?

-Mejor que nunca. No paraba de hablar de la vida que llevaríamos en el futuro.

-Vaya, vaya. Eso es muy interesante. ¿Y la mañana de la boda?

-Estaba animadísima... Por lo menos, hasta después de la ceremonia.

-¿Y después observó usted algún cambio en ella? -Bueno, a decir verdad, fue entonces cuando advertí las primeras señales de que su temperamento es un poquitín violento. Pero el incidente fue demasiado trivial como para mencionarlo, y no puede tener ninguna relación con el caso.

-A pesar de todo, le ruego que nos lo cuente.

-Oh, es una niñería. Cuando íbamos hacia la sacristía se le cayó el ramo. Pasaba en aquel momento por la primera fila de reclinatorios, y se le cayó en uno de ellos. Hubo un instante de demora, pero el caballero del reclinatorio se lo devolvió y no parecía que se hubiera estropeado con la caída. Aun así, cuando le mencioné el asunto, me contestó bruscamente; y luego, en el coche, camino de casa, parecía absurdamente agitada por aquella insignificancia.

-Vaya, vaya. Dice usted que había un caballero en el reclinatorio. Según eso, había algo de público en la boda, ¿no?

-Oh, sí. Es imposible evitarlo cuando la iglesia está abierta.

-El caballero en cuestión, ¿no sería amigo de su esposa?

-No, no; le he llamado caballero por cortesía, pero era una persona bastante vulgar. Apenas me fijé en su aspecto. Pero creo que nos estamos desviando del tema.

-Así pues, la señora St. Simon regresó de la boda en un estado de ánimo menos jubiloso que el que tenía al ir. ¿Qué hizo al entrar de nuevo en casa de su padre?

-La vi mantener una conversación con su doncella.

-¿Y quién es esta doncella?

-Se llama Alice. Es norteamericana y vino de California con ella.

-¿Una doncella de confianza?

-Quizás demasiado. A mí me parecía que su señora le permitía excesivas libertades. Aunque, por supuesto, en América estas cosas se ven de un modo diferente.

-¿Cuánto tiempo estuvo hablando con esta Alice?

-Oh, unos minutos. Yo tenía otras cosas en que pensar.

-¿No oyó usted lo que decían?

-La señora St. Simon dijo algo acerca de «pisarle a otro la licencia». Solía utilizar esa jerga de los mineros para hablar. No tengo ni idea de lo que quiso decir con eso.

-A veces, la jerga norteamericana resulta muy expresiva. ¿Qué hizo su esposa cuando terminó de hablar con la doncella?

-Entró en el comedor.

-¿Del brazo de usted?

-No, sola. Era muy independiente en cuestiones de poca monta como ésa. Y luego, cuando llevábamos unos diez minutos sentados, se levantó con prisas, murmuró unas palabras de disculpa y salió de la habitación. Ya no la volvimos a ver.

-Pero, según tengo entendido, esta doncella, Alice, ha declarado que su esposa fue a su habitación, se puso un abrigo largo para tapar el vestido de novia, se caló un sombrero y salió de la casa.

-Exactamente. Y más tarde la vieron entrando en Hyde Park en compañía de Flora Millar, una mujer que ahora está detenida y que ya había provocado un incidente en casa del señor Doran aquella misma mañana.

-Ah, sí. Me gustaría conocer algunos detalles sobre esta dama y sus relaciones con usted.

Lord St. Simon se encogió de hombros y levantó las cejas.

II

-Durante algunos años hemos mantenido relaciones amistosas… podría decirse que muy amistosas. Ella trabajaba en el Allegro. La he tratado con generosidad, y no tiene ningún motivo razonable de queja contra mí, pero ya sabe usted cómo son las mujeres, señor Holmes. Flora era encantadora, pero demasiado atolondrada, y sentía devoción por mí. Cuando se enteró de que me iba a casar, me escribió unas cartas terribles; y, a decir verdad, la razón de que la boda se celebrara en la intimidad fue que yo temía que diese un escándalo en la iglesia. Se presentó en la puerta de la casa del señor Doran cuando nosotros acabábamos de volver, e intentó abrirse paso a empujones, pronunciando frases muy injuriosas contra mi esposa, e incluso amenazándola, pero yo había previsto la posibilidad de que ocurriera algo semejante, y había dado instrucciones al servicio, que no tardó en expulsarla. Se tranquilizó en cuanto vio que no sacaría nada con armar alboroto.

-¿Su esposa oyó todo esto?

-No, gracias a Dios, no lo oyó.

-¿Pero más tarde la vieron paseando con esta misma mujer?

-Sí. Y al señor Lestrade, de Scotland Yard, eso le parece muy grave. Cree que Flora atrajo con engaños a mi esposa hacia alguna terrible trampa.

-Bueno, es una suposición que entra dentro de lo posible.

-¿También usted lo cree?

-No dije que fuera probable. ¿Le parece probable a usted?

-Yo no creo que Flora sea capaz de hacer daño a una mosca.

-No obstante, los celos pueden provocar extraños cambios en el carácter. ¿Podría decirme cuál es su propia teoría acerca de lo sucedido?

-Bueno, en realidad he venido aquí en busca de una teoría, no a exponer la mía. Le he dado todos los datos. Sin embargo, ya que lo pregunta, puedo decirle que se me ha pasado por la cabeza la posibilidad de que la emoción de la boda y la conciencia de haber dado un salto social tan inmenso le hayan provocado a mi esposa algún pequeño trastorno nervioso de naturaleza transitoria.

-En pocas palabras, que sufrió un arrebato de locura.

-Bueno, la verdad, si consideramos que ha vuelto la espalda… no digo a mí, sino a algo a lo que tantas otras han aspirado sin éxito… me resulta difícil hallar otra explicación.

-Bien, desde luego, también es una hipótesis concebible -dijo Holmes sonriendo-. Y ahora, lord St. Simon, creo que ya dispongo de casi todos los datos. ¿Puedo preguntar si en la mesa estaban ustedes sentados de modo que pudieran ver por la ventana?

-Podíamos ver el otro lado de la calle, y el parque. -Perfecto. En tal caso, creo que no necesito entretenerlo más tiempo. Ya me pondré en comunicación con usted.

-Si es que tiene la suerte de resolver el problema -dijo nuestro cliente, levantándose de su asiento.

-Ya lo he resuelto.

-¿Eh? ¿Cómo dice?

-Digo que ya lo he resuelto.

-Entonces, ¿dónde está mi esposa?

-Ése es un detalle que no tardaré en proporcionarle. Lord St. Simon meneó la cabeza.

-Me temo que esto exija cabezas más inteligentes que la suya o la mía -comentó, y tras una pomposa inclinación, al estilo antiguo, salió de la habitación.

-El bueno de lord St. Simon me hace un gran honor al colocar mi cabeza al mismo nivel que la suya -dijo Sherlock Holmes, echándose a reír-. Después de tanto interrogatorio, no me vendrá mal un poco de whisky con soda. Ya había sacado mis conclusiones sobre el caso antes de que nuestro cliente entrara en la habitación.

-¡Pero Holmes!

-Tengo en mi archivo varios casos similares, aunque, como le dije antes, ninguno tan precipitado. Todo el interrogatorio sirvió únicamente para convertir mis conjeturas en certeza. En ocasiones, la evidencia circunstancial resulta muy convincente, como cuando uno se encuentra una trucha en la leche, por citar el ejemplo de Thoreau.

-Pero yo he oído todo lo que ha oído usted.

-Pero sin disponer del conocimiento de otros casos anteriores, que a mí me ha sido muy útil. Hace años se dio un caso muy semejante en Aberdeen, y en Munich, al año siguiente de la guerra franco-prusiana, ocurrió algo muy parecido. Es uno de esos casos… Pero ¡caramba, aquí viene Lestrade! Buenas tardes, Lestrade. Encontrará usted otro vaso encima del aparador, y aquí en la caja tiene cigarros.

El inspector de policía vestía chaqueta y corbata marineras, que le daban un aspecto decididamente náutico, y llevaba en la mano una bolsa de lona negra. Con un breve saludo, se sentó y encendió el cigarro que le ofrecían.

-¿Qué le trae por aquí? -preguntó Holmes con un brillo malicioso en los ojos-. Parece usted descontento.

-Y estoy descontento. Es este caso infernal de la boda de St. Simon. No le encuentro ni pies ni cabeza al asunto.

-¿De verdad? Me sorprende usted.

-¿Cuándo se ha visto un asunto tan lioso? Todas las pistas se me escurren entre los dedos. He estado todo el día trabajando en ello.

-Y parece que ha salido mojadísimo del empeño -dijo Holmes, tocándole la manga de la chaqueta marinera.

-Sí, es que he estado dragando el Serpentine.

-¿Y para qué, en nombre de todos los santos?

-En busca del cuerpo de lady St. Simon.

Sherlock Holmes se echó hacia atrás en su asiento y rompió en carcajadas.

-¿Y no se le ha ocurrido dragar la pila de la fuente de Trafalgar Square?

-¿Por qué? ¿Qué quiere decir?

-Pues que tiene usted tantas posibilidades de encontrar a la dama en un sitio como en otro.

Lestrade le dirigió a mi compañero una mirada de furia.

-Supongo que usted ya lo sabe todo -se burló.

-Bueno, acabo de enterarme de los hechos, pero ya he llegado a una conclusión.

-¡Ah, claro! Y no cree usted que el Serpentine intervenga para nada en el asunto.

-Lo considero muy improbable.

-Entonces, tal vez tenga usted la bondad de explicar cómo es que encontramos esto en él -y diciendo esto, abrió la bolsa y volcó en el suelo su contenido; un vestido de novia de seda tornasolada, un par de zapatos de raso blanco, una guirnalda y un velo de novia, todo ello descolorido y empapado. Encima del montón colocó un anillo de boda nuevo-. Aquí tiene, maestro Holmes. A ver cómo casca usted esta nuez.

-Vaya, vaya -dijo mi amigo, lanzando al aire anillos de humo azulado-. ¿Ha encontrado usted todo eso al dragar el Serpentine?

-No, lo encontró un guarda del parque, flotando cerca de la orilla. Han sido identificadas como las prendas que vestía la novia, y me pareció que si la ropa estaba allí, el cuerpo no se encontraría muy lejos.

-Según ese brillante razonamiento, todos los cadáveres deben encontrarse cerca de un armario ropero. Y dígame, por favor, ¿qué esperaba obtener con todo esto?

-Alguna prueba que complicara a Flora Millar en la desaparición.

-Me temo que le va a resultar difícil.

-¿Conque eso se teme, eh? -exclamó Lestrade, algo picado-. Pues yo me temo, Holmes, que sus deducciones y sus inferencias no le sirven de gran cosa. Ha metido dos veces la pata en otros tantos minutos. Este vestido acusa a la señorita Flora Millar.

-¿Y de qué manera?

-En el vestido hay un bolsillo. En el bolsillo hay un tarjetero. En el tarjetero hay una nota. Y aquí está la nota -la plantó de un manotazo en la mesa, delante de él-. Escuche esto: «Nos veremos cuando todo esté arreglado. Ven en seguida. F H. M.». Pues bien, desde un principio mi teoría ha sido que lady St. Simon fue atraída con engaños por Flora Millar, y que ésta, sin duda con ayuda de algunos cómplices, es responsable de su desaparición. Aquí, firmada con sus iniciales, está la nota que sin duda le pasó disimuladamente en la puerta, y que sirvió de cebo para atraerla hasta sus manos.

-Muy bien, Lestrade -dijo Holmes, riendo-. Es usted fantástico. Déjeme verlo -cogió el papel con indiferencia, pero algo le llamó la atención al instante, haciéndole emitir un grito de satisfacción.

-¡Esto sí que es importante! -dijo.

-¡Vaya! ¿Le parece a usted?

-Ya lo creo. Le felicito calurosamente.

Lestrade se levantó con aire triunfal e inclinó la cabeza para mirar.

-¡Pero… ! -exclamó-. ¡Si lo está usted mirando por el otro lado!

-Al contrario, éste es el lado bueno.

-¿El lado bueno? ¡Está usted loco! ¡La nota escrita a lápiz está por aquí!

-Pero por aquí hay algo que parece un fragmento de una factura de hotel, que es lo que me interesa, y mucho.

-Eso no significa nada. Ya me había fijado -dijo Lestrade-. «4 de octubre, habitación 8 chelines, desayuno 2 chelines y 6 peniques, cóctel 1 chelín, comida 2 chelines y 6 peniques, vaso de jerez 8 peniques.» Yo no veo nada ahí.

-Probablemente, no. Pero aun así, es muy importante. También la nota es importante, o al menos lo son las iniciales, así que le felicito de nuevo.

-Ya he perdido bastante tiempo -dijo Lestrade, poniéndose en pie-. Yo creo en el trabajo duro, y no en sentarme junto a la chimenea urdiendo bellas teorías. Buenos días, señor Holmes, y ya veremos quién llega antes al fondo del asunto -recogió las prendas, las metió otra vez en la bolsa y se dirigió a la puerta.

-Le voy a dar una pequeña pista, Lestrade -dijo Holmes lentamente-. Voy a decirle la verdadera solución del asunto. Lady St. Simon es un mito. No existe ni existió nunca semejante persona.

Lestrade miró con tristeza a mi compañero. Luego se volvió a mí, se dio tres golpecitos en la frente, meneó solemnemente la cabeza y se marchó con prisas.

Apenas se había cerrado la puerta tras él, cuando Sherlock Holmes se levantó y se puso su abrigo.

-Algo de razón tiene este buen hombre en lo que dice sobre el trabajo de campo -comentó-. Así pues, Watson, creo que tendré que dejarle algún tiempo solo con sus periódicos.

Eran más de las cinco cuando Sherlock Holmes se marchó, pero no tuve tiempo de aburrirme, porque antes de que transcurriera una hora llegó un recadero con una gran caja plana, que procedió a desenvolver con ayuda de un muchacho que le acompañaba. Al poco rato, y con gran asombro por mi parte, sobre nuestra modesta mesa de caoba se desplegaba una cena fría totalmente epicúrea. Había un par de cuartos de becada fría, un faisán, un pastel de foie-gras y varias botellas añejas, cubiertas de telarañas. Tras extender todas aquellas delicias, los dos visitantes se esfumaron como si fueran genios de las Mil y Una Noches, sin dar explicaciones, aparte de que las viandas estaban pagadas y que les habían encargado llevarlas a nuestra dirección.

Poco antes de las nueve, Sherlock Holmes entró a paso rápido en la sala. Traía una expresión seria, pero había un brillo en sus ojos que me hizo pensar que no le habían fallado sus suposiciones.

-Veo que han traído la cena -dijo, frotándose las manos.

-Parece que espera usted invitados. Han traído bastante para cinco personas.

-Sí, me parece muy posible que se deje caer por aquí alguna visita -dijo-. Me sorprende que lord St. Simon no haya llegado aún. ¡Ajá! Creo que oigo sus pasos en la escalera.

Era, en efecto, nuestro visitante de por la mañana, que entró como una tromba, balanceando sus lentes con más fuerza que nunca y con una expresión de absoluto desconcierto en sus aristocráticas facciones.

-Veo que mi mensajero dio con usted -dijo Holmes.

-Sí, y debo confesar que el contenido del mensaje me dejó absolutamente perplejo. ¿Tiene usted un buen fundamento para lo que dice?

-El mejor que se podría tener.

Lord St. Simon se dejó caer en un sillón y se pasó la mano por la frente.

-¿Qué dirá el duque -murmuró- cuando se entere de que un miembro de su familia ha sido sometido a semejante humillación?

-Ha sido puro accidente. Yo no veo que haya ninguna humillación.

-Ah, usted mira las cosas desde otro punto de vista.

-Yo no creo que se pueda culpar a nadie. A mi entender, la dama no podía actuar de otro modo, aunque la brusquedad de su proceder sea, sin duda, lamentable. Al carecer de madre, no tenía a nadie que la aconsejara en esa crisis.

-Ha sido un desaire, señor, un desaire público -dijo lord St. Simon, tamborileando con los dedos sobre la mesa.

-Debe usted ser indulgente con esta pobre muchacha, colocada en una situación tan sin precedentes.

-Nada de indulgencias. Estoy verdaderamente indignado, y he sido víctima de un abuso vergonzoso.

-Creo que ha sonado el timbre -dijo Holmes-. Sí, se oyen pasos en el vestíbulo. Si yo no puedo convencerle de que considere el asunto con mejores ojos, lord St. Simon, he traído un abogado que quizás tenga más éxito.

Abrió la puerta e hizo entrar a una dama y a un caballero.

-Lord St. Simon -dijo-: permítame que le presente al señor Francis Hay Moulton y señora. A la señora creo que ya la conocía.

Al ver a los recién llegados, nuestro cliente se había puesto en pie de un salto y permanecía muy tieso, con la mirada gacha y la mano metida bajo la pechera de su levita, convertido en la viva imagen de la dignidad ofendida. La dama se había adelantado rápidamente para ofrecerle la mano, pero él siguió negándose a levantar la vista.

Posiblemente, ello le ayudó a mantener su resolución, pues la mirada suplicante de la mujer era difícil de resistir.

-Estás enfadado, Robert -dijo ella-. Bueno, supongo que te sobran motivos.

-Por favor, no te molestes en ofrecer disculpas -dijo lord St. Simon en tono amargado.

-Oh, sí, ya sé que te he tratado muy mal, y que debería haber hablado contigo antes de marcharme; pero estaba como atontada, y desde que vi aquí a Frank, no supe lo que hacía ni lo que decía. No me explico cómo no caí desmayada delante mismo del altar.

-¿Desea usted, señora Moulton, que mi amigo y yo salgamos de la habitación mientras usted se explica?

-Si se me permite dar una opinión -intervino el caballero desconocido-, ya ha habido demasiado secreto en este asunto. Por mi parte, me gustaría que Europa y América enteras oyeran las explicaciones.

Era un hombre de baja estatura, fibroso, tostado por el sol, de expresión avispada y movimientos ágiles. -Entonces, contaré nuestra historia sin más preámbulo -dijo la señora-. Frank y yo nos conocimos en el 81, en el campamento minero de McQuire, cerca de las Rocosas, donde papá explotaba una mina. Nos hicimos novios, Frank y yo, pero un día papá dio con una buena veta y se forró de dinero, mientras el pobre Frank tenía una mina que fue a menos y acabó en nada. Cuanto más rico se hacía papá, más pobre era Frank; llegó un momento en que papá se negó a que nuestro compromiso siguiera adelante, y me llevó a San Francisco, pero Frank no se dio por vencido y me siguió hasta allí; nos vimos sin que papá supiera nada. De haberlo sabido, se habría puesto furioso, así que lo organizamos todo nosotros solos. Frank dijo que también él se haría rico, y que no volvería a buscarme hasta que tuviera tanto dinero como papá. Yo prometí esperarle hasta el fin de los tiempos, y juré que mientras él viviera no me casaría con ningún otro. Entonces, él dijo: «¿Por qué no nos casamos ahora mismo, y así estaré seguro de ti? No revelaré que soy tu marido hasta que vuelva a reclamarte». En fin, discutimos el asunto y resultó que el ya lo tenía todo arreglado, con un cura esperando y todo, de manera que nos casamos allí mismo; y después, Frank se fue a buscar fortuna y yo me volví con papá.

»Lo siguiente que supe de Frank fue que estaba en Montana; después oí que andaba buscando oro en Arizona, y más tarde tuve noticias suyas desde Nuevo México. Y un día apareció en los periódicos un largo reportaje sobre un campamento minero atacado por los indios apaches, y allí estaba el nombre de mi Frank entre las víctimas. Caí desmayada y estuve muy enferma durante meses. Papá pensó que estaba tísica y me llevó a la mitad de los médicos de San Francisco. Durante más de un año no llegaron más noticias, y ya no dudé de que Frank estuviera muerto de verdad. Entonces apareció en San Francisco lord St. Simon, nosotros vinimos a Londres, se organizó la boda y papá estaba muy contento, pero yo seguía convencida de que ningún hombre en el mundo podría ocupar en mi corazón el puesto de mi pobre Frank.

»Aun así, de haberme casado con lord St. Simon, yo le habría sido leal. No tenemos control sobre nuestro amor, pero sí sobre nuestras acciones. Fui con él al altar con la intención de ser para él tan buena esposa como me fuera posible. Pero puede usted imaginarse lo que sentí cuando, al acercarme al altar, volví la mirada hacia atrás y vi a Frank mirándome desde el primer reclinatorio. Al principio, lo tomé por un fantasma; pero cuando lo miré de nuevo seguía allí, como preguntándome con la mirada si me alegraba de verlo o lo lamentaba. No sé cómo no caí al suelo. Sé que todo me daba vueltas, y las palabras del sacerdote me sonaban en los oídos como el zumbido de una abeja. No sabía qué hacer. ¿Debía interrumpir la ceremonia y dar un escándalo en la iglesia? Me volví a mirarlo, y me pareció que se daba cuenta de lo que yo pensaba, porque se llevó los dedos a los labios para indicarme que permaneciera callada. Luego le vi garabatear en un papel y supe que me estaba escribiendo una nota. Al pasar junto a su reclinatorio, camino de la salida, dejé caer mi ramo junto a él y él me metió la nota en la mano al devolverme las flores. Eran sólo unas palabras diciéndome que me reuniera con él cuando él me diera la señal. Por supuesto, ni por un momento dudé de que mi principal obligación era para con él, y estaba dispuesta a hacer cualquier cosa que él me indicara.

»Cuando llegamos a casa, se lo conté a mi doncella, que le

había conocido en California y siempre le tuvo simpatía. Le ordené que no dijera nada y que preparase mi abrigo y unas cuantas cosas para llevarme. Sé que tendría que habérselo dicho a lord St. Simon, pero resultaba muy difícil hacerlo delante de su madre y de todos aquellos grandes personajes. Decidí largarme primero y dar explicaciones después. No llevaba ni diez minutos sentada a la mesa cuando vi a Frank por la ventana, al otro lado de la calle. Me hizo una seña y echó a andar hacia el parque. Yo me levanté, me puse el abrigo y salí tras él. En la calle se me acercó una mujer que me dijo no sé qué acerca de lord St. John... Por lo poco que entendí, me pareció que también ella tenía su pequeño secreto anterior a la boda... Pero conseguí librarme de ella y pronto alcancé a Frank. Nos metimos en un coche y fuimos a un apartamento que tenía alquilado en Gordon Square, y allí se celebró mi verdadera boda, después de tantos años de espera. Frank había caído prisionero de los apaches, había escapado, llegó a San Francisco, averiguó que yo le había dado por muerto y me había venido a Inglaterra, me siguió hasta aquí, y me encontró la mañana misma de mi segunda boda.

-Lo leí en un periódico -explicó el norteamericano-. Venía el nombre y la iglesia, pero no la dirección de la novia.

-Entonces discutimos lo que debíamos hacer, y Frank era partidario de revelarlo todo, pero a mí me daba tanta vergüenza que prefería desaparecer y no volver a ver a nadie; todo lo más, escribirle unas líneas a papá para hacerle saber que estaba viva. Me resultaba espantoso pensar en todos aquellos personajes de la nobleza, sentados a la mesa y esperando mi regreso. Frank cogió mis ropas y demás cosas de novia, hizo un bulto con todas ellas y las tiró en algún sitio donde nadie las encontrara, para que no me siguieran la pista por ellas. Lo más seguro es que nos hubiéramos marchado a París mañana, pero este caballero, el señor Holmes, vino a vernos esta tarde y nos hizo ver con toda claridad que yo estaba equivocada y Frank tenía razón, y tanto secreto no hacía sino empeorar nuestra situación. Entonces nos ofreció la oportunidad de hablar a solas con lord St. Simon, y por eso hemos venido sin perder tiempo a su casa. Ahora, Robert, ya sabes todo lo que ha sucedido; lamento mucho haberte hecho daño y espero que no pienses muy mal de mí.

Lord St. Simon no había suavizado en lo más mínimo su rígida actitud, y había escuchado el largo relato con el ceño fruncido y los labios apretados.

-Perdonen -dijo-, pero no tengo por costumbre discutir de mis asuntos personales más íntimos de una manera tan pública.

-Entonces, ¿no me perdonas? ¿No me darás la mano antes de que me vaya?

-Oh, desde luego, si eso le causa algún placer -extendió la mano y estrechó fríamente la que le tendían.

-Tenía la esperanza -surgió Holmes- de que me acompañaran en una cena amistosa.

-Creo que eso ya es pedir demasiado -respondió su señoría-. Quizás no me quede más remedio que aceptar el curso de los acontecimientos, pero no esperarán que me ponga a celebrarlo. Con su permiso, creo que voy a despedirme. Muy buenas noches a todos -hizo una amplia reverencia que nos abarcó a todos y salió a grandes zancadas de la habitación.

-Entonces, espero que al menos ustedes me honren con su compañía -dijo Sherlock Holmes-. Siempre es un placer conocer a un norteamericano, señor Moulton; soy de los que opinan que la estupidez de un monarca y las torpezas de un ministro en tiempos lejanos no impedirán que nuestros hijos sean algún día ciudadanos de una única nación que abarcará todo el mundo, bajo una bandera que combinará los colores de la Unión Jack con las Barras y Estrellas.

-Ha sido un caso interesante -comentó Holmes cuando nuestros visitantes se hubieron marchado-, porque demuestra con toda claridad lo sencilla que puede ser la explicación de un asunto que a primera vista parece casi inexplicable. No podríamos encontrar otro más inexplicable. Y no encontraríamos una explicación más natural que la serie de acontecimientos narrada por esta señora, aunque los resultados no podrían ser más extraños si se miran, por ejemplo, desde el punto de vista del señor Lestrade, de Scotland Yard.

-Así pues, no se equivocaba usted.

-Desde un principio había dos hechos que me resultaron evidentísimos. El primero, que la novia había acudido por su propia voluntad a la boda; el otro, que se había arrepentido a los pocos minutos de regresar a casa. Evidentemente, algo había ocurrido durante la mañana que le hizo cambiar de opinión. ¿Qué podía haber sido? No podía haber hablado con nadie, porque todo el tiempo estuvo acompañada del novio. ¿Acaso había visto a alguien? De ser así, tenía que haber sido alguien procedente de América, porque llevaba demasiado poco tiempo en nuestro país como para que alguien hubiera podido adquirir tal influencia sobre ella que su mera visión la indujera a cambiar tan radicalmente de planes. Como ve, ya hemos llegado, por un proceso de exclusión, a la idea de que la novia había visto a un americano. ¿Quién podía ser este americano, y por qué ejercía tanta influencia sobre ella? Podía tratarse de un amante; o podía tratarse de un marido. Sabíamos que había pasado su juventud en ambientes muy rudos y en condiciones poco normales. Hasta aquí había llegado antes de escuchar el relato de lord St. Simon. Cuando éste nos habló de un hombre en un reclinatorio, del cambio de humor de la novia, del truco tan transparente de recoger una nota dejando caer un ramo de flores, de la conversación con la doncella y confidente, y de la significativa alusión a «pisarle la licencia a otro», que en la jerga de los mineros significa apoderarse de lo que otro ha reclamado con anterioridad, la situación se me hizo absolutamente clara. Ella se había fugado con un hombre, y este hombre tenía que ser un amante o un marido anterior; lo más probable parecía lo último.

-¿Y cómo demonios consiguió usted localizarlos?

-Podría haber resultado difícil, pero el amigo Lestrade tenía en sus manos una información cuyo valor desconocía. Las iniciales, desde luego, eran muy importantes, pero aún más importante era saber que hacía menos de una semana que nuestro hombre había pagado su cuenta en uno de los hoteles más selectos de Londres.

-¿De dónde sacó lo de selecto?

-Por lo selecto de los precios. Ocho chelines por una cama y ocho peniques por una copa de jerez indicaban que se trataba de uno de los hoteles más caros de Londres. No hay muchos que cobren esos precios. En el segundo que visité, en Northumberland Avenue, pude ver en el libro de registros que el señor Francis H. Moulton, caballero norteamericano, se había marchado el día anterior; y al examinar su factura, me encontré con las mismas cuentas que habíamos visto en la copia. Había dejado dicho que se le enviara la correspondencia al 226 de Gordon Square, así que allá me encaminé, tuve la suerte de encontrar en casa a la pareja de enamorados y me atreví a ofrecerles algunos consejos paternales, indicándoles que sería mucho mejor, en todos los aspectos, que aclararan un poco su situación, tanto al público en general como a lord St. Simon en particular. Los invité a que se encontraran aquí con él y, como ve, conseguí que también él acudiera a la cita.

-Pero con resultados no demasiado buenos -comenté yo-. Desde luego, la conducta del caballero no ha sido muy elegante.

-¡Ah, Watson! -dijo Holmes sonriendo-. Puede que tampoco usted se comportara muy elegantemente si, después de todo el trabajo que representa echarse novia y casarse, se encontrara privado en un instante de esposa y de fortuna. Creo que debemos ser clementes al juzgar a lord St. Simon, y dar gracias a nuestra buena estrella, porque no es probable que lleguemos a encontrarnos en su misma situación. Acerque su silla y páseme el violín; el único problema que aún nos queda por resolver es cómo pasar estas aburridas veladas de otoño.

La Corona de Berilos

I

—Holmes —dije una mañana, mientras contemplaba la calle desde nuestro mirador—, por ahí viene un loco. ¡Qué vergüenza que su familia le deje salir solo!

Mi amigo se levantó perezosamente de su sillón y miró sobre mi hombro, con las manos metidas en los bolsillos de su bata. Era una mañana fresca y luminosa de febrero, y la nieve del día anterior aún permanecía acumulada sobre el suelo, en una espesa capa que brillaba bajo el sol invernal. En el centro de la calzada de Baker Street, el tráfico la había surcado formando una franja terrosa y parda, pero a ambos lados de la calzada y en los bordes de las aceras aún seguía tan blanca como cuando cayó. El pavimento gris estaba limpio y barrido, pero aún resultaba peligrosamente resbaladizo, por lo que se veían menos peatones que de costumbre. En realidad, por la parte que llevaba a la estación del Metro no venía nadie, a excepción del solitario caballero cuya excéntrica conducta me había llamado la atención.

Se trataba de un hombre de unos cincuenta años, alto, corpulento y de aspecto imponente, con un rostro enorme, de rasgos muy marcados, y una figura impresionante. Iba vestido con estilo serio, pero lujoso: levita negra, sombrero reluciente, polainas impecables de color pardo y pantalones gris perla de muy buen corte. Sin embargo, su manera de actuar ofrecía un absurdo contraste con la dignidad de su atuendo y su porte, porque venía a todo correr, dando saltitos de vez en cuando, como los que da un hombre cansado y poco acostumbrado a someter a un esfuerzo a sus piernas. Y mientras corría, alzaba y bajaba las manos, movía de un lado a otro la cabeza y deformaba su cara con las más extraordinarias contorsiones.

—¿Qué demonios puede pasarle? —pregunté—. Está mirando los números de las casas.

—Me parece que viene aquí —dijo Holmes, frotándose las manos.

—¿Aquí?

—Sí, y yo diría que viene a consultarme profesionalmente. Creo reconocer los síntomas. ¡Ajá! ¿No se lo dije? —mientras Holmes hablaba, el hombre, jadeando y resoplando, llegó corriendo a nuestra puerta y tiró de la campanilla hasta que las llamadas resonaron en toda la casa.

Unos instantes después estaba ya en nuestra habitación, todavía resoplando y gesticulando, pero con una expresión tan intensa de dolor y desesperación en los ojos que nuestras sonrisas se trasformaron al instante en espanto y compasión. Durante un rato fue incapaz de articular una palabra, y siguió oscilando de un lado a otro y tirándose de los cabellos como una persona arrastrada más allá de los límites de la razón. De pronto, se puso en pie de un salto y se golpeó la cabeza contra la pared con tal fuerza que tuvimos que correr en su ayuda y arrastrarlo al centro de la habitación. Sherlock Holmes le empujó hacia una butaca y se sentó a su lado, dándole palmaditas en la mano y procurando tranquilizarlo con la charla suave y acariciadora que tan bien sabía emplear y que tan excelentes resultados le había dado en otras ocasiones.

—Ha venido usted a contarme su historia, ¿no es así? —decía—. Ha venido con tanta prisa que está fatigado. Por favor, aguarde hasta haberse recuperado y entonces tendré mucho gusto en considerar cualquier pequeño problema que tenga a bien plantearme.

El hombre permaneció sentado algo más de un minuto con el pecho agitado, luchando contra sus emociones. Por fin, se pasó un pañuelo por la frente, apretó los labios y volvió el rostro hacia nosotros.

—¿Verdad que me han tomado por un loco? —dijo.

—Se nota que tiene usted algún gran apuro —respondió Holmes.

—¡No lo sabe usted bien! ¡Un apuro que me tiene totalmente trastornada la razón, una desgracia inesperada y terrible! Podría haber soportado la deshonra pública, aunque mi reputación ha sido siempre intachable. Y una desgracia privada puede ocurrirle a cualquiera. Pero las dos cosas juntas, y de una manera tan espantosa, han conseguido destrozarme hasta el alma. Y además no soy yo solo. Esto afectará a los más altos personajes del país, a menos que se le encuentre una salida a este horrible asunto.

—Serénese, por favor —dijo Holmes—, y explíqueme con claridad quién es usted y qué le ha ocurrido.

—Es posible que mi nombre les resulte familiar —respondió nuestro visitante—. Soy Alexander Holder, de la firma bancaria Holder & Stevenson, de Threadneedle Street.

Efectivamente, conocíamos bien aquel nombre, perteneciente al socio más antiguo del segundo banco más importante de la City de Londres. ¿Qué podía haber ocurrido para que uno de los ciudadanos más prominentes de Londres quedara reducido a aquella patética condición? Aguardamos llenos de curiosidad hasta que, con un nuevo esfuerzo, reunió fuerzas para contar su historia.

—Opino que el tiempo es oro —dijo—, y por eso vine corriendo en cuanto el inspector de policía sugirió que procurara obtener su cooperación. He venido en Metro hasta Baker Street, y he tenido que correr desde la estación porque los coches van muy despacio con esta nieve. Por eso me he quedado sin aliento, ya que no estoy acostumbrado a hacer ejercicio. Ahora ya me siento mejor y le expondré los hechos del modo más breve y más claro que me sea posible.

»Naturalmente, ustedes ya saben que para la buena marcha de una empresa bancaria, tan importante es saber invertir provechosamente nuestros fondos como ampliar nuestra clientela y el número de depositarios. Uno de los sistemas más lucrativos de invertir dinero es en forma de préstamos, cuando la garantía no ofrece dudas. En los últimos años hemos hecho muchas operaciones de esta clase, y son muchas las familias de la aristocracia a las que hemos adelantado grandes sumas de dinero, con la garantía de sus cuadros, bibliotecas o vajillas de plata.

»Ayer por la mañana, me encontraba en mi despacho del banco cuando uno de los empleados me trajo una tarjeta. Di un respingo al leer el nombre, que era nada menos que… bueno, quizá sea mejor que no diga más, ni siquiera a usted… Baste con decir que se trata de un nombre conocido en todo el mundo… uno de los nombres más importantes, más nobles, más ilustres de Inglaterra. Me sentí abrumado por el honor e intenté decírselo cuando entró, pero él fue directamente al grano del negocio, con el aire de quien quiere despachar cuanto antes una tarea desagradable.

»—Señor Holder —dijo—, se me ha informado de que presta usted dinero.

»—La firma lo hace cuando la garantía es buena —respondí yo.

»—Me es absolutamente imprescindible —dijo él— disponer al momento de cincuenta mil libras. Por supuesto, podría obtener una suma diez veces superior a esa insignificancia pidiendo prestado a mis amigos, pero prefiero llevarlo como una operación comercial y ocuparme del asunto personalmente. Como comprenderá usted, en mi posición no conviene contraer ciertas obligaciones.

»—¿Puedo preguntar durante cuánto tiempo necesitará usted esa suma? —pregunté.

»—El lunes que viene cobraré una cantidad importante, y entonces podré, con toda seguridad, devolverle lo que usted me adelante, más los intereses que considere adecuados. Pero me resulta imprescindible disponer del dinero en el acto.

»—Tendría mucho gusto en prestárselo yo mismo, de mi propio bolsillo y sin más trámites, pero la cantidad excede un poco a mis posibilidades. Por otra parte, si lo hago en nombre de la firma, entonces, en consideración a mi socio, tendría que insistir en que, aun tratándose de usted, se tomaran todas las garantías pertinentes.

»—Lo prefiero así, y con mucho —dijo él, alzando una caja de tafilete negro que había dejado junto a su silla—. Supongo que habrá oído hablar de la corona de berilos.

»—Una de las más preciadas posesiones públicas del Imperio —respondí yo.

»—En efecto —abrió la caja y allí, embutida en blando terciopelo de color carne, apareció la magnífica joya que acababa de nombrar—. Son treinta y nueve berilos enormes —dijo—, y el precio de la montura de oro es incalculable. La tasación más baja fijará el precio de la corona en más del doble de la suma que le pido. Estoy dispuesto a dejársela como garantía.

»Tomé en las manos el precioso estuche y miré con cierta perplejidad a mi ilustre cliente.

»—¿Duda usted de su valor? —preguntó.

»—En absoluto. Sólo dudo…

»—… de que yo obre correctamente al dejarla aquí. Puede usted estar tranquilo. Ni en sueños se me ocurriría hacerlo si no estuviese absolutamente seguro de poder recuperarla en cuatro días. Es una mera formalidad. ¿Le parece suficiente garantía?

»—Más que suficiente.

»—Se dará usted cuenta, señor Holder, de que con esto le doy una enorme prueba de la confianza que tengo en usted, basada en las referencias que me han dado. Confío en que no sólo será discreto y se abstendrá de todo comentario sobre el asunto, sino que además, y por encima de todo, cuidará de esta corona con toda clase de precauciones, porque no hace falta que le diga que se organizaría un escándalo tremendo si sufriera el menor daño. Cualquier desperfecto sería casi tan grave como perderla por completo, ya que no existen en el mundo berilos como éstos, y sería imposible reemplazarlos. No obstante, se la dejo con absoluta confianza, y vendré a recuperarla personalmente el lunes por la mañana.

»Viendo que mi cliente estaba deseoso de marcharse, no dije nada más; llamé al cajero y le di orden de que pagara cincuenta mil libras en billetes. Sin embargo, cuando me quedé solo con el precioso estuche encima de la mesa, delante de mí, no pude evitar pensar con cierta inquietud en la inmensa responsabilidad que había contraído. No cabía duda de que, por tratarse de una propiedad de la nación, el escándalo sería terrible si le ocurriera alguna desgracia. Empecé a lamentar el haber aceptado quedarme con ella, pero ya era demasiado tarde para cambiar las cosas, así que la guardé en mi caja de seguridad privada, y volví a mi trabajo.

»Al llegar la noche, me pareció que sería una imprudencia dejar un objeto tan valioso en el despacho. No sería la primera vez que se fuerza la caja de un banquero. ¿Por qué no habría de pasarle a la mía? Así pues, decidí que durante los días siguientes llevaría siempre la corona conmigo, para que nunca estuviera fuera de mi alcance. Con esta intención, llamé a un coche y me hice conducir a mi casa de Streatham, llevándome la joya. No respiré tranquilo hasta que la hube subido al piso de arriba y guardado bajo llave en el escritorio de mi gabinete.

»Y ahora, unas palabras acerca del personal de mi casa, señor Holmes, porque quiero que comprenda perfectamente la situación. Mi mayordomo y mi lacayo duermen fuera de casa, y se les puede descartar por completo. Tengo tres doncellas, que llevan bastantes años conmigo, y cuya honradez está por encima de toda sospecha. Una cuarta doncella, Lucy Parr, lleva sólo unos meses a mi servicio. Sin embargo, traía excelentes referencias y siempre ha cumplido a la perfección. Es una muchacha muy bonita, y de vez en cuando atrae a admiradores que rondan por la casa. Es el único inconveniente que le hemos encontrado, pero por lo demás consideramos que es una chica excelente en todos los aspectos.

»Eso en cuanto al servicio. Mi familia es tan pequeña que no tardaré mucho en describirla. Soy viudo y tengo un solo hijo, Arthur, que ha sido una decepción para mí, señor Holmes, una terrible decepción. Sin duda, toda la culpa es mía. Todos dicen que le he mimado demasiado, y es muy probable que así sea. Cuando falleció mi querida esposa, todo mi amor se centró en él. No podía soportar que la sonrisa se borrara de su rostro ni por un instante. Jamás le negué ningún capricho. Tal vez habría sido mejor para los dos que yo me hubiera mostrado más severo, pero lo hice con la mejor intención.

»Naturalmente, yo tenía la intención de que él me sucediera en el negocio, pero no tenía madera de financiero. Era alocado, indisciplinado y, para ser sincero, no se le podían confiar sumas importantes de dinero. Cuando era joven se hizo miembro de un club aristocrático, y allí, gracias a su carácter simpático, no tardó en hacer amistades con gente de bolsa bien repleta y costumbres caras. Se aficionó a jugar a las cartas y apostar en las carreras, y continuamente acudía a mí, suplicando que le diese un adelanto de su asignación para poder saldar sus deudas de honor. Más de una vez intentó romper con aquellas peligrosas compañías, pero la influencia de su amigo sir George Burnwell le hizo volver en todas las ocasiones.

»A decir verdad, a mí no me extrañaba que un hombre como sir George Burnwell tuviera tanta influencia sobre él, porque lo trajo muchas veces a casa e incluso a mí me resultaba difícil resistirme a la fascinación de su trato. Es mayor que Arthur, un hombre de mundo de pies a cabeza, que ha estado en todas partes y lo ha visto todo, conversador brillante y con un gran atractivo personal. Sin embargo, cuando pienso en él fríamente, lejos del encanto de su presencia, estoy convencido, por su manera cínica de hablar y por la mirada que he advertido en sus ojos, de que no se puede confiar en él. Eso es lo que pienso, y así piensa también mi pequeña Mary, que posee una gran intuición femenina para la cuestión del carácter.

»Y ya sólo queda ella por describir. Mary es mi sobrina; pero cuando falleció mi hermano hace cinco años, dejándola sola, yo la adopté y desde entonces la he considerado como una hija. Es el sol de la casa… , dulce, cariñosa, guapísima, excelente administradora y ama de casa, y al mismo tiempo tan tierna, discreta y gentil como puede ser una mujer. Es mi mano derecha. No sé lo que haría sin ella. Sólo en una cosa se ha opuesto a mis deseos. Mi hijo le ha pedido dos veces que se case con él, porque la ama apasionadamente, pero ella le ha rechazado las dos veces. Creo que si alguien puede volverlo al buen camino es ella; y ese matrimonio podría haber cambiado por completo la vida de mi hijo. Pero, ¡ay!, ya es demasiado tarde. ¡Demasiado tarde, sin remedio!

»Y ahora que ya conoce usted a la gente que vive bajo mi techo, señor Holmes, proseguiré con mi doloroso relato.

»Aquella noche, después de cenar, mientras tomábamos café en la sala de estar, les conté a Arthur y Mary lo sucedido y les hablé del precioso tesoro que teníamos en casa, omitiendo únicamente el nombre de mi cliente. Estoy seguro de que Lucy Parr, que nos había servido el café, había salido ya de la habitación; pero no puedo asegurar que la puerta estuviera cerrada. Mary y Arthur se mostraron muy interesados y quisieron ver la famosa corona, pero a mí me pareció mejor dejarla en paz.

»—¿Dónde la has guardado? —preguntó Arthur.

»—En mi escritorio.

»—Bueno, Dios quiera que no entren ladrones en casa esta noche —dijo.

»—Está cerrado con llave —indiqué.

—Bah, ese escritorio se abre con cualquier llave vieja. Cuando era pequeño, yo la abría con la llave del armario del trastero.

»Ésa era su manera normal de hablar, así que no presté mucha atención a lo que decía. Sin embargo, aquella noche me siguió a mi habitación con una expresión muy seria.

»—Escucha, papá —dijo con una mirada baja—. ¿Puedes dejarme doscientas libras?

»—¡No, no puedo! —respondí irritado—. ¡Ya he sido demasiado generoso contigo en cuestiones de dinero!

»—Has sido muy amable —dijo él—, pero necesito ese dinero, o jamás podré volver a asomar la cara por el club.

»—¡Pues me parece estupendo! —exclamé yo.

»—Sí, papá, pero no querrás que quede deshonrado —dijo—. No podría soportar la deshonra. Tengo que reunir ese dinero como sea, y si tú no me lo das, tendré que recurrir a otros medios.

»Yo me sentía indignado, porque era la tercera vez que me pedía dinero en un mes.

»—¡No recibirás de mí ni medio penique! —grité, y él me hizo una reverencia y salió de mi cuarto sin decir una palabra más.

»Después de que se fuera, abrí mi escritorio, comprobé que el

245

tesoro seguía a salvo y lo volví a cerrar con llave. Luego hice una ronda por la casa para verificar que todo estaba seguro. Es una tarea que suelo delegar en Mary, pero aquella noche me pareció mejor realizarla yo mismo. Al bajar las escaleras encontré a Mary junto a la ventana del vestíbulo, que cerró y aseguró al acercarme yo.

»—Dime, papá —dijo algo preocupada, o así me lo pareció—. ¿Le has dado permiso a Lucy, la doncella, para salir esta noche?

»—Desde luego que no.

»—Acaba de entrar por la puerta de atrás. Estoy segura de que sólo ha ido hasta la puerta lateral para ver a alguien, pero no me parece nada prudente y habría que prohibírselo.

»—Tendrás que hablar con ella por la mañana. O, si lo prefieres, le hablaré yo. ¿Estás segura de que todo está cerrado?

»—Segurísima, papá.

»—Entonces, buenas noches —le di un beso y volví a mi habitación, donde no tardé en dormirme.

»Señor Holmes, estoy esforzándome por contarle todo lo que pueda tener alguna relación con el caso, pero le ruego que no vacile en preguntar si hay algún detalle que no queda claro.

—Al contrario, su exposición está siendo extraordinariamente lúcida.

—Llego ahora a una parte de mi historia que quiero que lo sea especialmente. Yo no tengo el sueño pesado y, sin duda, la ansiedad que sentía hizo que aquella noche fuera aún más ligero que de costumbre. A eso de las dos de la mañana, me despertó un ruido en la casa. Cuando me desperté del todo ya no se oía, pero me había dado la impresión de una ventana que se cerrara con cuidado. Escuché con toda mi alma. De pronto, con gran espanto por mi parte, oí el sonido inconfundible de unos pasos sigilosos en la habitación de al lado. Me deslicé fuera de la cama, temblando de miedo, y miré por la esquina de la puerta del gabinete.

»—¡Arthur! —grité—. ¡Miserable ladrón! ¿Cómo te atreves a tocar esa corona?

»La luz de gas estaba a media potencia, como yo la había dejado, y mi desdichado hijo, vestido sólo con camisa y pantalones, estaba de pie junto a la luz, con la corona en las manos. Parecía estar torciéndola o aplastándola con todas sus fuerzas. Al oír mi grito la dejó caer y se puso tan pálido como un muerto. La recogí y la examiné. Le faltaba uno de los extremos de oro, con tres de los berilos.

»—¡Canalla! —grité, enloquecido de rabia—. ¡La has roto! ¡Me has deshonrado para siempre! ¿Dónde están las joyas que has robado?

»—¡Robado! —exclamó.

»—¡Sí, ladrón! —rugí yo, sacudiéndolo por los hombros.

»—No falta ninguna. No puede faltar ninguna.

»—¡Faltan tres! ¡Y tú sabes qué ha sido de ellas! ¿Tengo que llamarte mentiroso, además de ladrón? ¿Acaso no te acabo de ver intentando arrancar otro trozo?

»—Ya he recibido suficientes insultos —dijo él—. No pienso aguantarlo más. Puesto que prefieres insultarme, no diré una palabra más del asunto. Me iré de tu casa por la mañana y me abriré camino por mis propios medios.

»—¡Saldrás de casa en manos de la policía! —grité yo, medio loco de dolor y de ira—. ¡Haré que el asunto se investigue a fondo!

»—Pues por mi parte no averiguarás nada —dijo él, con una pasión de la que no le habría creído capaz—. Si decides llamar a la policía, que averigüen ellos lo que puedan.

»Para entonces, toda la casa estaba alborotada, porque yo, llevado por la cólera, había alzado mucho la voz. Mary fue la primera en entrar corriendo en la habitación y, al ver la corona y la cara de Arthur, comprendió todo lo sucedido y, dando un grito, cayó sin sentido al suelo. Hice que la doncella avisara a la policía y puse inmediatamente la investigación en sus manos. Cuando el inspector y un agente de uniforme entraron en la casa, Arthur, que había permanecido todo el tiempo taciturno y con los brazos cruzados, me preguntó si tenía la intención de acusarle de robo. Le respondí que había dejado de ser un asunto privado para convertirse en público, puesto que la corona destrozada era propiedad de la nación. Yo estaba decidido a que la ley se cumpliera hasta el final.

»—Al menos —dijo—, no me hagas detener ahora mismo. Te conviene tanto como a mí dejarme salir de casa cinco minutos.

»—Sí, para que puedas escaparte, o tal vez para poder esconder lo que has robado —respondí yo.

»Y a continuación, dándome cuenta de la terrible situación en la que se encontraba, le imploré que recordara que no sólo estaba en juego mi honor, sino también el de alguien mucho más importante que yo; y que su conducta podía provocar un escándalo capaz de conmocionar a la nación entera. Podía evitar todo aquello con sólo decirme qué había hecho con las tres piedras que faltaban.

»—Más vale que afrontes la situación —le dije—. Te han cogido con las manos en la masa, y confesar no agravará tu culpa. Si procuras repararla en la medida de lo posible, diciéndonos dónde están los berilos, todo quedará perdonado y olvidado.

»—Guárdate tu perdón para el que te lo pida —respondió, apartándose de mí con un gesto de desprecio.

»Me di cuenta de que estaba demasiado maleado como para que mis palabras le influyeran. Sólo podía hacer una cosa. Llamé al inspector y lo puse en sus manos. Se llevó a cabo un registro inmediato, no sólo de su persona, sino también de su habitación y de todo rincón de la casa donde pudiera haber escondido las gemas. Pero no se encontró ni rastro de ellas, y el miserable de mi hijo se negó a abrir la boca, a pesar de todas nuestras súplicas y amenazas. Esta mañana lo han encerrado en una celda, y yo, tras pasar por todas las formalidades de la policía, he venido corriendo a verle a usted, para rogarle que aplique su talento a la resolución del misterio. La policía ha confesado sin reparos que por ahora no sabe qué hacer. Puede usted incurrir en los gastos que le parezcan necesarios. Ya he recibido una recompensa de mil libras. ¡Dios mío! ¿Qué voy a hacer? He perdido mi honor, mis joyas y mi hijo en una sola noche. ¡Oh, qué puedo hacer!

Se llevó las manos a la cabeza y empezó a oscilar de delante a atrás, parloteando consigo mismo, como un niño que no encuentra palabras para expresar su dolor.

Sherlock Holmes permaneció callado unos minutos, con el ceño fruncido y los ojos clavados en el fuego de la chimenea.

—¿Recibe usted muchas visitas? —preguntó por fin.

—Ninguna, exceptuando a mi socio con su familia y, de vez en cuando, algún amigo de Arthur. Sir George Burnwell ha estado varias veces en casa últimamente. Y me parece que nadie más.

—¿Sale usted mucho?

—Arthur sale. Mary y yo nos quedamos en casa. A ninguno de los dos nos gustan las reuniones sociales.

—Eso es poco corriente en una joven.

—Es una chica muy tranquila. Además, ya no es tan joven. Tiene ya veinticuatro años.

—Por lo que usted ha dicho, este suceso la ha afectado mucho.

—¡De un modo terrible! ¡Está más afectada aun que yo!

—¿Ninguno de ustedes dos duda de la culpabilidad de su hijo?

—¿Cómo podríamos dudar, si yo mismo le vi con mis propios ojos con la corona en la mano?

—Eso no puede considerarse una prueba concluyente. ¿Estaba estropeado también el resto de la corona?

—Sí, estaba toda retorcida.

—¿Y no cree usted que es posible que estuviera intentando enderezarla?

—¡Dios le bendiga! Está usted haciendo todo lo que puede por él y por mí. Pero es una tarea desmesurada. Al fin y al cabo, ¿qué estaba haciendo allí? Y si sus intenciones eran honradas, ¿por qué no lo dijo?

—Exactamente. Y si era culpable, ¿por qué no inventó una mentira? Su silencio me parece un arma de dos filos. El caso presenta varios detalles muy curiosos. ¿Qué opinó la policía del ruido que le despertó a usted?

—Opinan que pudo haberlo provocado Arthur al cerrar la puerta de su alcoba.

—¡Bonita explicación! Como si un hombre que se propone cometer un robo fuera dando portazos para despertar a toda la casa. ¿Y qué han dicho de la desaparición de las piedras?

—Todavía están sondeando las tablas del suelo y agujereando muebles con la esperanza de encontrarlas.

—¿No se les ha ocurrido buscar fuera de la casa?

—Oh, sí, se han mostrado extraordinariamente diligentes. Han examinado el jardín pulgada a pulgada.

—Dígame, querido señor —dijo Holmes—, ¿no le empieza a parecer evidente que este asunto tiene mucha más miga que la que usted o la policía pensaron en un principio? A usted le parecía un caso muy sencillo; a mí me parece enormemente complicado. Considere usted todo lo que implica su teoría: usted supone que su hijo se levantó de la cama, se arriesgó a ir a su gabinete, forzó el escritorio, sacó la corona, rompió un trocito de la misma, se fue a algún otro sitio donde escondió tres de las treinta y nueve gemas, tan hábilmente que nadie ha sido capaz de encontrarlas, y luego regresó con las treinta y seis restantes al gabinete, donde se exponía con toda seguridad a ser descubierto. Ahora yo le pregunto: ¿se sostiene en pie esa teoría?

—Pero ¿qué otra puede haber? —exclamó el banquero con un gesto de desesperación—. Si sus motivos eran honrados, ¿por qué no los explica?

—En averiguarlo consiste nuestra tarea —replicó Holmes—. Así pues, señor Holder, si le parece bien iremos a Streatham juntos y dedicaremos una hora a examinar más de cerca los detalles.

II

Mi amigo insistió en que yo los acompañara en la expedición, a lo cual accedí de buena gana, pues la historia que acababa de escuchar había despertado mi curiosidad y mi simpatía. Confieso que la culpabilidad del hijo del banquero me parecía tan evidente como se lo parecía a su infeliz padre, pero aun así, era tal la fe que tenía en el buen criterio de Holmes que me parecía que, mientras él no se mostrara satisfecho con la explicación oficial, aún existía base para concebir esperanzas. Durante todo el trayecto al suburbio del sur, Holmes apenas pronunció palabra, y permaneció todo el tiempo con la barbilla sobre el pecho, sumido en profundas reflexiones. Nuestro cliente parecía haber cobrado nuevos ánimos con el leve destello de esperanza que se le había ofrecido, e incluso se enfrascó en una inconexa charla conmigo acerca de sus asuntos comerciales. Un rápido trayecto en ferrocarril y una corta caminata nos llevaron a Fairbank, la modesta residencia del gran financiero.

Fairbank era una mansión cuadrada de buen tamaño, construida en piedra blanca y un poco retirada de la carretera. Atravesando un césped cubierto de nieve, un camino de dos pistas para carruajes conducía a las dos grandes puertas de hierro que cerraban la entrada. A la derecha había un bosquecillo del que salía un estrecho sendero con dos setos bien cuidados a los lados, que llevaba desde la carretera hasta la puerta de la cocina, y servía como entrada de servicio. A la izquierda salía un sendero que conducía a los establos, y que no formaba parte de la finca, sino que se trataba de un camino público, aunque poco transitado. Holmes nos abandonó ante la puerta y empezó a caminar muy despacio: dio la vuelta a la casa, volvió a la parte delantera, recorrió el sendero de los proveedores y dio la vuelta al jardín por detrás, hasta llegar al sendero que llevaba a los establos. Tardó tanto tiempo que el señor Holder y yo entramos al comedor y esperamos junto a la chimenea a que regresara. Allí nos encontrábamos, sentados en silencio, cuando se abrió una puerta y entró una joven. Era de estatura bastante superior a la media, delgada, con el cabello y los ojos oscuros, que parecían aún más oscuros por el contraste con la absoluta palidez de su piel. No creo haber visto nunca una palidez tan mortal en el rostro de una mujer. También sus labios parecían desprovistos de sangre, pero sus ojos estaban enrojecidos de tanto llorar. Al avanzar en silencio por la habitación, daba una sensación de sufrimiento que me impresionó mucho más que la descripción que había hecho el banquero por la mañana, y que resultaba especialmente sorprendente en ella, porque se veía claramente que era una mujer de carácter fuerte, con inmensa capacidad para dominarse. Sin hacer caso de mi presencia, se dirigió directamente a su tío y le pasó la mano por la cabeza, en una dulce caricia femenina.

—Habrás dado orden de que dejen libre a Arthur, ¿verdad, papá? —preguntó.

—No, hija mía, no. El asunto debe investigarse a fondo.

—Pero estoy segura de que es inocente. Ya sabes cómo es la intuición femenina. Sé que no ha hecho nada malo.

—¿Y por qué calla, si es inocente?

—¿Quién sabe? Tal vez porque le indignó que sospecharas de él.

—¿Cómo no iba a sospechar, si yo mismo le vi con la corona en las manos?

—¡Pero si sólo la había cogido para mirarla! ¡Oh, papá,

251

créeme, por favor, es inocente! Da por terminado el asunto y no digas más. ¡Es tan terrible pensar que nuestro querido Arthur está en la cárcel!

—No daré por terminado el asunto hasta que aparezcan las piedras. ¡No lo haré, Mary! Tu cariño por Arthur te ciega, y no te deja ver las terribles consecuencias que esto tendrá para mí. Lejos de silenciar el asunto, he traído de Londres a un caballero para que lo investigue más a fondo.

—¿Este caballero? —preguntó ella, dándose la vuelta para mirarme.

—No, su amigo. Ha querido que le dejáramos solo. Ahora anda por el sendero del establo.

—¿El sendero del establo? —la muchacha enarcó las cejas—. ¿Qué espera encontrar ahí? Ah, supongo que es este señor. Confío, caballero, en que logre usted demostrar lo que tengo por seguro que es la verdad: que mi primo Arthur es inocente de este robo.

—Comparto plenamente su opinión, señorita, y, lo mismo que usted, yo también confío en que lograremos demostrarlo —respondió Holmes, retrocediendo hasta el felpudo para quitarse la nieve de los zapatos—. Creo que tengo el honor de dirigirme a la señorita Mary Holder. ¿Puedo hacerle una o dos preguntas?

—Por favor, hágalas, si con ello ayudamos a aclarar este horrible embrollo.

—¿No oyó usted nada anoche?

—Nada, hasta que mi tío empezó a hablar a gritos. Al oír eso, acudí corriendo.

—Usted se encargó de cerrar las puertas y ventanas. ¿Aseguró todas las ventanas?

—Sí.

—¿Seguían bien cerradas esta mañana?

—Sí.

—¿Una de sus doncellas tiene novio? Creo que usted le comentó a su tío que anoche había salido para verse con él.

—Sí, y es la misma chica que sirvió en la sala de estar, y pudo oír los comentarios de mi tío acerca de la corona.

—Ya veo. Usted supone que ella salió para contárselo a su

novio, y que entre los dos planearon el robo.

—¿Pero de qué sirven todas esas vagas teorías? —exclamó el banquero con impaciencia—. ¿No le he dicho que vi a Arthur con la corona en las manos?

—Aguarde un momento, señor Holder. Ya llegaremos a eso. Volvamos a esa muchacha, señorita Holder. Me imagino que la vio usted volver por la puerta de la cocina.

—Sí; cuando fui a ver si la puerta estaba cerrada, me tropecé con ella que entraba. También vi al hombre en la oscuridad.

—¿Le conoce usted?

—Oh, sí; es el verdulero que nos trae las verduras. Se llama Francis Prosper.

—¿Estaba a la izquierda de la puerta... es decir, en el sendero y un poco alejado de la puerta?

—En efecto.

—¿Y tiene una pata de palo?

Algo parecido al miedo asomó en los negros y expresivos ojos de la muchacha.

—Caramba, ni que fuera usted un mago —dijo—. ¿Cómo sabe eso?

La muchacha sonreía, pero en el rostro enjuto y preocupado de Holmes no apareció sonrisa alguna.

—Ahora me gustaría mucho subir al piso de arriba —dijo—. Probablemente tendré que volver a examinar la casa por fuera. Quizá sea mejor que, antes de subir, eche un vistazo a las ventanas de abajo.

Caminó rápidamente de una ventana a otra, deteniéndose sólo en la más grande, que se abría en el vestíbulo y daba al sendero de los establos. La abrió y examinó atentamente el alféizar con su potente lupa.

—Ahora vamos arriba —dijo por fin.

El gabinete del banquero era un cuartito amueblado con sencillez, con una alfombra gris, un gran escritorio y un espejo alargado. Holmes se dirigió en primer lugar al escritorio y examinó la cerradura.

—¿Qué llave se utilizó para abrirlo? —preguntó.

—La misma que dijo mi hijo: la del armario del trastero.

—¿La tiene usted aquí?

—Es esa que hay encima de la mesita.

Sherlock Holmes cogió la llave y abrió el escritorio.

—Es un cierre silencioso —dijo—. No me extraña que no le despertara. Supongo que éste es el estuche de la corona. Tendremos que echarle un vistazo.

Abrió la caja, sacó la diadema y la colocó sobre la mesa. Era un magnífico ejemplar del arte de la joyería, y sus treinta y seis piedras eran las más hermosas que yo había visto. Uno de sus lados tenía el borde torcido y roto, y le faltaba una esquina con tres piedras.

—Ahora, señor Holder —dijo Holmes—, aquí tiene la esquina simétrica a la que se ha perdido tan lamentablemente. Haga usted el favor de arrancarla.

El banquero retrocedió horrorizado.

—Ni en sueños me atrevería a intentarlo —dijo.

—Entonces, lo haré yo —con un gesto repentino, Holmes tiró de la esquina con todas sus fuerzas, pero sin resultado—. Creo que la siento ceder un poco —dijo—, pero, aunque tengo una fuerza extraordinaria en los dedos, tardaría muchísimo tiempo en romperla. Un hombre de fuerza normal sería incapaz de hacerlo. ¿Y qué cree usted que sucedería si la rompiera, señor Holder? Sonaría como un pistoletazo. ¿Quiere usted hacerme creer que todo esto sucedió a pocos metros de su cama, y que usted no oyó nada?

—No sé qué pensar. Me siento a oscuras.

—Puede que se vaya iluminando a medida que avanzamos. ¿Qué piensa usted, señorita Holder?

—Confieso que sigo compartiendo la perplejidad de mi tío.

—Cuando vio usted a su hijo, ¿llevaba éste puestos zapatos o zapatillas?

—No llevaba más que los pantalones y la camisa.

—Gracias. No cabe duda de que hemos tenido una suerte extraordinaria en esta investigación, y si no logramos aclarar el asunto será exclusivamente por culpa nuestra. Con su permiso, señor Holder, ahora continuaré mis investigaciones en el exterior.

Insistió en salir solo, explicando que toda pisada innecesaria haría más difícil su tarea. Estuvo ocupado durante más de una hora, y cuando por fin regresó traía los pies cargados de nieve y la expresión tan inescrutable como siempre.

—Creo que ya he visto todo lo que había que ver, señor Holder —dijo—. Le resultaré más útil si regreso a mis habitaciones.

—Pero las piedras, señor Holmes, ¿dónde están?

—No puedo decírselo.

El banquero se retorció las manos.

—¡No las volveré a ver! —gimió—. ¿Y mi hijo? ¿Me da usted esperanzas?

—Mi opinión no se ha alterado en nada.

—Entonces, por amor de Dios, ¿qué siniestro manejo ha tenido lugar en mi casa esta noche?

—Si se pasa usted por mi domicilio de Baker Street mañana por la mañana, entre las nueve y las diez, tendré mucho gusto en hacer lo posible por aclararlo. Doy por supuesto que me concede usted carta blanca para actuar en su nombre, con tal de que recupere las gemas, sin poner limites a los gastos que yo le haga pagar.

—Daría toda mi fortuna por recuperarlas.

—Muy bien. Seguiré estudiando el asunto mientras tanto. Adiós. Es posible que tenga que volver aquí antes de que anochezca.

Para mí, era evidente que mi compañero se había formado ya una opinión sobre el caso, aunque ni remotamente conseguía imaginar a qué conclusiones habría llegado. Durante nuestro viaje de regreso a casa, intenté varias veces sondearle al respecto, pero él siempre desvió la conversación hacia otros temas, hasta que por fin me di por vencido. Todavía no eran las tres cuando llegamos de vuelta a nuestras habitaciones. Holmes se metió corriendo en la suya y salió a los pocos minutos, vestido como un vulgar holgazán. Con una chaqueta astrosa y llena de brillos, el cuello levantado, corbata roja y botas muy gastadas, era un ejemplar perfecto de la especie.

—Creo que esto servirá —dijo mirándose en el espejo que había sobre la chimenea—. Me gustaría que viniera usted conmigo, Watson, pero me temo que no puede ser. Puede que esté sobre la buena pista, y puede que esté siguiendo un fuego fatuo, pero pronto saldremos de dudas. Espero volver en pocas horas.

Cortó una rodaja de carne de una pieza que había sobre el

aparador, la metió entre dos rebanadas de pan y, guardándose la improvisada comida en el bolsillo, emprendió su expedición.

Yo estaba terminando de tomar el té cuando regresó; se notaba que venía de un humor excelente, y traía en la mano una vieja bota de elástico. La tiró a un rincón y se sirvió una taza de té.

—Sólo vengo de pasada —dijo—. Tengo que marcharme en seguida.

—¿Adónde?

—Oh, al otro lado del West End. Puede que tarde algo en volver. No me espere si se hace muy tarde.

—¿Qué tal le ha ido hasta ahora?

—Así, así. No tengo motivos de queja. He vuelto a estar en Streatham, pero no llamé a la casa. Es un problema precioso, y no me lo habría perdido por nada del mundo. Pero no puedo quedarme aquí chismorreando; tengo que quitarme estas deplorables ropas y recuperar mi respetable personalidad.

Por su manera de comportarse, se notaba que tenía más motivos de satisfacción que lo que daban a entender sus meras palabras. Le brillaban los ojos e incluso tenía un toque de color en sus pálidas mejillas. Subió corriendo al piso de arriba, y a los pocos minutos oí un portazo en el vestíbulo que me indicó que había reemprendido su apasionante cacería.

Esperé hasta la medianoche, pero como no daba señales de regresar me retiré a mi habitación. No era nada raro que, cuando seguía una pista, estuviera ausente durante días enteros, así que su tardanza no me extrañó. No sé a qué hora llegó, pero cuando bajé a desayunar, allí estaba Holmes con una taza de café en una mano y el periódico en la otra, tan flamante y acicalado como el que más.

—Perdone que haya empezado a desayunar sin usted, Watson —dijo—, pero ya recordará que estamos citados con nuestro cliente a primera hora.

—Pues son ya más de las nueve —respondí—. No me extrañaría que el que llega fuera él. Me ha parecido oír la campanilla.

Era, en efecto, nuestro amigo el financiero. Me impresionó el cambio que había experimentado, pues su rostro, normalmente amplio y macizo, se veía ahora deshinchado y fláccido, y sus cabellos parecían un poco más blancos. Entró con un aire fatigado y letárgico, que resultaba aún más penoso que la violenta entrada del día anterior, y se dejó caer pesadamente en la butaca que acerqué para él.

—No sé qué habré hecho para merecer este castigo —dijo—. Hace tan sólo dos días, yo era un hombre feliz y próspero, sin una sola preocupación en el mundo. Ahora me espera una vejez solitaria y deshonrosa. Las desgracias vienen una tras otra. Mi sobrina Mary me ha abandonado.

—¿Que le ha abandonado?

—Sí. Esta mañana vimos que no había dormido en su cama; su habitación estaba vacía, y en la mesita del vestíbulo había una nota para mí. Anoche, movido por la pena y no en tono de enfado, le dije que si se hubiera casado con mi hijo, éste no se habría descarriado. Posiblemente fue una insensatez decir tal cosa. En la nota que me dejó hace alusión a este comentario mío:

«Queridísimo tío: Me doy cuenta de que yo he sido la causa de que sufras este disgusto y de que, si hubiera obrado de diferente manera, esta terrible desgracia podría no haber ocurrido. Con este pensamiento en la cabeza, ya no podré ser feliz viviendo bajo tu techo, y considero que debo dejarte para siempre. No te preocupes por mi futuro, que eso ya está arreglado. Y, sobre todo, no me busques, pues sería tarea inútil y no me favorecería en nada. En la vida o en la muerte, te quiere siempre. MARY».

«¿Qué quiere decir esta nota, señor Holmes? ¿Cree usted que se propone suicidarse?

—No, no, nada de eso. Quizá sea ésta la mejor solución. Me parece, señor Holder, que sus dificultades están a punto de terminar.

—¿Cómo puede decir eso? ¡Señor Holmes! ¡Usted ha averiguado algo, usted sabe algo! ¿Dónde están las piedras?

—¿Le parecería excesivo pagar mil libras por cada una?

—Pagaría diez mil.

—No será necesario. Con tres mil bastará. Y supongo que habrá que añadir una pequeña recompensa. ¿Ha traído usted su talonario? Aquí tiene una pluma. Lo mejor sera que extienda un cheque por cuatro mil libras.

Con expresión atónita, el banquero extendió el cheque

solicitado. Holmes se acercó a su escritorio, sacó un trozo triangular de oro con tres piedras preciosas, y lo arrojó sobre la mesa.

Nuestro cliente se apoderó de él con un alarido de júbilo.

—¡Lo tiene! —jadeó—. ¡Estoy salvado! ¡Estoy salvado!

La reacción de alegría era tan apasionada como lo había sido su desconsuelo anterior, y apretaba contra el pecho las gemas recuperadas.

—Todavía debe usted algo, señor Holder —dijo Sherlock Holmes en tono más bien severo.

—¿Qué debo? —cogió la pluma—. Diga la cantidad y la pagaré.

—No, su deuda no es conmigo. Le debe usted las más humildes disculpas a ese noble muchacho, su hijo, que se ha comportado en todo este asunto de un modo que a mí me enorgullecería en mi propio hijo, si es que alguna vez llego a tener uno.

—Entonces, ¿no fue Arthur quien las robó?

—Se lo dije ayer y se lo repito hoy: no fue él.

—¡Con qué seguridad lo dice! En tal caso, ¡vayamos ahora mismo a decirle que ya se ha descubierto la verdad!

—Él ya lo sabe. Después de haberlo resuelto todo, tuve una entrevista con él y, al comprobar que no estaba dispuesto a explicarme lo sucedido, se lo expliqué yo a él, ante lo cual no tuvo más remedio que reconocer que yo tenía razón, y añadir los poquísimos detalles que yo aún no veía muy claros. Sin embargo, cuando le vea a usted esta mañana quizá rompa su silencio.

—¡Por amor del cielo, explíqueme todo este extraordinario misterio!

—Voy a hacerlo, explicándole además los pasos por los que llegué a la solución. Y permítame empezar por lo que a mí me resulta más duro decirle y a usted le resultará más duro escuchar: sir George Burnwell y su sobrina Mary se entendían, y se han fugado juntos.

—¿Mi Mary? ¡Imposible!

—Por desgracia, es más que posible; es seguro. Ni usted ni su hijo conocían la verdadera personalidad de este hombre cuando lo admitieron en su círculo familiar. Es uno de los hombres más peligrosos de Inglaterra… un jugador arruinado, un canalla sin ningún escrúpulo, un hombre sin corazón ni conciencia. Su sobrina no sabía nada sobre esta clase de hombres. Cuando él le susurró al oído sus promesas de amor, como había hecho con otras cien antes que con ella, ella se sintió halagada, pensando que había sido la única en llegar a su corazón. El diablo sabe lo que le diría, pero acabó convirtiéndola en su instrumento, y se veían casi todas las noches.

—¡No puedo creerlo, y me niego a creerlo! —exclamó el banquero con el rostro ceniciento.

—Entonces, le explicaré lo que sucedió en su casa aquella noche. Cuando pensó que usted se había retirado a dormir, su sobrina bajó a hurtadillas y habló con su amante a través de la ventana que da al sendero de los establos. El hombre estuvo allí tanto tiempo que dejó pisadas que atravesaban toda la capa de nieve. Ella le habló de la corona. Su maligno afán de oro se encendió al oír la noticia, y sometió a la muchacha a su voluntad. Estoy seguro de que ella le quería a usted, pero hay mujeres en las que el amor de un amante apaga todos los demás amores, y me parece que su sobrina es de esta clase. Apenas había acabado de oír las órdenes de sir George, vio que usted bajaba por las escaleras, y cerró apresuradamente la ventana; a continuación, le habló de la escapada de una de las doncellas con su novio el de la pata de palo, que era absolutamente cierta.

»En cuanto a su hijo Arthur, se fue a la cama después de hablar con usted, pero no pudo dormir a causa de la inquietud que le producía su deuda en el club. A mitad de la noche, oyó unos pasos furtivos junto a su puerta; se levantó a asomarse y quedó muy sorprendido al ver a su prima avanzando con gran sigilo por el pasillo, hasta desaparecer en el gabinete. Petrificado de asombro, el muchacho se puso encima algunas ropas y aguardó en la oscuridad para ver dónde iba a parar aquel extraño asunto. Al poco rato, ella salió de la habitación y, a la luz de la lámpara del pasillo, su hijo vio que llevaba en las manos la preciosa corona. La muchacha bajó a la planta baja, y su hijo, temblando de horror, corrió a esconderse detrás de la cortina que hay junto a la puerta de la habitación de usted, desde donde podía ver lo que ocurría en el vestíbulo. Así vio cómo ella abría sin hacer ruido la ventana, le entregaba la corona a alguien que aguardaba en la oscuridad y, tras volver a cerrar la ventana, regresaba a toda prisa a su habitación, pasando muy cerca de donde él estaba escondido detrás de la cortina.

»Mientras ella estuvo a la vista, él no se atrevió a hacer nada, pues ello comprometería de un modo terrible a la mujer que amaba. Pero en el instante en que ella desapareció, comprendió la tremenda desgracia que aquello representaba para usted y se propuso remediarlo a toda costa. Descalzo como estaba, echó a correr escaleras abajo, abrió la ventana, saltó a la nieve y corrió por el sendero, donde distinguió una figura oscura que se alejaba a la luz de la luna. Sir George Burnwell intentó escapar, pero Arthur le alcanzó y se entabló un forcejeo entre ellos, su hijo tirando de un lado de la corona y su oponente del otro. En la pelea, su hijo golpeó a sir George y le hizo una herida encima del ojo. Entonces, se oyó un fuerte chasquido y su hijo, viendo que tenía la corona en las manos, corrió de vuelta a la casa, cerró la ventana, subió al gabinete y allí advirtió que la corona se había torcido durante el forcejeo. Estaba intentando enderezarla cuando usted apareció en escena.

—¿Es posible? —dijo el banquero, sin aliento.

—Entonces, usted le irritó con sus insultos, precisamente cuando él opinaba que merecía su más encendida gratitud. No podía explicar la verdad de lo ocurrido sin delatar a una persona que, desde luego, no merecía tanta consideración por su parte. A pesar de todo, adoptó la postura más caballerosa y guardó el secreto para protegerla.

—¡Y por eso ella dio un grito y se desmayó al ver la corona! —exclamó el señor Holder—. ¡Oh, Dios mío! ¡Qué ciego y estúpido he sido! ¡Y él pidiéndome que le dejara salir cinco minutos! ¡Lo que quería el pobre muchacho era ver si el trozo que faltaba había quedado en el lugar de la lucha! ¡De qué modo tan cruel le he malinterpretado!

—Cuando yo llegué a la casa —continuó Holmes—, lo primero que hice fue examinar atentamente los alrededores, por si había huellas en la nieve que pudieran ayudarme. Sabía que no había nevado desde la noche anterior, y que la fuerte helada habría conservado las huellas. Miré el sendero de los proveedores, pero lo encontré todo pisoteado e indescifrable. Sin embargo, un poco más allá, al otro lado de la puerta de la cocina, había estado una mujer hablando con un hombre, una de cuyas pisadas indicaba que tenía una pata de palo. Se notaba incluso que los habían interrumpido, porque la mujer había vuelto corriendo a la puerta, como demostraban las pisadas con la punta del pie muy marcada y el talón muy poco, mientras Patapalo se quedaba esperando un poco, para después marcharse. Pensé que podía tratarse de la doncella de la que usted me había hablado y su novio, y un par de preguntas me lo confirmaron. Inspeccioné el jardín sin encontrar nada más que pisadas sin rumbo fijo, que debían ser de la policía; pero cuando llegué al sendero de los establos, encontré escrita en la nieve una larga y complicada historia.

»Había una doble línea de pisadas de un hombre con botas, y una segunda línea, también doble, que, como comprobé con satisfacción, correspondían a un hombre con los pies descalzos. Por lo que usted me había contado, quedé convencido de que pertenecían a su hijo. El primer hombre había andado a la ida y a la venida, pero el segundo había corrido a gran velocidad, y sus huellas, superpuestas a las de las botas, demostraban que corría detrás del otro. Las seguí en una dirección y comprobé que llegaban hasta la ventana del vestíbulo, donde el de las botas había permanecido tanto tiempo que dejó la nieve completamente pisada. Luego las seguí en la otra dirección, hasta unos cien metros sendero adelante. Allí, el de las botas se había dado la vuelta, y las huellas en la nieve parecían indicar que se había producido una pelea. Incluso habían caído unas gotas de sangre, que confirmaban mi teoría. Después, el de las botas había seguido corriendo por el sendero; una pequeña mancha de sangre indicaba que era él el que había resultado herido. Su pista se perdía al llegar a la carretera, donde habían limpiado la nieve del pavimento.

»Sin embargo, al entrar en la casa, recordará usted que examiné con la lupa el alféizar y el marco de la ventana del vestíbulo, y pude advertir al instante que alguien había pasado por ella. Se notaba la huella dejada por un pie mojado al entrar. Ya podía empezar a formarme una opinión de lo ocurrido. Un hombre había aguardado fuera de la casa junto a la ventana. Alguien le había entregado la joya; su hijo había sido testigo de la fechoría, había salido en persecución del ladrón, había luchado con él, los dos habían tirado de la corona y la combinación de sus esfuerzos provocó daños que ninguno de ellos habría podido causar por sí solo. Su hijo había regresado con la corona, pero dejando un fragmento en manos de su adversario. Hasta ahí, estaba claro. Ahora la cuestión era: ¿quién era el hombre de las botas y

261

quién le entregó la corona?

»Una vieja máxima mía dice que, cuando has eliminado lo imposible, lo que queda, por muy improbable que parezca, tiene que ser la verdad. Ahora bien, yo sabía que no fue usted quien entregó la corona, así que sólo quedaban su sobrina y las doncellas. Pero si hubieran sido las doncellas, ¿por qué iba su hijo a permitir que lo acusaran a él en su lugar? No tenía ninguna razón posible. Sin embargo, sabíamos que amaba a su prima, y allí teníamos una excelente explicación de por qué guardaba silencio, sobre todo teniendo en cuenta que se trataba de un secreto deshonroso. Cuando recordé que usted la había visto junto a aquella misma ventana, y que se había desmayado al ver la corona, mis conjeturas se convirtieron en certidumbre.

»¿Y quién podía ser su cómplice? Evidentemente, un amante, porque ¿quién otro podría hacerle renegar del amor y gratitud que sentía por usted? Yo sabía que ustedes salían poco, y que su círculo de amistades era reducido; pero entre ellas figuraba sir George Burnwell. Yo ya había oído hablar de él, como hombre de mala reputación entre las mujeres. Tenía que haber sido él el que llevaba aquellas botas y el que se había quedado con las piedras perdidas. Aun sabiendo que Arthur le había descubierto, se consideraba a salvo porque el muchacho no podía decir una palabra sin comprometer a su propia familia.

»En fin, ya se imaginará usted las medidas que adopté a continuación. Me dirigí, disfrazado de vago, a la casa de sir George, me las arreglé para entablar conversación con su lacayo, me enteré de que su señor se había hecho una herida en la cabeza la noche anterior y, por último, al precio de seis chelines, conseguí la prueba definitiva comprándole un par de zapatos viejos de su amo. Me fui con ellos a Streatham y comprobé que coincidían exactamente con las huellas.

—Ayer por la tarde vi un vagabundo harapiento por el sendero —dijo el señor Holder.

—Precisamente. Ése era yo. Ya tenía a mi hombre, así que volví a casa y me cambié de ropa. Tenía que actuar con mucha delicadeza, porque estaba claro que había que prescindir de denuncias para evitar el escándalo, y sabía que un canalla tan astuto como él se daría cuenta de que teníamos las manos atadas por ese lado. Fui a verlo. Al principio, como era de esperar, lo negó todo. Pero luego, cuando le di todos los detalles de lo que había ocurrido, se puso gallito y cogió una cachiporra de la pared. Sin embargo, yo conocía a mi hombre y le apliqué una pistola a la sien antes de que pudiera golpear. Entonces se volvió un poco más razonable. Le dije que le pagaríamos un rescate por las piedras que tenía en su poder: mil libras por cada una. Aquello provocó en él las primeras señales de pesar. «¡Maldita sea! —dijo—. ¡Y yo que he vendido las tres por seiscientas!» No tardé en arrancarle la dirección del comprador, prometiéndole que no presentaríamos ninguna denuncia. Me fui a buscarlo y, tras mucho regateo, le saqué las piedras a mil libras cada una. Luego fui a visitar a su hijo, le dije que todo había quedado aclarado, y por fin me acosté a eso de las dos, después de lo que bien puedo llamar una dura jornada.

—¡Una jornada que ha salvado a Inglaterra de un gran escándalo público! —dijo el banquero, poniéndose en pie—. Señor, no encuentro palabras para darle las gracias, pero ya comprobará usted que no soy desagradecido. Su habilidad ha superado con creces todo lo que me habían contado de usted. Y ahora, debo volver al lado de mi querido hijo para pedirle perdón por lo mal que lo he tratado. En cuanto a mi pobre Mary, lo que usted me ha contado me ha llegado al alma. Supongo que ni siquiera usted, con todo su talento, puede informarme de dónde se encuentra ahora.

—Creo que podemos afirmar sin temor a equivocarnos —replicó Holmes —que está allí donde se encuentre sir George Burnwell. Y es igualmente seguro que, por graves que sean sus pecados, pronto recibirán un castigo más que suficiente.

El misterio de Copper Beeches

I

—El hombre que ama el arte por el arte —comentó Sherlock Holmes, dejando a un lado la hoja de anuncios del Daily Telegraph— suele encontrar los placeres más intensos en sus manifestaciones más humildes y menos importantes. Me complace advertir, Watson, que hasta ahora ha captado usted esa gran verdad, y que en esas pequeñas crónicas de nuestros casos que ha tenido la bondad de redactar, debo decir que, embelleciéndolas en algunos puntos, no ha dado preferencia a las numerosas causas célebres y procesos sensacionales en los que he intervenido, sino más bien a incidentes que pueden haber sido triviales, pero que daban ocasión al empleo de las facultades de deducción y síntesis que he convertido en mi especialidad.

—Y, sin embargo —dije yo, sonriendo—, no me considero definitivamente absuelto de la acusación de sensacionalismo que se ha lanzado contra mis crónicas.

—Tal vez haya cometido un error —apuntó él, tomando una brasa con las pinzas y encendiendo con ellas la larga pipa de cerezo que sustituía a la de arcilla cuando se sentía más dado a la polémica que a la reflexión—. Quizá se haya equivocado al intentar añadir color y vida a sus descripciones, en lugar de limitarse a exponer los sesudos razonamientos de causa a efecto, que son en realidad lo único verdaderamente digno de mención del asunto.

—Me parece que en ese aspecto le he hecho a usted justicia —comenté, algo fríamente, porque me repugnaba la egolatría que, como había observado más de una vez, constituía un importante factor en el singular carácter de mi amigo.

—No, no es cuestión de vanidad o egoísmo —dijo él, respondiendo, como tenía por costumbre, a mis pensamientos más que a mis palabras—. Si reclamo plena justicia para mi arte, es porque se trata de algo impersonal… algo que está más allá de mí mismo. El delito es algo corriente. La lógica es una rareza. Por tanto, hay que poner el acento en la lógica y no en el delito. Usted ha degradado lo que debía haber sido un curso académico, reduciéndolo a una serie de cuentos.

Era una mañana fría de principios de primavera, y después del desayuno nos habíamos sentado a ambos lados de un chispeante fuego en el viejo apartamento de Baker Street. Una espesa niebla se extendía entre las hileras de casas parduscas, y las ventanas de la acera de enfrente parecían borrones oscuros entre las densas volutas amarillentas. Teníamos encendida la luz de gas, que caía sobre el mantel arrancando reflejos de la porcelana y el metal, pues aún no habían recogido la mesa. Sherlock Holmes se había pasado callado toda la mañana, zambulléndose continuamente en las columnas de anuncios de una larga serie de periódicos, hasta que por fin, renunciando aparentemente a su búsqueda, había emergido, no de muy buen humor, para darme una charla sobre mis defectos literarios.

—Por otra parte —comentó tras una pausa, durante la cual estuvo dándole chupadas a su larga pipa y contemplando el fuego—, difícilmente se le puede acusar a usted de sensacionalismo, cuando entre los casos por los que ha tenido la bondad de interesarse hay una elevada proporción que no tratan de ningún delito, en el sentido legal de la palabra. El asuntillo en el que intenté ayudar al rey de Bohemia, la curiosa experiencia de la señorita Mary Sutherland, el problema del hombre del labio retorcido y el incidente de la boda del noble, fueron todos ellos casos que escapaban al alcance de la ley. Pero, al evitar lo sensacional, me temo que puede usted haber bordeado lo trivial.

—Puede que el desenlace lo fuera —respondí—, pero sostengo que los métodos fueron originales e interesantes.

—Psé. Querido amigo, ¿qué le importan al público, al gran público despistado, que sería incapaz de distinguir a un tejedor por sus dientes o a un cajista de imprenta por su pulgar izquierdo, los matices más delicados del análisis y la deducción? Aunque, la verdad, si es usted trivial no es por culpa suya, porque ya pasaron los tiempos de los grandes casos. El hombre, o por lo menos el criminal, ha perdido toda la iniciativa y la originalidad. Y mi humilde consultorio parece estar degenerando en una agencia para recuperar lápices extraviados y ofrecer consejo a señoritas de internado. Creo que por fin hemos tocado fondo. Esta nota que he recibido esta mañana marca, a mi entender, mi punto cero. Léala —me tiró una carta arrugada.

Estaba fechada en Montague Place la noche anterior y decía:

«Querido señor Holmes: Tengo mucho interés en consultarle acerca de si debería o no aceptar un empleo de institutriz que se me ha ofrecido. Si no tiene inconveniente, pasaré a visitarle mañana a las diez y media. Suya afectísima, Violet Hunter.»

—¿Conoce usted a esta joven? —pregunté.

—De nada.

—Pues ya son las diez y media.

—Sí, y sin duda es ella la que acaba de llamar a la puerta.

—Quizá resulte ser más interesante de lo que usted cree. Acuérdese del asunto del carbunclo azul, que al principio parecía una fruslería y se acabó convirtiendo en una investigación seria. Puede que ocurra lo mismo en este caso.

—¡Ojalá sea así! Pero pronto saldremos de dudas, porque, o mucho me equivoco, o aquí la tenemos.

Mientras él hablaba se abrió la puerta y una joven entró en la habitación. Iba vestida de un modo sencillo, pero con buen gusto; tenía un rostro expresivo e inteligente, pecoso como un huevo de chorlito, y actuaba con los modales desenvueltos de una mujer que ha tenido que abrirse camino en la vida.

—Estoy segura de que me perdonará que le moleste —dijo mientras mi compañero se levantaba para saludarla—. Pero me ha ocurrido una cosa muy extraña y, como no tengo padres ni familiares a los que pedir consejo, pensé que tal vez usted tuviera la amabilidad de indicarme qué debo hacer.

—Siéntese, por favor, señorita Hunter. Tendré mucho gusto en hacer lo que pueda para servirla.

Me di cuenta de que a Holmes le habían impresionado favorablemente los modales y la manera de hablar de su nuevo cliente. La contempló del modo inquisitivo que era habitual en él y luego se sentó a escuchar su caso con los párpados caídos y las puntas de los dedos juntas.

—He trabajado cinco años como institutriz —dijo— en la familia del coronel Spence Munro, pero hace dos meses el coronel fue destinado a Halifax, Nueva Escocia, y se llevó a sus hijos a América, de modo que me encontré sin empleo. Puse anuncios y respondí a otros anuncios, pero sin éxito. Por fin empezó a acabárseme el poco dinero que tenía ahorrado y me devanaba los sesos sin saber qué hacer.

»Existe en el West End una agencia para institutrices muy conocida, llamada Westway's, por la que solía pasarme una vez a la semana para ver si había surgido algo que pudiera convenirme. Westway era el apellido del fundador de la empresa, pero quien la dirige en realidad es la señorita Stoper. Se sienta en un pequeño despacho, y las mujeres que buscan empleo aguardan en una antesala y van pasando una a una. Ella consulta sus ficheros y mira a ver si tiene algo que pueda interesarlas.

»Pues bien, cuando me pasé por allí la semana pasada me hicieron entrar en el despacho como de costumbre, pero vi que la señorita Stoper no estaba sola. Junto a ella se sentaba un hombre prodigiosamente gordo, de rostro muy sonriente y con una enorme papada que le caía en pliegues sobre el cuello; llevaba un par de gafas sobre la nariz y miraba con mucho interés a las mujeres que iban entrando. Al llegar yo, dio un salto en su asiento y se volvió rápidamente hacia la señorita Stoper.

»—¡Ésta servirá! —dijo—. No podría pedirse nada mejor. ¡Estupenda! ¡Estupenda!

»—Parecía entusiasmado y se frotaba las manos de la manera más alegre. Se trataba de un hombre de aspecto tan satisfecho que daba gusto mirarlo.

»—¿Busca usted trabajo, señorita? —preguntó.

»—Sí, señor.

»—¿Como institutriz?

»—Sí, señor.

»—¿Y qué salario pide usted?

»—En mi último empleo, en casa del coronel Spence Munro, cobraba cuatro libras al mes.

»—¡Puf! ¡Denigrante! ¡Sencillamente denigrante! —exclamó, elevando en el aire sus rollizas manos, como arrebatado por la indignación—. ¿Cómo se le puede ofrecer una suma tan lamentable a una dama con semejantes atractivos y cualidades?

»—Es posible, señor, que mis cualidades sean menos de lo que usted imagina —dije yo—. Un poco de francés, un poco de alemán, música y dibujo…

»—¡Puf, puf! —exclamó—. Eso está fuera de toda duda. Lo que interesa es si usted posee o no el porte y la distinción de una dama. En eso radica todo. Si no los posee, entonces no está capacitada para educar a un niño que algún día puede desempeñar un importante papel en la historia de la nación. Pero si las tiene, ¿cómo podría un caballero pedirle que condescendiera a aceptar nada por debajo de tres cifras? Si trabaja usted para mí, señora, comenzará con un salario de cien libras al año.

»Como podrá imaginar, señor Holmes, estando sin recursos como yo estaba, aquella oferta me pareció casi demasiado buena para ser verdad. Sin embargo, el caballero, advirtiendo tal vez mi expresión de incredulidad, abrió su cartera y sacó un billete.

»—Es también mi costumbre —dijo, sonriendo del modo más amable, hasta que sus ojos quedaron reducidos a dos ranuras que brillaban entre los pliegues blancos de su cara —pagar medio salario por adelantado a mis jóvenes empleadas, para que puedan hacer frente a los pequeños gastos del viaje y el vestuario.

»Me pareció que nunca había conocido a un hombre tan fascinante y tan considerado. Como ya tenía algunas deudas con los proveedores, aquel adelanto me venía muy bien; sin embargo, toda la transacción tenía un algo de innatural que me hizo desear saber algo más antes de comprometerme.

»—¿Puedo preguntar dónde vive usted, señor? —dije.

»—En Hampshire. Un lugar encantador en el campo, llamado Copper Beeches, cinco millas más allá de Winchester. Es una región preciosa, querida señorita, y la vieja casa de campo es sencillamente maravillosa.

»—¿Y mis obligaciones, señor? Me gustaría saber en qué consistirían.

»—Un niño. Un pillastre delicioso, de sólo seis años. ¡Tendría usted que verlo matando cucarachas con una zapatilla! ¡Plaf, plaf, plaf! ¡Tres muertas en un abrir y cerrar de ojos! —se echó hacia atrás en su asiento y volvió a reírse hasta que los ojos se le hundieron en la cara de nuevo.

»Quedé un poco perpleja ante la naturaleza de las diversiones del niño, pero la risa del padre me hizo pensar que tal vez estuviera bromeando.

»—Entonces, mi única tarea —dije— sería ocuparme de este niño.

»—No, no, no la única, querida señorita, no la única —respondió—. Su tarea consistirá, como sin duda ya habrá imaginado, en obedecer todas las pequeñas órdenes que mi esposa le pueda dar, siempre que se trate de órdenes que una dama pueda obedecer con dignidad. No verá usted ningún inconveniente en ello, ¿verdad?

»—Estaré encantada de poder ser útil.

»—Perfectamente. Por ejemplo, en la cuestión del vestuario. Somos algo maniáticos, ¿sabe usted? Maniáticos pero buena gente. Si le pidiéramos que se pusiera un vestido que nosotros le proporcionáramos, no se opondría usted a nuestro capricho, ¿verdad?

»—No —dije yo, bastante sorprendida por sus palabras.

»—O que se sentara en un sitio, o en otro; eso no le resultaría ofensivo, ¿verdad?

»—Oh, no.

»—O que se cortara el cabello muy corto antes de presentarse en nuestra casa...

»Yo no daba crédito a mis oídos. Como puede usted observar, señor Holmes, mi pelo es algo exuberante y de un tono castaño bastante peculiar. Han llegado a describirlo como artístico. Ni en sueños pensaría en sacrificarlo de buenas a primeras.

»—Me temo que eso es del todo imposible —dije. Él me estaba observando atentamente con sus ojillos, y pude advertir que al oír mis palabras pasó una sombra por su rostro.

»—Y yo me temo que es del todo esencial —dijo—. Se trata de un pequeño capricho de mi esposa, y los caprichos de las damas, señorita, los caprichos de las damas hay que satisfacerlos. ¿No está dispuesta a cortarse el pelo?

»—No, señor, la verdad es que no —respondí con firmeza.

»—Ah, muy bien. Entonces, no hay más que hablar. Es una pena, porque en todos los demás aspectos habría servido de maravilla. Dadas las circunstancias, señorita Stoper, tendré que examinar a algunas más de sus señoritas.

»La directora de la agencia había permanecido durante toda la entrevista ocupada con sus papeles, sin dirigirnos la palabra a ninguno de los dos, pero en aquel momento me miró con tal expresión de disgusto que no pude evitar sospechar que mi negativa le había hecho perder una espléndida comisión.

»—¿Desea usted que sigamos manteniendo su nombre en nuestras listas? —preguntó.

»—Si no tiene inconveniente, señorita Stoper.

»—Pues, la verdad, me parece bastante inútil, viendo el modo en que rechaza usted las ofertas más ventajosas —dijo secamente—. No esperará usted que nos esforcemos por encontrarle otra ganga como ésta. Buenos días, señorita Hunter —hizo sonar un gong que tenía sobre la mesa, y el botones me acompañó a la salida.

»Pues bien, cuando regresé a mi alojamiento y encontré la despensa medio vacía y dos o tres facturas sobre la mesa, empecé a preguntarme si no habría cometido una estupidez. Al fin y al cabo, si aquella gente tenía manías extrañas y esperaba que se obedecieran sus caprichos más extravagantes, al menos estaban dispuestos a pagar por sus excentricidades. Hay muy pocas institutrices en Inglaterra que ganen cien libras al año. Además, ¿de qué me serviría el pelo? A muchas mujeres les favorece llevarlo corto, y yo podía ser una de ellas. Al día siguiente ya tenía la impresión de haber cometido un error, y un día después estaba plenamente convencida. Estaba casi decidida a tragarme mi orgullo hasta el punto de regresar a la agencia y preguntar si la plaza estaba aún disponible, cuando recibí esta carta del caballero en cuestión. La he traído y se la voy a leer:

"The Copper Beeches, cerca de Winchester.

Querida señorita Hunter: La señorita Stoper ha tenido la amabilidad de darme su dirección, y le escribo desde aquí para preguntarle si ha reconsiderado su posición. Mi esposa tiene mucho interés en que venga, pues le agradó mucho la descripción que yo le hice de usted. Estamos dispuestos a pagarle treinta libras al trimestre, o ciento veinte al año, para compensarle por las pequeñas molestias que puedan ocasionarle nuestros caprichos. Al fin y al cabo, tampoco exigimos demasiado. A mi esposa le encanta un cierto tono de azul eléctrico, y le gustaría que usted llevase un vestido de ese color por las mañanas. Sin embargo, no tiene que incurrir en el gasto de adquirirlo, ya que tenemos uno perteneciente a mi querida hija Alice (actualmente en Filadelfia), que creo que le sentaría muy bien. En cuanto a lo de sentarse en un sitio o en otro, o practicar los entretenimientos que se le indiquen, no creo que ello pueda ocasionarle molestias. Y con respecto a su cabello, no cabe duda de que es una lástima, especialmente si se tiene en cuenta que no pude evitar fijarme en su belleza durante nuestra breve entrevista, pero me temo que debo mantenerme firme en este punto, y solamente confío en que el aumento de salario pueda compensarle de la pérdida. Sus obligaciones en lo referente al niño son muy llevaderas. Le ruego que haga lo posible por venir; yo la esperaría con un coche en Winchester. Hágame saber en qué tren llega. Suyo afectísimo, Jephro Rucastle."

Ésta es la carta que acabo de recibir, señor Holmes, y ya he tomado la decisión de aceptar. Sin embargo, me pareció que antes de dar el paso definitivo debía someter el asunto a su consideración.

—Bien, señorita Hunter, si su decisión está tomada, eso deja zanjado el asunto —dijo Holmes sonriente.

—¿Usted no me aconsejaría rehusar?

—Confieso que no me gustaría que una hermana mía aceptara ese empleo.

—¿Qué significa todo esto, señor Holmes?

—¡Ah! Carezco de datos. No puedo decirle. ¿Se ha formado usted alguna opinión?

—Bueno, a mí me parece que sólo existe una explicación posible. El señor Rucastle parecía ser un hombre muy amable y bondadoso. ¿No es posible que su esposa esté loca, que él desee mantenerlo en secreto por miedo a que la internen en un asilo, y que le siga la corriente en todos sus caprichos para evitar una crisis?

—Es una posible explicación. De hecho, tal como están las cosas, es la más probable. Pero, en cualquier caso, no parece un sitio muy adecuado para una joven.

—Pero ¿y el dinero, señor Holmes? ¿Y el dinero?

—Sí, desde luego, la paga es buena… demasiado buena. Eso es lo que me inquieta. ¿Por qué iban a darle ciento veinte al año cuando tendrían institutrices para elegir por cuarenta? Tiene que existir una razón muy poderosa.

—Pensé que si le explicaba las circunstancias, usted lo entendería si más adelante solicitara su ayuda. Me sentiría mucho más segura sabiendo que una persona como usted me cubre las espaldas.

—Oh, puede irse convencida de ello. Le aseguro que su pequeño problema promete ser el más interesante que se me ha presentado en varios meses. Algunos aspectos resultan verdaderamente originales. Si tuviera usted dudas o se viera en peligro…

—¿Peligro? ¿En qué peligro está pensando? —Holmes meneó la cabeza muy serio.

—Si pudiéramos definirlo, dejaría de ser un peligro —dijo—. Pero a cualquier hora, de día o de noche, un telegrama suyo me hará acudir en su ayuda.

—Con eso me basta —se levantó muy animada de su asiento, habiéndose borrado la ansiedad de su rostro—. Ahora puedo ir a Hampshire mucho más tranquila. Escribiré de inmediato al señor Rucastle, sacrificaré mi pobre cabellera esta noche y partiré hacia Winchester mañana —con unas frases de agradecimiento para Holmes, nos deseó buenas noches y se marchó presurosa.

—Por lo menos —dije mientras oíamos sus pasos rápidos y firmes escaleras abajo—, parece una jovencita perfectamente capaz de cuidar de sí misma.

—Y le va a hacer falta —dijo Holmes muy serio—. O mucho me equivoco, o recibiremos noticias suyas antes de que pasen muchos días.

No tardó en cumplirse la predicción de mi amigo. Transcurrieron dos semanas, durante las cuales pensé más de una vez en ella, preguntándome en qué extraño callejón de la experiencia humana se había introducido aquella mujer solitaria. El insólito salario, las curiosas condiciones, lo liviano del trabajo, todo apuntaba hacia algo anormal, aunque estaba fuera de mis posibilidades determinar si se trataba de una manía inofensiva o de una conspiración, si el hombre era un filántropo o un criminal. En cuanto a Holmes, observé que muchas veces se quedaba sentado durante media hora o más, con el ceño fruncido y aire abstraído, pero cada vez que yo mencionaba el asunto, él lo descartaba con un gesto de la mano. «¡Datos, datos, datos!» —exclamaba con impaciencia—. «¡No puedo hacer ladrillos sin arcilla!» Y, sin embargo, siempre acababa por murmurar que no le gustaría que una hermana suya hubiera aceptado semejante empleo.

El telegrama que al fin recibimos llegó una noche, justo cuando yo me disponía a acostarme y Holmes se preparaba para uno de los experimentos nocturnos en los que frecuentemente se enfrascaba; en aquellas ocasiones, yo lo dejaba por la noche, inclinado sobre una retorta o un tubo de ensayo, y lo encontraba en la misma posición cuando bajaba a desayunar por la mañana. Abrió el sobre amarillo y, tras echar un vistazo al mensaje, me lo pasó.

—Mire el horario de trenes en la guía —dijo, volviéndose a enfrascar en sus experimentos químicos.

La llamada era breve y urgente:

«Por favor, esté en el Hotel Black Swan de Winchester mañana a mediodía. ¡No deje de venir! No sé qué hacer. Hunter.»

—¿Viene usted conmigo?

—Me gustaría.

—Pues mire el horario.

—Hay un tren a las nueve y media —dije, consultando la guía—. Llega a Winchester a las once y media.

—Nos servirá perfectamente. Quizá sea mejor que aplace mi análisis de las acetonas, porque mañana puede que necesitemos estar en plena forma.

A las once de la mañana del día siguiente nos acercábamos ya a la antigua capital inglesa. Holmes había permanecido todo el viaje sepultado en los periódicos de la mañana, pero en cuanto pasamos los límites de Hampshire los dejó a un lado y se puso a admirar el paisaje. Era un hermoso día de primavera, con un cielo azul claro, salpicado de nubecillas algodonosas que se desplazaban de oeste a este. Lucía un sol muy brillante, a pesar de lo cual el aire tenía un frescor estimulante, que aguzaba la energía humana. Por toda la campiña, hasta las ondulantes colinas de la zona de Aldershot, los tejadillos rojos y grises de las granjas asomaban entre el verde claro del follaje primaveral.

—¡Qué hermoso y lozano se ve todo! —exclamé con el entusiasmo de quien acaba de escapar de las nieblas de Baker Street.

Pero Holmes meneó la cabeza con gran seriedad.

—Ya sabe usted, Watson —dijo—, que una de las maldiciones de una mente como la mía es que tengo que mirarlo todo desde el punto de vista de mi especialidad. Usted mira esas casas dispersas y se siente impresionado por su belleza. Yo las miro, y el único pensamiento que me viene a la cabeza es lo aisladas que están, y la impunidad con que puede cometerse un crimen en ellas.

—¡Cielo santo! —exclamé—. ¿Quién sería capaz de asociar la idea de un crimen con estas preciosas casitas?

—Siempre me han producido un cierto horror. Tengo la convicción, Watson, basada en mi experiencia, de que las callejuelas más sórdidas y miserables de Londres no cuentan con un historial delictivo tan terrible como el de la sonriente y hermosa campiña inglesa.

—¡Me horroriza usted!

—Pero la razón salta a la vista. En la ciudad, la presión de la opinión pública puede lograr lo que la ley es incapaz de conseguir. No hay callejuela tan miserable como para que los gritos de un niño maltratado o los golpes de un marido borracho no despierten la simpatía y la indignación del vecindario; y además, toda la maquinaria de la justicia está siempre tan a mano que basta una palabra de queja para ponerla en marcha, y no hay más que un paso entre el delito y el banquillo. Pero fíjese en esas casas solitarias, cada una en sus propios campos, en su mayor parte llenas de gente pobre e ignorante que sabe muy poco de la ley. Piense en los actos de crueldad infernal, en las maldades ocultas que pueden cometerse en estos lugares, año tras año, sin que nadie se entere. Si esta dama que ha solicitado nuestra ayuda se hubiera ido a vivir a Winchester, no temería por ella. Son las cinco millas de campo las que crean el peligro. Aun así, resulta claro que no se encuentra amenazada personalmente.

II

—No. Si puede venir a Winchester a recibirnos, también podría escapar.

—Exacto. Se mueve con libertad.

—Pero entonces, ¿qué es lo que sucede? ¿No se le ocurre ninguna explicación?

—Se me han ocurrido siete explicaciones diferentes, cada una de las cuales tiene en cuenta los pocos datos que conocemos. Pero ¿cuál es la acertada? Eso sólo puede determinarlo la nueva información que sin duda nos aguarda. Bueno, ahí se ve la torre de la catedral, y pronto nos enteraremos de lo que la señorita Hunter tiene que contarnos.

El Black Swan era una posada de cierta fama situada en High

Street, a muy poca distancia de la estación, y allí estaba la joven aguardándonos. Había reservado una habitación y nuestro almuerzo nos esperaba en la mesa.

—¡Cómo me alegro de que hayan venido! —dijo fervientemente—. Los dos han sido muy amables. Les digo de verdad que no sé qué hacer. Sus consejos tienen un valor inmenso para mí.

—Por favor, explíquenos lo que le ha ocurrido.

—Eso haré, y más vale que me dé prisa, porque he prometido al señor Rucastle estar de vuelta antes de las tres. Me dio permiso para venir a la ciudad esta mañana, aunque poco se imagina a qué he venido.

—Oigámoslo todo por riguroso orden —dijo Holmes, estirando hacia el fuego sus largas y delgadas piernas y disponiéndose a escuchar.

—En primer lugar, puedo decir que, en conjunto, el señor y la señora Rucastle no me tratan mal. Es de justicia decirlo. Pero no los entiendo y no me siento tranquila con ellos.

—¿Qué es lo que no entiende?

—Los motivos de su conducta. Pero se lo voy a contar tal como ocurrió. Cuando llegué, el señor Rucastle me recibió aquí y me llevó en su coche a Copper Beeches. Tal como él había dicho, está en un sitio precioso, pero la casa en sí no es bonita. Es un bloque cuadrado y grande, encalado pero todo manchado por la humedad y la intemperie. A su alrededor hay bosques por tres lados, y por el otro hay un campo en cuesta, que baja hasta la carretera de Southampton, la cual hace una curva a unas cien yardas de la puerta principal. Este terreno de delante pertenece a la casa, pero los bosques de alrededor forman parte de las propiedades de lord Southerton. Un conjunto de hayas cobrizas plantadas frente a la puerta delantera da nombre a la casa.

»El propio señor Rucastle, tan amable como de costumbre, conducía el carricoche, y aquella tarde me presentó a su mujer y al niño. La conjetura que nos pareció tan probable allá en su casa de Baker Street resultó falsa, señor Holmes. La señora Rucastle no está loca. Es una mujer callada y pálida, mucho más joven que su marido; no llegará a los treinta años, cuando el marido no puede tener menos de cuarenta y cinco. He deducido de sus conversaciones que llevan casados unos siete años, que él era viudo cuando se casó con ella, y que la única descendencia que tuvo con su primera esposa fue esa hija que ahora está en Filadelfia. El señor Rucastle me dijo confidencialmente que se marchó porque no soportaba a su madrastra. Dado que la hija tendría por lo menos veinte años, me imagino perfectamente que se sintiera incómoda con la joven esposa de su padre.

»La señora Rucastle me pareció tan anodina de mente como de cara. No me cayó ni bien ni mal. Es como si no existiera. Se nota a primera vista que siente devoción por su marido y su hijito. Sus ojos grises pasaban continuamente del uno al otro, pendiente de sus más mínimos deseos y anticipándose a ellos si podía. Él la trataba con cariño, a su manera vocinglera y exuberante, y en conjunto parecían una pareja feliz. Y, sin embargo, esta mujer tiene una pena secreta. A menudo se queda sumida en profundos pensamientos, con una expresión tristísima en el rostro. Más de una vez la he sorprendido llorando. A veces he pensado que era el carácter de su hijo lo que la preocupaba, pues jamás en mi vida he conocido criatura más malcriada y con peores instintos. Es pequeño para su edad, con una cabeza desproporcionadamente grande. Toda su vida parece transcurrir en una alternancia de rabietas salvajes e intervalos de negra melancolía. Su único concepto de la diversión parece consistir en hacer sufrir a cualquier criatura más débil que él, y despliega un considerable talento para el acecho y captura de ratones, pajarillos e insectos. Pero prefiero no hablar del niño, señor Holmes, que en realidad tiene muy poco que ver con mi historia.

—Me gusta oír todos los detalles —comentó mi amigo—, tanto si le parecen relevantes como si no.

—Procuraré no omitir nada de importancia. Lo único desagradable de la casa, que me llamó la atención nada más llegar, es el aspecto y conducta de los sirvientes. Hay sólo dos, marido y mujer. Toller, que así se llama, es un hombre tosco y grosero, con pelo y patillas grises, y que huele constantemente a licor. Desde que estoy en la casa lo he visto dos veces completamente borracho, pero el señor Rucastle parece no darse cuenta. Su esposa es una mujer muy alta y fuerte, con cara avinagrada, tan callada como la señora Rucastle, pero mucho menos tratable. Son una pareja muy desagradable, pero afortunadamente me paso la mayor parte del tiempo en el cuarto del niño y en el mío, que están uno junto a otro en una esquina del edificio.

»Los dos primeros días después de mi llegada a Copper Beeches, mi vida transcurrió muy tranquila; al tercer día, la señora Rucastle bajó inmediatamente después del desayuno y le susurró algo al oído a su marido.

»—Oh, sí —dijo él, volviéndose hacia mí—. Le estamos muy agradecidos, señorita Hunter, por acceder a nuestros caprichos hasta el punto de cortarse el pelo. Veamos ahora cómo le sienta el vestido azul eléctrico. Lo encontrará extendido sobre la cama de su habitación, y si tiene la bondad de ponérselo se lo agradeceremos muchísimo.

»El vestido que encontré esperándome tenía una tonalidad azul bastante curiosa. El material era excelente, una especie de lana cruda, pero presentaba señales inequívocas de haber sido usado. No me habría sentado mejor ni aunque me lo hubieran hecho a la medida. Tanto el señor como la señora Rucastle se mostraron tan encantados al verme con él, que me pareció que exageraban en su vehemencia. Estaban aguardándome en la sala de estar, que es una habitación muy grande, que ocupa la parte delantera de la casa, con tres ventanales hasta el suelo. Cerca del ventanal del centro habían instalado una silla, con el respaldo hacia fuera. Me pidieron que me sentara en ella y, a continuación, el señor Rucastle empezó a pasear de un extremo a otro de la habitación contándome algunos de los chistes más graciosos que he oído en mi vida. No se puede imaginar lo cómico que estuvo; me reí hasta quedar agotada. Sin embargo, la señora Rucastle, que evidentemente no tiene sentido del humor, ni siquiera llegó a sonreír; se quedó sentada con las manos en el regazo y una expresión de tristeza y ansiedad en el rostro. Al cabo de una hora, poco más o menos, el señor Rucastle comentó de pronto que ya era hora de iniciar las tareas cotidianas y que debía cambiarme de vestido y acudir al cuarto del pequeño Edward.

»Dos días después se repitió la misma representación, en circunstancias exactamente iguales. Una vez más me cambié de vestido, volví a sentarme en la silla y volví a partirme de risa con los graciosísimos chistes de mi patrón, que parece poseer un repertorio inmenso y los cuenta de un modo inimitable. A continuación, me entregó una novela de tapas amarillas y, tras correr un poco mi silla hacia un lado, de manera que mi sombra no cayera sobre las páginas, me pidió que le leyera en voz alta. Leí durante unos diez minutos, comenzando en medio de un capítulo, y de pronto, a mitad de una frase, me ordenó que lo dejara y que me cambiara de vestido.

»Puede usted imaginarse, señor Holmes, la curiosidad que yo sentía acerca del significado de estas extravagantes representaciones. Me di cuenta de que siempre ponían mucho cuidado en que yo estuviera de espaldas a la ventana, y empecé a consumirme de ganas de ver lo que ocurría a mis espaldas. Al principio me pareció imposible, pero pronto se me ocurrió una manera de conseguirlo. Se me había roto el espejito de bolsillo y eso me dio la idea de esconder un pedacito de espejo en el pañuelo. A la siguiente ocasión, en medio de una carcajada, me llevé el pañuelo a los ojos, y con un poco de maña me las arreglé para ver lo que había detrás de mí. Confieso que me sentí decepcionada. No había nada.

»Al menos, ésa fue mi primera impresión. Sin embargo, al mirar de nuevo me di cuenta de que había un hombre parado en la carretera de Southampton; un hombre de baja estatura, barbudo y con un traje gris, que parecía estar mirando hacia mí. La carretera es una vía importante, y siempre suele haber gente por ella. Sin embargo, este hombre estaba apoyado en la verja que rodea nuestro campo, y miraba con mucho interés. Bajé el pañuelo y encontré los ojos de la señora Rucastle fijos en mí, con una mirada sumamente inquisitiva. No dijo nada, pero estoy convencida de que había adivinado que yo tenía un espejo en la mano y había visto lo que había detrás de mí. Se levantó al instante.

»—Jephro —dijo—, hay un impertinente en la carretera que está mirando a la señorita Hunter.

»—¿No será algún amigo suyo, señorita Hunter? —preguntó él.

»—No; no conozco a nadie por aquí.

»—¡Válgame Dios, qué impertinencia! Tenga la bondad de darse la vuelta y hacerle un gesto para que se vaya.

»—¿No sería mejor no darnos por enterados?

»—No, no; entonces le tendríamos rondando por aquí a todas horas. Haga el favor de darse la vuelta e indíquele que se marche, así.

»Hice lo que me pedían, y al instante la señora Rucastle bajó la persiana. Esto sucedió hace una semana, y desde entonces no me he vuelto a sentar en la ventana ni me he puesto el vestido azul, ni he visto al hombre de la carretera.

—Continúe, por favor —dijo Holmes—. Su narración promete ser de lo más interesante.

—Me temo que le va a parecer bastante inconexa, y lo más probable es que exista poca relación entre los diferentes incidentes que menciono. El primer día que pasé en Copper Beeches, el señor Rucastle me llevó a un pequeño cobertizo situado cerca de la puerta de la cocina. Al acercarnos, oí un ruido de cadenas y el sonido de un animal grande que se movía.

»—Mire por aquí —dijo el señor Rucastle, indicándome una rendija entre dos tablas—. ¿No es una preciosidad?

»Miré por la rendija y distinguí dos ojos que brillaban y una figura confusa agazapada en la oscuridad.

»—No se asuste —dijo mi patrón, echándose a reír ante mi sobresalto—. Es solamente Carlo, mi mastín. He dicho mío, pero en realidad el único que puede controlarlo es el viejo Toller, mi mayordomo. Sólo le damos de comer una vez al día, y no mucho, de manera que siempre está tan agresivo como una salsa picante. Toller lo deja suelto cada noche, y que Dios tenga piedad del intruso al que le hinque el diente. Por lo que más quiera, bajo ningún pretexto ponga los pies fuera de casa por la noche, porque se jugaría usted la vida.

»No se trataba de una advertencia sin fundamento, porque dos noches después se me ocurrió asomarme a la ventana de mi cuarto a eso de las dos de la madrugada. Era una hermosa noche de luna, y el césped de delante de la casa se veía plateado y casi tan iluminado como de día. Me encontraba absorta en la apacible belleza de la escena cuando sentí que algo se movía entre las sombras de las hayas cobrizas. Por fin salió a la luz de la luna y vi lo que era: un perro gigantesco, tan grande como un ternero, de piel leonada, carrillos colgantes, hocico negro y huesos grandes y salientes. Atravesó lentamente el césped y desapareció en las sombras del otro lado. Aquel terrible y silencioso centinela me provocó un escalofrío como no creo que pudiera causarme ningún ladrón.

»Y ahora voy a contarle una experiencia muy extraña. Como ya sabe, me corté el pelo en Londres, y lo había guardado, hecho un gran rollo, en el fondo de mi baúl. Una noche, después de acostar al niño, me puse a inspeccionar los muebles de mi habitación y ordenar mis cosas. Había en el cuarto un viejo aparador, con los dos cajones superiores vacíos y el de abajo cerrado con llave. Ya había llenado de ropa los dos primeros cajones y aún me quedaba mucha por guardar; como es natural, me molestaba no poder utilizar el tercer cajón. Pensé que quizás estuviera cerrado por olvido, así que saqué mi juego de llaves e intenté abrirlo. La primera llave encajó a la perfección y el cajón se abrió. Dentro no había más que una cosa, pero estoy segura de que jamás adivinaría usted qué era. Era mi mata de pelo.

»La cogí y la examiné. Tenía la misma tonalidad y la misma textura. Pero entonces se me hizo patente la imposibilidad de aquello. ¿Cómo podía estar mi pelo guardado en aquel cajón? Con las manos temblándome, abrí mi baúl, volqué su contenido y saqué del fondo mi propia cabellera. Coloqué una junto a otra, y le aseguro que eran idénticas. ¿No era extraordinario? Me sentí desconcertada e incapaz de comprender el significado de todo aquello. Volví a meter la misteriosa mata de pelo en el cajón y no les dije nada a los Rucastle, pues sentí que quizás había obrado mal al abrir un cajón que ellos habían dejado cerrado.

»Como habrá podido notar, señor Holmes, yo soy observadora por naturaleza, y no tardé en trazarme en la cabeza un plano bastante exacto de toda la casa. Sin embargo, había un ala que parecía completamente deshabitada. Frente a las habitaciones de los Toller había una puerta que conducía a este sector, pero estaba invariablemente cerrada con llave. Sin embargo, un día, al subir las escaleras, me encontré con el señor Rucastle que salía por aquella puerta con las llaves en la mano y una expresión en el rostro que lo convertía en una persona totalmente diferente del hombre orondo y jovial al que yo estaba acostumbrada. Traía las mejillas enrojecidas, la frente arrugada por la ira, y las venas de las sienes hinchadas de furia. Cerró la puerta y pasó junto a mí sin mirarme ni dirigirme la palabra.

»Esto despertó mi curiosidad, así que cuando salí a dar un paseo con el niño, me acerqué a un sitio desde el que podía ver las ventanas de este sector de la casa. Eran cuatro en hilera, tres de ellas simplemente sucias y la cuarta cerrada con postigos. Evidentemente, allí no vivía nadie. Mientras paseaba de un lado a otro, dirigiendo miradas ocasionales a las ventanas, el señor Rucastle vino hacia mí, tan alegre y jovial como de costumbre.

»—¡Ah! —dijo—. No me considere un maleducado por haber pasado junto a usted sin saludarla, querida señorita. Estaba preocupado por asuntos de negocios.

»—Le aseguro que no me ha ofendido —respondí—. Por cierto, parece que tiene usted ahí una serie completa de habitaciones, y una de ellas cerrada a cal y canto.

»—Uno de mis hobbies es la fotografía —dijo—, y allí tengo instalado mi cuarto oscuro. ¡Vaya, vaya! ¡Qué jovencita tan observadora nos ha caído en suerte! ¿Quién lo habría creído? ¿Quién lo habría creído?

»Hablaba en tono de broma, pero sus ojos no bromeaban al mirarme. Leí en ellos sospecha y disgusto, pero nada de bromas.

»Bien, señor Holmes, desde el momento en que comprendí que había algo en aquellas habitaciones que yo no debía conocer, ardí en deseos de entrar en ellas. No se trataba de simple curiosidad, aunque no carezco de ella. Era más bien una especie de sentido del deber… Tenía la sensación de que de mi entrada allí se derivaría algún bien. Dicen que existe la intuición femenina; posiblemente era eso lo que yo sentía.

En cualquier caso, la sensación era real, y yo estaba atenta a la menor oportunidad de traspasar la puerta prohibida. »La oportunidad no llegó hasta ayer. Puedo decirle que, además del señor Rucastle, tanto Toller como su mujer tienen algo que hacer en esas habitaciones deshabitadas, y una vez vi a Toller entrando por la puerta con una gran bolsa de lona negra. Últimamente, Toller está bebiendo mucho, y ayer por la tarde estaba borracho perdido; y cuando subí las escaleras, encontré la llave en la puerta. Sin duda, debió olvidarla allí. El señor y la señora Rucastle se encontraban en la planta baja, y el niño estaba con ellos, así que disponía de una oportunidad magnífica. Hice girar con cuidado la llave en la cerradura, abrí la puerta y me deslicé a través de ella.

»Frente a mí se extendía un pequeño pasillo, sin empapelado y sin alfombra, que doblaba en ángulo recto al otro extremo. A la vuelta de esta esquina había tres puertas seguidas; la primera y la tercera estaban abiertas, y las dos daban a sendas habitaciones vacías, polvorientas y desangeladas, una con dos ventanas y la otra sólo con una, tan cubiertas de suciedad que la luz crepuscular apenas conseguía abrirse paso a través de ellas. La puerta del centro estaba cerrada, y atrancada por fuera con uno de los barrotes de una cama de hierro, uno de cuyos extremos estaba sujeto con un candado a una argolla en la pared, y el otro atado con una cuerda. También la cerradura estaba cerrada, y la llave no estaba allí. Indudablemente, esta puerta atrancada correspondía a la ventana cerrada que yo había visto desde fuera; y, sin embargo, por el resplandor que se filtraba por debajo, se notaba que la habitación no estaba a oscuras. Evidentemente, había una claraboya que dejaba entrar la luz por arriba. Mientras estaba en el pasillo mirando aquella puerta siniestra y preguntándome qué secreto ocultaba, oí de pronto ruido de pasos dentro de la habitación y vi una sombra que cruzaba de un lado a otro en la pequeña rendija de luz que brillaba bajo la puerta. Al ver aquello, se apoderó de mí un terror loco e irrazonable, señor Holmes. Mis nervios, que ya estaban de punta, me fallaron de repente, di media vuelta y eché a correr. Corrí como si detrás de mí hubiera una mano espantosa tratando de agarrar la falda de mi vestido. Atravesé el pasillo, crucé la puerta y fui a parar directamente en los brazos del señor Rucastle, que esperaba fuera.

»—¡Vaya! —dijo sonriendo—. ¡Así que era usted! Me lo imaginé al ver la puerta abierta.

»—¡Estoy asustadísima! —gemí.

»—¡Querida señorita! ¡Querida señorita! —no se imagina usted con qué dulzura y amabilidad lo decía—. ¿Qué es lo que la ha asustado, querida señorita?

»Pero su voz era demasiado zalamera; se estaba excediendo. Al instante me puse en guardia contra él.

»—Fui tan tonta que me metí en el ala vacía —respondí—. Pero está todo tan solitario y tan siniestro con esta luz mortecina que me asusté y eché a correr. ¡Hay allí un silencio tan terrible!

»—¿Sólo ha sido eso? —preguntó, mirándome con insistencia.

»—¿Pues qué se había creído? —pregunté a mi vez.

»—¿Por qué cree usted que tengo cerrada esta puerta?

»—Le aseguro que no lo sé.

»—Pues para que no entren los que no tienen nada que hacer ahí. ¿Entiende? —seguía sonriendo de la manera más amistosa.

»—Le aseguro que de haberlo sabido…

»—Bien, pues ya lo sabe. Y si vuelve a poner el pie en este umbral… —en un instante, la sonrisa se endureció hasta convertirse en una mueca de rabia y me miró con cara de demonio—… la echaré al mastín.

»Estaba tan aterrada que no sé ni lo que hice. Supongo que salí corriendo hasta mi habitación. Lo siguiente que recuerdo es que estaba tirada en mi cama, temblando de pies a cabeza. Entonces me acordé de usted, señor Holmes. No podía seguir viviendo allí sin que alguien me aconsejara. Me daba miedo la casa, el dueño, la mujer, los criados, hasta el niño… Todos me parecían horribles. Si pudiera usted venir aquí, todo iría bien. Naturalmente, podría haber huido de la casa, pero mi curiosidad era casi tan fuerte como mi miedo. No tardé en tomar una decisión: enviarle a usted un telegrama. Me puse el sombrero y la capa, me acerqué a la oficina de telégrafos, que está como a media milla de la casa, y al regresar ya me sentía mucho mejor. Al acercarme a la puerta, me asaltó la terrible sospecha de que el perro estuviera suelto, pero me acordé de que Toller se había emborrachado aquel día hasta quedar sin sentido, y sabía que era la única persona de la casa que tenía alguna influencia sobre aquella fiera y podía atreverse a dejarla suelta. Entré sin problemas y permanecí despierta durante media noche de la alegría que me daba el pensar en verle a usted. No tuve ninguna dificultad en obtener permiso para venir a Winchester esta mañana, pero tengo que estar de vuelta antes de las tres, porque el señor y la señora Rucastle van a salir de visita y estarán fuera toda la tarde, así que tengo que cuidar del niño. Y ya le he contado todas mis aventuras, señor Holmes. Ojalá pueda usted decirme qué significa todo esto y, sobre todo, qué debo hacer.

Holmes y yo habíamos escuchado hechizados el extraordinario relato. Al llegar a este punto, mi amigo se puso en pie y empezó a dar zancadas por la habitación, con las manos en los bolsillos y una expresión de profunda seriedad en su rostro.

—¿Está Toller todavía borracho? —preguntó.

—Sí. Esta mañana oí a su mujer decirle a la señora Rucastle que no podía hacer nada con él.

—Eso está bien. ¿Y los Rucastle van a salir esta tarde?

—Sí.

—¿Hay algún sótano con una buena cerradura?

—Sí, la bodega.

—Me parece, señorita Hunter, que hasta ahora se ha comportado usted como una mujer valiente y sensata. ¿Se siente capaz de realizar una hazaña más? No se lo pediría si no la considerara una mujer bastante excepcional.

—Lo intentaré. ¿De qué se trata?

—Mi amigo y yo llegaremos a Copper Beeches a las siete. A esa hora, los Rucastle estarán fuera y Toller, si tenemos suerte, seguirá incapaz. Sólo queda la señora Toller, que podría dar la alarma. Si usted pudiera enviarla a la bodega con cualquier pretexto y luego cerrarla con llave, nos facilitaría inmensamente las cosas.

—Lo haré.

—¡Excelente! En tal caso, consideremos detenidamente el asunto. Por supuesto, sólo existe una explicación posible. La han llevado a usted allí para suplantar a alguien, y este alguien está prisionero en esa habitación. Hasta aquí, resulta evidente. En cuanto a la identidad de la prisionera, no me cabe duda de que se trata de la hija, la señorita Alice Rucastle si no recuerdo mal, la que le dijeron que se había marchado a América. Está claro que la eligieron a usted porque se parece a ella en la estatura, la figura y el color del cabello. A ella se lo habían cortado, posiblemente con motivo de alguna enfermedad, y, naturalmente, había que sacrificar también el suyo. Por una curiosa casualidad, encontró usted su cabellera. El hombre de la carretera era, sin duda, algún amigo de ella, posiblemente su novio; y al verla usted, tan parecida a ella y con uno de sus vestidos, quedó convencido, primero por sus risas y luego por su gesto de desprecio, de que la señorita Rucastle era absolutamente feliz y ya no deseaba sus atenciones. Al perro lo sueltan por las noches para impedir que él intente comunicarse con ella. Todo esto está bastante claro. El aspecto más grave del caso es el carácter del niño.

—¿Qué demonios tiene que ver eso? —exclamé.

—Querido Watson: usted mismo, en su práctica médica, está continuamente sacando deducciones sobre las tendencias de los niños, mediante el estudio de los padres. ¿No comprende que el procedimiento inverso es igualmente válido? Con mucha frecuencia he obtenido los primeros indicios fiables sobre el carácter de los padres estudiando a sus hijos. El carácter de este niño es anormalmente cruel, por puro amor a la crueldad, y tanto si lo ha heredado de su sonriente padre, que es lo más probable, como si lo heredó de su madre, no presagia nada bueno para la pobre muchacha que se encuentra en su poder.

—Estoy convencida de que tiene usted razón, señor Holmes —exclamó nuestra cliente—. Me han venido a la cabeza mil detalles que me convencen de que ha dado en el clavo. ¡Oh, no perdamos un instante y vayamos a ayudar a esta pobre mujer!

—Debemos actuar con prudencia, porque nos enfrentamos con un hombre muy astuto. No podemos hacer nada hasta las siete. A esa hora estaremos con usted, y no tardaremos mucho en resolver el misterio.

Fieles a nuestra palabra, llegamos a Copper Beeches a las siete en punto, tras dejar nuestro carricoche en un bar del camino. El grupo de hayas, cuyas hojas oscuras brillaban como metal bruñido a la luz del sol poniente, habría bastado para identificar la casa aunque la señorita Hunter no hubiera estado aguardando sonriente en el umbral de la puerta.

—¿Lo ha conseguido? —preguntó Holmes.

Se oyeron unos fuertes golpes desde algún lugar de los sótanos.

—Ésa es la señora Toller desde la bodega —dijo la señorita Hunter—. Su marido sigue roncando, tirado en la cocina. Aquí están las llaves, que son duplicados de las del señor Ruscastle.

—¡Lo ha hecho usted de maravilla! —exclamó Holmes con entusiasmo—. Indíquenos el camino y pronto veremos el final de este siniestro enredo.

Subimos la escalera, abrimos la puerta, recorrimos un pasillo y nos encontramos ante la puerta atrancada que la señorita Hunter había descrito. Holmes cortó la cuerda y retiró el barrote. A continuación, probó varias llaves en la cerradura, pero no consiguió abrirla. Del interior no llegaba ningún sonido, y la expresión de Holmes se ensombreció ante aquel silencio.

—Espero que no hayamos llegado demasiado tarde —dijo—. Creo, señorita Hunter, que será mejor que no entre con nosotros. Ahora, Watson, arrime el hombro y veamos si podemos abrirnos paso.

Era una puerta vieja y destartalada que cedió a nuestro primer intento. Nos precipitamos juntos en la habitación y la encontramos desierta. No había más muebles que un camastro, una mesita y un cesto de ropa blanca. La claraboya del techo estaba abierta, y la prisionera había desaparecido.

—Aquí se ha cometido alguna infamia —dijo Holmes—. Nuestro amigo adivinó las intenciones de la señorita Hunter y se ha llevado a su víctima a otra parte.

—Pero ¿cómo?

—Por la claraboya. Ahora veremos cómo se las arregló —se izó hasta el tejado—. ¡Ah, sí! —exclamó—. Aquí veo el extremo de una escalera de mano apoyada en el alero. Así es como lo hizo.

—Pero eso es imposible —dijo la señorita Hunter—. La escalera no estaba ahí cuando se marcharon los Rucastle.

—Él volvió y se la llevó. Ya le digo que es un tipo astuto y peligroso. No me sorprendería mucho que esos pasos que se oyen por la escalera sean suyos. Creo, Watson, que más vale que tenga preparada su pistola.

Apenas había acabado de pronunciar estas palabras cuando apareció un hombre en la puerta de la habitación, un hombre muy gordo y corpulento con un grueso bastón en la mano. Al verlo, la señorita Hunter soltó un grito y se encogió contra la pared, pero Sherlock Holmes dio un salto adelante y le hizo frente.

—¿Dónde está su hija, canalla? —dijo.

El gordo miró en torno suyo y después hacia la claraboya abierta.

—¡Soy yo quien hace las preguntas! —chilló—. ¡Ladrones! ¡Espías y ladrones! ¡Pero os he cogido! ¡Os tengo en mi poder! ¡Ya os daré yo! —dio media vuelta y corrió escaleras abajo, tan deprisa como pudo.

—¡Ha ido por el perro! —gritó la señorita Hunter.

—Tengo mi revólver —dije yo.

—Más vale que cerremos la puerta principal —gritó Holmes, y todos bajamos corriendo las escaleras.

Apenas habíamos llegado al vestíbulo cuando oímos el ladrido de un perro y a continuación un grito de agonía, junto con un gruñido horrible que causaba espanto escuchar. Un hombre de edad avanzada, con el rostro colorado y las piernas temblorosas, llegó tambaleándose por una puerta lateral.

—¡Dios mío! —exclamó—. ¡Alguien ha soltado al perro, y lleva dos días sin comer! ¡Deprisa, deprisa, o será demasiado tarde!

Holmes y yo nos abalanzamos fuera y doblamos la esquina de la casa, con Toller siguiéndonos los pasos. Allí estaba la enorme y hambrienta fiera, con el hocico hundido en la garganta de Rucastle, que se retorcía en el suelo dando alaridos. Corrí hacia ella y le volé los sesos. Se desplomó con sus blancos y afilados dientes aún clavados en la papada del hombre. Nos costó mucho trabajo separarlos. Llevamos a Rucastle, vivo, pero horriblemente mutilado, a la casa, y lo tendimos sobre el sofá del cuarto de estar. Tras enviar a Toller, que se había despejado de golpe, a que informara a su esposa de lo sucedido, hice lo que pude por aliviar su dolor. Nos encontrábamos todos reunidos en torno al herido cuando se abrió la puerta y entró en la habitación una mujer alta y demacrada.

—¡Señora Toller! —exclamó la señorita Hunter.

—Sí, señorita. El señor Rucastle me sacó de la bodega cuando volvió, antes de subir a por ustedes. ¡Ah, señorita! Es una pena que no me informara usted de sus planes, porque yo podía haberle dicho que se molestaba en vano.

—¿Ah, sí? —dijo Holmes, mirándola intensamente—. Está claro que la señora Toller sabe más del asunto que ninguno de nosotros.

—Sí, señor. Sé bastante y estoy dispuesta a contar lo que sé.

—Entonces, haga el favor de sentarse y oigámoslo, porque hay varios detalles en los que debo confesar que aún estoy a oscuras.

—Pronto se lo aclararé todo —dijo ella—. Y lo habría hecho antes si hubiera podido salir de la bodega. Si esto pasa a manos de la policía y los jueces, recuerden ustedes que yo fui la única que les ayudó, y que también era amiga de la señorita Alice.

»Nunca fue feliz en casa, la pobre señorita Alice, desde que su padre se volvió a casar. Se la menospreciaba y no se la tenía en cuenta para nada. Pero cuando las cosas se le pusieron verdaderamente mal fue después de conocer al señor Fowler en casa de unos amigos. Por lo que he podido saber, la señorita Alice tenía ciertos derechos propios en el testamento, pero como era tan callada y paciente, nunca dijo una palabra del asunto y lo dejaba todo en manos del señor Rucastle. Él sabía que no tenía nada que temer de ella. Pero en cuanto surgió la posibilidad de que se presentara un marido a reclamar lo que le correspondía por ley, el padre pensó que había llegado el momento de poner fin a la situación. Intentó que ella le firmara un documento autorizándole a disponer de su dinero, tanto si ella se casaba como si no. Cuando ella se negó, él siguió acosándola hasta que la pobre chica enfermó de fiebre cerebral y pasó seis semanas entre la vida y la muerte. Por fin se recuperó, aunque quedó reducida a una sombra de lo que era y con su precioso cabello cortado. Pero aquello no supuso ningún cambio para su joven galán, que se mantuvo tan fiel como pueda serlo un hombre.

—Ah —dijo Holmes—. Creo que lo que ha tenido usted la amabilidad de contarnos aclara bastante el asunto, y que puedo deducir lo que falta. Supongo que entonces el señor Rucastle recurrió al encierro.

—Sí, señor.

—Y se trajo de Londres a la señorita Hunter para librarse de la desagradable insistencia del señor Fowler.

—Así es, señor.

—Pero el señor Fowler, perseverante como todo buen marino, puso sitio a la casa, habló con usted y, mediante ciertos argumentos, monetarios o de otro tipo, consiguió convencerla de que sus intereses coincidían con los de usted.

—El señor Fowler es un caballero muy galante y generoso —dijo la señora Toller tranquilamente.

—Y de este modo, se las arregló para que a su marido no le faltara bebida y para que hubiera una escalera preparada en el momento en que sus señores se ausentaran.

—Ha acertado; ocurrió tal y como usted lo dice.

—Desde luego, le debemos disculpas, señora Toller —dijo Holmes—. Nos ha aclarado sin lugar a dudas todo lo que nos tenía desconcertados. Aquí llegan el médico y la señora Rucastle. Creo, Watson, que lo mejor será que acompañemos a la señorita Hunter de regreso a Winchester, ya que me parece que nuestro locus stand es bastante discutible en estos momentos.

Y así quedó resuelto el misterio de la siniestra casa con las hayas cobrizas frente a la puerta. El señor Rucastle sobrevivió, pero quedó destrozado para siempre, y sólo se mantiene vivo gracias a los cuidados de su devota esposa. Siguen viviendo con sus viejos criados, que probablemente saben tanto sobre el pasado de Rucastle que a éste le resulta difícil despedirlos. El señor Fowler y la señorita Rucastle se casaron en Southampton con una licencia especial al día siguiente de su fuga, y en la actualidad él ocupa un cargo oficial en la isla Mauricio. En cuanto a la señorita Violet Hunter, mi amigo Holmes, con gran desilusión por mi parte, no manifestó más interés por ella en cuanto la joven dejó de constituir el centro de uno de sus problemas. En la actualidad dirige una escuela privada en Walsall, donde creo que ha obtenido un considerable éxito.

Printed in Great Britain
by Amazon